Klaus E. Spieldenner
Schuppen 10

 Spieldenner, Klaus E.: Schuppen 10

In Hamburg treibt ein Serienkiller sein Unwesen. Er tötet seine Opfer durch exakt gesetzte Stichverletzung auf verschiedenen Friedhöfen. Hauptkommissar Alexander Schweiss nimmt die Ermittlungen auf.

Der Roman spielt hauptsächlich in allseits bekannten Stätten, doch bleiben die Geschehnisse reine Fiktion. Sämtliche Handlungen und Charaktere sind frei erfunden.

Bibliografische Information der Deutschen Nationalbibliothek
Die Deutsche Nationalbibliothek verzeichnet diese Publikation in der Deutschen Nationalbibliografie; detaillierte bibliografische Daten sind im Internet abrufbar über http://dnb.ddb.de

www.niemeyer-buch.de

Umschlaggestaltung: C. Riethmüller
Der Umschlag verwendet Motiv(e) von 123rf.com
Druck und Bindung: Nørhaven, Viborg
Printed in Denmark
ISBN 978-3-8271-9533-3

Klaus E. Spieldenner

Schuppen 10

Hamburg-Krimi

CW Niemeyer

Prolog
3. März 2018

Die Wut in meinem Bauch war wieder da. Und sie war noch stärker geworden. Wie ein Stich mit dem Messer in meine Eingeweide, wie ein eingeklemmter Ischiasnerv schaffte diese komplexe Sinnesempfindung es, die von Nozizeptoren des peripheren Nervensystems ausgelöst wird, bei mir ein Gefühl der Ohnmacht entstehen zu lassen. Ohnmacht, die ich nicht zulassen durfte. Doch die Schmerzen waren so übermächtig, dass ich glaubte, mein Bauch blähe sich gleich auf und zerplatze dann wie ein angeschossener Kürbis. Ich griff mit beiden Händen daran, drückte und presste wie auf der Suche nach einem Ausschaltknopf, der alles beenden würde.

DOCH DIE HÖLLENQUALEN NAHMEN KEIN ENDE.

Um nicht aufzufallen, schob ich mich noch etwas weiter zurück in mein Versteck seitlich der Hecke, nur wenige Meter von der kleinen Trauergesellschaft entfernt. Fest umgriff ich den Schaft des Einhandmessers in der Hoffnung, die Schmerzen legten sich – doch es half alles nichts.

ESTHER G. RÖDER
** 11.04.1947*
† 03.03.2018

stand auf dem billigen Holzkreuz, das der Mann in Schwarz zwischen die drei Trauerkränze in den Boden wuchtete. Die Bestattung hier auf dem Friedhof in Ottensen hatte nur wenige Minuten gedauert und bestand eigentlich nur aus einem Gebet des Pastors vor der Grabstätte. Und natürlich dem Herablassen des Sarges in die Grube. Röder hatte es wahr gemacht und einen der billigen Wohnzimmerbestatter gewählt. Seine Unverfrorenheit machte mich rasend.

ICH HÄTTE NIE ZUGESTIMMT, DASS MEINE LIEBEN SO UNPERSÖNLICH BEIGESETZT WORDEN WÄREN.

Allein der Gedanke daran brachte mich fast um. Die Trauergesellschaft selbst bestand aus nicht einmal zehn Personen – inklusive Bestatter und dem Pfarrer. Die schlecht gekleideten Sargträger hatten gerade den Platz Richtung Leichenhalle verlassen und auch die erwachsenen Kinder der verstorbenen Frau Röder machten sich nun schnellen Schrittes auf den Weg zum Parkplatz.

ER MUSS STERBEN!

Endlich hatten meine Schmerzen etwas nachgelassen, ebenso wie der anhaltende Nebel, der heute Morgen meine Anfahrt hier nach Altona erschwerte. Willibald Röder – Ehemann der Toten, das konnte ich beobachten – stand während der gesamten Zeremonie teilnahmslos hinter der kleinen Gruppe an Trauergästen. Während vorne die Kinder des Ehepaares Röder Abschied von ihrer Mutter genommen hatten, fasste der alte Mann seiner um etliche Jahre jüngeren Freundin an den Hintern. Nur mit Mühe hielt die Frau ein dämliches Lachen zurück und boxte Röder fest in die Seite.

ER MUSS STERBEN!

„Wissen diese Menschen nicht, was sich gehört?", wollte ich schreien. Doch ich unterdrückte es.

Eine der beiden Töchter der Verstorbenen hatte sich schon während der Beerdigung mehrfach umgewandt und ihren Vater mit bösen Blicken gestraft. Doch Röder schien das völlig egal.

ER IGNORIERT JEGLICHES PIETÄTSVERHALTEN! ICH VERLANGE EHRFÜRCHTIGEN RESPEKT UND TAKTVOLLE RÜCKSICHTNAHME.

Gelangweilt hatte der Witwer an der gesamten Beisetzung teilgenommen. Hin und wieder hatte er sogar auf die Uhr geschaut. Aus der Nähe konnte ich das alles verfolgen und es hatte mich unendlich verletzt.

Plötzlich und unerwartet trat Röder an die Grube. Ich hielt den Atem an. Ob ich ihn doch falsch eingeschätzt hatte? Trauerte er tatsächlich um seine langjährige Ehefrau und die Mutter seiner Kinder? Wollte er es nur nicht öffentlich machen? Ein seltsames Geräusch kam aus seiner Richtung. Ein Geräusch, als zöge Röder Schleim tief aus seinem Hals. Erst glaubte ich mich verhört zu haben. Doch plötzlich spuckte der Mann in das offene Grab. Dabei lachte er laut und warf den Kopf in den Nacken. So ein Ignorant! Ich fühlte Eiseskälte und es wurde mir schwindelig vor Augen.

ER MUSS STERBEN!

Röders Freundin war schon losstolziert. Ich registrierte es, als der Schwindelanfall nachließ. Auch Röder verließ seinen Platz.

Der alte Mann selbst warf plötzlich einen Blick in meine Richtung. Aufrecht und stolz trat ich aus meiner Deckung auf ihn zu. Ganz nah stand ich vor ihm. Röder stutzte! Er blieb stehen – wollte etwas sagen. Doch noch bevor ein Wort seine Lippen verließ, zog ich ihm mit einem schnellen Schnitt das Resolza-Messer quer über seinen faltigen Hals.

ES WAR SO EINFACH!

Es gab ein dünnes Geräusch, so als wenn man Pappe mit einem Teppichmesser schneidet. Freude kam in mir auf. Und ein Gefühl von Genugtuung. Dieser Augenblick würde mich mein Leben lang begleiten – da war ich mir sicher.

EIN KLEINER SCHNITT FÜR DEN MENSCHEN RÖDER – DOCH EIN GROSSER SCHNITT FÜR DIE MENSCHHEIT UND ALLE, DIE IHRE FAMILIEN NICHT ZU SCHÄTZEN WUSSTEN. FÜR ALLE KONSUMBLINDEN MENSCHEN UND FÜR DIE UNDANKBAREN. ENDLICH GING ES DENEN AN DEN KRAGEN, DIE ABGESTUMPFT WAREN.

Ich musste lachen über meinen Vergleich mit den Worten Neil Armstrongs nach der ersten Mondlandung.

ER MUSS STERBEN!

Fassungslos schaute mich Röder an. Er griff wie in Zeitlupe an seinen verletzten Hals, so als wolle er das schon Geschehene noch verhindern. Ich musste erneut lachen. Blut trat aus der Schnittwunde unter Röders Kinn. Erst nur we-

nig, doch dann strömte es rot, wie ein kleiner Wasserfall, zwischen Röders Fingern hindurch. Der Mann begann zu würgen.

„Na komm, spuck noch einmal", warf ich ihm laut in sein angsterfülltes Gesicht. Er streckte die Hand aus. Griff an das Revers meiner Jacke. Er bettelte um Erbarmen, doch es war zu spät. Ich schob seine Hand weit von mir weg, wollte nicht besudelt werden von seiner Körperflüssigkeit.

Röders Freundin war indessen stehen geblieben und drehte ihren Kopf in unsere Richtung. Ich konnte es seitlich aus den Augenwinkeln sehen. Sie schaute, als verstehe sie die Welt nicht mehr. Aber was sollte ich mit ihr machen?

Mein Blick glitt zurück auf Röder, er kniete nun, blutete aus wie eine angestochene Sau. Ich durfte als Schüler mal einer Schlachtung auf einem Bauernhof beiwohnen. Sie hatte mich damals nicht bewegt. Der riesige Blutverlust Röders ließ mich auch jetzt kalt. Noch immer galt mein Gedanke dieser dämlichen Frau. Seiner Komplizin!

HATTE SIE IHR RECHT AUF LEBEN UND UNVERSEHRTHEIT – WIE IM GRUNDGESETZ VERANKERT – AUCH VERWIRKT?

„Ja!" Ein kompromissloses Ja! Denn in keinem Moment hatte sie mir dieses Feingefühl gezeigt, das ich bei der Trauer um einen Menschen erwartet hatte. Sicher war sie keine direkte Angehörige. Aber egal.

SIE HATTE KEIN RECHT MEHR ZU LEBEN.

Während Röder selbst inzwischen zuckend und röchelnd rücklings vor dem offenen Grab lag, war ich mit zwei, drei großen Schritten bei der knapp 40-jährigen Blonden ange-

langt. Erstaunt darüber schaute sie erst in mein Gesicht, dann auf meine Hand. Sie wollte die Arme hochreißen – wollte schreien! Vergebens! Das teure Messer drang in sie ein wie in Butter. Ich hatte ja auch oft genug den Schnitt an Leichen geübt. Stöhnend fiel die Blonde vor meine Füße. Erst auf die Knie, sie versuchte, den Kopf zu heben.

„Nein, jetzt nutzt auch deine Entschuldigung nichts mehr!"

Ohne ein Wort kippte sie vornüber, zuckte noch eine Zeit lang. Dann war Stille. Die Arbeit war getan.

... UND SIE MUSSTEN STERBEN!

Teil 1
Der Friedhofskiller

Das einzig Wichtige im Leben sind Spuren von Liebe,
die wir hinterlassen, wenn wir gehen.

Albert Schweitzer

Kapitel 1
Fünf Monate zuvor

Der Tod schmeckt süß. Eigentlich ist es die Atemluft während einer Feuerbestattung, in der diese gewisse Süße wahrnehmbar ist. Die Kombination – verbrannter Mensch plus verbrannter Sarg – macht es meiner Meinung nach aus. Sicher spielt auch die Holzart des Sarges eine kleine Rolle. Vielleicht auch die letzte Kleidung des oder der Toten. Aber das ist allein meine These und ich teile sie mit niemandem. Diese aufdringliche Ausdünstung, die den teilnehmenden Familienangehörigen während der Zeremonie so viel Probleme bereitet, beeinflusst seit eh und je sowohl meine Geschmacks- als auch meine Geruchsorgane. Inzwischen ist es eine der wenigen Freuden, die mich bei meinen mehr als zweihundert Feuerbestattungen jährlich begleitet.

Der Parkfriedhof Ohlsdorf als solcher ist – seit ich die Geschäftsführung des Familienunternehmens Hassel im Jahr 2011 übernommen hatte – unter den zahlreichen Hamburger Friedhöfen mein absoluter Favorit. Sicher ist das – wie bei Handwerkern der bestsortierte Baumarkt und bei Hausfrauen der günstigste Drogeriemarkt – rein subjektiv. Das Ergebnis zählt, doch der tagtägliche Umgang mit Leid und Tod macht einen schon etwas sonderbar. Mich vor allem.

„Es tut mir so wahnsinnig leid, werter Herr Hassel!“

Ich erschrak über diese Worte und machte automatisch einen Schritt rückwärts. Fast wäre ich gegen den vor dem Verbrennungsofen abgestellten Gabelstapler gerannt. Was hatte Dr. Wicht gesagt? Ach ja, er hatte kondoliert. Schon das zweite Mal für heute und ich versuchte, mein aufgesetztes Trauergesicht noch einmal zu intensivieren.

„Vorsicht! Ich denke mir, dass es Ihnen nicht gut geht. Wollen Sie sich nicht besser setzen? Es ist unsagbar stark von Ihnen, der ... also der Feuerbestattung Ihrer lieben Ehefrau von Anfang an beizuwohnen. Ich wüsste nicht, ob ich je ...?“

Dr. Carsten Wicht, für den Bereich zuständiger Amtsarzt, fuhr sich – ähnlich wie der US-Präsident Donald Trump – über sein imaginäres Deckhaar. Dieses war ihm schon vor Jahren ausgegangen und seit ich mit ihm arbeitete, schob er sich die restlichen Seitenhaare in eine aussichtslose Position. REDEN, REDEN, GEREDE! Wie satt hatte ich das alles! Es war nie mein Wunsch gewesen, Bestatter zu werden. Bestatter, wie Vater, mein totes Vorbild. Oder wie Onkel Wolfgang, der selbstlos sofort nach unserem Autounfall 1984 die Leitung des Unternehmens übernommen und mich wie seinen eigenen Sohn aufgezogen hatte. All dieses Gerede über den Gut-Menschen, der dann nach seinem Tod vor der Familie, den Freunden und mir abschließend in einer bedeutungslosen Holzkiste lag. Die verstorbene Frau und Mutter, die sich für ihre Familie aufgeopfert hatte. Oder der Mann und Vereinskollege, der bis zum Ableben für seine Kameraden alles gegeben hatte. Diese Lügen, diese überzogenen Lobhuldigungen. Inzwischen schmerzten sie mich. Ich hatte schon lange an Ohrenpfropfen gedacht, die ich während den verlogenen Bestattungen einsetzen wollte. Aber dazu musste ich erst mein Haupthaar länger wachsen lassen, sonst fiel meine Teilnahmslosigkeit auf. Und ein langhaariger Bestatter, nein ..., aber eigentlich war mir alles egal. Ich sollte das Unternehmen verkaufen. Jetzt wo mich Silvana, meine Ehefrau, auch noch alleine gelassen hatte. Das und mehr ging mir durch den Kopf, während dieser Idiot von Amtsarzt Sinnloses auf mich einredete. Doch ich musste auch dankbar sein. Dankbar darüber, dass Dr. Wicht meinem Wunsch, die Totenschau bei mir im Hause durchzuführen, nachgekommen war. Das konnte für ihn großen Ärger bedeuten – wenn es aufflog. Ich hatte es meinen guten Beziehungen zugeschrieben. Aber sicher war es das gute Verhältnis, das Papa bis zu seinem Tode 1984 mit dem damals noch jungen Hamburger Amtsarzt aufgebaut hatte. Und das mein Onkel bis zu seinem Ableben weitergepflegt hatte. Amtsarzt Dr. Wicht ging im nächsten Jahr in den Ruhestand. Wahrscheinlich war dies auch der Grund, bei mir von den strengen Vorschriften einmal abzuweichen.

Der teure Holzsarg mit meiner vermeintlichen Gattin als Inhalt loderte schon eine Weile in den Flammen. Es erinnerte mich an einen Pizzaofen, aus dem in jedem Moment eine knusprige „Vierjahreszeiten“ zu erwarten war. Das plötzliche Hungergrummeln meines Magens schien zum Glück niemand gehört zu haben. Die Wärme – hier im Krematorium an diesem Novembertag 2017 – empfand ich als äußerst angenehm. Draußen herrschten Minustemperaturen. Aber war jemand, der die Wärme genoss, die durch die verbrennende Ehefrau entstand, nicht komplett verrückt? Gut, sie lag ja nicht wirklich im Ofen, entschuldigte ich mich bei mir selbst und wollte nicht weiter darüber nachdenken. Auf jeden Fall gab es kein Zurück mehr. Meine innere Unruhe legte sich langsam. Noch nie hatte man eine Feuerbestattung unterbrochen, den Ofen abgeschaltet und den angekokelten Sarg zurückgeholt. Zumindest in all den Jahren nicht, in denen ich mit dem Tod umging. Das war sicher auch technisch nicht ganz so einfach. Also würde es niemandem auffallen, dass in diesem rotgelb lodernden Sarg – knapp einen Meter neben uns – nicht meine geliebte Silvana lag und zu Asche verbrannte. Und den toten Obdachlosen, den ich als Gewichtsausgleich vor der Abfahrt gegen meine Ehefrau ausgetauscht hatte, würde ebenfalls niemand vermissen. Zumal seine Habseligkeiten gerade mit ihm verbrannten. „Wolfram Gerber", hatte auf seinem Personalausweis gestanden. Er war zwanzig Jahre älter als ich und an Unterkühlung verstorben.

Ich hatte den glücklichen Moment, für diesen alten Obdachlosen eine Sozialbestattung durchführen zu dürfen, genutzt und seine Papiere verschwinden lassen. Das war eine Lücke in den Gesetzen. Kaum einer überprüfte bei solchen Außenseitern, ob sie auch tatsächlich unter die Erde gebracht oder verbrannt wurden. Jeder Verantwortliche war froh, wenn ein anderer die Verpflichtung dafür übernahm.

SO HATTE ICH PLÖTZLICH EINE LEICHE ÜBRIG.

Ich wollte Silvana nach ihrem Tod auf keinen Fall hergeben und es war mir gelungen. Plötzlich fielen mir die makellosen Zähne und die Unversehrtheit von Silvanas Leiche ein. Würden sich die Männer hier im Krematorium nicht wundern, wenn aus der Asche ein Gebiss oder gar künstliche Körperteile auftauchten? Eiskalt lief es mir den Rücken herunter. Ich hatte in der Eile vergessen, den Obdachlosen genauer zu untersuchen. Aber wenn schon – VERBRANNT WAR VERBRANNT.

*

Als mich die Retter – am 11. November 1984 – aus dem Renault Espace schnitten, war ich der einzige Überlebende der Familie Hassel. Mit acht komplizierten Brüchen – sechs davon an den Beinen, zwei an den Armen – flog man mich nach Bremen in die Uniklinik. Schon den Flug mit dem Rettungshubschrauber bekam ich nicht mehr mit, auch nicht die zahlreichen Operationen. Erst am 3. Mai 1985 durfte ich wieder am Leben teilnehmen. Man holte mich aus dem künstlichen Koma zurück. Es war wie eine Neugeburt. Nur dass das Gehirn des 12-jährigen Jungen schon ausreichend mit Details und Informationen vom Leben gefüllt war. Nicht aber mit aktuellen Erinnerungen. Ich wusste – auch Tage nach dem Aufwachen – nichts von unserem Unfall. Onkel Wolfgang, der im Krankenhaus ein Nachbarzimmer belegte, um in meiner

Nähe zu sein, informierte mich nach und nach über das damalige Geschehen. Und über den Verlust meiner gesamten Familie.

„Du bist ein tapferer Junge ...", so fingen viele von Onkels Krankenhauserzählungen an. Sie endeten mit: „... es wird schon alles gut werden!" Sätze, Phrasen – aber für einen kleinen 12-jährigen Jungen ein Manifest.

„Du hattest mehrere Brüche, Julius. Die Ärzte haben alles gegeben und vor allem, Gott hat mitgespielt." Onkel Wolfgang weinte mir in diesen Maitagen 1985 die Bettdecke voll und ich verstand damals nicht viel. Mich wunderte anfangs nur, dass Papa und Mama nicht da waren und mir beistanden. Aber auch als mir alles bewusst wurde, wollte ich es nicht verstehen. Aber zu diesem Zeitpunkt hatte ich keine Tränen mehr.

*

„GOTT HAT MITGESPIELT". Die Worte erschienen mir unglaubwürdig und dumm. Doch erst Tage, gar Monate später wurde ich mir über deren Tragweite bewusst. Der Unfall auf der A1 hatte sieben Tote zu beklagen.

ICH HATTE ÜBERLEBT!

Meine Familie plus einen Lkw-Fahrer, auf dessen stehendes Fahrzeug wir ungebremst aufgefahren waren. Der Niederländer war wohl aus irgendeinem Grund ausgestiegen und um seinen Lkw gelaufen, als Papa ihn mit dem Renault

Espace einklemmte. Für den 43-Jährigen kam jede Hilfe zu spät.

ICH HATTE ÜBERLEBT!

Papa war wohl auch sofort tot, auch Opa und meine beiden kleineren Geschwister. Nur Mama und Oma hatten den Unfall noch überlebt, sie starben jedoch auf dem Weg ins Krankenhaus. Das erfuhr ich im Laufe der nächsten Monate. Ich selbst hatte wochenlang geschlafen und war trotzdem beim Aufwachen noch müde.

UND ICH HATTE ÜBERLEBT!

Es wollte nicht in meinen Kopf, warum das alles geschehen war und vor allen Dingen, warum ausgerechnet meiner Familie? Kindlich naiv bat ich den Arzt, mir noch einige Wochen Koma-Ruhe zu gönnen. Dies und mehr erzählte mir später Onkel Wolfgang, als ich zu Hause bei den ersten Gehversuchen durch die zahlreichen Räume unseres Hauses humpelte. Durch Räume, die menschenleer waren und vor Eiseskälte strahlten. Sie waren so ohne jegliches Leben und vor allem ... ohne Familie. Wolfgang erklärte mir auch, nun mein Vormund zu sein. Der Onkel hatte sofort nach dem Unfall Verantwortung übernommen, sein Haus im emsländischen Haren vermietet, den Job als Einkäufer einer Maschinenbaufirma gekündigt und war nach St. Pauli in unser Wohnhaus gezogen.

ER UND ICH WAREN NUN DIE LETZTEN DER FAMILIE HASSEL.

Wolfgang hatte auch das Bestattungsunternehmen übernommen, sofort einem von Papas Angestellten vorläufig

Prokura erteilt und alles getan, um das Geschäft mit den Toten weiterlaufen zu lassen.

„Es ist alles im Sinne meines Bruders, deines Papas, Julius. Und es wird später dein Erbe sein – so Gott will." Er hatte mir über den Kopf gestreichelt und gestöhnt.

ES WAR DER TAG, AN DEM ICH GOTT ABGESCHWOREN HATTE – FÜR IMMER.

Kapitel 2

Ich lief schon seit einer Weile unruhig vor der Kühlzelle im Untergeschoss des Bestattungsunternehmens hin und her. Die letzten Monate hatte das Geschäft stark gelitten und ich war nicht unschuldig daran. Ich musste schon vor Wochen einen der drei Mitarbeiter entlassen. Zu Zeiten des inzwischen verstorbenen Onkels hatten wir sogar sechs Angestellte. Doch die Reduzierung an Bestattungsaufträgen hatte auch etwas Gutes: Silvana lag ganz alleine in der Kühlzelle. Keine weitere Leiche störte ihre Totenruhe. Und endlich war es so weit.

Das Wohnhaus war leer. Irmi, das Hausmädchen, und auch die Reinigungskraft hatten sich schon vor einer knappen Stunde verabschiedet. Ich hatte durch die Verbindungstür im Hausflur den Unternehmensbereich betreten, die Treppen nach unten genommen und die Verriegelung der Edelstahltür geöffnet. Automatisch schaltete der Bewegungsmelder das warme Licht ein. Ich erinnerte mich ein weiteres Mal daran, dass der Onkel diese Lampe hatte installieren lassen. Er fand, die Leichen sahen irgendwie besser aus. Vor Jahren hatte er einmal das Wort „fröhlicher" benutzt und wir beide mussten damals lauthals lachen. Nun war der Onkel schon zwei Jahre tot und sein Abschied hatte mir wieder ein Stück aus meinem Herzen gerissen. Er starb

– 64-jährig und viel zu früh – an einem Herzinfarkt. Zum Glück nicht durch einen Verkehrsunfall.

*

Silvana lag im schönsten Kleid, das ich finden konnte, auf einer der Edelstahl-Bahren. Genau in der Mitte des gekühlten Raumes. Alles, was stören würde, hatte ich nach draußen geschoben und im angrenzenden Lagerraum abgestellt. Ich hatte meiner verstorbenen Ehefrau – statt des üblichen weißen Totenhemdes – ein buntes Kleid übergezogen. Eines mit Blumenmuster, um das ich beim Einsargen so oft von den Hinterbliebenen gebeten wurde. Erst sollte es ihr Lieblings-Tangokleid sein, aber das fand ich dann doch unpassend. Obwohl, inzwischen gab es bei Bestattungen kaum noch etwas, was mich hätte überraschen können: Särge in Neonfarben, Heavy Metal-Bands, die beim Abschied spielten, und Kinder, die mit ihren Farbeimern während der Messe auf den Holzsärgen herumturnten und sie bemalten. Aber auch tote FKK-Anhänger, die man nackt beisetzte, andere gar in ihren Arbeitsanzügen. In diesem Metier war vieles anders geworden – bunter. Pietät war Kreativität gewichen – oder durch Ablenkung ersetzt worden. Doch eines war noch immer das Gleiche geblieben: DER MENSCH IN DER HOLZKISTE WAR TOT. Und dieser Zustand dauerte an.

Silvana war noch immer wunderschön. In den Monaten nach dem tödlichen Unfall der gemeinsamen Tochter, unseres kleinen Sonnenscheins, am Neujahrstag des Jahres 2015 hatte meine Frau sich äußerlich kaum verändert. Dunkle Augenringe vielleicht, auch ein graues Haar war bei der damals 34-Jährigen aufgetaucht. Und sie hatte sicher auch das eine oder andere Kilogramm abgenommen. Aber in ihrem Innersten wusste ich um die dramatischen Veränderungen. Als unsere fast dreijährige Ruby in den Swimmingpool fiel und später – nach tagelangem Bangen – nicht mehr aus dem Koma aufgewacht war, starb Silvana innerlich. Der Tod des einzigen Kindes höhlte sie aus. So wie man aus einem Brötchen das Weiche herauspult. Danach bestand sie nur noch aus einer funktionierenden Hülle. Am Leben gehalten von zig verschiedenen Psychopharmaka-Tabletten. Mir war schon damals klar, der Tag des Abschieds würde kommen. Und dass ich sie nicht aufhalten konnte. Vor allem, als ich sie danach nie wieder zum gemeinsamen Tangotanzen überreden konnte. Und so kam es auch: GENAU HEUTE VOR EINER WOCHE HATTE ICH MEINE FRAU NACH DER RÜCKKEHR VON EINER BESTATTUNG TOT AUFGEFUNDEN UND VOM DECKENHAKEN GESCHNITTEN.

Von dem Haken, den wir montieren ließen, um die kleine Ruby oben in ihrem rosafarbenen Zimmer schaukeln zu können. Warum hatte ich damals nur gebeten, einen stabilen Lastendübel zu verbauen? Ruby hatte nie an diesem Haken geschaukelt.

Annähernd drei Jahre lang war ich in angespannter Erwartungshaltung auf diesen Tag. Vielleicht verursachte Silvanas plötzlicher Suizid aus diesem Grunde bei mir auch kaum Gefühlsregungen. Ich wunderte mich selbst darüber und staunte. Doch ich verglich ihr Ableben mit einem Auto, dessen Mobilität nur noch begrenzt anhalten würde. Um dann auf dem Schrottplatz zu enden. Pietätsbekundungen von Angestellten und Kunden erwiderte ich stets mit einem Schulterzucken. Ich zog mich zurück und konzentrierte mich auf meine Arbeit.

*

Der Geruch des Todes brachte meine Gedanken zurück in die Gegenwart und ich nahm nun die tote Silvana vor mir auf der Bahre wieder wahr. Die auffälligen Würgemale am Hals, die durch die Strangulierung entstanden waren, hatte ich – wie so oft schon in meinem Berufsleben – dick mit hautfarbener Paste eingeschmiert und abgedeckt. Silvana lag vor mir, als schliefe sie, und ich nahm ihre eiskalte Hand und kniete mich daneben. Der Entschluss, sie nicht wegzugeben, war ganz plötzlich in mir aufgekeimt. Erst hatte ich nicht weiter über irgendwelche Konsequenzen nachgedacht. Doch dann packten mich der Ehrgeiz und meine Liebe zu ihr. Man hatte mir 1984 meine Eltern, die Geschwister und die Großeltern genommen. Hatte sie ohne mein Einverständnis auf dem Ohlsdorfer Parkfriedhof in ein Familiengrab gebettet. Alle sechs in eine Grube, was Onkel Wolfgang wohl nur durch finanzielles Zutun gelungen war. Nie wieder hatte ich Gelegenheit, meine restliche Familie nach dem Unfall zu sehen. Weder tot noch lebendig. Es war mir nicht vergönnt, Abschied nehmen zu dürfen. Wenn ich heute – wie fast wöchentlich – vor ihrem riesigen Grabstein stehe und auf die Erde niederschaue, wollte ich immer noch nicht glauben, dass sie tatsächlich dort unten lagen und dem Zahn der Zeit ausgeliefert waren. Meine kleine Ruby legten sie damals an diesem Januartag in einen weißen Holzsarg. Und bevor ich etwas dagegen tun konnte, hatte man mir und Silvana ein Beruhigungsmittel gespritzt, und wie in Trance nahmen wir an der Bestattung des kleinen Körpers teil. Wie ein Film lief alles vor mir ab. Einen Film, den ich abstoßend fand, trotzdem anschaute und nicht ändern konnte. Alles, was mir lieb war, hatte man mir weggenommen – MIT SILVANA WÜRDE MIR DAS NICHT ERNEUT PASSIEREN.

Ich erhob mich nun wieder und küsste Silvana auf ihre kalten Lippen. Irgendwie war es wie immer. Ihre leichten Durchblutungsstörungen verursachten schon zu Lebzeiten kalte Lippen bei ihr und am Anfang unserer Beziehung hatte sie gelacht und erklärt: „Du wirst noch an mir festfrieren.“ Der Gedanke daran drückte Tränen in meine Augen und ich musste mich für einen Moment abwenden. Es war an der Zeit zu überlegen, wie es weitergehen sollte.

Ich hatte den Angestellten über das kommende Wochenende freigegeben, ihnen meine Trauer als Grund erklärt. Sie hatten verstanden. Auch den geschäftlichen Anrufbeantworter hatte ich besprochen und die Rufnummern anderer Bestatter für einen eventuellen Trauerfall genannt.

ICH HATTE 48 STUNDEN.

*

Die Leiche Silvanas hatte ich inzwischen aus der Kühlzelle in den daneben liegenden Hygieneraum geschoben und dort auf den Arbeitstisch gelegt. Der Hygieneraum war zur Vorbereitung von Leichen vor der Abschiedsnahme eingerichtet worden und zur erweiterten hygienischen Versorgung, wie zum Beispiel zum Herrichten von schwer verletzten Toten nach Unfällen. Ein großzügiges Raumangebot und helles Licht sorgten hier in den Räumen im vollständig gefliesten Untergeschoss von Hassels Bestattungsunternehmen für ein angenehmes Arbeiten. Es war schon seltsam, welche Gefühle in mir geweckt wurden, als ich an die Aufgabe dachte, die vor mir lag: DIE EIGENE EHEFRAU EINBALSAMIEREN ZU WOLLEN.

Silvanas Suizid war inzwischen schon sieben Tage her. Am 27. Oktober 2017 hatte ich sie tot aufgefunden. Nun war es an der Zeit, diese Arbeit zu verrichten. Ich schaltete den CD-Player ein. Sekunden später war der Raum erfüllt von ‚El Tango de Roxanne' aus dem Musical-Filmdrama ‚Moulin Rouge'. Der Song war zu unserem absoluten Lieblingslied geworden. Konnte ich früher mit den Liedern von ‚The Police' nichts anfangen, hatte es dieser Tango mir, aber auch Silvana angetan. Hunderte Male tanzten wir danach. Er war zu unserer Hymne geworden. So war es mehr als angebracht, Silvana heute an diesem besonderen Tag damit richtig einzustimmen. Ich drehte die Lautstärke etwas runter, ich hatte sie – aus reinem Enthusiasmus – zu laut gestellt.

Bald würde unweigerlich der Verwesungsprozess eintreten und es immer schwieriger werden, Silvanas Körper zu erhalten. Ich musste mich sputen. Langsam und andächtig zog ich die Latexhandschuhe über und warf den Riemen der Gummischürze über meinen Kopf. Dann entkleidete ich sie. Sie lag so zerbrechlich in ihrer Nacktheit vor mir, dass ich erst einen Moment innehalten musste. Ihre Haut schimmerte äußerst blass und bis auf einige Muttermale und die kleine Blinddarmnarbe gab es nichts an ihrem Aussehen zu beanstanden. Kein Gramm Fett zu viel, und Silvanas Drang nach reichlich Sport, aber auch unser Hobby, das Tanzen, hatten ihrem Körper gutgetan. Mit etwas Glück und einer ansehnlichen finanziellen Spritze in die Kaffeekasse des Instituts konnte ich den ausführenden Gerichtsmediziner davon überzeugen, die 37-Jährige bei der Leichenschau nicht aufzuschneiden. Inzwischen war ich froh und dankbar über die vielen guten Kontakte, die Papa, Onkel Wolfgang und später auch ich stets gepflegt hatten. Aber was würde der Onkel sagen, wenn er wüsste, was ich plante? Zum Glück stellte sich diese Frage nicht.

Ich legte die alten Handpumpen aus Opas Schrank bereit und schleppte den Kanister mit der angerührten Balsamierungsflüssigkeit neben den Tisch. Das Waschen und Desinfizieren der Leiche hatte ich schon heute Morgen in der Kühlzelle besorgt. Nun galt es als Erstes, Silvanas Körperöffnungen zu schließen. Dieses empfand ich – gegenüber dem späteren Austausch ihres Blutes durch Formaldehyd – als sehr intimen Eingriff in die Privatsphäre meiner Ehefrau. Ich hatte mir inzwischen angewöhnt, mit ihr wie mit einer Lebenden zu sprechen, und erklärte Silvana nun freudig mein Tun: „Ich muss verhindern, Silvana, dass kleinere Verwesungsprozesse, die trotz all meiner Bemühungen nicht zu stoppen sind, Gerüche verursachen. Du weißt, ähnlich wie bei Blähungen!“ Ich musste lachen und freute mich über meinen Vergleich. Sie würde ihn – wo immer sie sich jetzt befand – verstanden haben.

Großvater hatte – im und während des Krieges – sehr viele Balsamierungen durchgeführt. Er hatte auch einige Bücher darüber geschrieben, die ich nach der Übernahme des Unternehmens in seinem Blechschrank im Untergeschoss des Instituts gefunden hatte. Zusammen mit seinen alten Tagebüchern. Ich wusste schon immer von diesem verschlossenen Schrank in der hinteren Ecke des Kellers. Aber er hatte etwas Mystisches, Geheimes und mir graute schon als Kind vor der alten, dunklen Blechdose. So unterdrückte ich lange Zeit Versuchungen, dort hineinzuschauen. Erst kurz vor dem Unfalltod des Großvaters überkam mich 12-Jährigen der sehnsüchtige Wunsch, mehr über den Inhalt erfahren zu dürfen. Ich fand dort seltsame Gerätschaften, dazu Bücher und handgeschriebene Schulhefte. Überglücklich schloss ich den Schrank. Danach war meine Neugierde für Jahrzehnte gestillt. Erst als sich meine Idee, Silvana zu erhalten, verselbstständigte, war der Tag gekommen, den Schrank zu öffnen und seinen Inhalt als mein Eigentum anzusehen. Der Schlüssel hing – wie schon seit Jahrzehnten – im Schlüsselkasten in Opas kleinem Büro im Haus. Niemand hätte sich je gewagt, ihn dort vom Haken zu nehmen, geschweige denn Opas Schrank zu öffnen. Das war Opas Schrank – basta!

Und der war ein offenes Geheimnis – BIS ZU DEM TAG, AN DEM ICH DAS GEHEIMNIS LÜFTETE.

Großvater, so hatte Papa früher erzählt, gehörte in der Nachkriegszeit zu den erfahrensten Leichenbestattern Hamburgs. Er hatte die vielen Kriegstoten erlebt und darin, sie unter die Erde zu bringen, aber auch zeitlich zu erhalten, seine Berufung gefunden. Begonnen hatte er als Seebestatter im Großen Grasbrook. Ein Einmannunternehmen in einem Schuppen, erwähnte er irgendwann. Sonst hatte er nie über diese Zeit gesprochen. Zu mir, dem Enkel, verlor Opa auch nie Worte über die Kunst, Leichen begrenzt oder dauerhaft zu balsamieren. Das hing sicher auch mit seinem frühen Tod zusammen. Trotzdem wusste ich einiges darüber – jedoch von Papa. Vor allem dass unten im großen Schrank die Gerätschaften lagerten, mit denen Großvater bis Mitte der Sechzigerjahre im Großen Grasbrook gearbeitet hatte.

*

Als ich den Metallschrank vor einigen Tagen – zum ersten Mal seit damals – wieder öffnete, fand ich fast alles in einem guten, teilweise noch sterilisierten Zustand vor. Bei einigen Flüssigkeiten und Cremes war die Haltbarkeitszeit schon seit Jahrzehnten abgelaufen und ich hatte sie ersetzen müssen. Sicher musste ich mir keine Gedanken machen, der schon toten Silvana noch etwas anzutun, aber – obwohl das irrsinnig klingt – ich wollte sie ja so lange wie möglich konservieren. Zum Glück gab es in der Steilshooper Allee einen Shop, der jeglichen Bestatterbedarf, aber auch viele der sogenannten Embalming-Produkte vertrieb. Was man dort nicht vorrätig hatte, konnte jedoch in wenigen Tagen besorgt werden. Ansonsten bestand auch noch die Möglichkeit, weitere Dinge im Internet zu kaufen. Meine Lizenz als Bestatter machte den Einkauf auch nicht auffällig. Und Opas Bücher und handschriftliche Aufzeichnungen ließen mich in kurzer Zeit zum Balsamierer werden. Vor allem Opas Niederschriften aus seiner Zeit als Seebestatter hatten es mir angetan. Die Informationen waren in alte Schulhefte gekritzelt und für mich sehr schwer zu entziffern. Aber das machte den Reiz aus. So erfuhr ich – Abend für Abend – etwas mehr über seine Geschäfte, die ersten Einnahmen und seine Arbeit als Seebestatter in einem Schuppen, den er als SCHUPPEN NUMMER 10 bezeichnete. 1963 hörten die Eintragungen dann abrupt auf. Mir war klar, er hatte in diesem Jahr mit dem Bau des Bestattungsunternehmens – hier in der Paul-Roosen-Straße auf St. Pauli – begonnen und fand danach nicht mehr die Zeit zum Schreiben. Was mich erschreckte und meine Einstellung zum Großvater etwas infrage stellte, waren Anmerkungen zu einem Verbrechen, zu dem er sich selbst bekannte. Es musste mit seinem Beruf zu tun haben, denn im letzten seiner Hefte, im Jahr 1963, formulierte er immer wieder, „er sei diesem Berufsstand nicht würdig“ und schrieb darüber, „mit dem Gebäudekomplex ein sich stets in traurige Erinnerung rufendes Gebilde geschaffen zu haben“. Genaueres zu seinen Taten fand ich zunächst nicht. Nur Selbstzweifel, und dann war die Rede von großen Geldzuwendungen, die ihn „vom rechten Wege abbrachten, aber zum reichen Mann machten".

Und immer wieder erwähnte er diesen SCHUPPEN 10.

Einige Seiten des Heftes waren leicht gewellt und die Schrift zeigte Flecke wie von Wassertropfen. Vor allem dort, wo er seine Untaten abarbeitete. Anfänglich glaubte ich, es läge an den langen Jahren der Lagerung im Untergeschoss. Doch es fiel mir auf, dass die anderen zig Hefte makellos waren. Irgendwann nachts wurde mir klar, Opa hatte geweint, als er das schrieb.

UND ICH WEINTE MIT IHM.

*

Ich brachte meine Gedanken zurück und bewegte nun Silvanas Arme und Beine. Die Extremitäten, die so schwungvoll und graziös den Tango getanzt hatten. Zuerst bewegte ich sie äußerst zart und vorsichtig – später doch intensiver. Die Totenstarre hatte sich längst wieder gelöst und wie eine Marionette ließ sie es zu. Es war schon irgendwie seltsam, wie ihr Körper mir nach ihrem Tode ausgeliefert war. All das, was sie zu Lebzeiten mir gegenüber versteckte, alles, was ihr unangenehm war, würde sie nun – ob sie wollte oder nicht – zulassen müssen. Meine Frau konnte sich nicht mehr wehren. Ich merkte, dass ich diese Überlegung zunächst genoss. Doch dann schlug sie in Zorn um. „Warum hast auch du mich alleine gelassen in dieser grausamen Welt?", schrie ich und die Worte hallten durch den gefliesten Raum. Ich bemühte mich um Beherrschung. Das Ganze war jetzt nicht mehr zu ändern – Silvana war mausetot.

Mit dem Trokar und dem Schlauch der Saugpumpe gelang ich in Silvanas Magen. Die aufsteigenden Gase verursachten eine mir bekannte Übelkeit. Die Gesichtsmaske verhinderte kaum, dass die Gerüche in meine Nase geleitet wurden, und ich schmierte mir etwas bereitgelegte Erkältungssalbe zwischen Nase und Oberlippe. Das darin enthaltene Eukalyptusöl und das Menthol halfen. Mit sanften Pumpbewegungen befreite ich den Magen und auch die Bauchhöhle von allen Flüssigkeiten. Anschließend spülte ich die Bauchhöhle mittels Formaldehyd und der Einleitungspumpe. Danach nähte ich die entstandene Öffnung sauber zu. Ich hatte erst einen speziellen Trokar-Button verwenden wollen, bekam ihn aber nicht rechtzeitig geliefert. Stolz und zufrieden schaute ich auf die feine Naht und flachste: „Silvana, dafür, dass alles ohne Betäubung ablief, warst du sehr tapfer!"

Den Mund der Toten verschloss ich mit einer metallischen Klammer, die ich in Ober- und Unterkiefer gedrückt hatte. Ich wusste, es gab verschiedene Methoden, die Mundöffnung dauerhaft zu schließen. Die einfachste war das Verkleben mit Sekundenkleber – was aber nicht lange hielt. Auch das Zunähen – die sogenannte Ligatur – war eine beliebte Variante. Eine, die inzwischen auch in diversen Thrillern beschrieben und gezeigt wurde. Aber längerfristig, fand ich, war die Klammer immer noch das geeignetste Mittel.

„Ich will dich doch hin und wieder küssen, Schatz. So kratzen die Fäden nicht!", erklärte ich ihr lachend und gab ihr einen Klaps auf den kalten Oberschenkel.

Für Ohren- und Nasenöffnungen verwendete ich spezielle Pfropfen. Sie waren aus hautfarbener Knetmasse, die später noch aushärtete. Für die Augen hatte ich Augenkappen besorgt. Das war einer der Momente, vor denen ich mich etwas gefürchtet hatte. Die Augen lagen tief in ihren Höhlen. Eigentlich der einzige sichtbare Hinweis dafür, dass die Frau tot war. Und obwohl mich dieser Anblick schon seit Tagen verfolgt hatte, verursachte er gerade jetzt wieder schlimme Stiche in meiner Magengegend. Ich atmete tief durch, erneuerte die Erkältungssalbe und schob das verschlossene Lid des linken Auges vorsichtig nach oben. Anschließend wiederholte ich den Vorgang mit dem Lid des zweiten. „Silvana, schau mich bitte an! Warum schaust du zur Decke?", scherzte ich, sicher, dass diese Augen sich nie wieder bewegen würden. Ihre ozean-blauen Augen, in die ich seit ihrem Tod jetzt wieder zum ersten Mal blickte, hatten viel von dem ehemaligen Glanz verloren. Stumpf geworden und voller Leere verfolgten sie – wie ich mir einbildete – eine Mücke, die oben um die Leuchtstoffröhre kreiste. Wie oft bekam ich früher diese Erregung, wenn Silvana mich intensiv anschaute. Es zerriss mich dann fast und war ein Teil dessen, was ich an ihr am meisten liebte. Einmal spielte ich ihr das Lied „Deine blauen Augen" vor und die junge Frau hatte ausgelassen gelacht, war aufgesprungen und hatte zur Musik getanzt. Während dieser Überlegung befand sich mein ganzer Körper gerade in einem Zustand reinster Gänsehaut.

Ich setzte die hauchdünnen Kunststoffkappen auf die Augäpfel Silvanas. So, wie ich es schon etliche Mal bei anderen Verstorbenen durchgeführt hatte. Dann zog ich vorsichtig ihre Lider darüber. Mir war klar, die raue Oberfläche der Augenkappen hielt die Augenlider von nun an zuverlässig an ihrem Platz.

„Du wirst nie wieder schlafen dürfen, Schatz!", lachte ich und schmiss die Handschuhe in die Ecke. Inzwischen war ich seit fast zwei Stunden mit der Einbalsamierung beschäftigt und musste erst einmal eine kleine Pause einlegen.

*

Meine Großeltern hatten 1940 geheiratet. Opa war in Hamburg-Harburg geboren und hatte auf St. Pauli eine Schreinerlehre absolviert. In den Kriegstagen war er schnell auf die Idee gekommen, Särge herzustellen. Damit war die Grundlage unseres Bestattungsunternehmens gelegt. Er betrieb, seinen Erzählungen nach, kurze Zeit ein kleines Unternehmen in der Nähe des alten Kaiserspeichers. Wechselte dann vollständig in das Metier des Seebestatters. Oft erzählte er mir vom Zeitball am Turm des Speichers, der pünktlich auf die Sekunde um zwölf Uhr fiel und den Seeleuten draußen die genaue Zeit ankündigte.

Erst Anfang der Sechzigerjahre erstand Großvater das fast 4.000 Quadratmeter große Bauland, mitten auf St. Pauli, und eröffnete 1966 das zur damaligen Zeit modernste Beerdigungsinstitut Hamburgs. Später wurde der Begriff Bestattungsunternehmen modern und das ‚Bestattungsunternehmen Hassel' wurde über die Stadtgrenzen Hamburgs hinaus bekannt. Man hatte Großvater wohl Subventionen zum Bau angeboten, anders konnte ich mir nie vorstellen, wie er das finanziell stemmen konnte. Nun war ich, aufgrund seiner eigenen Aufzeichnungen, eines Besseren belehrt worden.

Das riesige, zweistöckige Haupthaus, in dem es Platz für die gesamte Großfamilie gab. Das daneben liegende, vollständig unterkellerte und einstöckige Geschäftshaus, intelligent über je einen Durchgang mit dem Haupthaus und der Privatgarage verbunden. Eigenwillig auch in der Bauform, die schräge Elemente aufwies. All das, was mir über Jahrzehnte lieb und heilig gewesen war, hatte der Großvater anscheinend mit schmutzigem Geld aus einem Verbrechen finanziert. Trotzdem hatte er alles gut geplant: Das Unternehmensgebäude selbst bot neben Büros, Aufenthaltsraum sowie Ausstellungsraum auch eine kleine Kapelle und daran angrenzend – was es lange nur bei Hassel gab – einen begrünten Innenhof. Dorthin zogen sich die Trauernden zum Abschiednehmen von ihren Liebsten gerne zurück. Den Aufzug zum Transport der Särge ins Untergeschoss hatte Papa später einbauen lassen. Unten befanden sich auch noch ein Hygienebereich, ein Lagerraum sowie die großzügige Kühlzelle für die Aufbewahrung der Verstorbenen. Dazu gab es draußen reichlich Besucherparkplätze. Eine gesonderte Fahrspur zum Abfahren der Verstorbenen rundeten den Unternehmensbereich ab. Das Haupthaus selbst besaß Platz für uns alle. Mit zwei Schlafzimmern, drei Kinderzimmern und zwei separaten Badezimmern oben hatte Opa schon damals an eine Art Mehrgenerationenhaus gedacht. Dass ein Unfall all seine Träume zerstören würde, damit hatte er – der die beiden Weltkriege ohne größere Blessuren überstanden hatte – nicht gerechnet. Das gesamte Gebäude war seit dem Bau nahezu unverändert geblieben. Innen, an der riesigen Terrasse gelegen, gab es einen schrägen Raum mit einem kleinen, ovalen Swimmingpool. Dazu einige Ruheliegen mit einem Blick durch hohe Glasfenster in den gepflegten Garten. Dieser wenig genutzte Pool war schon als Jugendlicher mein Rückzugsbereich. Ich mochte – im Gegensatz zu den anderen Familienmitgliedern – den starken Chlorgeruch, der dort herrschte. Und viele der Bücher, die ich, sei es als Schüler, sei es als Student und auch während der vier Semester des begonnenen Medizinstudiums, gelesen hatte, verschlang ich dort im Poolbereich auf einer der Liegen. Hin und wieder schlief ich sogar dort. MEIN KINDERZIMMER VERABSCHEUTE ICH.

Bis auf regelmäßige Schönheitsreparaturen waren später ein zusätzlicher – mittig im Garten gelegener – Swimmingpool sowie ein Poolhaus hinzugekommen. Das 8 x 4 Meter große Becken war damals Vaters Idee. Schwimmen war die einzige Sportart, die er betrieb, und diese Körperertüchtigung sollte Rückenprobleme, bedingt durch das Schleppen der schweren Särge, ausgleichen. Zumindest hatte er Mama und den Großeltern die riesige Investition Ende der Siebzigerjahre mit dieser Erklärung schmackhaft gemacht. Oft, wenn wir Geschwister in einem der Pools planschten, erzählte uns Mama diese Geschichte und schmunzelte dabei.

*

Ein kleines Bier und zwei belegte Brötchenhälften brachten mir die Lust zum Weitermachen zurück. Irmi, die langjährige Haushaltshilfe, hatte wie immer für Verpflegung gesorgt und sie im Kühlschrank hinterlegt. Kauend spazierte ich in das Untergeschoss des Bestattungsunternehmens.

Beim Eintreten in den Hygienebereich spürte ich sofort die aufsteigende Kälte. Ich hatte vorsorglich die Tür zur Kühlzelle offen gelassen und schon gestern die Kühlung im Raum komplett hochgefahren. Es war Albert, einem der Angestellten, aufgefallen, bevor er sich ins Wochenende abgemeldet hatte.

„Ich habe die Kühlung in der leeren Kühlzelle zurückgefahren. Wäre ja Energieverschwendung!", erklärte er stolz. Nachdem er verschwunden war, drehte ich die Regler sofort wieder auf.

Es roch widerlich und mir war klar, die unteren Körperöffnungen Silvanas mussten als Nächstes und vor allem so dicht wie möglich verschlossen werden. Hier lauerte die Gefahr dauerhafter und übler Gerüche und dort musste ich mir besonders viel Mühe geben. Ich zog neue Latexhand-

schuhe über, legte einen Strang der Salbe unter meine Nase und begann.

In diesen intimen Bereich meiner Ehefrau war ich zu Lebzeiten eher selten vorgedrungen. Seit dem Tod von Ruby nicht ein einziges Mal. Und auch nach unserer Heirat 2008 war Silvana an Sex eher wenig interessiert. Erst dann, als sie nur noch von einem Baby und ihrem Wunsch nach einer Mutterschaft sprach. Trotzdem lief unser Liebesleben meist im Dunkeln ab und wenn, dann auch ohne jegliche gegenseitige Berührung. Außer beim Tango, da explodierte Silvana regelrecht. Doch zu Hause angekommen, gab sie sich wieder als die Schüchterne. Es war jetzt etwas Neues für mich, meine Frau – ohne Ablehnung erfahren zu müssen – zu berühren. So als ob man einer neuen Freundin beim ersten Mal in den Intimbereich fasst. Ich erwartete ein Zucken von Silvana, als ich ihre Scham berührte. Doch als, wie erwartet, nichts geschah, lachte ich laut und voller Erlösung auf. Ich musste ihre Schenkel ein wenig öffnen und machte mich mit einem Seufzer an die Arbeit.

*

Weitere zwei Stunden später schob ich die Leiche meiner Gattin aus dem Hygienebereich wieder zurück in die Kühlzelle. Ich hatte mittels der Pumpe das Blut ausgetauscht und anschließend gegen knapp zwei Liter Einbalsamierungsflüssigkeit ersetzt. Hatte ein Rohr sowohl an der Karotis, der Halsschlagader, zum Einleiten der Einbalsamierungsflüssigkeit als aber auch an der Jugularvene, der Drosselvene, dort, wo das körpereigene Blut abgeleitet wurde, eingesetzt. Die Arbeit mit der mechanischen Pumpe kostete mich viel Zeit und vor allem Kraft. Die intensive Massage und das Kneten des Körpers, um sicherzustellen, dass die Einbalsamierungsflüssigkeit auch in die eher schlecht durchbluteten Stellen von Silvanas Körpers fließen konnte, erwiesen sich als äußerst mühsam. Ich war froh, diese Arbeit nicht ein weiteres Mal durchführen zu müssen.

Der Plastikeimer, in den ich das Blut meiner Frau abgeleitet hatte, fasste fünf Liter und er war danach etwas mehr als halb gefüllt. Einiges ihrer Lebensflüssigkeit würde dauerhaft im Körper verbleiben. Dies war nicht zu ändern. Es war eine Freude, Silvana anschließend zu betrachten, und ich jauchzte während des etwa dreißig Minuten andauernden Vorgangs etliche Male laut auf. Am Ende der Einbalsamierung erfreute mich ihr gutes Aussehen, wobei Arme, Rumpf und Beine eine fast natürliche Farbe angenommen hatten. Silvanas Hände fühlten sich wieder weich und geschmeidig an und ich hielt sie spontan für eine Weile umklammert. In ihrem Gesicht fielen mir, hier und da, noch einige gesprenkelte Stellen auf. Diese lösten sich jedoch allmählich auf. Vor allem die Augen und ihr Mund bekamen nach und nach ein volles, natürliches Aussehen. Gegen Ende waren auch die tiefen Augenringe gänzlich verschwunden. ES WAR EINE FREUDE, SILVANA ANZUSCHAUEN, UND ICH WAR BESONDERS STOLZ AUF MEIN WERK.

Nach einer Weile der Bewunderung, hatte ich ihren Körper gewaschen, ein weiteres Mal desinfiziert, vollständig eingecremt und auch wieder angekleidet. Dieses Mal zog ich Silvana ein komplettes Unterwäscheset an. Dazu ein sauberes Kleid aus ihrem Schrank. Als ich sie auf der Bahre zurück in die Kühlzelle rollte, erwartete ich jeden Moment, dass sie aufsprang und mich umarmte. Aber nichts geschah. Müde legte ich den Türgriff um und schleppte mich zurück zu meinem Stuhl. Nun war es vollbracht. Silvana würde bei mir bleiben. Die eine oder andere Nachbesserung vielleicht, aber ansonsten war sie wieder die Alte. Meine Augen brannten und mir war klar, es würde Tage dauern, bis sich dieser Zustand besserte. Formaldehyd war ein sehr gesundheitsschädlicher Stoff. Beim Einatmen hochgiftig und es besaß reizende Eigenschaften. Aber es lieferte – wie ich aus amerikanischen Studien wusste – die besten und vor allem die dauerhaftesten Ergebnisse. Und die amerikanischen Bestatter waren große Experten im Einbalsamieren – und sie mussten es ja wissen.

Trotz der aufkommenden Müdigkeit reinigte ich noch den Tisch, die Ablaufrinne und den gefliesten Boden. Die Gerätschaften warf ich in einen großen Topf heißen Wassers – ich würde sie morgen säubern. Nur das Blut machte mir noch Kummer. Ich konnte es schlecht in den Ausguss schütten. Es war siebenunddreißig Jahre durch Silvanas Adern geflossen. Todmüde fiel ich in das gemeinsame Ehebett.

*

Es roch extrem muffig hier unten. Trotz des Bautrockners, der tagelang im alten Luftschutzbunker gelaufen war, roch es noch immer nach der Feuchtigkeit der vergangenen Jahrzehnte. Kein Wunder, so richtig genutzt worden war dieses unterirdische Betonmonster noch nie. Ab sofort würde der Bunker wieder zu neuen Ehren kommen, lachte ich und schob den Rollstuhl mit Silvana vorsichtig rückwärts die steile Treppe hinunter.

„Weißt du, Silvana, dass ich bis zum siebten Lebensjahre nichts von diesem Bunker hier unten wusste?“, stöhnte ich und hielt, nachdem ich unten angekommen war, an, um nach Luft zu schnappen.

„Ja, tatsächlich. Als Opa diesen Gebäudekomplex, Haus und Unternehmen, in den Sechzigerjahren bauen ließ, steckten ihm wohl noch immer die Kriegsjahre in den Knochen. Und der Kalte Krieg war wohl gerade voll im Gange.“

Ich lehnte mich an die kühle Betonwand.

„Opa hat damals geglaubt, es würde noch einen Dritten Weltkrieg geben. Na ja, da stand er mit seiner Annahme wohl nicht alleine.“

Ich spürte, wie das Schwächegefühl zurückging und der Kreislauf wieder in der richtigen Geschwindigkeit zirkulierte. Vorsichtig schob ich den Rollstuhl mit Silvana ins Innere des Komplexes. Leise und beruhigend konnte ich neben mir die Umluftanlage hören. Alles hier unten, im nur fünfundzwanzig Quadratmeter großen Bunker, war sauber geplant, und Opas Vorsatz musste es gewesen sein, die Familie zu evakuieren und retten zu wollen.

„Und das mit Geldern aus einem Verbrechen.“

Es lief mir eiskalt den Rücken herunter, als mir die Geschichte aus den Heften über diesen ‚Schuppen 10' wieder einfiel. Aber zum Glück war dieses Ereignis ‚Krieg' nicht wieder eingetreten und so wurde der Bunker nur einmal genutzt: um die technische Anlage zum Betreiben des Außen-Swimmingpools nachträglich dort unten aufzunehmen.

„Ansonsten hatten wir Kinder hier völliges Betretverbot, Silvana. Ja, Opa hat aus Vorsicht, vielleicht aber auch aus Angst vor Entdeckung, die Tür zum Bunker meisterhaft versteckt."

Ich stellte den Rollstuhl an den großen Esstisch und setzte mich auf einen der Küchenstühle. Meine Frau saß mir gegenüber und im kalten Licht der Neonröhre schien sie mich fragend anzuschauen.

„Du willst sicher wissen, warum wir hier sitzen?"

Ich wartete kurz auf ein Zeichen von ihr und fuhr fort, als es ausblieb.

„Bevor morgen die Arbeit im Geschäft wieder beginnt, habe ich dich hier untergebracht. Es wird dein zukünftiges Zuhause sein, Silvana." Ich lehnte mich zufrieden zurück und genoss die Zweisamkeit mit meiner Frau. „Wir werden ab sofort – nach Möglichkeit – jeden Abend zusammen essen. Schau mal, dort drüben ist der Vorratsraum. Gut, er ist noch nicht gefüllt. Aber das wird sich in den nächsten Tagen ändern. Dann koche ich etwas Leckeres und wir lassen es uns gut gehen." Ich drehte meinen Oberkörper zur kleinen Küchenzeile hinter mir und klopfte auf den Zweiplattengaskocher. Ich glaubte, ihren skeptischen Blick richtig deuten zu können, und meinte: „Keine Angst, Silvana,

Atemluft gibt es hier unten genügend. Wir sind mit der Außenluft verbunden und eine effiziente Umluftanlage steht uns auch zur Verfügung." Ich zwinkerte ihr zu, gleich einem Petzauge, stand auf und stellte die Anlage auf die niedrigste Stufe. Anschließend öffnete ich die Holztür zu einem der beiden Ruheräume.

„Schau, dies wird unser gemeinsames Schlafzimmer sein! Es gibt noch ein weiteres, aber mit einem schmalen Bett, nichts für uns beide!"

Ich drehte den Rollstuhl etwas seitlich, um Silvana eine bessere Sicht zu ermöglichen, und grinste sie frivol an. Sie reagierte – wie von mir erwartet – mit keinerlei Gebärde. Wütend schob ich sie mit einem Stoß in den karg möblierten Raum.

„Ich gebe zu, die wenigen Möbel sind schon sehr alt, aber noch immer zweckmäßig. Wenn du dich gut fügst, meine Liebe, werde ich auch ein paar neue Möbel besorgen. Und einen kleinen CD-Spieler gibt es auch!" Ich öffnete die Zwischentür und wies mit meiner Hand hinein: „Das ist das kleine Bad. Eher ist es eine Duschzelle, aber sie ist völlig ausreichend zum Waschen und Zähneputzen. Und sie besitzt auch eine chemische Toilette!", fügte ich noch stolz hinzu. Diese letzten Worte bezog ich eher auf mich. Ich löschte noch die Lichter in den Räumen und wandte mich dann an Silvana: „Nun muss ich hoch ins Büro, Schatz, ...", ich schob die Frau zurück an den Tisch, „... komme aber wieder – für einen Gutenachtkuss! Und wenn du brav warst, darfst du vor dem Einschlafen noch unseren Tango hören."

Ich öffnete schmunzelnd die Schleuse und verschwand nach draußen.

WIE GERNE HÄTTE ICH MIT IHR GETANZT.

Kapitel 3

„Durch diese unseligen Wohnstubenbestatter sind uns schon wieder zwei Aufträge durch die Lappen gegangen!“ Ich schrie es Albert – der neben mir im Leichenwagen saß – während einer Überführungsfahrt zu und es hatte etwas wie Heavy Metal im Plenarsaal. Albert Willfang war außer Mike Toless mein Angestellter und der einzige Überlebende aus der Ära meines Vaters. Papa hatte ihn eingestellt, Onkel Wolfgang hatte ihn behalten, ihm sogar kurzzeitig Prokura erteilt und auch ich hielt noch immer an ihm fest. Willfang hatte hier im Beerdigungsinstitut Hassel in den Sechzigerjahren eine Bestatterlehre absolviert und sich danach hochgearbeitet. Inzwischen war er schon im Rentenalter – doch der Tod war sein Leben.

„Ich kann nur Tod!“, erklärte er einmal, als ich ihn auf den Ruhestand ansprach. So behielt ich ihn auch nach der Rente und zahlte ihm 450 Euro und den Rest bar auf die Hand. Und das, obwohl er mir oft auf den Geist ging. Albert hatte nicht mehr den Biss wie früher. Aber war das nicht menschlich? Nach geschätzten 5.000 Bestattungen, denen er beiwohnte – wenn ich von etwa 100 Bestattungen hier im Jahr ausging – war die Luft raus. Er war luftleer wie der tote Körper hinter uns im Sarg. Ich drehte den Knopf am CD-Player lauter und die Stimme von Tom Araya, Sänger der kalifornischen Thrash Metal-Band Slayer, grölte oder besser schrie sein „Raining Blood“ durch die Lautsprecherboxen des Leichenwagens. Albert war kurz zusammengezuckt, hatte mich wie immer mitleidig angeschaut und dann den Kopf wieder Richtung Straße gedreht. Er mochte laute Musik nicht, schon gar nicht Thrash Metal. Einmal, in einem Anflug von Freundschaftlichkeit, hatte ich ihn zu Hause abgesetzt und war ihm auf ein Bier in seine Junggesellenbude gefolgt. Dort hatte er eine CD mit Volksmusik aufgelegt und spielte mir voller Stolz seine Lieblingstitel vor: Andrea Berg! Ich hätte mich fast übergeben! Albert war der Meinung, dieser Lärm würde hinten im Fond die Leichen aufwecken. Aber mir war das absolut egal, ich brauchte Slayer inzwischen. Es war wie eine Droge. Hatte ich Ärger, war aggressiv, half nur eines: Slayer. Es war so, als ob sich schon beim ersten Ton meine Aggressivität auf die Mitglieder der Band übertrug. Schon mit fünfzehn, damals nach meiner 12-monatigen Schulpause wieder zurückgekehrt ins Gymnasium Ohmoor hier auf St. Pauli, hörte ich zum ersten Mal ein Lied der Band: die Coverversion des Iron Butterfly-Songs „In-A-Gadda-Da-Vida“. Von dem Zeitpunkt an war Slayer so etwas wie mein Familienersatz und ich durfte nach meinem abgebrochenen Medizinstudium im Jahr 1995 die beiden Gründungsmitglieder der Band, Tom Araya und Kerry King, in Anaheim, einer Stadt im kalifornischen Orange County, persönlich treffen. Der Gedanke daran gab mir seither Kraft.

Mit Wohnstubenbestatter bezeichnete ich die inzwischen zuhauf auftretenden Unternehmer, die uns von zu Hause *aus und mit geringem Aufwand die Aufträge wegschnappten. Gerade hier in Hamburg, mit täglich etwa fünfzig Toten und zig seriösen Bestattungsfirmen, war es schwer genug zu überleben. Aber diese Brüder, die mit gemieteten Leichenwagen, eingekauften Chören und billigen Särgen aus Osteuropa das Geschäft kaputtzumachen drohten – die hasste ich wie die Pest.*

*

Wir waren beim Waldfriedhof Wohldorf angekommen. Einige dunkle Luxuslimousinen auf dem Parkplatz vor dem schmiedeeisernen Tor ließen auf eine öffentliche Person schließen, die heute hier an diesem eisigkalten Dezembertag beigesetzt werden würde. Ich wusste Bescheid, hatte ich doch den lukrativen Auftrag der Bestattung ergattert und die 94-jährige Ur-Enkelin eines Hamburger Nobelpreisträgers hinter mir „auf der Pritsche“ – wie Albert gerne zu sagen pflegte.

Im Schritttempo fuhr ich auf das Friedhofsgelände. Ich mochte Wohldorf. Dieser Friedhof war schon in den Dreißigerjahren gebaut worden – Papa hatte es mir zu Lebzeiten erzählt. Idyllisch zwischen Duvenstedter Brook und dem Wohldorfer Wald gelegen, befand sich der Friedhof in Hanglage und sein Gelände war mit Hügeln und Senken bedeckt. Wenn Papa früher davon sprach, flachste er oft: „Wir fahren zum Wohldorfer Hügelgrab!“

Ich stoppte an der kleinen Backsteinkapelle. Trotz der frühen Stunde hatten sich schon einige Trauergäste hier eingefunden. Die Kragen hochgeschlagen, den Schal vor dem Mund. Manche zogen es vor, ihre Freizeit auf dem Friedhof zu verbringen, und erschienen zeitig. Sie nutzten wohl die Ruhe, um hier abzuschalten. Die kleine Kapelle war bereits gut gefüllt, als Albert und ich den Sarg über die Seitentür hereinrollten. Das Blumenbankett hatte Mitarbeiter Toless längst am Morgen aufgebaut, und es war mir etwas unangenehm, nun den Sarg vor den schon versammelten Trauernden platzieren zu müssen. Aber der Straßenverkehr von Blankenese – dort in ihrem Wohnhaus lag die Dame noch einen Tag aufgebahrt – hierher in den Wohldorfer Wald hatte sich von seiner schlechtesten Seite gezeigt. Erst mit fünfzehnminütiger Verspätung waren wir eingetroffen. Als alles vorbereitet war, verließen Albert und ich die Kapelle. Mir war klar, mein Mitarbeiter würde erst einmal eine Zigarette rauchen. Früher stellte ich mich zu ihm oder versuchte, meine Visitenkarten an Trauernde loszuwerden. Seit Langem war mir nicht mehr danach. Ich liebte es, bis zum Transport der Leiche zur Grabstätte ein wenig spazieren zu gehen. Und ich nutzte auch jetzt die Zeit, die mir blieb, um nachzudenken.

Obwohl die Idee, Silvana nicht gehen zu lassen, Besitz von mir ergriffen hatte wie diese Frau selbst, die ich damals auf der Trauerfeier ihres Vaters im Jahr 2007 das erste Mal sah, war ich noch immer etwas unschlüssig. Unschlüssig darüber, was ich damit bezweckte, was ich erwartete und wie sich diese Sache weiterentwickeln würde. Es gab sicher viele Entscheidungen in meinem Leben, die nicht aus dem Bauch heraus getroffen wurden. Aber einige schon – und der Fortbestand meiner toten Ehefrau war einer davon.

Ich hatte Silvanas Blut gestern am späten Abend noch in eine silberne Urne gegossen, diese mit Gaffa Tape verschlossen und feierlich unter der Fliederhecke, die meine Frau so liebte, im Garten vergraben. Als Nichtgläubiger war mir nicht ganz wohl bei der Sache. Aber etwas anderes war mir auf die Schnelle nicht eingefallen.

*

Mir war kalt geworden und ich begann zu zittern. Trotz des Mantels, des Schals und der Handschuhe war es an der Zeit, zur Kapelle zurückzukehren. Albert würde im Wagen sitzen, die Standheizung eingeschaltet, und schlafen. Er war sich sicher, dass ich ihn – wie stets – rufen würde, wenn es weiterging. Ich spazierte in einiger Entfernung an der Kapelle vorbei. Die meisten Trauergäste hatten drinnen keinen Platz mehr gefunden und standen vor dem Backsteingebäude. Als ich seitlich Richtung Auto lief, hörte ich innen noch immer den Pfarrer reden. Sicher gab es viel über das Leben der alten Dame zu berichten und der Pfarrer genoss diesen Monolog. Ich hatte noch einen Termin gegen 16 Uhr und hoffte, bis dorthin wieder zurück auf St. Pauli zu sein. Im Moment sah es nicht danach aus. Einige Trauernde – eine Gruppe von vielleicht sechs oder sieben älteren Männern – standen neben dem Gebäude und unterhielten sich leise. Ich ging grüßend an ihnen vorbei und bis auf einen Mann nahm keiner Notiz von meinem freundlichen Gruß. Dieser Mann, ein großer, schlanker in dunklem Mantel, drehte sich plötzlich um und es zog mir die Beine weg: ES WAR MEIN GROSSVATER.

*

Ich stolperte leicht, riss mich aber zusammen, bevor die Gruppe dort neben der Kapelle meinen kurzen Schwächeanfall bemerkte. Ich lehnte mich hinter dem Gebäude an die kalte Mauer, bemüht, meinen Atem gleichmäßig zu halten. Wie lange war es her, dass ich Opa das letzte Mal gesehen hatte? Natürlich, am 11. November 1984 im Auto, vor dem schweren Unfall. Auf einer Raststätte hatte er mir zuvor noch einen Schokoriegel spendiert. Es fiel mir gerade ein, Jahrzehnte hatte ich das vergessen. Und in Haren bei Onkel Wolfgang, einen Tag vor dem Unfall, spielte Opa noch Fußball mit uns. Er stand im Tor und wir schossen ihm seine helle Hose schmutzig. Ein großartiger Mensch, mein Großvater, obwohl es da Dinge gab ...

Und nun stand er dort um die Ecke und ich wusste nicht mehr weiter.

GROSSVATER!

Als sich mein Kreislauf wieder stabilisiert hatte, überprüfte ich mein Aussehen. Alles war so weit in Ordnung. Der schwarze Anzug war weder verschmutzt noch zerknittert und gerade vernahm ich die Abschlussworte des Pfar-

rers. Jetzt musste ich mich sputen. Ich riss Albert aus seinen Tagträumen und gerade noch rechtzeitig erreichten wir die Kapelle und schoben den Sarg nach draußen. Dort wurde der Leichnam schon von den Familienmitgliedern und Freunden der Verstorbenen erwartet. Gemeinsam ging es über die gefrorenen Wege zur Grabstätte.

WO WAR GROSSVATER?

Ich zitterte und es war mir sehr unwohl bei dem Gedanken, ihn jetzt schon wieder verloren zu haben. Langsam und mit ernstem Blick drehte ich den Kopf kurz nach hinten. Sicher hundert Personen begleiteten die alte Dame auf ihrem letzten Weg. Gerade als ich den Kopf wieder zurückdrehen wollte, sah ich ihn. Opa lief etwa in der Mitte, am äußeren Rand des Trauerzuges. Ich durfte ihn nicht verlieren, es gab so viel zu klären! Diese Gedanken kreisten durch meinen Kopf und es drohte mir schwindelig zu werden. Nein, das durfte nicht sein. Ich versuchte, durch gleichmäßiges Atmen gegen meinen erhöhten Puls anzukämpfen.

Hunderte von Herzschlägen später waren wir an der offenen Grube des Familiengrabes angekommen. Hier war meine Aufgabe als Bestatter beendet. Alfred hatte sich schon seitlich weggedreht und war zum Leichenwagen zurückgegangen. Ich umrundete die Menge und stellte mich ganz nach hinten. Von meiner Position aus konnte ich Opa gut sehen. Er sprach mit einem kleinen Mann, der mir etwas jünger schien als er. Ich würde den nächsten Termin absagen müssen – Opa hatte absolute Priorität! Was war diese Verkaufsverhandlung mit geizigen Hinterbliebenen – die sicher wieder damit endete, dass sie bei einem Wohnzimmerbestat-

ter unterschrieben – gegen das Wiederfinden des verloren gegangenen Großvaters? Und das nach fast 34 Jahren.

MEIN HERZ HÜPFTE VOR FREUDE.

*

Endlich war die Trauerzeremonie beendet. Die Hinterbliebenen hatten die Beifallsbekundungen aller Anwesenden tapfer ertragen und spazierten nun zurück zu ihren Fahrzeugen. Auch Großvater lief über den Weg in Richtung Parkplatz. Was sollte ich tun? Ihn ansprechen? Ihm auf den Kopf zusagen, ich bin dein Enkel? Wo warst du so lange? Dann fiel mir ein, dass Opa ja inzwischen schon 103 Jahre alt sein müsste. Ich rechnete kurz nach. Er wurde 1914 geboren, ja, vor über 100 Jahren. Wieder wurde mir schwindelig von all diesen Gedanken und ich setzte mich kurz auf eine leere Bank. Das Holz war kühl und es beruhigte mich. Albert machte sich sicher schon Sorgen. Zum Glück hatte ich bei Bestattungen nie ein Handy dabei. Ansonsten würde mich mein Mitarbeiter ständig anrufen.

Die Menge hatte sich verlaufen. Der kleine Herr, der mit Opa gesprochen hatte, kam an mir vorbei. Er sah mich zitternd auf der Bank sitzen und näherte sich.

„Hallo, geht es Ihnen nicht gut?“

Bevor ich antworten konnte, meinte er: „Sie sehen besorgniserregend blass aus. Ich bin Arzt, Doktor Weinowski aus Reinbek, und ich sollte es wissen.“

Ich stand auf und wunderte mich, wie gut das funktionierte. „Sie haben recht, mir war etwas schwindelig. Aber jetzt geht es wieder!"

„Kannten Sie die Verstorbene gut?", fragte der Arzt mit ruhiger Stimme. Ich nickte, hatte ich die Tote doch gewaschen, angezogen und fertiggemacht. Ich durfte ruhig bestätigen, sie gut gekannt zu haben.

„Also ist alles wieder in Ordnung?"

Ich registrierte, dass der freundliche Arzt weiterwollte. Sein Blick ging immer wieder Richtung Parkplatz.

„Professor Lienhard wartet, müssen Sie wissen, ich habe ihn mitgenommen."

Ich nickte und ließ den Mann ziehen. Kurz vor dem Tor des Friedhofs drehte er sich noch einmal zu mir um. Er hob seinen Arm, zeigte einen Daumen nach oben. Ich machte es ihm nach.

Ich konnte sehen, wie der Arzt die Wagentür eines schwarzen Mercedes Coupé öffnete und einstieg. Opa befand sich auf der Beifahrerseite. Er klappte die Seitentür auf und setzte sich neben Dr. Weinowski.

*

„Silvana, Silvana, Opa lebt!"

Mit dieser Meldung stürzte ich in den Bunker. Ich hatte gewartet, bis Ruhe im Haus eingekehrt war. Erst als ich mich davon überzeugt hatte, dass alle Außentüren abgeschlossen waren, verließ ich das Wohnhaus und öffnete die Geheimtür in der Umkleidekabine des Poolhauses. Vorsichtig kletterte ich die Eisentreppe hinab in den alten Bunker. Es gab noch einen weiteren Ausgang aus dem Bunker hinaus. Eine stabile Bodenplatte in Papas Büro, das ja jetzt meines war. Man hatte sie wohl für den Ernstfall als Fluchtweg eingebaut. Opa hatte an alles gedacht. Ich hatte die Metallklappe vor Jahren mittels einer dicken Auslegware vor neugierigen Augen verdecken lassen.

„Opa lebt! Vielleicht hast du die Chance, ihn doch noch kennenzulernen, meine Liebe!"

Mir war klar, irgendetwas an diesen Sätzen war unwirklich. Aber für den Moment konnte ich durch die Schleier vor meinen Augen nicht erkennen, was. Ich holte mir ein kühles Bier aus dem Kühlschrank, öffnete die Flasche und nahm einen tiefen Zug. Der Geruch hier unten war, trotz der inzwischen rund um die Uhr laufenden Lüftungsanlage, immer noch sehr muffig. Nun war auch etwas Verwesungsgeruch hinzugekommen, fand ich. Ich musste mir etwas einfallen lassen. Aber die Euphorie über den wiedergefundenen Großvater riss mich zurück in eine Art Glückseligkeit. Ich lief in Silvanas Schlafzimmer und schaltete den CD-Spieler ein. „El Tango de Roxanne" verhallte dumpf an den massiven Betonwänden.

„Silvana, sag mir, was soll ich bloß tun? Sicher weiß Opa nichts mehr von dem Unfall. Wie kann ich ihn überzeugen?"

Bauchschmerzen vor Freude traten auf und die kalte Flüssigkeit des Bieres verstärkte dies noch. Ich krümmte mich vor Schmerzen. Silvana schaute teilnahmslos zu. Wut kam in mir auf. „Du könntest mich ruhig etwas bedauern – aber das konntest du noch nie!“ Ich sprang auf und stieß fest gegen ihren Oberkörper. Silvana kam ins Schwanken und für einen Moment hielt ich die Luft an. Es schien, als fiele sie mitsamt dem Stuhl rückwärts um. Doch Silvana wackelte nur etwas hin und her. Dann stoppte ihre Bewegung. Leicht vorgebeugt hielt ihr toter Körper am Tisch inne.

„Mir war klar, dass du wieder mal keinen Anteil hast an meiner Familie!“, schrie ich durch den Raum und der alte Nachweltkriegsbeton verschluckte die letzte Silbe. Ich schaute Silvana mit einem bösen Blick an und kletterte zornig nach oben.

*

Was sollte ich bloß tun? Unabhängig von Silvanas Meinung wollte ich Opa unbedingt treffen. Ihn davon überzeugen, hier zu mir zu ziehen und ihn bitten, den Lebensabend mit seinem Enkel zu verbringen. Aber vor allem würde er mir erklären müssen, welches Verbrechen er in den Sechzigerjahren im ‚Schuppen 10‘ begangen hatte. Ich als sein Nachfahre fühlte mich so lange mitschuldig, bis ich wusste, wie schwer die Tat wiegte. Und wie man sie gegebenenfalls sühnen konnte. Aber war das, was ich beabsichtigte, klug? Sicher nicht, aber ich durfte Großvater nicht wieder verlieren. Ich setzte mich an meinen Schreibtisch und schaltete den Computer ein. Zunächst musste ich herausbekommen, wo Opa wohnte und wie sein aktueller Familienstand war.

*

Aus dem ehemaligen Bestatter Albert Hassel war inzwischen Professor Diethelm Lienhard geworden. Schnell hatte ich Großvater gefunden. Sicher war auch er damals schwer verletzt worden und hatte eine neue Identität angenommen. Nie konnte ich mich von den tödlichen Verletzungen meiner Familie selbst überzeugen. Das schmerzte mich auch heute noch.

Ich bemühte mich erst gar nicht, Opas heutiges Alter auszurechnen – es tat eh nichts zur Sache. Ich fand heraus: Lienhard alias Hassel hatte doch tatsächlich vor Jahrzehnten eine silberne Olympiamedaille im Schwimmen errungen und man übertrug ihm später gar eine Professur für Sport an der Hamburger Sportuniversität. Purer Stolz überkam mich. Opa war schon damals sehr sportlich und auch schlau. Er brachte mir auch allerhand bei, erinnerte ich mich. Inzwischen im Ruhestand, wohnte Professor Lienhard in Hamburg Osdorf.

„Opa wohnte die ganzen Jahre keine zehn Kilometer von mir entfernt!“, jubilierte ich. Ich fand außerdem heraus, dass er verwitwet war, und meine nervösen Bauchschmerzen kehrten wieder zurück. Fieberhaft suchte ich im Internet nach einem Foto, das Opa zusammen mit Oma zeigte.

Gerlinde hieß sie inzwischen, nicht mehr Wilma, das hatte ich herausbekommen. Mehr über meine Großmutter konnte ich aber nicht finden. Meine Hände zitterten und die Computermaus lief in alle Richtungen, nur nicht in die, in die ich sie schob. Ich legte die Maus aus der Hand und lehnte mich zurück. Würden meine langjährigen Gebete nach einer Rückkehr meiner Familie nicht umsonst gewesen sein?

ICH GLAUBTE GANZ FEST DARAN.

*

Opa wohnte alleine in einem Wohnblock, der mir – für seine Tätigkeit als ehemaliger Professor – nicht standesgemäß erschien. Sicher sahen in Hamburg viele Häuser von außen alt und verbraucht aus und waren innen schmuck und groß. Trotzdem ärgerte mich das und voller Wut hieb ich auf das Lenkrad des Leichenwagens. Ich hatte heute Morgen persönlich zwei Verstorbene zur Feuerbestattung beim Krematorium Ohlsdorf anzuliefern. Danach konnte ich es nicht mehr erwarten und fuhr nach Osdorf. Es hatte den ganzen Dezembertag geschneit. Noch vier Tage bis Heiligabend; und gestern Abend vor dem Einschlafen hatte ich mir vorgestellt, wie schön es sein würde, mit Silvana und Opa gemeinsam Weihnachten feiern zu dürfen. Mein erstes familiäres Weihnachtsfest seit dem Jahr 1983. Mir blieb nicht mehr lange Zeit, Opa zu überreden. Dazwischen waren noch jede Menge Bestattungen durchzuführen und ich wollte auch nicht, dass meine beiden Mitarbeiter zu sehr auf sich selbst gestellt waren. Das würde nur Aufsehen erregen und Verwunderung hervorrufen.

*

Der Mercedes Leichenwagen stand, so unauffällig wie es ging, auf einem der hinteren Parkplätze eines Netto Marktes. Trotzdem hatte ein älteres Ehepaar – das aus einem alten Ford Escort ausgestiegen war – seltsam zu mir geschaut und getuschelt. Erst wollte ich Papas BMW 320 für diese so wichtige Fahrt nehmen. Doch ich stellte mir vor, wie traurig Vater wäre, wenn ich das nahezu neuwertige Cabriolet auch im Winter fuhr. Ich verließ den Wagen. Bei der Abfahrt von St. Pauli hatte ich auf den Mantel verzichtet und fror nun. Zum Glück führte ich eine warme Kappe mit und zog sie mir über die frierenden Ohren.

Das Wohnhaus lag wenige Hundert Meter vom Parkplatz entfernt. Trotzdem kam es mir vor, als schliche ich die ganze Strecke und käme nur Zentimeter für Zentimeter vorwärts. Diese innere Vorfreude, diese hohe Erwartungshaltung, was sollte ich Opa sagen? Ihm auf den Kopf auf unseren gemeinsamen Verwandtschaftsgrad hinweisen? Aber was, wenn es zu lange her war und er nicht sofort verstand? Mich gar fortjagte? Diplomatie war angesagt. Eine Diplomatie, die ich beherrschte und die mich seit Jahren gute Geschäfte mit den Hinterbliebenen machen ließ.

*

„Lienhard“ stand auf dem Klingelknopf. Schlicht und einfach Lienhard. Das freute mich ungemein. Opa war kein Mensch, der mit seinem Besitz und seinem Intellekt hausieren ging. Er zeigte nicht öffentlich, dass er schlau und sicher auch wohlhabend war. Das imponierte mir. Und es gab mir recht, nicht weiter daran zu zweifeln, dass Diethelm Lienhard tatsächlich mein Großvater, Albert Hassel war. Mut überkam mich, dazu Stolz. Erhobenen Hauptes schob ich die Haustür auf und spazierte in den ausgewiesenen, zweiten Stock. Es brannte Licht durch eine Milchglasscheibe – Opa musste zu Hause sein. Vielleicht erwartete er mich sogar? Hatte – wie früher – Kekse und Kakao auf dem Tisch und ... oben knallte eine Tür. Ich vernahm Schritte im Treppenhaus. Sie wurden lauter, deutlicher. Bald würde jemand diese Etage betreten, mich fragend anschauen und gar nach dem Grund meines Besuches fragen. Mein Herzschlag beschleunigte. In der Nase dieser Geruch von Kakao und frischen Keksen. Ich entschied mich, abzubrechen, rannte wie besessen die Treppe herunter und verließ das Gebäude. Ich würde es morgen erneut versuchen. ES WAREN NOCH DREI TAGE BIS ZUM WEIHNACHTSFEST.

*

Die Nacht verbrachte ich auf einer Liege im inneren Poolbereich mit Nachdenken. Mein Kopf brummte nun und auch zwei Aspirin brachten keinerlei Linderung. Der Druck, den ich mir auferlegt hatte, war enorm. Großvater war Schwimmer. Sicher würde ich ihn in einem nahe gelegenen Hallenbad antreffen können, glaubte ich. Ich beschloss, Großvater heute mit einem Fotoalbum, das ich eingepackt hatte, zu überzeugen.

Schon um sechs Uhr in der Früh war ich todmüde nach Osdorf aufgebrochen und parkte den Leichenwagen auf dem Parkplatz beim Hallenbad „Osdorfer Born". Es würde noch bis acht, spätestens halb neun draußen dunkel sein, und ich hoffte, dass mein Fahrzeug nicht unnötig auffiel. Aber ein Leichenwagen, der an einer Bäderlandschaft parkt, fällt wahrscheinlich jedem ins Auge.

Das Hallenbad war von sieben bis acht Uhr morgens für das Seniorenschwimmen reserviert und ich wünschte, dass Opa, als Schwimmer, dies nutzen würde. Am Abend gab es noch eine weitere Schwimmstunde – von 20 bis 21 Uhr. Ich hatte im Laufe des Tages drei Bestattungen und nach Ausfall meines Mitarbeiters Albert wegen starker Grippe würde ich ganz schön ins Schwitzen kommen. Mike Toless war mit dem alten Leichenwagen einige Male zum Krematorium unterwegs und hatte gut zu tun. Wieder kamen mir beim Warten die Fragen nach der Zukunft. Der Beruf des Bestatters hatte mir nie zugesagt. Und so langsam wurde es wirklich Zeit, damit aufzuhören. Aber das hieße auch, das Unternehmen zu verkaufen. Und der Wohntrakt – so nah daran angebaut – würde in fremde Besitzerhände übergehen. Und da lag der Hund begraben. Ich durfte augenblicklich noch nicht über solche Zukunftspläne nachdenken. Vielleicht später, wenn ich mir sicher war, wie es mit meiner Familie weitergehen würde. Schweiß brach bei mir aus – ich drehte die Standheizung etwas herunter und die Lautstärke der Slayer-CD etwas hinauf.

Zwei Männer verließen plötzlich die Schwimmhalle. Sie hatten Pudelmützen an und ich hatte sie nur kurz durch die Halle laufen sehen. Ich schaltete die Audioanlage ab. Nachdem sie die Ausgangstür passiert hatten, verschwanden die Unbekannten im Dunkeln des Parkplatzes. Wenn einer davon Opa war? Ich verließ den Wagen und spazierte hinterher. Schnell hatte ich sie eingeholt. Trotz der Kälte überkam mich plötzlich eine wohlige Wärme. Aber im nächsten Moment fror ich schon wieder. Die beiden Männer blieben bei einem alten Mercedes stehen. Auch ich hielt neben einem Transporter an. Die Männer unterhielten sich laut und sie bemerkten mich nicht. Der eine war klein und trug einen riesigen Bauch mit sich herum. Mein Opa war schlank, da war ich mir sicher. Als sich der zweite Mann in sein Auto setzte, wusste ich sofort, es handelte sich nicht um Großvater.

Kurz nach acht Uhr verließen weitere Personen die Halle und ganze Busse mit Schulkindern trudelten ein. Opa war nicht dabei und zwischen zwei Fuhren mit Schülern verschwand ich mit dem Mercedes vom Parkplatz. Es war 8.20 Uhr. Ich würde auch die nächste Trauerfeier auf den letzten Drücker erreichen.

*

Zwölf Stunden später stand ich auf demselben Platz beim Hallenbad. Die beiden Urnenbestattungen am Morgen waren Routine. Nur die Erdbestattung einer Jugendlichen am Nachmittag riss mich emotional voll mit. Die 14-Jährige war auf dem Weg zur Schule von einem Lastwagen angefahren worden und wenig später an den Unfallfolgen verstorben. Ihre Mitschülerinnen sangen ein mir unbekanntes Lied, und überhaupt konnte ich mich total in alle Trauernden hineinversetzen. Ob Vater, Mutter, Bruder, Großvater; die Gefühle, die in mir brodelten, ließen mich nach kurzer Zeit des Zuschauens weinend Schutz hinter einer Hecke suchen.

DA KAM OPA.

Ich war mir absolut sicher. Sein Gang, seine Größe. Warum hatte ich bisher gezweifelt, ihn zu erkennen? Er schlenderte – in der Hand eine Sporttasche – wenige Meter neben meinem Fahrzeug vorbei. Draußen war es inzwischen Abend, Dunkelheit herrschte und der Parkplatz schien leer. Ich packte das Album vom Beifahrersitz und kletterte aus dem Wagen.

„Entschuldigen Sie, Herr Hassel." Opa reagierte nicht und mir war sofort klar, er hatte sich über die Jahre an seinen neuen Namen gewöhnt.

„Herr Lienhard?"

Großvater war nun abrupt stehen geblieben und hatte sich zu mir umgedreht.

„Ja, bitte?"

„Entschuldigen Sie, es geht um ... Verwandte ... also." Ich stotterte herum wie ein verliebter Schüler und mir fehlten tatsächlich und zum ersten Mal seit Langem die Worte.

Noch immer wartete der alte Mann mir gegenüber auf eine Antwort.

„Es geht um einen vermissten Verwandten ... von Ihnen!"

Er schien neugierig geworden, kam einen Schritt auf mich zu.

„Handelt es sich um die Schwägerin?"

Ich verstand nicht.

„Else, die Schwester meiner verstorbenen Ehefrau. Ich hatte von der Behörde nach ihr forschen ..."

„Ich habe ein Fotoalbum dabei", unterbrach ich ihn und zeigte auf das Päckchen unter meinem Arm.

„Nun zeigen Sie schon her!"

Großvater war neugierig geworden und ich sah meine Chance gekommen und würde – von Angesicht zu Angesicht – mit ihm reden können.

„Lassen Sie uns im Wagen ..."

Ich lief vor und er folgte mir tatsächlich. Ich konnte es an seinen Schritten hören. Die bisherige innere Unruhe schlug in Freude um und in beispiellose Zufriedenheit.

Wir waren neben der Beifahrertür des Leichenwagens stehen geblieben. Ich hoffte inständig, er würde nicht gleich den Typ des Fahrzeugs erkennen; andererseits erinnerte er sich vielleicht sofort wieder an alles, wenn er „Hassel Bestattungen" auf der Autotür las.

„Wollen wir uns in den Wagen setzen?"

Er zögerte. Opa hielt sich am Wagen fest und atmete schwer. Er griff sich an die Brust. Ich erschrak und rief: „Oh, geht es dir gut?" Das Du war mir so herausgerutscht, aber es war ihm wohl nicht aufgefallen.

„Im Auto habe ich Wasser", erklärte ich und er nickte. Zügig half ich ihm in den komfortablen Ledersitz. Dann rannte ich um die Wagenschnauze herum, öffnete die Fahrertür und warf mich regelrecht neben ihn.

„Entschuldigen Sie", gestand Opa mit seiner sanften Stimme ein, „ich bin tatsächlich nicht auf der Höhe. Muss baldigst nach Hause und meine Herztabletten nehmen." Er versuchte einen kleinen Lacher. „Habe mich beim Schwimmen wohl etwas übernommen."

Ich reichte ihm eine kleine Flasche Wasser, und als er den Verschluss nicht aufbekam, half ich auch dort. Er trank in kleinen Zügen.

„Reden Sie, schnell ...", presste er hervor, „... ansonsten müssen wir unser Gespräch ... zu Hause fortsetzen."

Es ging Opa nicht besonders gut und auch mir wurde es von Sekunde zu Sekunde unwohler. Ich betätigte die Türverriegelung, um nicht von irgendwelchen Personen überrascht zu werden, und sah sofort seinen panikartigen Blick. Ich legte Opa meine Hand auf den Unterarm und schob das Fotoalbum auf seinen Schoß. Er roch so gut. Nach Chlor, so wie ich es mochte, und am liebsten hätte ich ihn in den Arm genommen, ihn geherzt. So rückte ich etwas näher an ihn heran. Wie gerne hätte ich ihm sofort von Silvana erzählt und von der Möglichkeit, auf der Stelle wieder mit ihm und meiner Frau als Familie zusammenleben zu können.

Großvater atmete laut und schwer. Schnell schaltete ich die Beleuchtung über ihm an.

„Zeigen Sie mir die Fotos der Frau!", schrie er. Es schallte übermäßig laut im Innenraum des Wagens. Ich schob diesen Ausbruch seiner Übelkeit zu und blätterte nervös durch das Album, bis ich die Seite mit dem großen Familienfoto aufgeschlagen hatte.

„Das bist du, Opa." Ich wies mit dem Finger auf einen hochgewachsenen Mann, der ganz seitlich am Rand des alten Fotos zu sehen war.

Hatte ich doch Freude erwartet, Zustimmung oder zumindest ein neugieriges Nachfragen. Doch nein, Großvater fing plötzlich an zu schreien, so als ob ich ihn verletzen würde. Panik kam in mir auf. Ich war unsicher, was ich tun sollte.

„Ich bekomme keine Luft, die Aufregung, mach das Fenster auf!"

Ich reagierte sofort und öffnete die Seitenscheibe ein wenig, freudig darüber erregt, dass er mich nun auch mit einem Du ansprach. Opa atmete wild ein und aus. Er schob das Album wirsch von sich, es purzelte in den Radkasten, und als er etwas ruhiger geworden war, begann er sich nervös umzuschauen.

„Was meinen Sie mit ... das bin ich?"

Tiefe Trauer überfiel mich – ich hatte dieses Hin und Her satt.

„Wir sind doch eine Familie ...", flüsterte ich und als er es nicht verstanden hatte, noch einmal. Dieses Mal deutlich lauter.

„Wo bin ich hier?", stöhnte Opa. „Ist das ... ein ... Leichenwagen?" Er bewegte seinen rechten Arm und schob seine Hand wild und panisch an der Türverkleidung entlang. Mir war klar, er suchte verzweifelt nach dem Türöffner.

„Großvater, wir müssen reden. Du bist ein Verbrecher und musst deinem Enkel erzählen, welche Schuld du damals im ‚Schuppen 10' auf dem Großen Grasbrook auf dich geladen hast."

Noch während ich ihn ansprach, zog er vergebens an dem Griff. Seine Hand rutschte ab und mit irrem Blick schaute er mich an. Dann zog er erneut an dem Chromgriff. Als sich die Tür immer noch nicht öffnen ließ, röchelte Opa mit immer leiser werdender Stimme: „Verbrecher? Familie? Verdammt, lassen Sie mich raus, ich brauche Luft ... was wollen Sie ... ich bin doch nur ..." Dann sackte der alte Mann in sich zusammen und sein Kopf landete auf meinem Schoß.

*

Eine Weile hatte ich seinen Kopf gestreichelt, bis mir bewusst wurde, etwas tun zu müssen. Ich schob Opa sanft zurück auf seinen Sitz, gurtete ihn an und startete den Motor. Als ich den Gang einlegte und losfuhr, hatte ich endlich verinnerlicht, dass Großvater tot war. Es traf mich nicht hart. War er doch ein Verbrecher. Ich spürte nur ein Gefühl der Enttäuschung, so wie vor wenigen Tagen beim Ableben meiner Ehefrau. Enttäuschung war mein zweiter Vorname. Sie grub sich in meine Magengegend, verursachte Krämpfe und dazu machte sich das Gefühl breit, platzen zu müssen. Mit letzter Wahrnehmung lenkte ich das Fahrzeug seitlich hinter eine Tankstelle und sprang aus dem Wagen. Ich krümmte mich vor Schmerzen, erbrach mich. Was genau bezweckte Gott damit? Der Gott, dem ich vor Jahrzehnten abgeschworen hatte? Warum ließ er mich nicht einfach in Ruhe? Strafte mich. War das seine Methode, mich erneut anzuwerben? Wollte er, dass ich zurückkehrte? Der verlorene Sohn? Ich fand, auf die Art und Weise kamen Gott und ich nicht zusammen. Ich setzte mich neben den toten Großvater ins Auto und fuhr zurück nach St. Pauli. Über die Geschäftsgarage und den Sarglift brachte ich Großvater nach unten.

*

Die ganze Nacht hatte ich mit der Balsamierung Großvaters verbracht. Zum Glück war ich noch im Besitz von ausreichend Formaldehyd. Ich hatte diese kurzfristige Arbeit nicht vorhersagen können. Es war eher eine Art Kurzschlussreaktion, Opa für die Zukunft zu präparieren. Aber was hätte ich auch sonst tun sollen? Nun lag der alte Mann tot vor mir und ich war absolut sicher, dass er mein Großvater war. Ich hatte mir weniger Mühe gegeben als vor wenigen Tagen bei Silvana. Das ärgerte mich im Nachhinein, doch meine Kräfte ließen schnell nach bei dieser äußerst anstrengenden Arbeit.

Morgen war Heiligabend. Ich würde das erste Mal seit über 30 Jahren das Weihnachtsfest im Kreise der Familie feiern können. Zwar waren nicht alle anwesend. Aber Großvater und Silvana waren ein Anfang. Bevor ich auf der Wohnzimmercouch in einen Tiefschlaf fiel, malte ich mir aus, wie Opa sich über seinen neuen Winterschal und Silvana sich über die gekaufte Wollmütze freuen würde. Ich war Großvater nicht mehr böse.

*

Ich hatte Silvana auf dem Bett in unserem gemeinsamen Zimmer abgelegt und die Tür verschlossen. Entschuldigend meinte ich: „Ich muss noch den Baum verzieren, Schatz." Mir war klar, sie würde es verstehen. Die kleine Tanne im Topf war schnell geschmückt und ich legte die wenigen Geschenke, die ich besorgt hatte, darunter. Damit meine Frau, aber auch Opa nicht mit leeren Händen dastehen würden, hatte ich auch Geschenke für sie an mich besorgt. Silvana würde mich mit einem wohlduftenden Aftershave beglücken und von Opa bekam ich das passende Deospray dazu. Unsicherheit machte sich plötzlich in mir breit, gerade als ich die LED-Lichterkette montierte. Hatte ich die richtigen Geschenke für meine Liebsten ausgesucht? Ich trat wütend gegen die Küchenzeile und der Schmerz lenkte mich etwas ab. Jetzt war es nicht mehr zu ändern.

*

Erst brachte ich Großvater hinunter in sein neues Zuhause. Er war so schwer, dass er mir auf der Eisentreppe aus den Armen glitt. „Opa!“, schrie ich und hielt erschreckt den Atem an. Er stürzte hinunter und kam auf den Fliesen im Bunker zum Liegen. Tränen flossen, als ich ihn dort gekrümmt liegen sah. „Es tut mir leid, Großvater, es war nicht meine Absicht.“ Dieser Vorfall erinnerte mich an unseren gemeinsamen Unfall 1984. Doch es schien ihm gut zu gehen. Bei der anschließenden kurzen Untersuchung stellte ich nichts Außergewöhnliches fest. Als er seinen Platz eingenommen hatte, schleppte ich Silvana aus ihrem Bett zurück an den gemeinsamen Esstisch.

„Silvana, darf ich vorstellen, das ist mein Großvater. Ich habe dir so viel von ihm erzählt. Nun wirst du zukünftig neben ihm sitzen, und ich hoffe, ihr beide versteht euch.“

Doch die kühle Silvana zeigte – wie immer – keinerlei Gefühlsregung. Stumpfsinnig schaute sie nach vorne. So als gehe sie das Ganze nichts an.

„Wenn du nicht schon tot wärst, würde ich dich jetzt umbringen!“, brüllte ich und ärgerte mich sofort über meinen Ausbruch. Ich musste mich beherrschen, sie nicht zu schlagen, und nahm mir vor, Silvana nichts über Opas verbrecherische Vergangenheit zu erzählen.

Opa freute sich dafür umso mehr. Ich glaubte es an einem Lächeln in seinem Gesicht erkennen zu können. Erst wollte ich Silvana weiter ausschimpfen und auf ihre Hartherzig-

keit hinweisen. Dann ließ ich es, es war ja Weihnachten. Irgendwie gefiel es mir nicht, dass beide nebeneinandersaßen. Sie waren so verschieden. Darüber musste ich noch einmal nachdenken. Aber über die Festtage sollte es zunächst so bleiben. Später würde ich es sicher ändern.

Die Geschenke kamen zum Glück bei beiden gut an und ich herzte den Großvater und meine Ehefrau vor Freude über die Duftstoffe. Es gab für mich nichts Schöneres, als endlich wieder das Weihnachtsfest im Kreise der Familie feiern zu dürfen. „El Tango de Roxanne" hallte durch die Räume.

Kapitel 4

Meine Mutter – so erinnerte ich mich – war immer der ruhende Pol in der Familie. Sie war diejenige, die vermittelte und unser Familienglück steuerte. In den Tagen zwischen Weihnachten und Neujahr dachte ich so viel an Mama, dass ich mich einmal vor lauter Bauchschmerzen übergeben musste. Ich war so glücklich über den Zugewinn des Großvaters, aber auch extrem traurig über das Fehlen der anderen Familienmitglieder. Silvester hatte ich einige Einladungen zu Veranstaltungen, aber ich sagte alle ab. Stattdessen kaufte ich mir eine Flasche teuren Champagner und verbrachte die Nacht mit meinen Lieben.

„10-9-8-7, Großvater, gleich haben wir das Jahr 2018. 3-2-1, jetzt ist es so weit."

Ich trank die Flasche fast alleine aus und später legte ich mich in das Bett im leeren Raum. Ich hatte kurz überlegt, mit Silvana die Nacht zu verbringen, entschied mich dann aber anders. Als ich am Neujahrsmorgen auf die Toilette musste und einen schnellen Blick auf die beiden am Tisch Sitzenden warf, fand ich Silvana an Großvater angelehnt vor. Mit einem Schubser schob ich sie von ihm weg.

„Du bist doch nicht ganz bei Trost. Was bildest du dir ein, du blöde Kuh. Das ist mein Opa!" Silvana war seitlich vom Stuhl gefallen, hatte sich aber mit einem Bein am Stuhl

verfangen. So hilflos wie gerade jetzt hatte ich meine Frau noch nie gesehen.

„Das geschieht dir recht. Sieh selbst zu, wie du wieder hochkommst“, lachte ich. Erst am Morgen erlöste ich sie aus dieser Haltung. Es war mir, als wäre Opa nicht so glücklich gewesen mit meiner Entscheidung, meine Ehefrau leiden zu lassen.

*

Am 2. Januar war alles wieder beim Alten. Albert und ich fuhren gemeinsam zu einer Bestattung. Die Verstorbene lag hinten im Laderaum und der Wagen schob sich durch die überfüllte Hamburger Innenstadt, Richtung Ohlsdorf. Mir ging ständig durch den Kopf, dass nur Mama es richten konnte.

„Albert?“

„Ja, Chef?“

„Leben deine Eltern noch?“ Mir fiel auf, dass ich von Albert weniger wusste als vom Bäcker nebenan. War er doch schon Jahrzehnte bei uns angestellt.

Albert schaute mich dabei enttäuscht an. Ich konnte es sehen, als ich meinen Kopf etwas zur Seite wendete.

„Aber Chef, ich bin doch ein Waisenkind. Das hatte ich dir doch schon einige Male erzählt.“

Ich konnte mich nicht daran erinnern. Eigentlich war Albert der falsche Ansprechpartner, aber ich versuchte es mangels anderer Personen trotzdem.

„Albert, stell dir vor, bei dir wohnen der Großvater und deine Ehefrau ...“ Der Mann schaute neugierig.

„... und sie verstehen sich nicht so richtig.“ Ich spürte plötzlich ein Gefühl, als sei es nicht gut, Albert solche Fragen zu stellen.

„Ja, hab ich verstanden, Chef. Und weiter?“

Nein, das war nichts für Albert. Ich musste mich in einem Familienforum schlaumachen.

„Ach, vergiss es, Albert.“

„Alles klar, Chef.“

In einem dieser Internet-Foren fand ich am Abend den Beitrag einer Walburgi, die davon schrieb, ihre Mutter zu Hause aufnehmen zu wollen. Zweiunddreißig Personen hatten sich an dem Post beteiligt und die meisten waren dafür. Einer schrieb, sie würde es nur aus Geldgier tun, wollte bloß die Rente der Frau kassieren. Eine andere riet ihr ab, sie hätte damit selbst sehr viele negative Erfahrungen gemacht. Das Verhältnis war: dreißig dafür – zwei Stimmen dagegen. Mein Entschluss stand fest: MUTTER MUSSTE HER.

*

Anfang März 2018 hatte ich mich bei einer Partnervermittlung angemeldet: „My lovely Future“. Sie versprachen erst, die Vermittlung eines Partners sei kostenlos. Dann musste ich sogenannte Bitcoins erwerben, um überhaupt ein Foto der inserierenden Frauen sehen zu können. Mama war 42 Jahre alt.

Ich gab das Alter ein. Seitenweise wurden deutsche Frauen angezeigt. Es überraschte mich, wie viele einsame, weibliche Singles es doch gab. Ich klickte mich durch die ersten Fotos, aber es waren zu viele, und außerdem war mein Bild von Mama sehr verschwommen. Ich schaltete den Computer aus und suchte und fand ein altes Familienalbum. Auf einem der Fotos darin war Mama vollschlank abgebildet. Ich erinnerte mich, es war eines der letzten Fotos vor unserem Unfall. Doch ich hatte Mama so wunderschön in Erinnerung. So schön wie ein Model und ich weigerte mich, diese Figurveränderung anzunehmen. Nein, sicher hatte der Fotograf die Aufnahme versemmelt. Ich konzentrierte mich auf ihr Gesicht. Größe, Gewicht und Beruf, das alles konnte mir egal sein. MAMA MUSSTE AUSSEHEN WIE MAMA. Und ich stellte mir schon vor, wie sie im Bunker für Ordnung sorgte.

Mamas Haare waren dunkel und sie zeigte blitzende Zähne. Ihre Augen mussten auch dunkel gewesen sein und sie hatte stets diese Lachfältchen um den Mund. Darauf musste ich achten. Kurz überlegte ich, ob Mama heute noch Hamburger Dialekt sprach und ob das bei meiner Suche wichtig war. Ich entschied mich dagegen. Wenn sie inzwischen in Bayern wohnte, würde sie halt bayerisch reden.

*

Erst am Wochenende fand ich die Zeit, bei „My lovely Future“ nach Frauen zu schauen. Es war Wahnsinn, wie man-

che der Damen sich auf den Singlebörsen präsentierten. Nachdem ich über meine VISA Karte genügend Bitcoins gekauft hatte, stand mir der Zugang zu allen Fotos frei. Die Frauen zeigten sich zum Teil doch tatsächlich im Bikini und in Dessous. Es ekelte mich, mir vorzustellen, Mama würde sich so präsentieren. Wie tief mussten sie gesunken sein, solche Aufnahmen ins Netz zu stellen. Nein, Mama würde das nicht tun. Ich konzentrierte meine Suche auf ehrbare Damen, die entsprechend seriös auftraten. Nach zwei Nächten, die ich nur vor dem Computermonitor verbracht hatte, standen drei Frauen in der engen Auswahl: Eine 42-Jährige, mit dunklem Haar und tollem Lächeln, hatte mich sofort an Mama erinnert. Sie wohnte in der Nähe von Mannheim, und das war mir eigentlich zu weit. Die zweite Dame wohnte in Rothenburg an der Wümme und eine dritte Frau in Ost-Steinbek. Ich druckte mir die Gesichter der beiden letzten so groß aus, dass sie nicht pixelig wurden, und hängte sie im Bunker auf.

„Opa, schau mal! Du musst es doch am besten wissen. Welche der zwei Frauen ist deine Schwiegertochter?" Ich glaubte zu erkennen, dass Großvaters Augen die Fotos musterten. Doch irgendwie konnte er mir da nicht helfen. Ich musste ihm einen Tipp geben. „Die rechte, finde ich, entspricht Mama am meisten." Opa hatte keinerlei Einwände und so wollte ich versuchen, diese Dame kennenzulernen.

*

Gerlinde Kolman war ihr Name. Sie schrieb, sie sei im Einzelhandel tätig und Witwe. Das gefiel mir gar nicht. Wenn sie wirklich Witwe war, musste Papa tot sein. Aber sicher bezog sich das auf einen anderen Mann, redete ich mir ein. Schon am nächsten Tag bekam ich auf meine Anfrage in der Singlebörse eine Antwort. Auf meinen eigenen Lebenslauf – 42, Unternehmer, Single, wohnhaft in Hamburg Eimsbüttel, gut aussehend – hatte sie sofort geantwortet. Ein falsches Foto von mir hatte ich auch im Netz besorgt. Gerlinde hatte sich bedankt für meine zärtlichen Worte. Ich öffnete meine Mail an sie noch einmal, konnte aber beim besten Willen nichts Zärtliches an den wenigen Worten erkennen. Sie teilte mir ihre Handynummer mit, hatte nur eines im Sinn, mich sofort kennenzulernen. Eigentlich ging mir das zu schnell. Andererseits waren Opa und Silvana alleine und es wurde Zeit, dass sich dort unten die Stimmung hob.

*

Ich hatte mir ein Prepaidhandy beschafft, es freigeschaltet und Gerlinde angerufen. Sie war hocherfreut über meinen Anruf, aber kurz angebunden, und versprach, mich zurückzurufen. Das erfolgte am späten Abend. Ihre Stimme klang etwas zu erotisch und auch ihre Wortwahl fand ich unangemessen. Ich wollte auflegen, ließ es dann aber doch.

„Und du bist tatsächlich Single? Das gibt es doch gar nicht. Und dazu so ein Hübscher. Ich hätte Lust, sofort zu dir nach Eimsbüttel zu kommen." Irgendwie fühlte ich Brechreiz, unterdrückte ihn und ließ sie quasseln. „Weißt du, Holger, ich suche schon seit einiger Zeit einen Partner. Aber ich bin sehr wählerisch, musst du wissen."

Ich fand ihre Vorgehensweise alles andere als wählerisch, aber das konnte mir egal sein. Sie erzählte mir fast fünfzehn Minuten von sich und ihren beiden erwachsenen Kindern, von ihrem vor Jahren verstorbenen Ehemann, den zahlreichen Verflossenen und ihren eigenen Zukunftswünschen. Nicht ein einziges Mal in dieser Zeit fragte sie nach mir und meinen Vorstellungen. Ich schob es darauf, dass sie eine geeignete Kandidatin sei und nichts über ihre Funktion als Mutter und Großvaters Schwiegertochter wissen wollte.

Unser erstes Treffen sollte am kommenden Wochenende in Harburg sein. Zum Glück lud sie mich nicht gleich in ihr Apartment ein. Als Treffpunkt vereinbarten wir ihren Arbeitsplatz.

„Ich arbeite im Real-Markt im Willinghusener Weg, hinter der Fleischtheke. Aber lass uns vorne in der Bäckerei treffen, um 20 Uhr."

*

Ich hatte zugestimmt, war aber schon eine Stunde früher nach Ost-Steinbek gefahren. Der Real-Markt lag im

Dunkeln und der Parkplatz war gut gefüllt. Ich hatte Papas BMW genommen. Der Winter war vorüber und er würde sicher nichts dagegen haben. Ich wollte mit dem Leichenwagen nicht gleich auffallen beziehungsweise Gerlinde verschrecken. Ich stellte das Cabriolet am hinteren Ende des Parkplatzes ab. Niemand sollte es beschädigen. Als ich über den Platz Richtung Eingang spazierte, wurde es mir wohlig warm ums Herz. War das ein gutes Zeichen? Würde ich Mama jetzt nach dreiunddreißig Jahren wiedersehen?

Die Fleischtheke lag an der entgegengesetzten Wand des Supermarktes und der Weg dorthin kam mir endlos vor. Vorbei an den Konsumgütern der modernen Welt – zurück in die Achtzigerjahre? Als ich den Thekenbereich einsehen konnte, lehnte ich mich kurz an ein Käseregal und atmete tief ein und aus. Dann schlenderte ich weiter.

Ich hatte Gerlinde Kolman sofort erkannt. Nicht weil sie Mama ähnelte. Nein, sie war die einzige Frau unter lauter pausbäckigen Männern, die hinter der Theke Fleisch und Wurst verkauften. Gerlinde trug ein rotes Kopftuch, das ihre Haare komplett bedeckte, und eine blaue Bluse. Darüber einen weißen Kittel. Der untere Körperbereich der Frau blieb mir visuell – aufgrund der Thekenbauweise – verwehrt. Ich lief mehrere Male hin und her und musterte sie. Ich fiel nicht auf, der Betrieb an diesem Samstagabend war extrem und so fand ich Zeit, mir Gedanken zu machen.

Hatte ich überhaupt eine Auswahlmöglichkeit? War nicht alles davon abhängig, ob Mama beziehungsweise jetzt

Gerlinde mitkam? Ob sie sich den Bunker anschaute und auf meinen Vorschlag einging, dort eine Weile zu wohnen? Ich musste sie fragen und würde dann entscheiden.

*

Ohne Kittel und Kopftuch sah Gerlinde Mama tatsächlich ähnlich. Der Mama, die ich von den Fotos kannte. Die Mama aus meiner Erinnerung – so glaubte ich – hatte anders ausgesehen. Aber Menschen verändern sich. So redete ich mir diese optische Veränderung schön.

Gerlindes Stimme klang hier im Café nicht mehr so frivol, eher unfreundlich. Es schien mir, als gefiele ich ihr nicht. Ich hatte, wie von ihr angeregt, die Zeitschrift „Der Spiegel" gekauft und war pünktlich um 20 Uhr vor dem Café hin- und hergelaufen. Eigentlich war sie eher der „Wochenblatt"-Typ, fand ich nach meinem ersten Blick an der Fleischtheke. Ich sah sie sofort hinter mir auftauchen, machte aber einen überraschten Gesichtsausdruck, als sie mir plötzlich von hinten auf die Schulter klopfte.

„Du bist Holger, der Single? Irgendwie sahst du auf dem Foto anders aus", waren ihre ersten Worte und ich fand sie äußerst dämlich. Das klang so, als sei ich der einzige Mann der Welt, der ohne Frau war. Sie hatte sofort an Niveau verloren und auch der Blick, den sie mir schenkte, entsprach sicher nicht dem, was ich mir von Mama gewünscht hätte. Bevor ich etwas von altem Foto oder Versehen erzählen

konnte, war sie wieder am Drücker. „Kannst du nicht reden?", waren dann ihre nächsten Worte.

„Natürlich", entschuldigte ich mich und erklärte, ihre Ausstrahlung hätte mich so beeindruckt. Sie stieß mir zart in den Bauch und forderte mich auf, mich mit ihr an einen leeren Tisch in der Bäckerei zu setzen. Sie kannte wohl die Bedienungen gut und kam schnell mit zwei großen Tassen Kaffee und zwei Stücke Kuchen zurück. Ich mochte keinen Kuchen – Mama wusste das – ich wollte schon aufstehen und sie mit den Worten „Du bist nicht meine Mama!" mit ihrem blöden Kuchen alleine lassen. Aber das würde sicher nur Aufsehen erregen und das wollte ich nicht riskieren. So erzählte ich ihr etwas von Unwohlsein, und sie freute sich, meinen Kuchen mitessen zu dürfen.

„Du scheinst kein übler Kerl zu sein", gab sie mir zu verstehen und musterte mich erneut. Wie einen Stier auf der Schlachtbank. „Dein Anzug ist scheiße, aber das können wir ändern. Man sieht, dass sich keine Frau um dich kümmert", gab sie zwischen zwei Kuchenbissen mit vollem Mund zum Besten. Ich nickte und machte gute Miene zum allerschlechtesten Spiel.

„Eins noch, Holger. Mir ist etwas dazwischengekommen. Ich muss gleich noch mal nach hinten – Betriebsrat, weißt du? Aber ich verspreche dir, morgen lassen wir es krachen."

Sie lachte heiser und ich wusste auch sofort, warum. Denn sie zog eine Packung Zigaretten aus der Tasche und erklärte: „Vorher muss ich noch eine rauchen – klar?" Ich nickte und empfand solchen Ekel.

„Was hältst du davon, wenn wir morgen zusammen irgendwo frühstücken?“

Den Vorschlag fand ich nicht gut. Ich glaubte, es sei besser, sie am Abend über meine Wünsche in Kenntnis zu setzen.

„Lass uns lieber schön Abendessen“, schlug ich vor, und als ihr Gesichtsausdruck etwas entgleiste, rief ich hinterher: „Bei Henssler – Sushi!“

Ich wusste nicht, wie ich auf diese dumme Idee gekommen war, wahrscheinlich hatte ich eine Werbung darüber gelesen. Aber Gerlinde reagierte mit Wohlwollen.

„Na, das ist mal ein Einstieg, Junge. Da sage ich nicht Nein.“ Sie nannte mir ihre Adresse und ich war entlassen.

„Um 19 Uhr, sei pünktlich“, rief sie mir hinterher. „Ich kann unpünktliche Männer beim Teufel nicht leiden. Und suche dir mal etwas Lockeres raus.“ Sie lachte heiser und zeigte auf meine Hose. Die rauchige Aussage und das dämliche Lachen blieben in meinen Ohren, bis ich wieder zu Hause eintraf.

In dieser Nacht tat ich kein Auge zu. Zumindest glaubte ich das, als ich am Sonntagmorgen wie gerädert aufwachte. Aber ich hatte geträumt, und das ging nur im Schlaf. Im Traum lief Mama mir mit einer übergroßen Zigarette hinterher und wollte mich zum Rauchen zwingen. Als ich in einem Hof stehen blieb und sie mich erreicht hatte, versuchte sie mir das riesige Ding in den Mund zu schieben. Ich war klein und würgte. Dann tauchte hinter Mama der Großvater auf. Er packte Mama an ihren Schultern und warf sie einige Meter weit auf einen Sandhaufen. Heiser lachend blieb sie liegen.

SIE WAR NICHT MAMA.

*

Gerlinde hatte das Sushi bei „Henssler & Henssler" an der Großen Elbstraße genossen. Sogar einen zweiten Teller hatte sie bestellt – ohne zu fragen. Das machte sie mir nicht sympathischer. Doch jetzt nutzte es nichts, da musste ich durch. Ich zahlte die 124,40 Euro. Gab artig sechzig Cent Trinkgeld und schob die überrascht wirkende Gerlinde aus dem Szenelokal.

„Spinnst du", eröffnete sie mir draußen, „sechzig Cent Trinkgeld?"

Ich zuckte mit den Schultern. Die Bedienung fand ich eher unfreundlich und dazu aufdringlich. Die Qualität des Essens konnte ich nicht beurteilen, ich mochte kein Sushi und hatte nur aus Rücksicht auf den Abend etwas davon verzehrt. Warum in aller Welt sollte ich noch ein hohes Trinkgeld zahlen? Im Wagen hatte sich Gerlinde wieder gefangen.

„Was machen wir mit dem angebrochenen Tag? Wollen wir das Dach runtermachen und wie in den amerikanischen Filmen ‚oben ohne' fahren?" Ihre Hand suchte oben beim Stoffdach nach der Verriegelung und ich erschrak: „Nein, bitte lass das!"

„Na, denn nicht." Ihr leichter Husten ging mir extrem gegen den Strich. Später, wenn sie im Bunker leben würde, konnte sie dort auf keinen Fall rauchen. Aber Rauchern ihre Sucht abzugewöhnen, das war äußerst schwer. Ich kannte dies von einigen Bekannten. Das machte mir Kopfzerbrechen.

„Lass uns zu mir fahren", schlug sie vor und ihre Stimme hatte plötzlich etwas Unangenehmes. Das überlagerte noch die Heiserkeit.

*

Gerlinde wohnte in Ost-Steinbek, nicht weit von ihrem Arbeitsplatz entfernt. „Ich wohne in Kohlbergen. Kennst du nicht? Eine kleine Siedlung direkt an der A1. Wenn ich meine Schlafzimmerfenster offen habe, kann ich die Wagen hören. Vielleicht kommst du heute noch in den Genuss." Sie lachte. Ich verstand nicht. Welchen Genuss meinte sie – die lauten Autos zu hören? Sie erzählte von drei weiteren Familien, die mit in dem Haus wohnten, und von ihrem Ärger mit einer Nachbarin. Ich war mir inzwischen fast sicher, sie taugte als Mama recht wenig. Aber sie war im Moment die einzige Kandidatin. Und wenn ich sie aus dem Fahrzeug schmiss, ging die Sucherei wieder von vorne los.

Ich verließ die A1 an der Abfahrt Öjendorf Richtung Glinder Straße. Gerlinde redete immer noch, und jetzt musste eine Entscheidung her. Ich setzte den Blinker nach rechts und fuhr in die Freizeitanlage. Gerlinde war für einen Moment still. Aber bevor ich die Ruhe genießen konnte, ging es schon wieder los: „Wo willst du denn hin? Wir müssen rechts und dann sind wir auch schon fast da. Oder hast du etwas vor ... du Schlingel? Auf dem Rücksitz? Nein, du kennst das vielleicht von deinen anderen Bekanntschaften.

Aber ich habe zu Hause eine richtig gute Federkernmatratze. Also ...?"

Ich hielt rechts am Straßenrand, stellte den Motor ab und beichtete: „Ich muss mal auf die Toilette."

„Und das konnte nicht warten, bis wir zu Hause ...?"

Vielleicht merkte sie endlich, wie ihr Gerede mir auf die Nerven ging, denn plötzlich schwieg sie.

„Na gut. Ist ja kein Problem."

Ich öffnete die Fahrertür, drehte mich aber dann noch einmal zu Gerlinde um. „Ich würde dich gerne etwas fragen."

Neugierig schaute sie mich durch die dämmrige Innenbeleuchtung an. „Ich wusste, da kommt noch etwas." Sie grinste frivol.

„Nein, nicht, was du meinst. Weißt du, meine komplette Familie ist vor Jahren verstorben und ..." Ich kam etwas aus dem Konzept, „... du ähnelst meiner Mutter." Jetzt war es raus. Sicher sprang sie mir nun ins Gesicht. Aber Gerlinde blieb ruhig und schien zu überlegen. Dann meinte sie: „Ich weiß gerade nicht, ob mich das ärgern oder erfreuen soll. Auf jeden Fall friere ich etwas, also mach die Tür zu."

Ich gehorchte.

„Und was genau willst du mir damit sagen, Holger?"

Ich machte den Fehler zu glauben, sie auf meiner Seite zu haben, und fing an, meine seltsame Geschichte zu erzählen: Von der verstorbenen Ehefrau und dem wiedergefundenen Großvater. Und dass es mir vorschwebte, gemeinsam mit allen zusammenzuleben. Ich erzählte auch vom Luftschutzbunker unter unserem Grundstück. Die balsamierten Familienmitglieder verschwieg ich ihr zunächst. Sie hörte doch tatsächlich zu – ohne mich zu unterbrechen. Ich versprach ihr Geld, erklärte, sie brauche nicht mehr zu arbeiten. Sollte nur meine Mama spielen und für Großvater und Silvana da sein. Es war, als brächen Dämme. Ich steigerte mich in meine Fantasien hinein und vergaß, in ihr Gesicht zu schauen. Als mir die Luft ausging, schwieg sie noch immer. Dann sagte sie: „Spinnst du oder bist du einfach nur pervers?" Es klang weder hysterisch noch unfreundlich. Ich war einen Moment unsicher. Die Blase drückte und ich ließ es sie wissen: „Jetzt muss ich aber." Ich entfernte mich einige Meter vom Fahrzeug, doch nur so weit, dass ich den BMW im Blick behielt. Sicher würde sie jetzt auch aussteigen und eine rauchen, vermutete ich. Aber alles blieb still. Draußen war es mild, trotz der frühen Jahreszeit, und ich freute mich auf das Frühjahr und den Sommer. Plötzlich hörte ich Geräusche aus dem Fahrzeuginneren, aber die Beifahrertür blieb zu. Dann hörte ich die Frau rufen: „Das ist ja wohl ..." Oder so ähnlich. Schnell schloss ich den Reißverschluss der Hose und eilte zurück. Gerlinde saß im Wagen und wedelte mit einem Stück Papier. Sie hatte die Innenbeleuchtung eingeschaltet und rief mit einem diabolischen Grinsen: „Ach, der Herr Bestatter Hassel!"

*

Als ich mich auf den Fahrersitz schwang, brüllte sie mich an. „Du perverses Schwein. So etwas habe ich ja noch nie erlebt. Nennst dich Holger und heißt in Wirklichkeit Julius Hassel. Hier ...!" Aufgebracht und wie wild schlug sie auf das Foto im Werbeflyer ein, das mich und meine Angestellten zeigte. Schweiß lief mir plötzlich den Rücken herunter und mein Herz beschleunigte. Wo hatte sie den Werbeflyer des Bestattungsunternehmens her? Der Wagen war doch leer, als ich losfuhr – ich hatte mich davon überzeugt! Ob im Handschuhfach doch ...? Ihr Ausbruch war so laut, dass ich Angst um meine Trommelfelle hatte. Ich hörte Worte wie ‚kriminell' und ‚Hurensohn', da holte ich aus und schlug ihr mit der flachen Hand ins Gesicht. Der Knall tat mir sicher mehr weh als ihr, aber er brachte sie tatsächlich für einen Moment zum Schweigen. Dann riss Gerlinde die Wagentür auf. „Du dämliche Sau, ich werde dich anzeigen. Ich gehe sofort zur Polizei." Sie sprang aus dem Wagen, und noch während sie sich Richtung Hauptstraße entfernte, hörte ich sie laut schimpfen. Ich war völlig durcheinander. Was sollte ich tun? Sie laufen lassen? Wenn sie tatsächlich zur Polizei ging? Silvana, Opa! Ich sah, wie man meine Lieben aus dem Bunker nach draußen brachte und mich in Handschellen abführte. Ich griff instinktiv nach der Stabtaschenlampe neben dem Sitz, öffnete gehetzt die Tür des Wagens und nahm ihre Verfolgung auf.

*

Gerlinde war nicht schnell. Sicher waren die Tausende von Zigaretten schuld, die sie in den letzten Jahren konsumiert hatte, ging es mir durch den Kopf, und ein gutes Gefühl machte sich in mir breit. Zum ersten Mal konnte ich dem Rauchen etwas abgewinnen. Hastig blickte ich mich um, während ich hinter ihr herlief. Zum Glück war keine Menschenseele zu sehen. Keine Autos mit Liebespärchen, die ich hier vermutet hätte, keine Hundebesitzer, die zu einem letzten Abendspaziergang aufgebrochen waren. Alles war ruhig.

Keine zweihundert Meter vor Beginn der Straße hatte ich Gerlinde eingeholt. Sie hatte nicht damit gerechnet – mich wohl kommen gehört. Erschrocken starrte sie mich an, als ich plötzlich hinter ihr stand. Sie begann zu zittern. Im Licht einer entfernten Straßenlaterne konnte ich ihre weit aufgerissenen Augen sehen, hörte fast den Schrei, der ihr im Halse stecken geblieben war. Die Frau war mir äußerst zuwider und irgendwie war ich froh, dass sie nicht meine Mutter geworden war.

Aus einem Impuls heraus schlug ich ihr mit der Taschenlampe fest auf den Kopf. Einmal, zweimal, und noch während sie stürzte, ein weiteres Mal. Wie in Zeitlupe fiel Gerlinde auf das Straßenbankett. Blut lief in kleinen Bächen an ihrem Kopf hinunter – ihre weiße Bluse rötete sich. Der Moment erinnerte mich an den Verkehrsunfall von 1984 und ich fühlte mich plötzlich so leer. Ich drehte mich um, rannte so schnell es mir möglich war zurück zum Wagen. Ich musste zu Großvater und Silvana, ihnen unbedingt von dem Vorfall berichten. Sie würden mir recht geben. Dort im Bunker fühlte ich mich sicher. Sicher vor allen Gefahren dieser bösen Welt. Ich sprang in den Wagen, ließ den Motor an und wendete ihn mit quietschenden Reifen. Als ich langsam an ihr vorbeifuhr, sah ich, dass der Kopf Gerlindes genau in meine Richtung schaute ... und plötzlich ... hob sie den Kopf etwas an. Ich erschrak fürchterlich und das einströmende Adrenalin verursachte einen heftigen Schmerz in meiner Brustgegend. Gerlinde konnte doch nicht mehr am Leben sein? Bei diesem Gedanken wurde mir schwarz vor Augen. Ich trat fest auf die Bremse. Der gerade beschleunigende Wagen brach etwas aus, kam dann zum Stehen. Der Motor stotterte und starb ab. Wie Gerlinde? Ich hatte vergessen, die Kupplung zu treten. Ich schüttelte den Kopf, um klarer denken zu können. Dann betätigte ich den Anlasser, riss den Rückwärtsgang so fest hinein, dass das alte Schätzchen vor Ärger zu kreischen begann. Ich fuhr einige Meter zurück. Wechselte den Gang. Fuhr wieder vor – genau über den am Boden liegenden Körper der Metzgereifachverkäuferin. Ich kannte mich selbst nicht wieder. Diese unbändige Wut in mir – wo kam sie her? Nie hatte ich irgendjemandem etwas zuleide getan und jetzt war ich ... ein Killer? Das Holpern, das unter mir stattfand, als ich über ihren Körper fuhr, hatte etwas Befreiendes. Wie das Überfahren des letzten Pollers einer verkehrsberuhigten Straße – mit der Vorfreude auf grenzenlose Beschleunigung. Aber dann fiel es mir ein ... die tote Frau hielt etwas in ihrer Hand! Was? Ich bremste erneut, schaltete die Innenbeleuchtung ein, suchte im Wageninneren, während der Wagen noch ausrollte. Nein, bitte nicht den Flyer! Um Gottes willen, ohne den Werbeflyer durfte ich nicht von hier weg. Da konnte ich auch gleich zur Polizei fahren und mich stellen. War es wirklich das, was sie in der Hand hielt? Oder nur ein Taschentuch aus ihrer

Jackentasche? Es nutzte nichts, ich musste mich davon überzeugen und schob den Rückwärtsgang hinein. Wieder war das Geräusch markerschütternd. Dann raste ich schlingernd zurück. Als ich ausgestiegen war und neben ihr stand, konnte ich tatsächlich die schwarz-weiße Werbung des Bestattungsunternehmens Hassel in ihrer Hand sehen. Ihr Körper lag wie in sich verknotet, ihr Gesicht zum Glück von mir abgewandt. Ich wollte Gerlinde nicht in die Augen schauen. Das Blut glänzte im Laternenlicht schwarz wie Rübensirup und angewidert bückte ich mich und zog an dem Papier. Sie rührte sich nicht mehr, doch sie hielt den Flyer fest. So als wollte sie den Beweis nicht mehr hergeben. Noch im Tode wollte sie mich ärgern und das bestätigte mich in meinem Wunsch, sie für immer tot zu sehen.

SIE WAR NICHT WÜRDIG!

Ob sie immer noch lebte? Nein, das konnte nicht sein. Ich wollte es nicht überprüfen, obwohl mir der Anblick entstellter Leichen schon lange nichts mehr ausmachte. Sie musste tot sein. So viel kann ein Mensch nicht aushalten. Ich wünschte mir Großvater hierher – zur Unterstützung. Er wüsste, was zu tun war. Ich gab mir einen Ruck – riss fest an der Werbung in ihrer geschlossenen Hand. Endlich gaben die Finger nach. Ein Geräusch war zu hören, wie wenn Papier in Stücke gerissen wird. Oben an der Hauptstraße vernahm ich Motorengeräusche – Fahrzeuge fuhren dort vorbei. Das holte mich zurück ins Hier und Jetzt. Die Ruhe war beendet und mir wurde bewusst, wie gefährlich meine Situation geworden war. Ich musste verschwinden, umgehend. Sollte ich den Körper der toten Gerlinde einladen? Sie mitnehmen, balsamieren? Nein, diese Mühe war sie nicht wert. Mir wurde plötzlich übel. Ich schluckte heftig. Die Magensäure brannte in meiner Speiseröhre – wie das Fegefeuer? Der Werbeflyer in meiner Hand war verknittert, sah im spärlichen Licht der Straßenlaterne jedoch vollständig aus. Ich musste weg – nur weg von hier – zurück zu Großvater und Silvana.

SIE WAR NICHT WÜRDIG!

Zu Hause angekommen, fuhr ich den Wagen in die Privatgarage und blieb noch einen Moment sitzen. Ich war ein Mörder. Eigentlich schon zum wiederholten Male, fiel mir ein. Der Tod Großvaters ging doch auch auf meine Kappe. Im Geiste sah ich, wie Polizeibeamte der Spurensicherung Gerlindes Leiche begutachteten, so wie ich es mehrfach in der Serie ‚Criminal Minds' gesehen hatte. Ich stieg aus, schaute nach dem Wagen. Wo war die Taschenlampe? Hatte ich sie bei Gerlinde liegen lassen? Wieder erschrak ich und die nachgelassene Übelkeit kehrte schlagartig zurück. Ich übergab mich. Hensslers teures Sushi schlug vor mir auf dem Betonboden auf. Als es vorüber war, wischte ich mir den Mund ab. Zitternd beugte ich mich ins Wageninnere – da lag die Lampe. Der Glücksmoment war unbeschreiblich. Die Zweifel, die mich in den letzten Sekunden begleitet hatten, wechselten in ein Gefühl des Selbstbewusstseins. Ich hatte alles richtig gemacht, hatte wieder Oberwasser. Voller Freude untersuchte ich den Wagen nach Beschädigungen und Spuren. Papa würde mir Kratzer an seinem geliebten Cabriolet nie verzeihen. Aber alles war in Ordnung. Möglicherweise befanden sich Spuren der Toten am Bodenblech, aber diese würde ich morgen mit dem Hochdruckreiniger abspülen und vernichten. Mit durchgedrückter Brust löschte ich das Licht in der Garage. Großvater und Silvana würden stolz auf mich sein. Und ich würde weitersuchen nach ... MAMA. Eine riesige Lust, mit Silvana den Tango zu tanzen, überkam mich wieder – MAMA!

Kapitel 5

Der Typ, der am 5. März 2018 mein Bestattungsunternehmen betrat, war mir schon unsympathisch, bevor er die Tür meines Büros erreicht hatte. Ich stand gerade am Telefon und sah ihn durch die Glasscheibe die Halle betreten. Er hatte sicher die siebzig überschritten, war aber gekleidet wie ein Dreißigjähriger. Die Dame, die er im Schlepptau hatte, musste seine Tochter sein.

Inzwischen erhielt das Unternehmen immer weniger Aufträge und das lag zum großen Teil am Rückgang meiner Aktivitäten. Hatte ich früher in den Krankenhäusern, den Alten- und Pflegeheimen und Psychiatrien meine Kontakte, so waren diese fast alle – aufgrund meines Desinteresses – eingeschlafen. Sicher hatten sich andere Mitbewerber meine nachlassende Bestechung zunutze gemacht und nun wurden sie mit den Aufträgen versorgt. Ich musste aufpassen, sonst konnte ich meinen Laden bald dichtmachen.

„Guten Morgen, kann ich Ihnen helfen?", lief ich geschäftstüchtig, aber freundlich dem Herrn in Bunt entgegen.

„Sind Sie der Chef?", fragte er und ich blieb abrupt stehen und nickte.

„Hassel, Julius Hassel. Willkommen in meinem Bestattungsunternehmen."

„Gut, dann lassen Sie uns in Ihr Büro gehen."

Ein Schauer lief mir den Rücken herunter. Das klang nicht wie die Anfrage eines Hinterbliebenen zur Bestattung. Eher wie eine Steuerprüfung. Ich wies mit der Hand in Richtung meines Büros und der Mann spazierte hinein. Er wartete, bis auch ich im Raum war, schloss dann die Tür und setzte sich.

„Ich heiße Willibald Röder. Meine ... meine Frau ist verstorben und ich möchte sie beerdigen lassen."

Ein Stein der Erleichterung fiel mir vom Herzen und ich machte einen Schritt auf ihn zu, um zu kondolieren.

„Lassen Sie das. Es wurde Zeit, dass ..." Ich spürte, dass nun etwas Widerwärtiges kommen würde, aber Röder hatte noch die Kurve gekriegt, „... dass Esther ... mich in Ruhe lässt."

SO SPRICHT MAN NICHT ÜBER SEINE GERADE VERSTORBENE EHEFRAU, ABER ICH WAR EINIGES GEWOHNT UND WARTETE AB.

„Wissen Sie, ich möchte nicht lang drum rumreden. Eigentlich würde es mir reichen, wenn man sie in einem Pappkarton im Wald beisetzt. Ein paar Blumen obendrauf und Schluss mit lustig."

Röder schien meinen Gesichtsausdruck und den offen stehenden Mund richtig eingestuft zu haben, denn er erklärte plötzlich: „Also nicht, dass ich sie nicht mal geliebt habe. Aber das ist Jahrzehnte her und wir lebten seit Jahren getrennt. Demenz, Sie verstehen? Sie war nicht mehr ganz ..." Röder deutete mit dem Zeigefinger an die Stirn und ich glaubte zu wissen, was er damit ausdrücken wollte – der ARSCH!

„Mir ist es egal, wie die Beerdigung abläuft." Er kratzte sich am Kopf und seinem Gesichtsausdruck nach schien ihm das Freude zu machen. Nun tat ich etwas, was ich normalerweise nie tun würde. Ich erklärte ihm, diesen Auftrag doch einem Wohnzimmerbestatter zu erteilen. Röder lachte und es klang falsch und tat weh. „Daran habe ich natürlich auch gedacht. Aber schauen Sie, die Alte hatte doch tatsächlich eine Bestattungsversicherung. Weiß der Teufel, wann sie die abgeschlossen hat? Sicher hinter meinem Rücken ... von meinem Geld ... aber egal. Sollen die dummen Versicherer doch bluten. Und aus diesem Grunde bin ich hier. Mich kostet es nichts, also können Sie auch etwas daran verdienen."

Das fand ich doch sehr fair von Herrn Röder und für einen Moment glaubte ich ihn falsch eingeschätzt zu haben.

„Natürlich muss da was für mich rausspringen."

„Wie meinen?" Ich verstand nicht.

„Wenn ich Ihnen den Auftrag erteile, erwarte ich etwas Bargeld. Sie kennen das doch, eine Hand wäscht die andere." Röder lachte wieder und mir gefror das Blut in den Adern. So ein Ignorant. Ich versuchte mich zu beherrschen und es gelang mehr recht als schlecht.

„Das heißt, Sie erwarten von mir einen Versicherungsbetrug?" Sein Lachen verstummte und er setzte sich kerzengerade auf. „Was für ein hartes Wort, Herr Hassel. Wir wollen doch beide das Gleiche."

Ich war irgendwie nicht seiner Meinung, wollte aber den Auftrag nun doch nicht so einfach abgeben und fragte: „An wie viel hatten Sie denn gedacht?"

„500 Euro", teilte mir Röder mit und klatschte sich mit den Händen auf die Jeans.

„Gut, was wünschen Sie denn? Ich meine: Ausstattung, Sargmodell, Blumengestecke, Musik, Chor. In der Art?"

„Nun nicht mal gleich gierig werden, Hassel. Soviel ich weiß, zahlt die Versicherung nur 5.000 Euro. Also alles im Rahmen."

Schnell hatte ich kalkuliert, dass da für mich auch nicht viel übrig blieb.

„Wollen Sie es nicht noch mal mit Ihrer Tochter absprechen?" Ich zeigte nach draußen zu der Frau, die durch die Empfangshalle tänzelte.

„Tochter? Na, du brauchst mal eine Brille. Sehe ich so alt aus?" Röder bekam sich gar nicht mehr ein. „Das ist meine Lebensgefährtin. Gut, Irena ist 30 Jahre jünger. Aber ich bin ja noch nicht vom alten Eisen. Du weißt, was ich meine?" Röder lachte wieder dieses unechte Lachen, machte mit der Hand eine anzügliche Geste und winkte dann nach draußen. Die Frau mit Namen Irena wedelte zurück und warf dem Alten Kusshändchen zu.

„Und was meine beiden Kinder angeht. Lass mich bloß in Ruhe damit. Die sind nicht eingeladen."

Ich hielt den Atem an. Was war denn mit dem Typen los? Der war ja völlig von der Rolle. Er trauerte nicht und vor allem, er respektierte seine Familie nicht.

FAMILIE, DAS HEILIGSTE, WAS ES GAB.

Zorn wuchs in mir. Er schlug um in Wut. Und noch während Röder von Erbschleicherei und undankbaren Kindern sprach, drückte ich meine Fingernägel so tief in den Handteller, dass ich vor Schmerzen aufheulen wollte. Aber ich unterdrückte es und … die Wut ließ nach.

„Also, Hassel, wir sind dann durch. Mach alles fertig. 4.500 Euro kannst du ausgeben. Der Rest der Versicherungssumme ist für mich. Das Kuvert hole ich mir die nächsten Tage ab." Röder war aufgestanden, griff ungeniert in die Dose voller Naschereien auf dem Tisch und leerte sie fast. „Für unterwegs", meinte er und verließ grinsend das Büro. Ich spazierte hinterher und nickte der Frau freundlich zu.

„Wo liegt denn Ihre … Gattin?" Das Wort ‚Gattin' schien ihm nicht zu gefallen, auch nicht seiner Begleitung Irena. Beide schauten mich böse an. Röder rief „Seniorenstift Heiliger Geist, Harburg" und stampfte nach draußen.

Ich blieb sicher noch eine Viertelstunde sitzen, bevor dieses Ziehen in meiner Magengegend nachließ. Dieser Mensch hatte eine verstorbene Ehefrau und auch Kinder und was tat er: Er warf alles fort. Ich konnte es nicht verstehen. Mir fehlte die Familie über alles, ein Abschiednehmen war mir nicht vergönnt. Und er, dieser alte Sack …!

Um mich abzulenken, telefonierte ich mit dem Heiligen Geist-Stift. Dort war man gerade bei den Vorbereitungen zum Mittagessen und ich versprach, am Nachmittag persönlich vorbeizukommen.

*

Das Senioren- und Pflegeheim lag in Harburg unweit der Asklepios Klinik. Noch vor einigen Monaten hatte ich dort zahlreiche Kontakte. Aber als ich das Gebäude betrat und mich umsah, sah es aus, als habe man die komplette Belegschaft ausgewechselt.

„Ich suche Frau Schmücker", sprach ich eine kräftige, aber mir unbekannte Schwarzhaarige in einer Küchenschürze an.

„Ach, Gaby? Nein, die hat ein paar Tage Urlaub. Kann ich Ihnen helfen?"

Ich schaute an ihrer Schürze hinunter und sie grinste. „Stimmt, ich sehe nicht aus wie die stellvertretende Pflegeleiterin. Aber ich bin leidenschaftliche Köchin. Viola Melter ist mein Name." Sie lachte so freundlich, dass die Wut von heute Morgen sich gänzlich gelegt hatte. „Wie kann ich Ihnen helfen. Sie sind sicher der Bestatter?"

Ich nickte und hielt ihr meine Visitenkarte hin. Frau Melter studierte sie und wollte sie mir zurückgeben. „Behalten Sie die Karte. Ich habe genügend davon." Die vielleicht 40-Jährige lachte und bat mich, ihr in das Büro zu folgen.

WARUM KONNTE SIE NICHT MEINE MUTTER WERDEN?

Der Raum, den wir betraten, war voller Schränke mit Akten und verwundert schaute ich mich um.

„Verzeihen Sie die Unordnung, ich bin eher fürs Kochen und für die Pflege zuständig. Den Papierkram macht Gaby, also Frau Schmücker."

Ich nahm den Platz an, den sie mir zugewiesen hatte, und setzte mich.

„Ich habe den Auftrag, Frau Röder zu bestatten“, teilte ich ihr mit.

Die Augen der gerade noch gut gelaunten und lustigen Frau wechselten plötzlich in eine Traurigkeit, die mich sofort mitriss.

„Ach Gott, die arme Frau Röder“, begann sie und erzählte mir dann von einer Frau, die von ihrem alten und geilen Ehemann – wie sie sich ausdrückte – hier abgeladen wurde.

„Während der Schwerenöter in Polen, oder wo immer, nach einer Jüngeren gesucht hat, ging die Gute hier regelrecht zugrunde. Wir konnten ihr leider nicht helfen. Frau Röder war nicht geeignet für den Aufenthalt in einem Heim. Aber Sie kennen das sicher, einmal eingesperrt, ist es vorbei. Ja, und ein Jahr später war sie tot. Es war wohl der fehlende Lebenswille.“

Sie schwieg und ich teilte mit ihr die Gedenkminute für die verstorbene Frau Röder.

„Und ihre Kinder? Haben sie die Mutter nicht besucht?“

„Wie Kinder? Das ist das erste Mal, dass ich davon höre. Röder erklärte bei der Einlieferung, sie seien kinderlos.“

„Aber hat die Frau nie davon gesprochen?“

Frau Melter schüttelte den Kopf. „Sie war hochgradig dement und hat kaum etwas gesagt. Aber sie abzuschieben, wenn man als Ehemann selbst noch fit ist …?“

DIE WUT KEHRTE ZURÜCK.

„Wo befindet sich der Leichnam von Frau Röder?“

„Nebenan, im Kühlhaus des Heims.“

Ich nickte. „Hat sie denn nichts hinterlassen. Briefe, Fotos, Alben?“

Frau Melter war aufgesprungen. „Natürlich, gut, dass Sie es erwähnen. Eine Umzugskiste voller Habseligkeiten. Und es wäre mir lieb, wenn Sie alles mitnähmen und später diesem unsympathischen Röder aushändigten."

Ich versprach es.

Etwas verwundert verließ ich wenig später – schwer bepackt – das Pflegeheim. Frau Melter machte auf mich einen liebenswürdigen und überaus kompetenten Eindruck. Aber wenn sie so an der Frau hing, warum wusste sie so wenig von Frau Röder? Ich schob es auf den andauernden Pflegenotstand und ließ es, weiter darüber nachzudenken.

*

Eine Bekannte beim Harburger Bezirksamt verriet mir den Namen und die Adresse von Helen Röder, der Tochter des Ehepaars. Als letzter Wohnsitz war Paris angegeben und erst zögerte ich, nach ihrer französischen Telefonnummer zu recherchieren. Doch ging mir dieser Schnösel Röder nicht mehr aus dem Kopf und auch seine Freundin fand ich zum Kotzen. Ich sah es als meine Aufgabe an, den Kindern die Möglichkeit zu geben, Abschied von ihrer Mutter zu nehmen. Relativ schnell fand ich über ihre Webseite die Telefonnummer der Frau. Sie arbeitete in Frankreich als Model. Aber weiter als zu ihrer Agentur stellte man mich telefonisch nicht durch. Doch zum Glück erreichte ich in Paris eine schlecht Deutsch sprechende Dame, die mir jedoch ver-

sicherte, Frau Röder über meinen Anruf zu informieren. Sie wollte ihr ausrichten, dass sie mich zurückrufen solle.

*

„Hallo, Herr Hassel, mein Name ist Helen Röder, Sie hatten angerufen. Was ist geschehen?“

Die Frauenstimme am Telefon klang dunkel und ich fand ihr Timbre äußerst interessant. Ich stellte mir vor, wie toll sie aussehen würde, und wunderte mich plötzlich über mich selbst. Dabei vergaß ich ihr zu antworten.

„Hallo! Sind Sie noch dran?“

Ich bestätigte das und erzählte der Frau vom Tode ihrer Mutter. Helen Röder schwieg einen Moment. Sie schien etwas durcheinander, der Tod ihrer Mutter kam wohl unverhofft.

„Danke, dass Sie mich informiert haben. Wissen meine Geschwister davon?“

Nachdem ich das verneinte, bat ich Frau Röder, dies doch bitte selbst zu übernehmen. Sie versprach es und fragte noch nach dem Termin der Bestattung. Ich hatte heute Morgen mit den Verantwortlichen beim Neuen Harburger Friedhof gesprochen und wir hatten die Erdbestattung auf den kommenden Dienstag festgelegt. Den Termin teilte ich dem deutschen Model mit.

„Es wird doch eine Erdbestattung werden?“

Ich sagte dies zu und hatte den Eindruck, dass sie der Bestattung ihrer verstorbenen Mutter beiwohnen wollte.

*

Am nächsten Morgen tauchte unvermutet und unangemeldet Röder im Bestattungsunternehmen auf. Albert und ich standen gerade am kleinen Aufzug, der die Särge von unten aus dem Kühlhaus nach oben brachte, und hatten die Türklingel gehört. Schnell hoben wir den letzten von zwei Särgen auf eines der Rollgestelle. Die Leichen waren für die Feuerbestattung nach Ohlsdorf eingeplant, als Röder plötzlich und unvermittelt hinter uns stand. Er erschreckte uns regelrecht. Ich schob ihn empört Richtung Halle.

„Hör mal, bist du noch ganz bei Trost? Wer hat dir erlaubt, die Gören anzurufen? Damit bist du raus. Ein anderer wird die Scheiß-Beerdigung übernehmen. Und zwar in Ottensen", brüllte Röder.

Sein Gesicht war hochgradig gerötet und der Blutdruck des über 70-Jährigen schien mir gefährlich hoch zu sein. Er musste es selbst bemerkt haben, denn unverhofft schwieg er. Röder schaute mich dafür so böse an, dass ich für einen Moment Angst vor einem Übergriff hatte. Sogar Albert – der neben mir stand – machte einen Schritt zurück. Röder verdrehte die Augen, spuckte auf die Fliesen der Halle und verschwand dann ohne ein Wort nach draußen.

IN DIESEM MOMENT WAR MIR KLAR GEWORDEN, DASS RÖDER STERBEN MUSSTE, UND SO HATTE MEINE LUST AM TÖTEN IHREN ANFANG GENOMMEN.

Kapitel 6
im März 2018

Die Wut in meinem Bauch war wieder da. Und sie war noch stärker geworden. Wie ein Stich mit dem Messer in meine Eingeweide, wie ein eingeklemmter Ischiasnerv schaffte diese komplexe Sinnesempfindung es, die von Nozizeptoren des peripheren Nervensystems ausgelöst wird, bei mir ein Gefühl der Ohnmacht entstehen zu lassen. Ohnmacht, die ich nicht zulassen durfte. Doch die Schmerzen waren so übermächtig, dass ich glaubte, mein Bauch blähe sich gleich auf und zerplatze dann wie ein angeschossener Kürbis. Ich griff mit beiden Händen daran, drückte und presste wie auf der Suche nach einem Ausschaltknopf, der alles beenden würde.

DOCH DIE HÖLLENQUALEN NAHMEN KEIN ENDE.

Um nicht aufzufallen, schob ich mich noch etwas weiter zurück in mein Versteck seitlich der Hecke, nur wenige Meter von der kleinen Trauergesellschaft entfernt. Fest umgriff ich den Schaft des Einhandmessers in der Hoffnung, die Schmerzen legten sich – doch es half alles nichts.

ESTHER G. RÖDER
** 11.04.1947*
† 03.03.2018

stand auf dem billigen Holzkreuz, das der Mann in Schwarz zwischen die drei Trauerkränze in den Boden wuchtete. Die Bestattung hier auf dem Friedhof in Ottensen hatte nur wenige Minuten gedauert und bestand eigentlich nur aus einem Gebet des Pastors vor der Grabstätte. Und natürlich dem Herablassen des Sarges in die Grube. Röder hatte es wahr gemacht und einen der billigen Wohnzimmerbestatter gewählt. Seine Unverfrorenheit machte mich rasend.

ICH HÄTTE NIE ZUGESTIMMT, DASS MEINE LIEBEN SO UNPERSÖNLICH BEIGESETZT WORDEN WÄREN.

Allein der Gedanke daran brachte mich fast um. Die Trauergesellschaft selbst bestand aus nicht einmal zehn Personen – inklusive Bestatter und dem Pfarrer. Die schlecht gekleideten Sargträger hatten gerade den Platz Richtung Leichenhalle verlassen und auch die erwachsenen Kinder der verstorbenen Frau Röder machten sich nun schnellen Schrittes auf den Weg zum Parkplatz.

ER MUSS STERBEN!

Endlich hatten meine Schmerzen etwas nachgelassen, ebenso wie der anhaltende Nebel, der heute Morgen meine Anfahrt hier nach Altona erschwerte. Willibald Röder – Ehemann der Toten – das konnte ich beobachten – stand während der gesamten Zeremonie teilnahmslos hinter der kleinen Gruppe an Trauergästen. Während vorne die Kinder des Ehepaares Röder Abschied von ihrer Mutter genommen hatten, fasste der alte Mann seiner um etliche Jahre jüngeren Freundin an den Hintern. Nur mit Mühe hielt die Frau ein dämliches Lachen zurück und boxte Röder fest in die Seite.

ER MUSS STERBEN!

„Wissen diese Menschen nicht, was sich gehört?", wollte ich schreien. Doch ich unterdrückte es.

Eine der beiden Töchter der Verstorbenen hatte sich schon während der Beerdigung mehrfach umgewandt und ihren Vater mit bösen Blicken gestraft. Doch Röder schien das völlig egal.

ER IGNORIERT JEGLICHES PIETÄTVERHALTEN! ICH VERLANGE EHRFÜRCHTIGEN RESPEKT UND TAKTVOLLE RÜCKSICHTNAHME.

Gelangweilt hatte der Witwer an der gesamten Beisetzung teilgenommen. Hin und wieder hatte er sogar auf die Uhr geschaut. Aus der Nähe konnte ich das alles verfolgen, und es hatte mich unendlich verletzt.

Plötzlich und unerwartet trat Röder an die Grube. Ich hielt den Atem an. Ob ich ihn doch falsch eingeschätzt hatte? Trauerte er tatsächlich um seine langjährige Ehefrau und die Mutter seiner Kinder? Wollte er es nur nicht öffentlich machen? Ein seltsames Geräusch kam aus seiner Richtung. Ein Geräusch, als zöge Röder Schleim tief aus seinem Hals. Erst glaubte ich mich verhört zu haben. Doch mit einem Mal spuckte der Mann in das offene Grab. Dabei lachte er laut und warf den Kopf in den Nacken. So ein Ignorant! Ich fühlte Eiseskälte und es wurde mir schwindelig vor Augen.

ER MUSS STERBEN!

Röders Freundin war schon losstolziert. Ich registrierte es, als der Schwindelanfall nachließ. Auch Röder verließ seinen Platz.

Der alte Mann selbst warf plötzlich einen Blick in meine Richtung. Aufrecht und stolz trat ich aus meiner Deckung auf ihn zu. Ganz nah stand ich vor ihm. Röder stutzte. Er blieb stehen – wollte etwas sagen. Doch noch bevor ein Wort seine Lippen verließ, zog ich ihm mit einem schnellen Schnitt das Resolza-Messer quer über seinen faltigen Hals.

ES WAR SO EINFACH!

Es gab ein dünnes Geräusch, so als wenn man Pappe mit einem Teppichmesser schneidet. Freude kam in mir auf. Und ein Gefühl von Genugtuung. Dieser Augenblick würde mich mein Leben lang begleiten – da war ich mir sicher.

EIN KLEINER SCHNITT FÜR DEN MENSCHEN RÖDER – DOCH EIN GROSSER SCHNITT FÜR DIE MENSCHHEIT UND ALLE, DIE IHRE FAMILIENLEBEN NICHT ZU SCHÄTZEN WUSSTEN. FÜR ALLE KONSUMBLINDEN MENSCHEN UND FÜR DIE UNDANKBAREN. ENDLICH GING ES DENEN AN DEN KRAGEN, DIE ABGESTUMPFT WAREN.

Ich musste lachen über meinen Vergleich mit den Worten Neil Armstrongs nach der ersten Mondlandung.

ER MUSS STERBEN!

Fassungslos schaute mich Röder an. Er griff wie in Zeitlupe an seinen verletzten Hals, so als wolle er das schon Geschehene noch verhindern. Ich musste erneut lachen. Blut trat aus der Schnittwunde unter Röders Kinn. Erst nur wenig, doch dann strömte es rot, wie ein kleiner Wasserfall, zwischen Röders Fingern hindurch. Der Mann begann zu würgen.

„Na komm, spuck noch einmal“, warf ich ihm laut in sein angsterfülltes Gesicht. Er streckte die Hand aus. Griff an das Revers meiner Jacke. Er bettelte um Erbarmen, doch es war zu spät. Ich schob seine Hand weit von mir weg, wollte nicht besudelt werden von seiner Körperflüssigkeit.

Röders Freundin war indessen stehen geblieben und drehte ihren Kopf in unsere Richtung. Ich konnte es seitlich aus den Augenwinkeln sehen. Sie schaute, als verstehe sie die Welt nicht mehr. Aber was sollte ich mit ihr machen?

Mein Blick glitt zurück auf Röder, er kniete nun, blutete aus wie eine angestochene Sau. Ich durfte als Schüler mal einer Schlachtung auf einem Bauernhof beiwohnen. Sie hatte mich damals nicht bewegt. Der riesige Blutverlust Röders ließ mich auch jetzt kalt. Noch immer galt mein Gedanke dieser dämlichen Frau, seiner Komplizin.

HATTE SIE IHR RECHT AUF LEBEN UND UNVERSEHRTHEIT – WIE IM GRUNDGESETZ VERANKERT – AUCH VERWIRKT?

„Ja!“ Ein kompromissloses Ja! Denn in keinem Moment hatte sie mir dieses Feingefühl gezeigt, das ich bei der Trauer um einen Menschen erwartet hatte. Sicher war sie keine direkte Angehörige. Aber egal.

SIE HATTE KEIN RECHT MEHR ZU LEBEN.

Während Röder selbst inzwischen zuckend und röchelnd rücklings vor dem offenen Grab lag, war ich mit zwei, drei großen Schritten bei der knapp vierzigjährigen Blonden angelangt. Erstaunt darüber schaute sie erst in mein Gesicht, dann auf meine Hand. Sie wollte die Arme hochreißen – wollte schreien. Vergebens! Das teure Messer drang in sie ein wie in Butter. Ich hatte ja auch oft genug den Schnitt an Leichen geübt. Stöhnend fiel die Blonde vor meine Füße. Erst auf die Knie, sie versuchte, den Kopf zu heben.

„Nein, jetzt nutzt auch deine Entschuldigung nichts mehr!“

Ohne ein Wort kippte sie vornüber, zuckte noch eine Zeit lang. Dann war Stille. Die Arbeit war getan.

... UND SIE MUSSTEN STERBEN!

Kapitel 7

Opa und Silvana zeigten sich begeistert von meiner Erzählung. Sie verlangten sogar, dass ich den detaillierten Ablauf zum Tod von Röder und seiner Begleitung gleich zweimal erzählen sollte. Es war mir ein Vergnügen. Ich hatte „El Tango de Roxanne“ auf Schleife gelegt und leise plätscherte die Musik zu meinen Ausführungen durch den Bunker. Was würde ich dafür geben, mit Silvana wieder Tanzen zu können.

„Silvana, mir ist so nach Tanzen. Was meinst du?“

Sie schaute etwas abweisend, aber so war sie halt und ich nahm es nicht ernst. Doch Opas Blick war voller Begeisterung. Ich stellte mich neben den Stuhl meiner Frau und fragte: „Darf ich Sie bitten, schöne Frau?“

Silvana zierte sich noch ein wenig. Sicher lag es am falschen Kleid. Ich nahm mir vor, dies zu ändern und sie beim nächsten Mal umzuziehen. Ich hob sie aus dem Stuhl und redete mir ein, sie sei leicht wie eine Feder. Aber Silvana machte sich schwer, das kannte ich und ignorierte es. Als ich sie an mich presste, spürte ich meine Erregung. Ich drückte sie ganz fest, schlang einen ihrer Arme um meinen Hals. Dann nahm ich ihre Hand und schob sie zu der Musik in Richtung der kleinen Küche. Viel Platz war hier nicht und ich kam auch schon etwas außer Atem. Ein, zwei Drehungen nur, und ich befand mich im siebten Himmel. Außer

Atem brachte ich Silvana zum Stuhl zurück, setzte sie ab und bedankte mich keuchend.

„Na, Opa, war das nicht ein Vergnügen?“

Großvater zeigte Begeisterung. Der Enkel und dessen Liebste bei einem Tänzchen, was konnte es Schöneres geben? Ich nahm mir ein kühles Bier aus dem Kühlschrank und auch Opa stellte ich eine Flasche hin. Silvana selbst hatte dem Alkohol schon vor langer Zeit abgeschworen. Sie versorgte ich nach dem anstrengenden Tanz mit einem Glas Leitungswasser.

Wenn ich öfters mit ihr tanzen wollte, musste ich sie besser fassen können, sonst würde das meine schlechte Kondition nicht lange mitmachen. Ich ärgerte mich über mich selbst und nahm mir fest vor, mehr Sport zu treiben. Sicher wäre es besser, Silvana an mich zu binden. Vielleicht mit einem Gurt, wie ihn die Kletterer nutzen oder wie Tandemspringer beim Fallschirmsprung. Ich freute mich über die Idee und wollte am morgigen Tag intensiver darüber nachdenken.

*

Ich hatte das teure Resolza-Messer aufwendig von Röders Blut gereinigt. Es war mir diese Mühe wert. Als mein Handwerkszeug musste es funktionieren. Und ich duldete kein altes Blut daran. Das Messer mit der fünfzehn Zentimeter langen Klinge lag prächtig in meiner Hand. Eine alte Manufaktur auf Sardinien hatte es vor Jahren hergestellt.

UND NUN WAR ES AUSERKOREN, FÜR GERECHTIGKEIT ZU SORGEN.

Mit der Rechten fasste ich vorsichtig an die Klinge. Sie war eiskalt. Diese Kühle war auch notwendig, um einen sauberen Schnitt durchführen zu können. Ich freute mich regelrecht darauf. Nur knapp zwei Wochen nach meinen beiden ersten Opfern trieb es mich erneut auf den Friedhof Bernadottestraße in Ottensen. Ich machte mir keinerlei Gedanken über polizeiliche Maßnahmen – noch nicht. Den ganzen Tag schlich ich – eine dunkle Mütze tief ins Gesicht gezogen – von einer Trauerfeier zur nächsten.

Die ersten drei Bestattungen am Morgen liefen wunderschön ab. Respektvoll und mit Feingefühl gaben die Trauergäste ihren Angehörigen die letzte Ehre. Schöne Musik, angemessene Worte, ich war begeistert. Doch dann nahm ich an der Urnenbestattung eines Kindes teil. Der kleine Junge war gerade einmal acht Jahre alt geworden und das trieb mir die Tränen in die Augen. Zu gerne hätte ich jemanden der aufgelösten Angehörigen gefragt, was der Grund gewesen war, dass der Junge verstarb. Ein Unfall? Leukämie? Ein ärztlicher Kunstfehler? Auch diese Bestattung würde sicher positiv in meiner Erinnerung verbleiben.

DOCH DANN WAR DA DIESER MANN, UND ER ZERSTÖRTE ALLES.

Dunkel gekleidet, hätte ich den etwa 60-Jährigen als Großvater des toten Jungen eingestuft. Aber als er plötzlich sein Handy aus der Tasche zog, war mir klar geworden, so einer konnte nicht der Opa sein. Der Typ hatte sich etwas abgewandt. Hatte den Anruf entgegengenommen und lei-

se in das Mikrofon des Handys hineingeredet. WAS GAB ES WICHTIGERES ALS DIE TRAUER DIESER MENSCHEN? Und er störte eine heilige Zeremonie!

ER MUSS STERBEN!

Das Gespräch dauerte keine Minute. Hätte er es nicht seinlassen können? Es tat mir weh, daran zu denken, was nun meine heilige Pflicht war. Keinem war das kurze Gespräch aufgefallen – keiner hatte sich daran gestört. Keiner? Doch, ich!

UND ICH SPRACH UND HANDELTE FÜR SO VIELE MENSCHEN!

Der Mann trat nun vor das kleine Loch in der Erde. Dort wo man die Urne des Jungen hineingestellt hatte. Er hatte die Hände gefaltet – dieser Scheinheilige. Womöglich betete er noch.

ER MUSS STERBEN!

Nun drückte er den Angehörigen auch noch die Hand. Dem Vater. Er nahm die Mutter in seine Arme. Entrüstet nahm ich das zur Kenntnis. Bauchschmerzen stellten sich ein. Wenn die Angehörigen gewusst hätten, wie unwichtig diesem Kerl die ganze Zeremonie gewesen war? Mit einem Blick zurück verließ er den Ort der Trauer. Spazierte auf dem Schotterweg nach draußen. Und hatte schon wieder das Handy am Ohr.

ER MUSS STERBEN!

Ich trat aus der Deckung und folgte dem Mann. Hinter mir löste sich die Trauergesellschaft auf. Stimmen wurden laut. Ich musste mich beeilen. Als der Schwarzgekleidete links abbog und wir beide für einen Moment in der De-

ckung waren, trat ich hinter ihn. Ich packte den Mann an der Schulter und riss ihn etwas zu mir. Völlig überrascht ließ er das Smartphone fallen. Wollte etwas sagen. Aber ich war schneller. Der Schnitt war exakt – so wie ich ihn an zig Leichen geübt hatte. Wie bei Röder fasste sich der Sterbende an den Hals. Und wie bei Röder floss auch das Lebenselixier aus ihm heraus und mit ihm dieser unentschuldbare Fehler, den er begangen hatte. Das Blut verteilte sich – wie in Zeitlupe – auf die Kleidung und den Boden. Es passte so gut zusammen, das Schwarz und das Rot. Unerkannt und zufrieden verließ ich den Friedhof.

ER MUSSTE STERBEN!

*

Silvanas Tod war plötzlich zum Nebenschauplatz degradiert worden. Es gab zwei Ziele, die ich nun verfolgte:

ZIEL 1: ICH WOLLTE MEINE FAMILIE WIEDERHABEN.

ZIEL 2: ICH HATTE DEN AUFTRAG, DIESES PIETÄTLOSE VERHALTEN DER MENSCHEN ZU AHNDEN.

Beides beschäftigte mich inzwischen mehr als alles andere. Ich vergaß dabei zu essen und verlor an Gewicht. Meiner Haushaltshilfe war es aufgefallen – aber nicht Silvana. Ich hatte auf Irmis Anfrage einfach abgewunken. Gesundheit hatte gerade keinerlei Priorität. Die Geschäfte des Bestattungsunternehmens wurden zum Glück vom Mitarbeiter

Albert übernommen. Er kümmerte sich einfach darum und das war gut so. Geld war eh nicht mein Problem. Ich hatte vom verstorbenen Onkel einige gut laufende Immobilien übernommen, dazu eine große Anzahl an Wertpapieren. Das schlechte Gewissen überkam mich. Onkel hatte geschuftet und ich wirtschaftete ab. Aber es war im Dienste der Menschheit und das schlug meine aufkommende Depression in die Flucht. Ich funktionierte einfach nur noch. Mein Kopf war nicht mehr auf den Schultern. Es war, als wären Körper und Geist getrennt. So lief ich abends durch die Straßen Hamburgs und morgens über die Friedhöfe. Rief mich Albert zu einer Bestattung, funktionierte ich einfach. Doch während mein Körper den Sarg schob, eine Leiche wusch oder mit Angehörigen sprach, dachte mein Geist nur an Rache und Selbstzweck. Wo würde das hinführen? Albert schaute mich schon seit Langem mit merkwürdigen Augen an. Ich drückte ihm ein Kuvert mit Scheinen in die Hand – er nahm es, ohne hineinzuschauen. Seiner absoluten Loyalität war ich mir sicher. Aber er durfte nichts von meinem Zweit- beziehungsweise Drittleben mitbekommen. ICH WAR BESTATTER UND SONST NICHTS.

*

Ein paar Tage hatte ich mir das Treiben der Trauernden auf den Friedhöfen angeschaut. Dann war klar – ich musste erneut handeln. Musste Zeichen setzen. Zeichen für die anderen. Als Lehre und als Vorbild. Dieses Mal traf es zwei alte Witwen. Nein, ich habe nichts gegen alte Damen. Hunderte davon traf ich bei Bestattungen in den letzten Jahren. Hunderte, die es verdient hatten, dass man sie achtete und ihre Trauer ernst nahm. Doch diese beiden Auserwählten durften – wie laut Statistik alle Frauen im Land – einige Jahre länger leben als die Männer. Aber was machten sie daraus? Nichts! Sie waren mir schon öfters hier auf dem Friedhof Groß Flottbek aufgefallen. Es war nicht die Grabpflege, die sie hertrieb. Nein, ihr pietätvoller Auftrag war inzwischen zu einer Art Kaffeekränzchen mutiert. Ich saß auf einer Bank und las. Natürlich las ich nicht, sondern tat nur so. Die Zeitung – ein Gartenmagazin, rechtzeitig zum Frühjahrsbeginn erschienen – hatte ich schon auf St. Pauli gekauft. Ich war vorsichtiger geworden, meidete U-Bahnstationen mit ihren neugierigen Überwachungskameras. Vor allem dann, wenn ich einen Auftrag hatte. Für was die zahlreichen Tatort-Krimis, die ich gesehen hatte, nicht alles gut waren!? Ich schämte mich für meinen pietätlosen Lacher.

Zweimal in der Woche waren die beiden lustigen Witwen hier am Grab ihrer früh verstorbenen Ehemänner. Ich hatte die Grabsteine kontrolliert. Einer starb 56-jährig, der Zweite wurde einundsechzig Jahre alt. Mir war klar, daran mussten die beiden Ehefrauen schuld sein. Aber es war nicht mein Antrieb, sie einer gerechten Strafe zuzuführen. Nein, damit mussten die toten Ehemänner zurechtkommen. Also zu Lebzeiten. Ich hatte nicht den Auftrag, Eheverfehlungen zu sühnen.

Da waren sie. Sie kamen stets auf Fahrrädern und nie gleichzeitig. Aber doch im Abstand weniger Minuten. Große Taschen auf dem Gepäckträger. Sicher gefüllt mit Naschereien und Thermoskannen voller Tee. Sie begrüßten sich eher kühl. Ich hatte plötzlich ein schlechtes Gewissen. Suchte ich in den Krümeln und lag falsch? Vielleicht waren die beiden Alten gar nicht so schlimm, dass ich sie ... Plötzlich liefen sie gemeinsam zu den Schöpftrögen aus Waschbeton und jede von ihnen nahm sich eine Plastikgießkanne vom Haken. Ich konnte die beiden nun nicht mehr sehen – sie waren hinter einer hohen Hecke verschwunden – hörte aber das Wasser plätschern.

Der Friedhof war wenig besucht, aber das waren Friedhöfe nie, außer bei Bestattungen und an Feiertagen wie Allerseelen und Totensonntag. Überhaupt fand ich es inzwischen unnötig, solche riesigen Stadtgrundstücke zum Eingraben von Leichen zu verplempern. Aber was regte ich mich auf. Es gab in Hamburg Wohnungsbedarf ohne Ende und hier hatte mancher Tote mehr Lebensraum ... nein, Lebensraum war falsch. Mehr Kubikmeter Platz sich auszudehnen als ein Lebender. Ungerechtigkeit, aber dafür war ich nun – weiß Gott – nicht zuständig. Weiß Gott?

Die Witwen tauchten wieder auf. Sie gingen nun unterschiedlicher Wege. Das war der Lage der Grabstätten ihrer Männer geschuldet – diese lagen einige Meter auseinander. Ich blätterte desinteressiert in dem Heft. Dort hatten sich die Redakteure die größte Mühe gegeben, den Menschen mitzuteilen, wie sie ihren Garten mit wenigen Handgriffen verschönern konnten. Warum gab es kein Heft, das Menschen anleitete, ihre Würde zurückzubekommen?

„Wie ich mit wenig Aufwand zum besseren Menschen werde!“

Vielleicht sollte ich alles, was ich gerade erlebte, aufschreiben! Wie Opa in seine Schulhefte. Aber war das, für das ich mich einsetzte, tatsächlich für die Zukunft gedacht? Kinder hatte ich nicht. Es würden auch keine mehr entstehen, davon war ich überzeugt. Also für wen sollte ich mein Inneres nach außen krempeln?

Die Witwen hatten ihre Grabtätigkeit beendet. Etwas geharkt, gegossen und die alten Grablichter hin- und hergeschoben. Ihr Tun war nicht von Liebe geprägt. So wie es eigentlich sein sollte, wenn einer der wichtigsten Menschen im Leben verstirbt. Plötzlich hörte ich ihr dummes Kichern. Aus den Ehefrauen zweier toter Männer waren lustige Witwen geworden – wie auf Kommando.

UND AUS DIESEM GRUNDE WÜRDEN SIE NUN STERBEN MÜSSEN.

Ich stand auf und schaute mich um. Die Ecke hier war sehr gut zugewachsen und ich müsste mich eigentlich bei den Friedhofsgärtnern bedanken. An einem Grab, unweit von mir, entdeckte ich eine weitere alte Dame, ganz in Schwarz gekleidet. Sie hatte die achtzig sicher schon überschritten und hörte kaum noch etwas. Aber diese alte Dame wusste, was sich gehörte. Trotz der wärmeren Temperaturen heute hatte sie sich pietätvoll gekleidet. Im Gegensatz zu den Witwen in Röcken, die ihre dicken Beine zeigten. Es ekelte mich. Ganz hinten lief ein Mann. Es sah aus, als würde er den

Friedhof verlassen. Manche nutzten die Durchquerung des Friedhofs, um abzukürzen. Sie entweihten diesen Ort. Aber für sie war ich noch nicht reif. Später vielleicht. Ich schlenderte zur Wasserstelle. Griff eine Gießkanne. Dann zum Messer. Es lag gut in der Hand. Die Klinge kühl, der Griff schmiegte sich in meine Handfläche. So als wüsste das alte Holz, was es erwartet. Es deutete an, mir helfen zu wollen.

Das Gelächter näherte sich. Der leichte Wind wehte Gesprächsfetzen zu mir rüber. „Freue mich auf ... Torte", setzte mein Gehirn die aufgenommenen Worte zusammen. Und „Später ... Café soundso." War es das, was übrig blieb im Alter: Kaffee und Kuchen?

Ich schnitt der Ersten quer über den Hals, und noch bevor die Zweite den Trog erreicht hatte und etwas sagen konnte, war ich bei ihr. Sie schien überhaupt nicht überrascht zu sein. Brach ihre Busenfreundin doch gerade blutend neben ihr zusammen. So eine abgebrühte und gleichgültige Person! Aber vielleicht war sie nur dankbar für das, was ich tat. Das Messer traf sie mitten ins Herz. Sie klappte um wie ein Schweizer Taschenmesser – kein Wunder bei dem Übergewicht. Ich erwartete ein leichtes Beben, als sie aufschlug, doch es blieb aus. Die Erste röchelte noch leise vor sich hin, wohl eine Art Abschiedsmelodie. Ich lehnte mich an die Wasserstelle und schaute ihr beim Sterben zu. Um mich herum schien alles ruhig, zum Glück hatte mich keine der beiden durch einen Schrei verraten. Dieser Umstand war es mir wert, noch ein paar Worte des Abschiedes zu sagen.

„Wissen Sie, Gnädigste, warum ich Sie ausgewählt habe?", flüsterte ich der Sterbenden zu. Sie hatte die letzte Position

ihres Leben erreicht und zappelte nun auf der schmutzigen Erde. Ihr überraschter Blick ging zu mir. Die Blutlache um sie vergrößerte sich, ich musste mich beeilen.

„Ihr Pietätverhalten ist nicht angemessen."

In wenigen Sekunden würde das Leben aus ihr herausfahren wie das Blut, das noch immer aus ihrer Halswunde strömte. Wie bei der Sau damals.

„Aber keine Angst, Ihr Tod wird dazu beitragen, dass sich die Menschen wieder besinnen. Auf das, was ihnen wichtig ...!"

Ihr Blick wurde starr, das Zucken hatte aufgehört.

SIE STARB FÜR EINEN GUTEN ZWECK.

Mein Blick ging zur Zweiten. Sie lag da mit gespreizten Beinen. Angewidert schob ich ihre unteren Extremitäten mit einem meiner teuren Schuhe in eine ordentliche Position. Billige Nylonstrümpfe rieben über die Erde und zerrissen dabei. Es war mir egal, aber niemand sollte die Tote so respektlos auf einem Friedhof vorfinden.

BEIDE STARBEN FÜR EINEN GUTEN ZWECK.

Ich nahm mir vor, meine Wildlederschuhe später ausgiebig zu putzen.

*

Für den nächsten Tag hatte Albert zwei Bestattungen angenommen. Die Friedhöfe lagen nur knapp zehn Kilometer voneinander entfernt. Und darin lag auch die Problematik.

Wir hetzten am Morgen vom ersten Friedhof Bornkamp in der Ruhrstraße des Hamburger Stadtteils Bahrenfeld und wenig später zum Friedhof Blankenese im Sülldorfer Kirchenweg. Zum Glück fand die erste Bestattung in Bahrenfeld statt. So war die Fahrt zurück, die Leiche des jungen Selbstmörders aus unserer Kühlkammer auf St. Pauli abzuholen, nicht ganz so weit. Der junge Blankeneser war wohl verliebt und hatte sich – nach der gescheiterten Beziehung – das Leben genommen. Mit Starkstrom. Seine Hände und verbrannte Haut des Oberkörpers waren nicht besonders gut anzuschauen. Allein die Gerüche beim Herrichten machten Albert, aber auch mir große Probleme. Ich musste mich zum Bunker schleichen und mir von Silvana den großen Ventilator ausleihen. Auch fehlende Organe – die Eltern hatten das, was noch verwertbar war, großzügig gespendet – machten das Arbeiten nicht leichter.

Der alte Parkfriedhof, mitten im Stadtteil Blankenese, war einer meiner Favoriten. Das Innere der auch als Gotteshaus genutzten Leichenhalle mit dem hellen Gewölbe und den farblich abgestimmten grauen Bänken ließ die anderen Hamburger Leichenhallen aus vergangenen Zeiten, in die ich sonst die Toten brachte, um ein Vielfaches altmodischer und verbrauchter aussehen. Es war an der Zeit, alte Zöpfe abzuschneiden. Hier in Blankenese hatte man das getan. Albert und ich hoben den weißen Sarg aus dem Benz auf das Rollgestell. Die Trauerfeier würde heute bei dem tollen Wetter am Außenaltar durchgeführt werden, und das begeisterte mich sehr. Danach ging es – vorbei an einigen Kunstobjekten und schön gestalteten Stauden und Bäumen

– direkt zum Familiengrab. Die Eltern des knapp 30-Jährigen betrieben in Blankenese ein Buchantiquariat. Es war mit viel Prominenz zu rechnen und einem Meer an Tränen.

Die Absprache mit den Hinterbliebenen lautete, dass sie den Sarg, einige Meter vor dem Altar, begleiten würden. Alleine, ohne Trauergäste. Diese sollten am Altar Aufstellung nehmen und warten. Es würde auch keinerlei Trauerbekundungen am Grab geben. Ich persönlich hätte die Leiche verbrannt. Mir war nicht klar, warum die Eltern auf eine Erdbestattung bestanden hatten. Wahrscheinlich wollten sie den einzigen Sohn nicht hergeben und seinen Platz unter der Erde in den nächsten Jahren als Stätte der Trauer nutzen. Aber das hätte auch nach einer Feuerbestattung und der Urne funktioniert. Mir war es recht, es brachte uns wieder etwas mehr Geld in die Kasse.

Das alte Ehepaar wartete schon. Zerbrechlich und kalkweiß standen sie bei einer Hecke, und wir schoben den Wagen mit dem Sarg, so leise es ging, zu ihnen.

„Der liebe Junge." Die Mutter streichelte den Sarg und ihr ergrauter Ehemann berührte sanft ihren faltigen Arm. Ja, genau so sollte es sein. Das trauernde Paar ging voraus, wir hinterher. Das Quietschen der Räder des Rollwagens erschien mir wie ein Spießrutenlauf. Ich wollte Alfred am liebsten vor all den versammelten Trauernden in den Hintern treten. Hatte ich ihm nicht aufgetragen, die Räder stets vor jeder Bestattung zu überprüfen und gegebenenfalls zu ölen? Schuldbewusst schaute er nach unten.

Endlich waren wir am Altar angekommen. Es graute mir schon vor dem Weg zur Grabstätte. Vielleicht spielte die kleine anwesende Bläsergruppe, dann hörte man das Quietschen nicht.

„Im Namen des Vaters, des Sohnes und des Heiligen Geistes."

Der Verstorbene war katholisch und in diesem Sinne fand auch die Beerdigung statt. Den Pastor kannte ich nicht. Er schien mir noch recht jung. Seine Haare mittellang, dazu trug er einen Dreitagebart und ... einen Ohrring. Ich hätte es aufgrund des längeren Haupthaars gar nicht gesehen, hätte nicht die Sonne ein Blitzen auf der Goldauflage des Ohrringes verursacht. Ein Pfarrer mit einem Ohrring? Wahrscheinlich hatte er sich auch das Alte Testament auf den Rücken tätowieren lassen. Ich schnaufte vor Wut. Der Mutter war es wohl aufgefallen und sie räusperte sich. Sofort war ich still.

Ein für katholische Trauerfeiern typisches Harmonium hierherzuschaffen, darauf hatte man verzichtet. Dafür spielten die drei Bläser eine kurze und traurige Melodie, während der Pastor den Sarg segnete. Dann kamen die drei einzelnen Abschnitte des Kyrie-Gebetes. Sie endeten üblicherweise mit „Herr, erbarme dich", „Christus, erbarme dich" und wieder „Herr, erbarme dich". Wie hasste ich dieses Gebet. Bei manchen Bestattungen – ich nannte die Verantwortlichen Exzessiv-Trauernde – wurde dieses Gebet Hunderte von Mal wiederholt. Das zermürbte mich stets. Doch hier wiederholte die Trauergemeinde jeweils nur einmal den Satz. Dann war Ruhe. Ich genoss es.

Der Pastor hatte eine beruhigende Stimme und anfänglich fand er die richtigen Worte. Doch als er über die Schuld des jungen Mannes, „Hand an sich gelegt zu haben", sprach, war es vorbei mit meiner Geduld. Auch die Eltern schauten sich inzwischen entgeistert an und begannen zu weinen. Den Trauergästen schien der Ausbruch des jungen Pastors auch nicht zu gefallen. Sie wurden unruhig, was sich durch ein Raunen und kleinere Bewegungen in der Menschenmenge umsetzte.

„Halte endlich dein dummes Maul!", wollte ich rufen. Ja, ich war nahe dran. Aber ich war nur die Exekutive. Die Eltern mussten dem Schwätzer den Mund verbieten. Der Vater warf einen Blick zu den drei jüngeren Männern mit den Blasinstrumenten. Ich hatte seinen strengen Blick richtig gedeutet, sie wohl auch. Denn sofort begannen sie – die dumme Predigt des Pastors unterbrechend – eine Melodie anzuspielen. Ich kannte sie. Bei dem Song handelte es sich um „Tears in Heaven". Der bekannte Gitarrist und Sänger Eric Clapton hatte das Lied für seinen Sohn nach dessen Unfalltod geschrieben und gesungen.

Der Pastor zuckte zusammen – war entsprechend perplex. Er schien sich keiner Schuld bewusst, dachte wohl an ein Versehen im Ablauf der Feierlichkeit. Als die Gruppe fertig war, wollte er erneut mit seinen Vorwürfen beginnen. Da wurde es der Mutter des Verstorbenen zu viel.

„Lassen Sie uns den Jungen nun gemeinsam zur letzten Ruhestätte bringen", schrie sie und endlich schien der Mann in Schwarz verstanden zu haben. Mit hochrotem Kopf, sein Weihrauchbehältnis schwingend, lief er los. Und wir hinterher. Mein Herz raste, so etwas hatte ich noch nie erlebt.

DIESER GRÜNSCHNABEL VERSAUTE DER FAMILIE DIE GESAMTE BESTATTUNG. LIESS DEN WICHTIGSTEN TAG DER HINTERBLIEBENEN ZU EINER FARCE WERDEN. Erst nahm ich mir vor, später den Geistlichen persönlich in seine Schranken zu weisen. Als Herr Pastor dann am Grabe noch einen Klingelbeutel rumgehen ließ und die Bemerkung „... und denken sie bitte daran, dass es im Beutel nicht klimpert, sondern knistert!“ losließ, stand mein Entschluss fest: DIESER PASTOR WÜRDE KEINE TRAUERFEIER MEHR ZELEBRIEREN.

*

Pastor Witzers Adresse war ein kleines Haus in der direkt an Hamburg angrenzenden Stadt Wedel. Laut meinem Gespräch mit einem der Trauergäste wohnte er dort in einer Art geistlichen Wohngemeinschaft. Etwas seltsam für einen Pastor, aber bei diesem Mann Gottes wunderte mich nichts mehr.

Zwei Tage nach der seltsamen Trauerfeier war ich unterwegs zu ihm. Es war kühl an diesem April-Abend, doch nicht zu kühl, um eine Fahrradtour zu machen. Ich hatte mein altes Fahrrad hinten in den Bestattungswagen gelegt und war nach Wedel gefahren. Ich musste mich wieder etwas bewegen und konnte dabei nach dieser AUSGEBURT VON PIETÄTLOSIGKEIT schauen. Mehrere Male fuhr ich die kleine Straße im Wedeler Schlödelsweg hoch und runter.

Mein Vorhaben war nicht so einfach wie das gestrige mit den beiden Witwen. Hier auf dem Land konnte ich schnell auffallen und dann würde ich meiner wichtigen Aufgabe nicht mehr nachgehen können.

Ich fuhr wieder ein Stück ins Grüne hinaus und wartete auf die Dunkelheit. Die Kapuze des Sweaters tief über den Kopf gezogen, kehrte ich zurück. Da standen Männer vor dem kleinen Haus des Pastors. Ich fuhr vorbei, den Kopf etwas zur Seite gedreht. Sie ignorierten mich. Im Augenwinkel sah ich den Ohrring des Pastors blitzen. Da war er, suchte wohl schon wieder neue Trauergäste, UM SIE CHARAKTERLOS ZU BEDIENEN. Auf dem Rückweg saß Witzer auf der kleinen Bank vor dem Hause. Alleine. Um ihn herum war keine Menschenseele. Ich erwischte mich erneut, dass ich Gott dankte. Wenn es tatsächlich einen Gott geben sollte, dann war er mit mir und nicht mit seinem Bediensteten.

Der Mann lächelte mich noch freundlich an, als ich vom Fahrrad abstieg und mein Resolza-Messer über seinen unrasierten Hals gleiten ließ. Er lächelte noch, während das Blut auf seinen goldenen Ohrring spritzte. Und sicher grinste er auch noch, als ich schon Hunderte von Metern entfernt von ihm war.

ER MUSSTE MIR DANKBAR GEWESEN SEIN.

Kapitel 8

Ich musste wohl in meinem Büro eingeschlafen sein. Die Müdigkeit hatte mich übermannt. Bis in die frühen Morgenstunden war ich bei Opa und Silvana im Bunker. Einen Tag zuvor waren die beiden Industrieklettergurte eingetroffen, die ich im Internet bestellt hatte. Fünfhundert Euro kostete mich der Spaß. Aber die Investition würde sich lohnen. Ich hatte gestern Abend im Bunker erst Silvana umgekleidet und ihr anschließend das Tangokleid übergezogen. Und darüber den Gurt. Sie sah so lustig aus. Wie ein Kletterer, der sich zum Tangoabend abseilt. Schnell hatte ich mein Gurtzeug angelegt, Silvana wieder aus dem Sitz gehoben und uns beide mit zwei Karabinerhaken verbunden. Sie hing an mir wie eine Klette. Der Vergleich fiel mir ein, während ich bei Tangomusik mit ihr die ersten Schritte machte. Ich fand meine Idee mit dem Gurtzeug großartig, und es schien auch ihr zu gefallen. Ich glaubte, ein Funkeln in ihren Augen zu erkennen, und ich spürte die Erregung in meinem Unterleib.

*

Jemand klopfte an die Bürotür und endlich nahm ich es wahr. Ich hatte davon geträumt, dass man mir den Friedensnobelpreis überreicht hatte. In feinstem Norwegisch hatte ich mich bei der Jury in Oslo bedankt und meine wichtige Aufgabe als Robin Hood der Pietät nochmals erläutert.

Es war ein alter Mann, der im Türrahmen meines Büros stand. Etwas seitlich hinter ihm kauerte ein kleines Mädchen. Krampfhaft klammerten sich ihre kleinen Hände an seiner Hand fest. Das Kind war sicher keine Deutsche, ihre Haut schien mir dafür zu dunkel. Aber das war vielleicht auch ein Vorurteil. Die Kleine mochte vielleicht sechs Jahre alt gewesen sein, und obwohl es in keiner Weise eine Ähnlichkeit gab, erinnerte sie mich sofort an meine verstorbene Schwester. Der Mann begann zu sprechen. In Wortschwallen kamen Entschuldigungen aus seinem Mund. „Ich hätte nicht klopfen sollen ... tut mir leid ...“ Doch ich hatte nur Augen für dieses kleine Mädchen in seinem rot gepunkteten Kleid. Ihr Blick war fest auf die Erde gerichtet – ihre Hände krampften regelrecht an der des Alten. Neidisch auf den Mann geworden, verfolgte ich ihren Blick, der sich nicht vom Boden löste. Ich glaubte erst, dass dort etwas lag, aber es war sauber und hygienisch wie immer.

Ich stand auf und bot den beiden Platz auf der Couch an und sie setzten sich. Noch immer ließ das Kind die Hand des Mannes nicht los.

„Möchten Sie etwas trinken, einen Kaffee? Die Kleine eine Cola? Wie heißt das Kind?“

„Oh nein, danke, wir wollen Ihre Zeit nicht lange in Anspruch nehmen. Adiam, ja, so heißt das Mädchen.“

Als der Mann ihren Namen nannte, war sie verschüchtert zusammengezuckt. Kinder sind so genügsam, so unverbraucht. Warum kann man diesen Zustand nicht im Alter beibehalten?

„Mein Name ist Aldenhoven, ich bin Sozialpädagoge und ihr Vormund." Aldenhoven zeigte mit der freien Hand auf die Kleine, die sich ganz eng an den Mann kuschelte.

Ich schien etwas erstaunt geschaut zu haben, er war sicher schon weit in den Siebzigern und meinte: „Ja, ich bin seit Jahren in Ruhestand. Aber diese armen Flüchtlinge haben es mir angetan. Da kann ich nicht einfach wegsehen."

Wegsehen – das war das Wort. Aldenhoven war also ein Gleichgesinnter. Sofort wurde ich hellwach.

„Wie kann ich Ihnen helfen?"

„Es ist ... also ... Kesete und Adiam, also Kesete ist ... beziehungsweise war ihr Bruder. Sie waren baden ... am Allermöher See." Bei den Worten ‚Kesete' und ‚Allermöher See' zuckte das Mädchen erschreckt zusammen und weinte fortan leise vor sich hin.

„Wir hatten alle Flüchtlinge mehrfach gewarnt. Wissen Sie, Herr Hassel, in Eritrea gibt es nicht so viele Badeseen. Eigentlich badet man dort überhaupt nicht. Das Wasser ist für die Rinder. Doch hier ... wir haben sie gewarnt, haben Schwimmkurse angeboten."

So langsam sah ich klarer. Albert hatte von der Leiche eines jungen Mannes erzählt, die er am Sonntagnachmittag an besagtem See abgeholt hatte. Sie lag unten im Kühlhaus und ich hatte mich bisher nicht darum gekümmert.

„Er ist am Sonntag im Allermöher See ertrunken?"

„Ja, richtig, man sagte mir, seine Leiche wurde hierher zu Ihnen gebracht."

Das alles tat mir unendlich leid und ich kondolierte den beiden.

„Das ist noch nicht alles. Das Geschwisterpaar hatte die Flucht nach Deutschland alleine geschafft. Die Eltern wurden in der Heimat getötet. Nun hat Adiam ... niemanden mehr."

Mir stiegen die Tränen in die Augen. Auch Aldenhoven wischte sich verstohlen eine Träne aus dem Augenwinkel.

„Verstehen Sie, Herr Hassel?"

So ganz verstand ich es noch nicht. „Benötigen Sie Geld für seine Bestattung? Oder sammeln Sie für das Kind?"

Der Mann schüttelte den Kopf. „Nein, ich habe Probleme, den Jungen zurückzuführen. Er soll nicht hier bestattet werden. Sein Onkel möchte, dass er wieder zurückkommt. Auch das Mädchen. Beide sollen zurück nach Eritrea."

Aldenhoven sprach anschließend von Paragrafen und dem Bürgerlichen Gesetzbuch, vom Landesbetrieb Erziehung und Beratung, in einer dessen Einrichtungen Kesete und Adiam gelebt hatten. Dann meinte er, man plane eine Sozialbestattung nach Paragraf 10 Sozialgesetzbuch; ein karges, schnelles Ritual.

„Formell gesehen, ist Kesete eine herrenlose Leiche."

„Es geht nicht um Geld, Herr Hassel. Die Leute sammeln für Kesete. So haben Flüchtlinge über 4.000 Euro zusammengekratzt, ein Facebook-Aufruf brachte innerhalb von zwölf Stunden weitere 2.000 Euro. Und letztendlich hat ein Hamburger Geschäftsmann sich bereit erklärt, den Rest zu

übernehmen. Der Transport zurück in die Heimat des Toten ist finanziell gesichert."

„Was kann ich also tun?"

„Sie sollen Kesete einbalsamieren. Sonst kann er nicht zurück in seine Heimat."

Ich war überrascht und doch irgendwie begeistert. Der da oben, an den ich nicht glaubte, schien mich im Blick zu haben. Noch wusste ich nicht damit umzugehen. Aldenhoven erzählte mir auch, dass Adiam nicht mehr redete. Seit dem Ertrinken des Bruders, das sie wohl am See miterlebt haben musste, sprach sie nicht mehr. Kein einziges Wort.

*

Kesete war nach Silvana und Opa die dritte Leiche, die ich einbalsamierte. Es hatte mich zwei Tage mit Telefonieren und dem Ausfüllen zahlreicher Anträge gekostet. Zum Glück war die Arbeit eines Balsamierers in der Bundesrepublik an die Ausbildung des Bestatters gekoppelt und es gab wenige Hindernisse. Und die Hindernisse, auf die ich traf, konnte ich mit einer großzügigen Geldspende umschiffen. Ich war voller Elan und Tatendrang. Die Herausforderung, dem toten Jungen und seiner kleinen Schwester zu helfen, hatte mich mit Adrenalin gefüllt. Bis hoch zu den Haarspitzen. MEINE EIGENTLICHE AUFGABE, FRIEDHÖFE AUF PIETÄTLOSES PACK ZU ÜBERPRÜFEN, LEGTE ICH ERST EINMAL AD ACTA.

Kapitel 9

Der Erste Hauptkommissar Alexander Schweiss saß an diesem Montagmorgen in seinem Büro im Polizeipräsidium beim Bruno-Georges-Platz. Der kommissarische Leiter der Hamburger Mordkommission hatte den Hörer des Telefons neben den Apparat gelegt und war in sich zusammengesunken. Draußen schien schon die Sonne – es würde sicher ein heißer Tag werden. Er mochte die Hitze nicht und begann schon beim Nachdenken darüber zu schwitzen. Zum Glück hatte sich die Funktion seiner Nieren wieder regeneriert. Dank dem Verzicht auf Alkohol und fettes Essen war ihm das gelungen. Irgendwie fühlte er sich trotzdem unwohl. Mit Bauchspeck und Nierenbeschwerden war es ihm besser gegangen, grübelte er. Sein Rücken schmerzte.

Entsprach so der Wiedereinstieg in das Arbeitsleben seinen Vorstellungen? Als man ihn im letzten Jahr, kurz vor Beginn seines Ruhestandes, gebeten hatte, um zwei Jahre zu verlängern, stimmte er schnell zu. Zu schnell? Die Verantwortung, das Dezernat zeitlich beschränkt zu leiten, aber auch die Aussicht, den langweiligen Tagen als Großvater und Pensionär zu entgehen, hatten ihn blind werden lassen. Und nun saß er hier und nahm Anrufe von verängstigten Friedhofsbesuchern entgegen, die ihm eine völlig verblödete Empfangsdame schon den ganzen Tag über durchstellte.

Sicher nervte auch ihn diese übertriebene Angst der Hamburger vor einem Mörder, der sich seit März dieses Jahres speziell die Friedhöfe der Hansestadt für sein kriminelles Hobby ausgesucht hatte. Schweiss musste grinsen über seine Gedanken. Kriminelles Hobby war gut, das könnte er für die gegen Mittag anberaumte Pressekonferenz nutzen. Sicher gab es in den langen Jahren, die Schweiss bei der Mordkommission Dienst tat, auch Übergriffe auf Friedhöfen. Hin und wieder auch einen Mord. Aber in den letzten drei Wochen gab es sechs Tote, die dem Friedhofskiller zugerechnet wurden. Offiziell waren es eigentlich fünf, aber Pellin, der Rechtsmediziner, glaubte, die gleiche Messerverletzung an einem getöteten Pastor am 9. April in Wedel wiedererkannt zu haben.

„Der Mörder führt eine saubere Klinge", hatte Pellin, der Depp, erklärt. Alle starben an einer Stichverletzung. Und fast allen wurde mit einem Messer die Kehle durchgeschnitten. Nur der Leiche Nummer zwei, einer Blonden, Mitte vierzig, hatte der Mörder bei einer Trauerfeier in Ottensen aufgelauert. Zusammen mit diesem soundso Röder. Der Vorname fiel Schweiss nicht mehr ein. Und dann war da noch die 73-jährige Witwe auf dem Friedhof in Groß Flottbek, auch Anfang April. Sie starb durch einen gezielten Stich ins Herz. Ihre etwa gleichaltrige Begleitung verblutete nach einem Messerschnitt am Hals. Gänsehaut lief über den Rücken des Sechzigjährigen bei dem Gedanken eines Überfalls auf ihn, während er das Grab seiner verstorbenen Frau aufsuchte. Der Täter selbst konnte stets unerkannt entkommen. Einige Personen hatten ausgesagt, ihn gesehen zu haben. Hatten die männliche Person als mittelgroß, schwarz gekleidet und kurzhaarig beschrieben. Schweiss konnte darüber nur den Kopf schütteln. So sahen die meisten Männer auf Friedhöfen aus. Es war wie die Suche nach einem Maskierten beim Kölner Karnevalsumzug.

Zum dritten Male las Schweiss den Bericht der Rechtsmedizin über den letzten Toten durch. Dort erklärte Dr. Pellin – Leiter des Hamburger Instituts für Rechtsmedizin – der vierzigjährige Pastor aus Wedel sei vor seinem Haus mit einem Einhandmesser mit doppelseitiger Klinge erstochen worden. Dem Schnitt nach handelte es sich bei dem Mörder um einen Linkshänder. Seine Körpergröße schätzte Pellin auf etwa 1,70 bis 1,75 Meter. Was wollte ein Kriminalbeamter damit anfangen? DNA-Spuren, Fingerabdrücke, das war es, was Alexander Schweiss und sein Team benötigten. Aber seit Professor Dr. Traudel Kensbock die Hamburger Rechtsmedizin Richtung Leipzig verlassen hatte, lief es nicht mehr rund beim Butenfeld. Zumindest war das sein Eindruck.

Wäre doch dieser dämliche Pellin an Traudls statt zur Leipziger Rechtsmedizin gewechselt!

Die Kollegen, die Schweiss nach seiner Übernahme hier im Dezernat angetroffen hatte, waren alle nicht nach seinem Geschmack. Junge Kriminalbeamtinnen und -beamte hatten inzwischen die alten, erfahrenen abgelöst. Lässig, langhaarig, in Jeans waren sie; und wie er es ausdrückte: ohne Reife und ohne jegliche Erziehung. Es fiel Schweiss immer schwerer, morgens aufzustehen und zur Arbeit zu fahren. Noch sechzehn Monate. Und er würde sich sicher nicht noch einmal überreden lassen, länger zu machen.

Kapitel 10

Ich hatte nicht mitgezählt. Doch in den Hamburger Tageszeitungen und sogar in der Tagesschau sprach man inzwischen vom ‚Friedhofskiller'. Erst registrierte ich nicht, dass sie mich damit meinten. Dann wurde es mir klar. Aber stolz war ich darauf nicht. Die Zahl sechs war nichts, was einen mit Stolz erfüllen konnte. Sechs Familienmitglieder hatte ich bei dem Unfall 1984 verloren. Und so viele Menschen stritten in der eigenen Familie. War ich als Kämpfer für diese Rechte und ihren Zusammenhalt auserkoren? Ich war unsicher. Doch immer wenn mir die Zeit blieb, spazierte ich über einen der zahlreichen Hamburger Friedhöfe. Ich hatte schon genügend Erfahrung, was ihre Lage anging, doch nun wurde ich noch mehr zu einem Experten.

Am heutigen Donnerstag ließ mir der Tagesablauf zunächst keinerlei Zeit für Friedhofsbesuche. Ich hatte mit Albert den jungen Kesete zu balsamieren. Die Arbeit ging mir inzwischen gut von der Hand. Die neue Amtsärztin hatte auch kurz reingeschaut, eine Frau Dr. Wassilowski. Die kugelrunde Deutsch-Polin mit rotem Blutüberdruckgesicht war ganz begeistert von meiner – wie sie sagte – „professionellen Tätigkeit". Ständig wollte sie mir entlocken, wer mir das beigebracht und wo ich diese Fertigkeiten schon einmal angewendet hatte. Ich konnte mich stets irgendwie heraus-

reden. Auch Albert wusste nicht, wie ihm geschah. Aber er half, so gut es ging. Nach vier Stunden lag die Leiche Kesetes ausgeweidet, seine Körperöffnungen sauber und luftdicht verschlossen, in einem Sack – zur Überführung nach Eritrea bereit.

Doch am späten Nachmittag – nach etwas Ruhe – kam dieses Vakuum in meinen Bauch zurück. Ich fuhr in den Hamburger Norden. Bergstedt. Den Friedhof, am Volksdorfer Damm gelegen, hatte ich noch nie besucht und so stellte ich meinen Wagen weit davon entfernt ab und spazierte gemütlich durch die abendliche Wärme. Das Frühjahr zeigte sich mit herrlich warmen Temperaturen, und sogar eine Eisdiele hatte an diesen ersten Maitagen schon geöffnet. Es sollte eines meiner schönsten Erlebnisse werden.

*

Hauptkommissar Schweiss hatte gerade seine Hausschuhe angezogen und es sich auf der Couch bequem gemacht, als sein Handy klingelte. Er hatte nicht mehr mit einem Anruf gerechnet und erschrak etwas.

„Was um aller Welt …?“

Ein Blick auf die Uhr an der Wohnzimmerwand: Zwei Minuten vor Tagesschau. Und wer ihn da störte …! Aber es nutzte nichts. Schweiss nahm den Anruf entgegen. Es war Sokolowski, der neue Kommissar im

Team. Hätte er sich einen Anrufer auswählen dürfen, Sokolowski wäre an letzter Stelle aufgetaucht.

„Äh, Chef, zwei Tote in Bergstedt. Auf dem Friedhof. Der ‚fucking Killer' hat wieder zugeschlagen!"

Allein diese Wortwahl ließ ihm Schauer über den Rücken laufen. Aber die konnte man der jungen Generation nicht abgewöhnen. Er schüttelte den Kopf.

„Bin unterwegs!"

*

Das Aufgebot an Polizeiwagen an diesem Montagabend am Volksdorfer Damm war riesig. Schweiss war sich unsicher, ob er alles richtig verstanden hatte. Es sah eher nach einem Massaker oder einem Amoklauf aus.

„Seid ihr eigentlich bescheuert?", fuhr er den ersten, uniformierten Kollegen an, der sich ihm in den Weg stellte.

„Wie meinen Sie ...?"

„Das Großaufgebot hier ... gibt es in Hamburg nichts anderes für euch zu tun?" Schweiss ließ den verblüfften Kollegen stehen, stieg umständlich über das Flatterband und betrat das Friedhofsgelände.

„Inzwischen bin ich ja mehr auf Friedhöfen als im Büro oder zu Hause", nuschelte er laut vor sich hin. „Ob das bezeichnend ist ... für mein Alter?"

Ein weiterer Uniformierter fühlte sich angesprochen und trat auf den 60-jährigen Hauptkommissar zu.

„Wie bitte?"

Schweiss winkte ab. Ganz vorne bei der großen und verklinkerten Kapelle hatte er Sokolowski ausgemacht. Jonas Sokolowski – er wünschte, dass man ihn Soko nannte – trug seine langen Haare als Zopf und hatte stets ein Heavy Metal-T-Shirt an. Im Winter tauschte er dies höchstens gegen ein Sweatshirt. Natürlich mit den gleichen, geschmacklosen Aufdrucken. Auch heute hatte er eines dieser Shirts an, doch dieses Mal – so glaubte der Hauptkommissar – passte der riesige Totenkopf zumindest zur Friedhofsidylle. Wo war das frühere Jackett von Derrick geblieben oder zumindest der Trenchcoat, wie Columbo ihm stets trug, stöhnte Schweiss.

„Moin, Chef. Gut, dass du kommst!"

Allein bei diesem Satz musste Schweiss an sich halten. „Moin, Chef. Gut, dass du kommst!" Es war ihm äußerst zuwider, mit solchen Kollegen zusammenzuarbeiten. Manchmal glaubte er, dass alle von seiner Abneigung wussten und ihn extra mit T-Shirts, unordentlichen Frisuren oder wie gerade mit einem dummen Spruch ärgern wollten.

„Soko!" Schweiss stöhnte etwas, riss sich dann aber zusammen. „Soko, was ist hier los? Wollen die Kollegen ein Autogramm vom Mörder? Oder warum ist die komplette Hamburger Polizei hier aufgetaucht?"

Der Kommissar schien die Anfrage seines Dezernatsleiters nicht ganz verstanden zu haben. Erstaunt und fragend blickte er zum Kollegen.

„Okay, vergiss es. Was haben wir?"

Sokolowski nickte. „Also: zwei Freaks ... ich meine, ein Pärchen. Tot! Erstochen wie üblich. Alter der beiden Lover – Ende dreißig. Es sieht für mich aus, als hätten sich die beiden hier in der Kapelle ... vergnügt. Kein Satanismus – Business as usual!"

Schweiss staunte nicht schlecht über diese Aussage. Freaks, Lover, Satanismus, vergnügt? Was meinte Soko mit all diesen Wörtern? Überhaupt war das auch so ein Ding, was ihm an der jungen Generation missfiel. Ihre seltsame Wortwahl. Unpräzise, zersetzt mit Modewörtern, dazu dieses Denglisch ... was brachte man denen heute noch auf der Polizeischule bei?

„Vergnügt? Was meinst du damit?" Schweiss wollte den Gedanken, der ihm bei dem Wort gekommen war, nicht weiterverfolgen.

Soko grinste und Schweiss wollte nicht wissen, warum.

„Also, was jetzt?"

Das Grinsen verschwand sofort aus dem Gesicht des Kollegen und Soko erklärte: „Die hatten wohl Sex ... hier in der Friedhofskapelle."

Schweiss drehte sich um und suchte nach einer Sitzgelegenheit. Als er nichts fand, machte er einen Ausfallschritt und lehnte sich gegen einen Marmorgrabstein. War denn in dieser Welt niemandem mehr etwas heilig?

Trieben es die Menschen jetzt schon wie die Tiere auf den Friedhöfen? Sein Herz schlug wild und er bemühte sich, die Atmung wieder in den Griff zu bekommen.

„Chef, alles bonito?“ Soko schaute besorgt zu dem Kollegen.

Vielleicht tue ich Soko doch Unrecht? Schweiss kam etwas ins Zweifeln und nickte. „Alles okay. Lass uns mal in das Gebäude gehen.“

*

Fünf Personen in weißen Schutzoveralls zählte Schweiss, als er und Sokolowski die Kapelle betraten. Die ausschließlich männlichen Kollegen hatten blaue Füßlinge an und als Einzigen erkannte der Hauptkommissar den Rechtsmediziner Dr. Pellin. Der winkte ihm freundlich zu, widmete sich aber sofort wieder seiner Arbeit an einer der beiden Leichen. Die Toten, ein Mann und eine Frau, lagen rücklings gelehnt an einen Mauerabsatz und sofort sah Schweiss die klaffenden Wunden am Hals. Es schien sich tatsächlich um den Friedhofskiller zu handeln, aber dazu musste er erst noch den Bericht des Rechtsmediziners abwarten. Es war viel Blut geflossen und das erinnerte ihn an das Auffinden des Wagens von Kollegin Sandra im letzten Jahr. Die Leiche der jungen Kommissarin war bisher immer noch nicht aufgetaucht und man hatte den Fall inzwischen zu den Akten gelegt. Sandra Holz war offiziell als tot erklärt worden. Zum Weihnachtsfest bekam Schweiss noch eine Karte von Familie Ferraro aus Italien. Denen schien es im Süden so weit gut zu gehen.

„Alex, grüß dich!" Professor Dr. Pellin war nun aufgestanden und zum Hauptkommissar getreten. Schweiss nickte und nuschelte ein weniger freundliches „Hallo!" durch seinen Dreitagebart. Er ärgerte sich gerade wieder darüber, in einer Anwandlung geistiger Umnachtung Pellin irgendwann einmal erlaubt zu haben, ihn zu duzen.

„Seltsame Sache!" Pellin schüttelte mehrfach hintereinander seine Schultern. „Haben die Menschen kein Bett mehr. Gehen zum Vögeln in eine Friedhofskapelle und lassen sich dort umbringen!"

Soko gefiel der Spruch und er begann zu lachen. Sein Frohsinn hallte laut in der Kapelle wider und Schweiss schaute den Kollegen ernst an.

„Schon gut!", flüsterte der Kommissar.

Schweiss blickte in Richtung der Toten. Der Mann hatte doch tatsächlich die Hose runtergelassen und die Frau trug einen Rock, stellte er fest.

Pellin hatte den Blick des Kriminalbeamten gesehen und erklärte. „Ihren Schlüpfer haben wir schon eingetütet. Er lag seitlich neben den beiden Leichen."

„Das gibt es doch nicht!", stöhnte Schweiss und Pellin zuckte mit den Achseln.

„Haben sich die Opfer gewehrt, gibt es DNA, Fingerabdrücke, irgendetwas Brauchbares?"

Pellin war unsicher – das stand ihm ins Gesicht geschrieben.

„Schick mir deinen Bericht.“ Schweiss drehte sich um und ließ die beiden Männer stehen. Für so einen Scheiß war ihm seine abendliche Freizeit doch zu schade. Soko konnte sich kümmern, er hatte ja auch Bereitschaft.

Kapitel 11

Hauptkommissar Carsten-Oliver Lutteroth, genannt Caro, saß in seinem Büro und schaute gelangweilt in den Monitor. Inzwischen war er schon über vier Monate zurück bei der Hamburger Kriminalpolizei und irgendwie machte ihn das nicht glücklich. Nachdem Alexander Schweiss ihm im letzten Sommer dieses Angebot gemacht und er überglücklich zugestimmt und seine Privatdetektei umgehend aufgegeben hatte, war er inzwischen nicht mehr ganz sicher, ob das eine gute Wahl war. Am 1. Januar 2018 wurde ihm vom Hamburger Innensenator seine Reaktivierungsurkunde überreicht, doch man hatte ihn nicht sofort zum Polizeikommissariat 41, der Mordkommission, versetzt, sondern zum Vermisstendezernat. So hatte er bisher nur theoretische Fälle bearbeitet und wenig Kontakt zur Außenwelt gehabt. Sicher, die wechselhafte April-Witterung machte ihn nicht unbedingt scharf auf Außentermine, aber der Umgang mit Menschen – abgesehen von Kolleginnen und Kollegen – fehlte ihm doch.

„Der Kommissar – ist wieder da!"

Erschrocken schaute Lutteroth zur Tür. Grinsend lehnte Alexander Schweiss am Rahmen und kratzte sich an der Stirn. Lutteroth schüttelte den Kopf und war aufgesprungen.

„Mensch, Alex, du erschreckst mich hier! Aber schön, dich zu sehen. Ich hoffe, du kommst, um mich zu erlösen? Und noch Gratulation zum Ersten Hauptkommissar!"

Schweiss hatte auf die ausgestreckte Hand reagiert und eingeschlagen. Dann schaute er seinen Kollegen etwas unsicher an. „Erlösen? Bin ich der Papst?"

„Nein, ehrlich. Ich würde gerne zur Mordkommission wechseln. Hier ist es so trocken, ich habe schon einen Raumbefeuchter aufgestellt. Außerdem seid ihr ja im Moment gut im Geschäft." Schweiss blickte sich suchend im Raum um, bevor er am Grinsen von Lutteroth erkannte, dass der ihn – was den Luftbefeuchter anging – verarscht hatte. Schweiss boxte seinem Gegenüber zart auf den Oberarm und lachte krächzend.

„Du spielst auf den Friedhofsmörder an?"

Lutteroth nickte. Der Hauptkommissar hatte sich in seinen Drehstuhl geflegelt und gab auch Schweiss mit einem Handzeichen zu verstehen, Platz zu nehmen. Schweiss nahm das Angebot an und setzte sich.

„Ja, diese Scheiße ... entschuldige!"

Lutteroth winkte ab.

„Es belastet mich sehr. Erst am Montag wieder dieses Pärchen in Bergstedt ... du weißt?"

Wieder nickte Lutteroth.

„Ja, es ist zum Gänsemelken. Oder heißt es Hühner?"

Lutteroth zuckte mit den Schultern und fragte: „Also, Alex, was kann ich tun?"

Schweiss atmete tief ein. „Caro, es geht um einen pensionierten Professor. Diethelm Lienhard. Er wird sein einiger Zeit vermisst."

Lutteroth zuckte gelangweilt mit den Schultern. „Sagt mir nichts, aber ich bin ja nicht alleine im Dezernat. Soll ich mal ...?" Er machte eine Kopfbewegung zum Monitor und Schweiss bestätigte die Anfrage mit einem Nicken.

„Mmh, wie noch mal, Diethelm Lienhard?"

Wieder nickte der Erste Hauptkommissar.

„Ja, da haben wir ihn. Professor im Ruhestand – Sport! Für was es alles Professuren gibt? Zu meiner Zeit ..." Er stoppte den Satz, als er in das ernste Gesicht seines Gegenübers schaute. „Also, Lienhard wurde schon kurz vor Weihnachten als vermisst gemeldet. Von seiner Putzfrau. Er ist Witwer, hat aber wohl eine Stieftochter ..."

„Richtig, die Stieftochter hat mich angerufen. Sie fragte nach dem Stand der Dinge." Schweiss hatte den Kollegen unterbrochen und der runzelte die Stirn.

„Ja, ich kenne sie noch aus früheren Zeiten, und du weißt, Hamburg ist klein."

Lutteroth grinste und drehte sich wieder Richtung Monitor. „Lienhard wird genau seit dem Abend des 20. Dezember letzten Jahres vermisst. Er war wohl im Hallenbad in Osdorf beim Schwimmen. Danach verliert sich seine Spur."

„Gibt es Zeugen?“

Etwas genervt rollte Lutteroth die Augen. „Immer langsam mit den jungen Pferden! Ja, ein Bademeister, der an diesem Mittwochabend draußen beim Rauchen war, hat ihn weggehen sehen. Lienhard scheint öfters beim Schwimmen gewesen zu sein – man kannte ihn dort. Er verschwand wohl auf dem Parkplatz Richtung Schenefelder Holt. Dort wohnte er. War wohl mit dem Fahrrad unterwegs. Die Kollegen fanden ein nicht registriertes, altes Damenrad. Es könnte ihm gehört haben. Dazu einige Badeutensilien im Gebüsch: eine Badehose, Größe 6, blau, und eine Schwimmbrille.“

Caro schaute zu Alexander Schweiss und der hielt den Daumen hoch.

„Alex, im Protokoll steht weiter, dass bei der Suche nach dem Vermissten in der Umgebung ein Obdachloser freiwillig eine Badetasche und zwei Frotteehandtücher abgegeben hat. Er erklärte, die Sachen beim Hallenbad gefunden zu haben. Die gefundene Badehose und eine Schwimmbrille, so der Mann, habe er weggeschmissen. War wohl wasserscheu.“

Kommissar Schweiss reagierte nicht auf die scherzhafte Bemerkung des Kollegen „Und ihr seid sicher, die Sachen gehörten Lienhard?“

„Auf dem Badehandtuch war so ein Schild aufgebügelt ...“

„... ein Wäscheetikett?“

„Richtig, Alex. So etwas kenne ich eigentlich gar nicht mehr. Auf jeden Fall stand dort ‚Lienhard‘

drauf. Somit handelte es sich definitiv um seine Tasche."

Lutteroth hatte sich vom Schreibtisch abgestoßen und mit dem Drehstuhl in Richtung des Kollegen gewandt.

„Also, wenn du mich fragst, Alex, der alte Professor hat die Feiertage bei irgendeiner Freundin verbracht und vergessen, zu Hause Bescheid zu geben."

„Und die Tasche?"

„Gut, die Tasche. Die hat er wohl liegen gelassen. Man darf nicht vergessen, er war ja schon über siebzig Jahre alt."

„Das ist die Aussage eines Privatdetektivs. Nicht eines Hauptkommissars der Hamburger Kriminalpolizei!" Schweiss schien sauer und Lutteroth ruderte zurück.

„Na gut, vielleicht hast du recht und es war ein Verbrechen. Oder Lienhard ist in geistiger Umnachtung in ein Fleet gestürzt."

„Wenn Menschen verschwinden, tauchen irgendwann Leichen auf."

„Was war das für ein Typ, dieser Lienhard. Kanntest du ihn?"

Schweiss schüttelte den Kopf. „Nein, aber seine Stieftochter erzählte etwas von einer silbernen Medaille, die Lienhard in den Sechzigerjahren bei einer Olympiade gewonnen haben soll."

„Ich habe ein Seepferdchen", frotzelte Lutteroth, „suchst du später auch nach mir?"

„Du spinnst, Caro. Tu mir einen Gefallen und rede mal mit der Stieftochter. Ich habe so ein Gefühl."

Schweiss griff nach einem Haftnotizblock und vermerkte etwas darauf.

„Ich habe dir hier die Adresse von Vienna Hiel aufgeschrieben.“ Er reichte Caro den Zettel.

*

Der Erste Hauptkommissar Alexander Schweiss war ins Butenfeld gefahren. Lange hatte er sich davor gescheut, den ehemaligen Arbeitsplatz seiner Liebe, Traudel Kensbock, zu besuchen. Aber es musste einfach sein. Man konnte die Vergangenheit nicht totschweigen. Wer wusste das besser als ein langjähriger Hauptkommissar der Mordkommission.

Wenig hatte sich hier im Institut für Rechtsmedizin verändert. Noch immer dauerte es ewig, bis man Schweiss hineinließ. Noch immer hatten sie beim Empfang eine untalentierte und aufmüpfige Frau sitzen und noch immer stank es – das war Schweiss' Meinung – nach Desinfektionsmittel. Das Büro, in das die kräftige Unsympathische den Kriminalbeamten nach längerem Streiten geführt hatte, kannte der Mann gut. Als er es betrat, glaubte er noch den leichten Geruch von Traudels Parfum zu riechen. Aber das konnte nicht sein, schon Monate war es her, dass Pellin aufgestiegen war und das Büro von Schweiss' ehemaliger Freundin sein Eigen nennen durfte.

Auf dem Schreibtisch hatte sich auch wenig geändert. Traudels Kaffeehumpen mit der Aufschrift ‚DANGER – Forensic Scientist at work' stand immer noch da. Schweiss fasste danach. Er war noch halb mit kaltem Kaffee gefüllt. Sicher hatte sie den Pott zurückgelassen. Ja, Zurücklassen war das richtige Stichwort. Auch ihn hatte die Frau irgendwie zurückgelassen. Ob sie inzwischen schon wieder mit einem anderen Mann ...? Zum Glück riss Pellin die Bürotür auf und rettete Schweiss aus seinen trübsinnigen Gedanken.

„Mensch, Pellin, es kann doch nicht so schwierig sein, diesen Mörder zu fassen!", begann Schweiss, noch bevor sich der Professor an seinen Schreibtisch gesetzt hatte. Pellin grinste ihn frech an. Nun gut, dachte Schweiss, seine Wortwahl war etwas salopp gewesen, aber das, was er sagen wollte, musste auch ein studierter Arzt und Forensiker verstehen!? Wie schön war es doch damals, mit Traudel umzugehen. Sie fiel einem nicht dauernd ins Wort und drückte sich gepflegt und auf den Punkt aus.

„Jetzt komm schon, Pellin. Gib mir was Brauchbares, da draußen in der echten Welt erwartet man Ergebnisse."

Pellin hatte Traudels Kaffeetasse ergriffen und machte Anstalten, sich den abgestandenen Inhalt einzuverleiben.

„Gibt es auch frischen Kaffee?", fragte der Hauptkommissar und augenblicklich stellte der Rechtsmediziner die Tasse ab und eilte zur Tür. Auf dem Weg zurück zum Schreibtisch meinte Pellin: „Wir haben alles! DNA, Fingerabdrücke, Fasern. Was willst du noch mehr?"

Die beiden Männer wurden durch ein Klopfen an die Tür unterbrochen. Die Empfangsdame brachte den bestellten Kaffee. Nicht, ohne den Gast eines verachtenden Blickes zu würdigen. Schweiss juckte das nicht. Denn endlich tat die Frau mit Kaffeekochen etwas Nützliches! Er bedankte sich überschwänglich, aber sie schien bemerkt zu haben, dass es nur gespielt war. Empört schloss die Frau mit einem dumpfen Schlag die Tür.

„Sie mag dich nicht!"

„Keiner mag mich!" Hauptkommissar Schweiss glaubte nicht, dass er das gesagt hatte. Drehte er nun gänzlich am Rad? Pellin schaute ihn mitleidig an.

„Ich meine, es ist gut, dass mich niemand mag. So kann ich objektiv arbeiten."

Pellin schien die Erklärung nicht geschluckt zu haben. Hauptkommissar Schweiss begann zu schwitzen.

„Also, Schweiss ..." Pellin war in die gleiche Ansprache gefallen wie er, fiel Schweiss auf.

„... was soll ich deiner Meinung also tun? Die Mittel der Rechtsmedizin sind ausgeschöpft." Er kratzte sich am Kopf und sogleich juckte auch Schweiss die Kopfhaut. Aber er unterdrückte es, diesem Pellin nachzueifern.

„Ich könnte dir noch eine Gaschromatographie mit massenselektivem Detektor anbieten."

„Eine was? Und bringt uns das weiter?"

„Nein, aber klingt doch gut." Pellin lachte.

Das Gespräch drohte in falsche Bahnen zu verlaufen.

„Aufschneider!", brüllte Schweiss.

Pellin grinste: „Im wahrsten Sinne des Wortes!"

„Jetzt im Ernst, Kommissar. Hier in Hamburg haben wir täglich etwa fünfzig Tote. Berlin im Vergleich: das Zweieinhalbfache. Und alle unterliegen einer Leichenschau. Und was meinst du, wie viele Leichen hier landen?"

Schweiss zuckte mit den Schultern.

„Was ich damit sagen will, ist Folgendes ..." Pellin hatte einen dicken Umschlag ergriffen. ‚Friedhof irgendwas' stand darauf. Genau konnte Schweiss es nicht lesen. Der Professor legte den Packen Papier vor sich und öffnete den Umschlag.

„Ottensen: Röder und seine blonde Begleitung. Er, sauberer Schnitt durch den Hals, Karotis verletzt: verblutet. Sie, exakter Stich zwischen dritte und vierte Rippe, kein Knochen angeritzt. Sofort innerlich verblutet."

Schweiss lauschte neugierig den Ausführungen des Rechtsmediziners.

„Gustavo Religio, wieder Friedhof Ottensen: Sauberer Schnitt durch den Hals, Karotis verletzt: verblutet. Die Witwen von Groß Flottbek: Bei der einen sauberer Schnitt durch am Hals, Karotis verletzt: verblutet. Die Zweite: exakter Stich zwischen dritte und vierte Rippe, kein Knochen getroffen, innerlich verblutet. Bergstedt: Totes Pärchen, das Gleiche. Der Pastor aus Wedel auch ... der Mörder führt einen sauberen Schnitt."

Schweiss unterbrach den Rechtsmediziner. „Sollen wir ihm aufgrund seiner Sorgfalt einen Picknickkorb schicken? Oder gleich eine Auszeichnung?"

Pellin hatte den Deckel der Akten zugeklappt. Ihn ließen Schweiss' Sprüche wohl kalt und dem Kommissar konnte es nur recht sein. Er wollte keinen Ärger.

Pellin griff nun nach einer dünnen Akte, die seitlich aus einem Stapel herauslugte. Inzwischen bewunderte Schweiss den Professor etwas. Wie fand er in dem Durcheinander stets das Gesuchte?

„Eines ist mir aufgefallen ..."

Schweiss trank einen Schluck Kaffee. Er war schon fast kalt und er stellte den Humpen auf Pellins Tisch ab.

„... diese Tote in Ost-Steinbek, Gerlinde Kolman ..."

Schweiss bekam einen Hustenanfall. Um Gottes willen, diese Tote hatte er ganz vergessen. Zum Glück gab es bisher keinerlei Nachforschungen von Angehörigen dieser Frau Kolman. Nur die Akte lag bei ihm rum. Wie konnte er nur ...!"

„... der Mörder malträtierte ihren Kopf mit einem harten Gegenstand. Aber gestorben ist sie durch mehrfaches Überrollen eines Pkw. Den Reifenprofilen nach muss es sich um einen Oldtimer gehandelt haben. Oder aber um einen Youngtimer. Heute werden Reifen mit solchen Profilen auf modernen Fahrzeugen nicht mehr montiert. Und, Alex, jetzt halt dich fest, wir haben ein fremdes Haupthaar sicherstellen können. Und was glaubst du, werter Herr Hauptkommissar, wem dieses Haar gehörte?"

*

Vienna Hiel wohnte in Billstedt an der Möllner Landstraße. Schon als Carsten Oliver Lutteroth die U-Bahn bei der Merkenstraße verließ, war ihm klar, hier wollte wohnen, wer immer Freude daran hatte – aber nicht er. Vor dem Gebäude mit der Hausnummer sieben lag der Hausmüll hoch um die überfüllten Container und man hatte dort sogar extra zwei riesige Glascontainer abgestellt. Flüssige Nahrung schien hier in der Gegend der absolute Renner zu sein. Lutteroth wollte den verschmutzten Klingelknopf mit der verblassten Aufschrift *Hiel* drücken, doch es widerstrebte ihm. So zog er ein Papiertaschentuch aus der Hose und drückte damit. Sofort ging der Türschnapper. An einer verbeulten Fahrstuhltür hatte jemand mit sichtlich wenig Deutschkenntnissen ein Pappschild aufgehängt. Darauf stand: *Defeckt – Vorsicht Lebengefar.* Lutteroth unterdrückte ein Lachen, als er die Treppen hochsprang. Im Flur hing eine Dunstfahne von undefinierbarem Essen. Lutteroths Magen rebellierte und er lenkte sich ab, indem er die schlecht gesprayten Graffitis im Flur betrachtete. Heute konnte man ihm die Laune nicht versauen, denn endlich hatte er wieder einen Außeneinsatz. Er genoss es und freute sich auf gute Gespräche mit ergiebigen Zeugen. Zwar hätte er bedeutend lieber Mörder gejagt, aber – das war ja schon mal ein Anfang.

Der Typ, der ihm oben öffnete, sah genauso aus, wie Lutteroth sich einen Hausbewohner hier vorgestellt hatte: Ein fleckiges, ehemals weißes Unterhemd, verbeulte, dunkle und fettige Jogginghose, über die der Bauchlappen hing, und dazu ausgeblichene Badelatschen an den Füßen. Der Typ grinste wenig überrascht, als Lutteroth ihm seinen Dienstausweis vor die Nase hielt. Zwischen zwei Zügen aus einer Elektrozigarette bat er den Hauptkommissar hinein. Im karg möblierten Wohnungsflur roch es nach Nikotin und Alkohol.

„Na endlich kommst du!“, fing er sofort an. „Sicher hast du die Leiche des Alten gefunden. Wurde aber auch Zeit. Mann, was treibt ihr so bei der Kripo? Habt wohl Spaß, was? Dort ...“

Lutteroth verstand kein Wort. Er hob die Hand und der Typ verstummte augenblicklich.

„Jetzt sagen Sie mir erst einmal Ihren Namen!“

„Ich bin der Kölner Karl. Also ... Köln ist mein Nachname. Und Karl vorne. Also, ich bin echter Hamburger. Nicht, dass du wegen Köln denkst ... sag einfach Karl!“

„Ich denke, wir lassen es beim Sie“, erklärte Lutteroth und trat ins Wohnzimmer. Er schaute sich im Raum um: Ein riesiger Flachbildschirm, mehrere Spielkonsolen und seitlich aufgetürmte Bierkästen bildeten – bis auf eine zerschlissene Couch und zwei alte Sessel – das komplette Mobiliar des Raumes. Eine Seite bestand aus einer großen Fensterfront. Aber aufgrund von Schmutzablagerungen auf den Glasscheiben war dem Bewohner der Blick nach draußen wohl sicher schon seit Monaten nicht mehr vergönnt. Lutteroth wünschte sich sehnsüchtig ein offenes Fenster. Seitlich, in einer Art Miniküche, stapelten sich Pizzakartons und benutztes Geschirr.

„Wie du meinst. Setz dich doch." Karl Köln hatte sich auf das Sofa geschmissen und Lutteroth wunderte sich, wie standhaft das alte Möbelstück noch war. Er selbst entschied sich für einen der schmutzigen Sessel. Nach Nähe zu Köln war ihm nicht. Zunächst räumte er drei leere und eine gut gefüllte Tüte Chips sowie eine halb volle Bierflasche zur Seite, dann nahm er sich ein Kissen, das daneben lag, und setzte sich darauf. Köln hatte dem Hauptkommissar verwundert zugeschaut. Mit einer Fußbewegung schob Lutteroth angewidert diverse Chips-Reste vor sich auf dem schmierigen Teppich zur Seite.

„Ist das so eine Art Zeremonie?", wollte der Mann wissen und rülpste laut.

Lutteroth war klar, er musste sich kurzfassen. „Also, Herr Köln, sie sind der Lebensgefährte von Vienna Hiel?"

Köln fing laut an zu lachen. Dann griff er nach einer Flasche Bier neben sich und trank einen Schluck. „Na ja, Vienna geht anschaffen, seit ich sie kenne. Erst war ich ihr Freier. Sie hat es echt drauf. Am besten kann sie ..." Er drückte seine Zunge in die Wange und grinste dabei frivol.

Lutteroth winkte angeekelt ab.

„... ja, dann wurde mir das zu teuer. Die ganze Stütze ging nur für ... du weißt schon, drauf. Da bin ich doch gleich bei ihr eingezogen." Köln grinste und präsentierte seine schlechten Zahnreihen. „Also, Lebensgefährte ist okay."

Lutteroth war klar, das mit dem *Sie* konnte er vergessen. „Gut, es geht tatsächlich um den vermissten Stiefvater von Frau Hiel. Und nein, wir haben ihn bisher nicht gefunden."

Das Gesicht des Gegenübers verdunkelte sich und Lutteroth spannte zur Vorsicht alle Muskeln an. Doch Köln wurde wieder lockerer.

„Weißt du, ich glaube, der alte Arsch ist sicher untergetaucht. Hat schon früher keinen Pfennig für Vienna herausgerückt. Der wollte bestimmt der Verhandlung entgehen und nichts abdrücken. Oder der ganze Familienstress hat ihn angepisst und er ist in die Elbe gesprungen." Der Gedanke daran schien Köln zu missfallen und er stöhnte.

„Langsam, was ist mit dieser ... Verhandlung?" Lutteroth war neugierig geworden.

„Du musst wissen, Lienhard ist nicht Viennas Stiefvater. Sie ist seine uneheliche Tochter. Da hat es der geile Professor mit Olympiamedaille mal mit seiner Schwimmschülerin getrieben und zack ... war die schwanger." Köln hatte – während er sprach – erneut ordinäre Handbewegungen gemacht.

„Ja, ja, ist schon gut!" Lutteroth hatte genug.

„Nein, hör zu: Viennas Mama hat die Tochter alleine großgezogen. Hat immer vom verstorbenen Vater erzählt. Erst als sie vor ein paar Monaten starb – Krebs – fand Vienna in einem Stapel Papiere etwas über diesen Lienhard. Er ist ihr Daddy. Ja, und jetzt muss er bluten. 33 Jahre hat er nichts gelöhnt, die Sau."

Köln sprang auf und rannte – außer sich vor Wut – hin und her. Es knirschte jedes Mal, wenn der Mann auf eine der Kartoffelchips am Boden trat.

„Nun setzen Sie sich mal wieder, Herr Köln!" Der Kriminalbeamte hatte einen etwas strengeren Ton angeschlagen und Köln gehorchte tatsächlich. Er ließ sich wieder auf das Sofa fallen.

Lutteroth fand die Sache schon eigenartig. Der Typ konnte sicher handgreiflich werden. Wenn nicht mehr. Im Dezernat würde er Karl Köln mal genau unter die Lupe nehmen. Ob der nicht den alten Professor ...? Sicher würde Vienna, die uneheliche Tochter, dann alles erben. Gab es denn überhaupt etwas zu erben? Dort, wo Lienhard wohnte, sah es nicht gerade nach Millionären aus.

Köln schien die Gedanken des Kommissars erahnt zu haben. „Also, nicht dass du denkst, ich habe den Typ abgemurkst. Nein, erst das Geld, dann ...!" Köln schien aufgefallen zu sein, dass er sich gerade um Kopf und Kragen redete, und sein Gesicht nahm tomatenfarbene Züge an. Er ruderte zurück und winkte entschuldigend ab.

„Kommen Sie wieder runter, Köln. Also, wo befindet sich Vienna Hiel jetzt?"

„Wo soll sie schon sein? Sie muss Geld verdienen."

Lutteroth schaute auf die Uhr, es war noch nicht Mittag und die Frau musste schon ... nein, er wollte nicht weiter daran denken.

„Und Sie, Herr Köln, was haben Sie am Abend des 22. Dezember, also zwei Tage vor Heiligabend, gemacht? Können Sie sich daran noch erinnern?"

„Aber sowas von", grinste Köln. Er beugte sich nach vorne und schob das eine Bein der schmutzigen Jogginghose etwas hoch. Lutteroth staunte nicht schlecht. Dort war eine elektronische Fußfessel angebracht. Die stark ausgebreitete Schuppenflechte auf Kölns Haut ignorierte Lutteroth.

Noch immer strahlte Köln Lutteroth an. Doch plötzlich änderte sich sein Gesichtsausdruck. Er wurde starr und bekam eine seltsame Härte.

„Scheiße!", schrie Köln, „seit Sommer letzten Jahres darf ich die Wohnung nicht mehr verlassen. Sonst brüllt der Alarm das ganze verfickte Haus zusammen – mal abgesehen von einer Hundertschaft deiner Kollegen, die dann hier Putz machen!"

Kapitel 12

„Sag mal, bist du nicht ganz bei Trost?"

Der junge Mann mit dem Kurzhaarschnitt und dem durchtrainierten, muskulösen Körper war eingehüllt in einen quietschfarbenen und eng anliegenden Sportanzug. Er stand vor Alexander Schweiss und schaute ihn an, als sei er im falschen Film. Die Situation hatte sich so zugespitzt, dass Schweiss nichts anderes blieb, als die Reißleine zu ziehen. Angefangen hatte die Sache hier im Rehazentrum eigentlich schon vor einigen Wochen. Ein Orthopäde hatte die schwachsinnige Idee, Hauptkommissar Schweiss fünfzig Übungseinheiten Rehabilitationssport zu verordnen. Glücklicherweise innerhalb von achtzehn Monaten – im wahrsten Sinne des Wortes – abzuarbeiten. Als Diagnose hatte der Arzt ‚Wirbelsäulenschmerz' vermerkt. Schon beim Verlassen der Arztpraxis hatte Schweiss das Bedürfnis, das Rezept in den Mülleimer zu werfen, bekam aber ein schlechtes Gewissen und ließ es dann. Dr. Wohlstandt war es auch, der ihm dieses Rehazentrum aufgeschwatzt hatte.

„Wenn einer schon Wohlstandt hieß", hatte Schweiss sinniert, „und dazu noch falsch geschrieben!"

Zu Hause hatte Schweiss über Tage seine lästigen Schmerzen in der Rückengegend überprüft. Letztlich war er zum Entschluss gekommen, dem gut gemeinten Rat des Orthopäden doch Folge zu leisten. Vielleicht war Schweiss' Lieblingsspruch „Wenn du über 60 bist, morgens aufwachst und keine Schmerzen mehr hast, bist du tot" doch etwas zu banal. So hatte sich der Kriminalbeamte im Wellingsbüttler Rehazentrum angemeldet. Die auffallend hübsche Blondine beim Empfang hatte ihn dann dummerweise noch zum Abschluss eines Rückenkurses bequatscht: Zehn Einheiten.

Zwei Tage später fand sich Schweiss in einer Art Turnhalle wieder, zusammen mit jeder Menge Spiel- und Übungsgeräten und einem Dutzend Frauen im gereiften Alter. Alle hatten sich aufgehübscht, in einen farbenfrohen Let's Dance-ähnlichen Tanzdress gezwängt und tobten um ihn, den einzigen Mann, wie die Waldfeen herum. Bunte Bänder, riesige Gummibälle und die konditionsüberfordernden Matte-Übungen waren nichts für einen Hauptkommissar der Mordkommission, fand Schweiss. Die Damen selbst schienen alle irgendeine Substanz zur Erhöhung der Lebensfreude eingenommen zu haben und Schweiss wollte schon fragen, ob er etwas davon abhaben könnte. In seiner alten Jogginghose und dem ausgebleichten Rolling Stones-T-Shirt aus den Siebzigerjahren fühlte er sich underdressed und es ging ihm so schlecht, dass er dem Gehopse für die Zukunft nur mit einer Notlüge bei der hübschen Blonden entgehen konnte: Sein künstliches Kniegelenk habe bei all den seltsamen Übungen wahnsinnige Schmerzen verursacht. So hatte er den Tanzkurs für Alte und Senile abgewählt. Was er zunächst nicht abwählen konnte, waren diese stupiden Geräteübungen.

In der ersten Übungsstunde wies ihn eine zierliche und durchtrainierte Frau in die Teufelsmaschinen ein.

„Das ist der Ergo-Fit SquatPress, hier der Lumbal Trainer, dort der Dynamed Rumpf-Rotator und drüben neben dem Laufband noch drei Cross-Stepper."

All die Fremdwörter, dazu die vielen technischen Details, interessierten Alexander Schweiss eher nicht und gelangweilt hatte er den Mitleidenden im Raum zugeschaut. Die Fitnesstrainerin hatte ihren Patienten abschließend zu einem Gerät mit niedrigem Sitz und großen, gepolsterten Griffen geführt.

„Hier kannst du dir die entsprechende Höhe einstellen, dort das Gewicht."

Sie hatte an einer Halterung gedreht – irgendwo etwas verschoben. Aber alles ging so schnell, dass Schweiss die Handhabung unmöglich verfolgen konnte.

„Und stets ein Handtuch unterlegen", wies sie ihn an.

Schweiss kam über den Gedanken nicht hinaus, warum ihn die Kleine duzte. Er wollte sie schon darauf hinweisen, als eine alte Frau im Rollator den Trainingsraum betrat und der Zierlichen „Hallo, Marlene, hast du anschließend Zeit für mich?" zurief. Da kam er sich doch schäbig vor und ließ die Schelte.

Das war nun eine Woche her und Schweiss befand sich schon zum dritten Mal hier im Rehazentrum in der Speckmannstraße. Und immer hatte er ein Handtuch untergelegt. Gut, einmal hatte er das Handtuch vergessen und schon kam einer der sportlichen Jünglinge und maßregelte ihn. Dass er als Patient mit dem Gerät, auf dem er rumwerkelte, nicht zurechtkam, das interessierte hier anscheinend niemand. Aber das Handtuch, das hatte Priorität. Die Schmerzen seiner Rückenmuskulatur hatten nachgelassen. Vielleicht lag es aber an den vielen anderen Schmerzen in Muskelpartien, die Schweiss bisher gänzlich unbekannt waren. Aber auf jeden Fall war der ungeduldige Patient mit dem Ergebnis äußerst unzufrieden.

„Sag mal, bist du nicht ganz bei Trost?“

Die Worte schallten durch den Übungsraum, wie die Ansage des Stadionsprechers am Millerntor, und Schweiss war sich im ersten Moment unsicher, ob es tatsächlich seine Stimme war, die diesen Satz von sich gegeben hatte. Er spürte, wie sein Gesicht brannte, und ihm fiel auf, dass die große Anzahl Übender hier im Raum ihre Aktivitäten an den Geräten gestoppt hatte und neugierig auf ihn und den jungen Muskelprotz blickte. Das Gesicht des Sportleiters glich einer Piennolo-Tomate und sein Dreitagebart, so glaubte der Hauptkommissar, hatte sich nach seiner Ansage aufgestellt wie die Stacheln eines Igels.

„Aber ist doch wahr ...!“, packte Schweiss hinterher und glaubte damit die Lage besänftigt zu haben. Dieser muskelbepackte Hirnlose hatte ihn eben zum dritten Mal mit Axel angesprochen, und es gab Dinge zwischen Himmel und Erde, die konnte, nein die durfte Alexander Schweiss nicht durchgehen lassen.

Noch immer glotzten alle auf das ungleiche Paar. Auf Schweiss, sitzend auf dieser Höllenmaschine, die angeblich die Rückenmuskulatur stärken sollte, und auf Lars, das tätowierte Muskelpaket im grellbunten Bodysuit.

„Ich heiße Alexander!", erklärte Schweiss und wie ein aufmüpfiges Kind trat er zur Unterstützung seiner Worte fest auf das Rohr, auf dem sein rechter Fuß abgestellt war. Der auftretende Schmerz raubte ihm fast die Sinne. Er musste etwas unglücklich aufgekommen sein, aber trotz allem schaffte er es noch, durch den Schmerz seinen Vornamen flüsternd zu buchstabieren: „A L E X A N D E R."

Den Geräuschen nach hatten sich die rückenkranken Mitleidenden wieder auf ihre Übungen konzentriert, als ein älterer Herr das angrenzende Büro verließ und auf das Geschehen zueilte. Schweiss hatte den Mann schon einmal gesehen und für sich entschieden, dass es sich um denjenigen handeln musste, der für diese Quälerei hier die Knete einsteckte.

„Kann ich dir behilflich sein ...?", rief der Mann schon einige Meter vor dem Eintreffen bei Schweiss durch den Raum, und da der Schmerz im Fuß des Kommissars etwas nachgelassen hatte, bemühte sich der Patient aufzustehen. Der junge Mann neben ihm machte einen Schritt zur Seite, um seinem Chef ehrfürchtig Platz zu machen.

„Gibt es Grund zur Klage, A...?" Der Typ im schwarzgoldenen Adidas-Dress grinste voller Unschuld, fand der Kommissar, doch eher dämlich.

Schweiss hatte es geschafft und stand nun aufrecht neben dem Gerät.

„Wehe, wenn der mich jetzt noch mal mit Axel anspricht", überlegte Schweiss und der Gedanke brachte seinen Puls erneut auf den eines Formel-1-Fahrers. Schwindelig geworden, hielt sich der 60-Jährige an seinem Übungsgerät fest. Die anderen Mitstreiter hatten ihre Aktivitäten erneut zugunsten ihrer Neugierde eingestellt.

Dunkle Wolken zogen vor die Augen des Kriminalbeamten und irgendwo zwischen einer Cirrocumulus und einer Stratocumulus befanden sich die beiden Angestellten beziehungsweise der Chef des Gesundheitstheaters.

„Ich heiße Alexander ...", flüsterte Schweiss und ließ sich wieder zurück auf den Sitz des Gerätes fallen. Ihm war immer noch schwindelig und die Reste seines kargen Frühstücks von heute Morgen machten Anstalten, den Rückweg anzutreten.

Beide Männer starrten auf den Patienten eine Übungsebene tiefer. Schweiss hörte noch eine kräftige Stimme oberhalb seines Kopfes, die laut rief: „Verdacht auf Schlaganfall, hol den Notarzt!"

Kapitel 13

Wieder betrat ich das Harburger Pflegeheim – dieses Mal mit einem anderen Auftrag – und wieder stieß ich gleich auf Viola Melter, die stellvertretende Leiterin.

„Frau Schmücker ist wieder nicht da", grinste sie mich an. „Herr … Hassel?"

Ich nickte, meinen Namen hatte sie behalten.

„Sie wollen sicher die Leiche von Herrn Augustin abholen? Ja, er war zwar schon 91, aber es ging dann doch viel zu schnell. Seine Enkel sind noch im Trauerraum. Haben Sie noch einen Moment?"

Ich nickte mit einem seriösen Lächeln.

„Dann kommen Sie doch in die Küche. Ich mache Ihnen einen Kaffee, und ich glaube, ein Stück Kuchen ist auch noch da."

Eine gute Idee, wie ich fand und nahm dankend an. Die letzten Tage waren sehr aufreibend und Ablenkung tat gut. Ich musste mich etwas zurücknehmen. Die Polizei war sicher nicht untätig, und wenn ich meine wichtige Aufgabe für eine kurze Zeit aussetzte, würde das zur allgemeinen Ruhe beitragen.

Wir spazierten über den langen Flur, vorbei an etlichen verschlossenen Zimmertüren. An einer Tür blieb Frau Melter stehen. „Entschuldigen Sie bitte!" Sie öffnete die

Tür vorsichtig und blickte hinein. Über ihre Schulter sah ich, dass der Raum total abgedunkelt war. Wie ein Keller. „Alles klar, Frau Majan geht es gut." Sie schloss die Tür leise und lief weiter. Endlich hatten wir das große Schwesternzimmer erreicht. Seitlich befand sich eine kleine Küche und sie bat mich, Platz zu nehmen. Sie lief hinein und rief von dort: „Sie trinken doch Kaffee, Herr Hassel?"

Gedankenlos nickte ich. Doch dann fiel mir ein, dass sie mich ja nicht sehen konnte, und ich schickte ein „Sehr gerne" hinterher.

„Ja, die Frau Majan. Eine äußerst seltsame Frau. Sie kann nur im Dunkeln leben, obwohl sie gut sieht und ansonsten gesundheitlich alles bei ihr in Ordnung ist. Doch sie ist alleine auf der Welt. Hat ihren Sohn samt Schwiegertochter 2015 bei diesem Germanwings-Absturz verloren. Sie erinnern sich?"

„Ja, ja!", rief ich, war aber mit den Gedanken bei der armen Frau. Sie musste Ähnliches erlebt haben wie ich.

„Sie lebt in einer Dämmerung, ruhig gestellt durch Psychopharmaka."

Ich wunderte mich, was die Schwester so alles ausplauderte.

„Wie alt ist diese Frau ...?"

„Ilka Majan? So Mitte sechzig. Eigentlich noch zu jung, um sich mit Tabletten in die Dunkelheit zurückzuziehen. Doch alle Besuche bei Psychologen haben nichts bewirkt. Dazu hat sie auch noch Diabetes. Ja, manchmal kommt es knüppelhart."

Meine Mama hatte doch auch Diabetes mellitus, fiel mir ein. Die leichtere Form, Typ 2. So viele Gemeinsamkeiten, mir wurde ganz schwindelig.

„Und diese Frau Majan geht nie aus dem Hause?“

Die stellvertretende Leiterin des Harburger Pflegeheims kam mit einer dampfenden Kanne aus der Küche und schob einen der auf dem Tisch stehenden Kaffeehumpen vor mich.

„Natürlich, aber erst in der Nacht. Sie ist Raucherin und hat eine Ausnahmegenehmigung der Hausleitung. So darf sie nachts in den Park. Aber nur in der Zeit von 22 bis 23 Uhr. – Wenn Sie Milch oder Zucker möchten, hier.“ Sie wies auf Behältnisse mit dem Betreffenden.

Ich schüttelte den Kopf und nahm den Humpen in die Hand. Er war knallrot und hatte die Aufschrift: „WENN NICHT JETZT, WANN DANN!“

*

Alexander Schweiss wurde von Hauptkommissar Lutteroth über seinen Besuch bei Vienna Hiel beziehungsweise ihren Mitbewohner Köln informiert. Lutteroth erklärte dem Kollegen, er habe bei seiner Rückkehr ins Büro in den digitalen Protokollen über den vorbestraften Köln nachgelesen und alles, was dieser behauptete, habe sich tatsächlich als Wahrheit herausgestellt. Warum Professor Diethelm Lienhard verschwunden war, hatte er, Lutteroth, nicht ermitteln können. „Sicher liegt

Lienhard“, so Caro, „bei einer seiner – inzwischen erwachsen gewordenen – Schwimmschülerinnen und bringt ihr das Kraulen bei.“

Beide Kommissare lachten und waren guter Stimmung.

Schweiss selbst humpelte noch immer stark, war aber glücklicherweise dem in der Reha vermuteten Schlaganfall entgangen. Das wurde schon dem eintreffenden Notarzt im Ambulanzwagen bei seiner Untersuchung klar, und Schweiss' Ablehnung gegen die Einlieferung in ein Krankenhaus respektierte er. Der Arzt gab ihm aber den Rat, sich umgehend einer genaueren Untersuchung zu unterziehen. Schweiss selbst wollte den peinlichen Vorfall so schnell wie möglich vergessen. Ihm war klar: Nie wieder würde er ein Rehazentrum betreten. Egal wie schwer sein Rücken auch schmerzte.

Schweiss überraschte Kollege Lutteroth mit der Tatsache, dass der Tod von Gerlinde Kolman aus Ost-Steinbek auf das Konto des Friedhofskillers ging. Beide Kriminalbeamte waren sich einig, dass dies die Ermittlungen noch komplizierter machen würde.

*

Caro Lutteroth kam immer wieder Sandra Holz in den Sinn. Inzwischen war der Kriminalbeamte schon bemüht, seine Gedanken an die Frau irgendwie zu verdrängen. Was Frauen anging, hatte er wenig Glück im Leben, fand Caro voller Selbstmitleid. Obwohl, die wenigen Jahre mit Ehefrau Mia waren schön und er würde sie nicht missen wollen. Aber so langsam, dachte er, war es an der Zeit, sich wieder mal zu verlieben. Lutteroth schaute auf den Kalender, der an der Wand hing. Ein Tag war dick und rot umrandet. Es handelte sich um den morgigen Tag. Seine Mutter feierte ihren 73. Geburtstag und sie gab einen großen Empfang. Das tat sie zwar in jedem Jahr, aber an den letzten Geburtstagen hatte ihr Sohn nie teilgenommen. Er nahm sich vor, am Abend im elterlichen Haus in Blankenese mitzufeiern.

*

Ich hatte mich dunkel angezogen und Papas BMW einige Straßen vor dem Pflegeheim abgestellt. Ich schaute unter einer Straßenlaterne auf die Uhr. Mein Arm zitterte und ich musste ihn zum Ablesen festhalten: 22.21 Uhr. Alles lief zurzeit etwas aus dem Ruder. Übernahm ich mich? Sicher war ich – was meinen Eifer bei der Beseitigung von menschlichem Müll anging – gut vorangekommen. Es zeigten sich erste Anzeichen der Besserung bei der Bevölkerung, stellte ich fest. Seit den beiden Schweinen in Bergstedt vor einigen Tagen war mir niemand mehr nachteilig aufgefallen. Ich hatte diese „Tiere" schon gesehen, als sie aus dem Wagen ausgestiegen waren. Die Frau hatte ihren Begleiter an die Hose gefasst und er ihr an den Hintern. Und das vor der Kirche. Dass sie in der Leichenhalle ihrem Vergnügen nachgehen wollten, daran hatte ich anfangs nicht gedacht. Ich hatte das frivole und kranke Paar unbemerkt verfolgt und war erst der Meinung, sie besuchten einen toten Angehörigen. Vielleicht einen lang verstorbenen Großvater? Da konnte die echte Trauer schon einige Zeit verflogen sein und man sah den Friedhofsbesuch lockerer. Aber als sie – sich immer wieder nervös umschauend – in der Leichenhalle verschwanden, war klar, IHRE ZEIT WAR ABGELAUFEN. Ich erwischte sie in flagranti und obwohl der Mann stärker und größer war als ich, hatte er keine Chance. Seine auf den Knien hängende Hose behinderte ihn. Noch jetzt muss ich amüsiert daran denken, wie er voller Angst herumstolperte und ich ihn mit einem einzigen gezielten Schnitt aus dem Verkehr zog. Seine Begleitung lag schon bereit zum Vergnügen und war wie erstarrt. Sie konnte vor Angst nicht schreien, und das war gut so. Auch der Schnitt saß und noch beim Ausbluten erklärte ich beiden ihre schweren Vergehen.

SIE HATTEN ES BEGRIFFEN.

Mist, vor lauter Nachdenken hatte ich die Zeit vergessen. Ich schlich in den Park des Harburger Pflegeheims und versteckte mich hinter einer dicken Eiche. Eichen! Sie gaben mir Schutz und ich liebte sie. Da war kein Mensch zu sehen. Hatte Frau Melter nicht erklärt, diese seltsame Bewohnerin ginge nur nachts vor die Tür? Enttäuscht wollte ich schon wieder umdrehen, als ich ein leises Hüsteln hörte. Ich schaute in die Richtung. Da flammte doch etwas auf – die Glut einer Zigarette? Das konnte nur Frau Majan sein. Mein Herz *schlug bis zum Hals, es überschlug sich sogar. Es musste die Vorfreude sein. Hoffentlich brach ich jetzt nicht ohnmächtig hier zusammen. Ich trat zu einer Bank, auf der jemand saß.*

„Entschuldigen Sie, ich möchte Sie nicht belästigen!", begann ich vorsichtig das Gespräch. Wieder war da dieses Glühen und ich schaute für kaum zwei Sekunden in ein schmales, ausgemergeltes Gesicht. Meine Augen hatten sich inzwischen leicht an die Dunkelheit gewöhnt.

„Darf ich mich setzen?"

Noch immer schwieg die Frau. Das war auf jeden Fall besser, als wenn sie losschrie und die Nachtwache rief. Ich blieb stehen.

„Sie sind Frau Majan?"

Sie hustete leise und meinte dann: „Kennen wir uns?"

Ihre Stimme war sanft, leicht unterlegt mit etwas Rauem. Ich hoffte für sie, dass es nicht am Rauchen lag.

„Ich war heute hier im ... Gebäude." Das Wort Pflegeheim sprach ich absichtlich nicht aus.

„Und ...?"

„Man erklärte mir, Sie lieben die Dunkelheit!"

„Das ist wahr."

Nach einem Moment der Ruhe fragte sie: „Wie ist es bei Ihnen, lieben Sie die Dunkelheit auch?"

Ich bestätigte das und wieder hustete die Frau. Nun warf sie den Zigarettenstummel vor sich. Er glühte weiter. Er würde so lange im Hier und Jetzt sein, bis seine weltliche Zeit gekommen war und er erlosch – genau wie bei meinen Opfern. Dieser Gedanke gab mir Stärke. Die Umweltverschmutzung fiel mir plötzlich ein, sie ärgerte mich für einen Moment, aber ich musste heute einfach darüber hinwegschauen. Frau Majan steckte sich erneut eine Zigarette an. Mama hatte nie geraucht. Und wenn die Frau so viel Bedarf an Nikotin hatte, war sie für den Bunker nicht geeignet, fand ich. Ich setzte mich neben sie.

„Rauchen Sie immer so viel?“

„Ich sollte es mir tatsächlich abgewöhnen.“ Sie schnippte die fast ungenutzte Zigarette vor sich auf die Erde zu der anderen. Nun glühten zwei Zigaretten, wenige Zentimeter voneinander entfernt. Wie zwei Augen, die uns beide anstarrten. Das ängstigte mich und ich trat einen Stummel aus.

„Was fehlt Ihnen am meisten, Ilka?“ Ich versuchte es mal mit dem Vornamen. Es schien ihr egal. Wir beiden stierten schweigend in das Dunkel vor uns. Dann endlich antwortete sie: „Mein Sohn ist tot. Ich bin alleine. Ich habe keine Wünsche ...“, sie zögerte einen Moment, erklärte dann, „außer, sie bringen Gregor zurück!“

„Haben Sie Angst vor dem Tod?“

Ich spürte, wie ihr Kopf in meine Richtung schnellte.

„Ich bin doch schon tot!“

Die Aussage beruhigte mich.

„Wenn Sie eine Aufgabe für Ihr Leben suchen, könnte ich Ihnen helfen.“

Sie spielte mit dem Feuerzeug, ließ es hintereinander mehrmals aufflammen. Ich hatte Angst, man sah uns.

„Welche Aufgabe?“

„Sie sollen die Mutter eines fünfjährigen Mädchens werden!“

Kapitel 14

Sie stand tatsächlich an der Straße. Ich war, am ganzen Körper zitternd, aus St. Pauli hierhergefahren. Wenn Frau Majan die Polizei rief oder irgendjemandem etwas von unserer Abmachung erzählt hatte: Nicht auszudenken. Ich roch mich selbst und es ärgerte mich, nicht noch vorher geduscht zu haben. Aber die Bestattung auf dem Friedhof in Ohlsdorf hatte länger gedauert, und bis alles abgewickelt war …

Zum ersten Mal sah ich Ilka in voller Größe. Was nichts hieß, denn sie war sicher keine eins sechzig groß. Ich hielt den Wagen wenige Meter vor ihr an. Erwartete Blaulicht, Sirenen, schreiende Pfleger … doch nichts geschah. Sie stand still da im Dunkeln und wartete. Ich fuhr langsam neben sie und öffnete die Wagentür.

„Hallo Ilka, schön, dass du gekommen bist." Ich war mit meiner Mama per Du, warum also nicht mit ihr?

Sie entgegnete nichts, stieg einfach ein. Ich hatte ihr die versprochene dunkle Sonnenbrille besorgt und hielt sie ihr hin. Sie zog sie an und schloss die Tür.

„Keine Tasche?", wollte ich wissen und fand die Frage dämlich.

„Ich sollte nichts mitbringen, also?"

„Richtig, entschuldige, wie dumm von mir?"

„Wir sollten losfahren."

Ja, so war Mama. Sie war so vorausschauend. Ich legte den ersten Gang ein. Der Wagen glitt durch Bergedorf. Ich wählte die A25 und wechselte nach einigen Kilometern auf die A255. Mama schwieg, und das gefiel mir. Sie stellte keine unnötigen Fragen.

„Darf ich ... Mama zu dir sagen?“ Die Sache lag mir sehr am Herzen und ich hatte schon den ganzen Tag voller Angst darauf gewartet, es anzusprechen. Aber nun war es raus. Was würde Ilka Majan antworten?

„Du kannst mich nennen, wie du möchtest“, kam es sanft, aber mit rau unterlegter Stimme, vom Sitz neben mir. Diese Worte gaben mir so viel Wärme und mein Herz stolperte plötzlich vor sich hin.

„Ein schöner Wagen“, erklärte sie unterwegs und strich dabei sanft von unten gegen das Stoffdach. Sicher hatte sie Papas Wagen wiedererkannt.

Nach weiteren dreißig Minuten hatten wir unser Haus in der Paul-Roosen-Straße erreicht. Ich fuhr das Cabriolet sofort in meine Doppelgarage. Niemand durfte sehen, dass ich eine Person hierhergebracht hatte. Zumal sie nie mehr wegfahren würde. Ich vermied es, Licht in der Garage anzuschalten. Nur das Standlicht des Wagens wies uns den Weg. Ich hielt Mama fest am Arm und zog sie vorsichtig durch den Raum. Sie fühlte sich weich an, roch nach frischer Seife. Sofort fiel mir ein, wie schlecht ich selbst roch. So etwas durfte mir nicht mehr passieren, hoffentlich sprach Mama diesen Mangel nicht an. Wir liefen vorbei an der Poolanlage und sanft schob ich sie durch die versteckte Öffnung im Poolhaus. Ich schloss die feuerfeste Eisentür hinter uns und bat sie, vorsichtig weiterzulaufen. An der Eisentreppe hielt ich an. Auch hier war das fehlende Licht ein Problem. Ich musste noch darüber nachdenken, wie ich mit Mamas Forderung auf dauerhafte Dunkelheit umgehen sollte. Wie gerne hätte ich in ihre Augen geschaut, sie geküsst. Aber das hatte Zeit.

*

Ich war die steile Treppe hinab zum Bunker vor ihr hinuntergeklettert. Nun hielt ich sie an der Hand und vorsichtig – Stufe für Stufe – betrat sie ihr zukünftiges Zuhause.

„Es riecht muffig!", waren Mamas erste Worte hier unten im Bunker. Ich entschuldigte mich und drehte sofort die Lüftung auf die höchste Stufe. Morgen musste ich etwas besorgen, was ihr das Atmen noch angenehmer machte. Vielleicht eine Duftkerze. Auch Diabetes-Spritzen musste ich in ausreichender Anzahl beschaffen. Mein Herz hüpfte vor Freude. Ich hatte es ab sofort nicht mehr nur mit Toten zu tun.

„Schau, Mama, das ist meine Frau Silvana."

Mama schaute im abgedunkelten Raum umher und es schien mir, als hebe sie die Hand leicht zum Gruß.

„Opa kennst du ja?" Sie nickte müde.

„Setz dich doch."

Mama zog einen der freien Stühle heran und nahm Platz.

„Möchtest du eine Kleinigkeit essen, Mama?", fragte ich sie, und ohne ihre Antwort abzuwarten, stolperte ich

zur kleinen Küche. Schon am Nachmittag hatte ich belegte Tomatenbrote gemacht und stellte sie vor Mama auf den schlecht beleuchteten Tisch. Sie zog die Sonnenbrille aus, schaute sich erneut im Raum um und fragte mit ihrer sanft rauchigen Stimme: „WO IST DAS VERSPROCHENE MÄDCHEN?"

Teil 2
Kaiserspeicher

„Im Schweiße deines Angesichts wirst du Brot essen,
bis du zum Erdboden zurückkehrst,
denn aus ihm wurdest du genommen.
Denn Staub bist du,
und zum Staub wirst du zurückkehren."

1. Buch Mose Kapitel 3, Vers 19

Kapitel 1

Die Explosion war dumpf und unspektakulär, und wäre da nicht diese Vibration ähnlich eines Bebens auf der Besucherplattform der Elbphilharmonie, der Plaza, zu spüren gewesen, hätte sie wohl kaum jemand wahrgenommen. Siebenunddreißig Meter weiter unten, an der Mauer des Kaispeichers A hier in der Hamburger Hafencity, hatte eine fünf Meter hohe Flutwelle mehrere Besucher in die Elbe gespült. Ihre lauten Hilfeschreie waren deutlich bis hier oben zu hören. Gut gefüllte Ausflugsbarkassen kreuzten seitlich des Konzerthauses.

„Mama, das Schiff hängt ganz krumm im Wasser!“

Die Worte kamen von einem kleinen Mädchen, das auf dem Arm der Mutter nach unten auf das Geschehen im trüben Wasser des Flusses schaute. Die Anspannung aller Anwesenden löste sich leicht. Eine dunkle Stimme setzte sich gegen das laute Gemurmel durch: „Das ist kein Schiff, das ist ein Nassbagger.“ Ein Mann, etwas weiter entfernt, entgegnete zögerlich: „Den ... hat es aber ganz schön zerrissen ...“, dann lautstark, „„... Leute, schaut mal dort!“

Auch die Besucher der gegenüberliegenden Plaza-Seite hatten inzwischen ihre Plätze verlassen und sich zur elbseitigen Brüstung gedrängt. Zittrige Finger zeigten auf eine leblose und bekleidete Person, die – zwischen Kaimauer und dem auf der Seite liegenden Nassbaggerponton – rücklings auf der Elbe trieb.

„Auf dem Boot liegt noch ein Verletzter!"

„Was war da los?"

„Erdbeben!", mutmaßte jemand. Der Mann zeigte nach oben und tatsächlich sah es so aus, als neige sich das 110 Meter hohe Konzerthaus zur Seite. Plötzlich schrien alle lautstark und panisch durcheinander.

Nach einem weiteren lauten Schrei „Das war ein Anschlag, das Gebäude stürzt vielleicht ein ..." hielt es die Menge nicht mehr hier oben. Kreischend und voller Panik stürzten sie zu den Türen, die ins Innere der Elbphilharmonie führten. Glas ging unter lautem Bersten zu Bruch und Schmerzensschreie zeugten von ersten Verletzten. Der Freiluftbalkon leerte sich schlagartig.

Im Hintergrund waren die immer lauter werdenden Sirenen der Wasserschutzpolizei zu hören.

Kapitel 2

Pierre Deauville war seit über zwanzig Jahren bei der Firma *Hansetaucher* angestellt. Der tauchbegeisterte Franzose hatte bei einem Reeperbahnbesuch im Jahre 1994 eine Hamburgerin kennengelernt und unmittelbar danach seinen ersten Wohnsitz aus dem französischen Bordeaux in die Hansestadt verlegt. Die Frau war seit Jahren Legende, doch seine Leidenschaft für Hamburg und die Arbeit bei den Hansetauchern waren geblieben.

Deauville saß – gehüllt in einen dicken Neoprenanzug mit Bleiweste – auf einer erhöhten Holzplatte vor großen Winden, die ihn später nach unten zum Grund der Elbe hieven und auch wieder zurückbringen würden. Dicke Regentropfen plätscherten auf das hölzerne Deck. Neben ihm lehnte – im gelben Friesennerz – sein Seniorchef Gustav Kluge, der es sich nicht hatte nehmen lassen, an diesem Samstagnachmittag mit dem Firmenschiff zur Unfallstelle, so nahe an der Elbphilharmonie, zu fahren. Die Blicke der beiden Männer gingen zum verunfallten Nassbagger, der in greifbarer Nähe neben ihnen lag. Und dort auf den Zweischalengreifer, der eigentlich nur noch aus einem Greifer bestand. Der zweite dicke Metallkoloss war sichtbar abgerissen und musste sich noch etwa sechs bis acht Meter unter ihnen auf dem Grund der Elbe befinden. Mit den Resten dessen, was diesen dickwandigen Stahl so zugerichtet hatte.

„Ich tippe auf eine 500er, englisch", rief jemand hinter ihnen an Deck des gelb lackierten Schiffes mit dem Kürzel ‚HT 12', auf dem sie sich momentan befanden. Die Stimme gehörte dem 63-jährigen Feuerwerker des Hamburger Kampfmittelräumdienstes, Hans Morelli. Kluge nickte bestätigend mit dem Kopf. Neugierig geworden, waren auch die beiden anderen Besatzungsmitglieder näher zu Morelli getreten.

„Der Greifer hat entweder den Zünder ausgelöst ...", Morelli schwieg.

„... oder?", wollte Gustav Kluge nach einer kurzen Pause des Feuerwerkers wissen.

„ ... oder er hat den alten TNT-Sprengstoff im Bombenkörper durch Quetschung umgesetzt."

Alle blickten stumm.

„Hat das Hafenmanagement grünes Licht gegeben?", fragte Morelli.

Kluge nickte.

Morelli schaute auf die Uhr: Es war 16.03 Uhr. Seit 15.34 Uhr war Ebbe und sie sollten das Tageslicht nutzen und den Taucheinsatz endlich starten.

„Wo bleibt die Wasserschutzpolizei?"

In dem Moment wurde ein Motorengeräusch lauter. Ein Blick zur Seite genügte: Das Schiff der Wasserschutzpolizei machte längsseits der *Hansetaucher 12* fest.

„Dann man los!“, entschied Morelli und einer der Männer hob den gelben Helm Deauvilles hoch und schob sich neben den Franzosen.

„Gibt es den nicht in leichter?“, wollte der Kollege wissen und grinste. Pierre Deauville verzog sein Gesicht zu einem gequälten Lächeln. Dieser Spruch gehörte zum Prozedere der Taucherei bei den Hansetauchern, wie die Schiffstaufe vor einem Stapellauf.

„Eins noch, Pierre ...“, rief Morelli.

Der Arbeiter mit dem Helm überlegte kurz, den 10 Kilogramm schweren Helm abzulegen, entschied sich dann aber dagegen.

Deauville drehte neugierig den Kopf.

„... die 110 Meter hohe Elbphilharmonie ruht auf 1.111 Betonpfählen. Wenn durch die Detonation die Pfahlgründung stark beschädigt wurde, lass es sein, mit dem Moniereisen ...“, Morelli zeigte auf das Werkzeug, das vor Deauville auf Deck lag, „... wie blöd rumzukloppen. Ich finde, Elphi ist schon ein Stück weit schräger geworden.“

Die Männer schauten überrascht nach oben, wo das Theaterhaus über ihnen in den Hamburger Himmel ragte. Der schwere Regen hatte aufgehört.

„Das schiefe Konzerthaus von Hamburg!“, grinste Gustav Kluge und jetzt hatten auch die anderen Morellis Scherz verstanden und lachten erleichtert.

Wenig später verschwand nach dem Körper auch der gelbe Helm mit Taucher Pierre Deauville im trüben Wasser der Elbe.

Morelli schüttelte mit einer Kopfbewegung den Regen aus seinem nassen Haar. Dann schaute er nach oben zur Plaza. Seit der Explosion vor zwei Tagen hatte man die Elbphilharmonie für Besucher und Hotelgäste gesperrt. Auch alle geplanten Konzerte mussten – bis auf Weiteres – abgesagt werden. Die leere Besucherplattform über ihm brachte dem hart gesottenen und erfahrenen Feuerwerker Morelli eine kurzzeitige Gänsehaut ein. Seiner persönlichen Meinung nach war nicht mit großen Schäden an den Betonpfählen zu rechnen. Der Baggergreifer hatte die Bombe beim Abtragen der Sedimente erwischt. Die aufgetretene Flutwelle hatte einige Besucher vom Vorplatz des Kaispeichers in die Elbe gerissen. Doch zum Glück war an diesem Donnerstagmorgen dort wenig Betrieb. Das lag an den zurzeit herrschenden und andauernden Regenfällen in der Hansestadt. So gab es nur Brüche und Schürfwunden. Auch kleinere Stücke der Kaimauer waren abgängig. Eher machten Feuerwerker Morelli die beiden toten Arbeiter des Nassbaggerpontons zu schaffen. Beide Männer kannte er von kurzen Unterhaltungen her und ihr plötzlicher Tod schmerzte ihn. Doch ihn und seine Kameraden vom Hamburger Kampfmittelräumdienst traf keinerlei Schuld. Seit man vor Jahren die Suche des Elbbodens nach angeschwemmten Kampfmitteln aus Kostengründen eingestellt hatte, gab es keine Kontrolle mehr über das, was sich an Altlasten auf dem Boden der Hamburger Elbe befand. Morelli schüttelte nachdenklich den Kopf und trat in die Kajüte, um das

Gespräch mit dem Taucher Pierre Deauville zu verfolgen.

*

Pierre Deauville wurde auch „der Stille“ genannt. Er genoss die absolute Ruhe unter Wasser und manche Kollegen neideten es ihm sicher auch. Zumal er die Arbeitszeiten in der Tiefe gerne mal überzog. Es machte ihm wenig aus, wenn die Dunkelheit – kurz nach dem Eintauchen – vor die Glasscheibe seines Helms trat. Er drehte dann den Lautsprecherregler etwas runter und schaltete in den Relax-Modus. Das Sinken auf den Grund des Flusses hatte etwas Majestätisches und wie immer, genoss er es. So auch heute. Es war sein Erleben von Schwerelosigkeit. Äußerst selten war dem Mann bei seiner Arbeit in der Elbe ein Fisch begegnet. Das war das Einzige, was ihm, gegenüber dem Tauchen in Seen und in Meeren, den Spaß verdarb. Aber so war es in Hamburg halt und er nahm es hin.

Deauville hatte die Lampe auf seinem Helm noch nicht eingeschaltet und glitt langsam – Meter für Meter – nach unten. Bald war auch die letzte Helligkeit, die ihn eben noch mit der Wasseroberfläche verband, verschwunden. Der Mann hob im Zeitlupentempo die linke Hand vor sein Visier; noch konnte er den blauen Handschuh schemenhaft erkennen. Der Sauerstoff, den er einatmete, war kühl und er füllte seine kräftigen Lungen. Dunkelgraue Schleier von Sand und Algen bewegten sich vor seinen Augen hin und her und ließen ihn weiter entspannen. Erst als seine Füße den Flussboden berührten, löste sich Deauville aus dieser Genussphase. Ihm war klar, er war ja zum Arbeiten hier unten. Zunächst sollte er nach Trümmerteilen der Bombe suchen, das war sein Auftrag. Beim zweiten Tauchgang ging es dann um die Beschaffenheit der Betonpfähle. Er fühlte sich wohl dabei. Wie die meisten Hamburger, schwärmte auch der gebürtige Franzose von der Elbphilharmonie und freute sich, durch seine Arbeit den Betrieb dort oben baldigst wieder zum Laufen zu bringen. Er schaltete die Lampe ein. Das Dunkel vor ihm wurde schmierig.

„Na, Pierre? Hast du den Schatz schon gefunden?“

Die Kollegen oben auf dem Schiff wussten, dass Deauville kein großer Redner war, und warteten erst gar keine Antwort ab. Der Taucher lief mit kleinen Schritten auf dem Grund auf und ab. Immer bemüht, in der Dunkelheit doch etwas erkennen zu können. Plötzlich stieß sein Stiefel gegen etwas Festes. Nach über zwanzig Jahren als Berufstaucher war es für ihn ein Leichtes, Dinge im Wasser sogar mit geschlossenen Augen identifizieren zu können. Pierre trat vorsichtig auf den Gegenstand – versuchte ihn wegzuschieben. Es stellte sich als äußerst schwierig heraus, ihn zu bewegen. Nun versuchte er dessen Länge zu ermitteln. Er schob einen Fuß vor den anderen, stets bemüht, den Kontakt zu diesem noch unbekannten Gegenstand nicht zu verlieren. Er musste etwa 70 Zentimeter lang und sicher 15 bis 20 Kilogramm schwer sein, vermutete der Taucher.

„Ich habe ein großes Metallstück gefunden. Ich gehe von einem Splitter aus, eventuell auch ein Stück des Greifers. Hänge ihn an die Wäscheleine", gab er als Antwort.

Die Wäscheleine war ein dickes Drahtseil, das mit den Tauchern ins Wasser gelassen wurde und an Pierres Seite mit einem Karabiner befestigt war. Er löste den Haken, ging in die Knie und zog ein stabiles Metallnetz aus einer der Beintaschen.

Eine Weile werkelte er in der Dunkelheit. Dann war Pierre zufrieden und bat den Kollegen auf dem Schiff, den Gegenstand nach oben zu ziehen. Er fasste noch mit an, bis das schwere Metall aus seinen Händen weiter nach oben glitt. Zur Sicherheit trat er zwei, drei Schritte seitlich und stieß plötzlich, voller Wucht und ohne Vorwarnung, gegen eine solide Wand.

„Merde, die Betonpfähle der Elbphilharmonie!"

Vor lauter Eifer war sich Deauville nicht mehr bewusst gewesen, wie nah er an der Kaimauer gearbeitet hatte. Pierre erinnerte sich an das Briefing heute Morgen. Man hatte erklärt, dass die Pfähle einen Durchmesser von bis zu 50 Zentimeter haben konnten und ausgelegt waren, je Betonpfahl etwa 160 Tonnen Gewicht tragen zu können. „Enorm, was man in den Sechzigerjahren dort verbaut hat", dachte er und kam ins Schwärmen, während er bedächtig von einem Pfahl zum nächsten schritt.

„Pierre?"

Die Stimme im Helmlautsprecher ließ ihn die Arbeit stoppen.

„Es handelt sich um einen Bombensplitter, 500 Pfund, englisch, genau, wie Morelli erklärt hat."

Deauville nickte, wohl wissend, dass dies oben die Besatzung im Monitor registriert hatte. Ihm war gerade nicht nach Reden zumute, so ließ er es auch.

Links, etwa zwei Meter vom aufgefundenen Splitter entfernt, schienen die Pfähle in Ordnung zu sein. Der Mann überprüfte es mit Händen und Füßen. Kurz hatte die auf dem Helm befestigte Lampe durch das trübe Elbwasser einen Blick auf einen der über ein halbes Jahrhundert alten Betonpfeiler freigegeben. Stolz überkam den Taucher. Wer hatte in den letzten fünf Jahrzehnten schon sehen dürfen, was das riesige Konzerthaus schulterte?

„Komm, rede doch mal mit uns, Pierre!" Oben war die Stimme des Chefs zu hören. „Es ist wichtig, dass du uns alles mitteilst."

Pierre wurde klar, der Chef wollte Informationen.

„Herr Kluge, die Betonpfeiler links vom Fundort des Splitters zeigen keinerlei Beschädigung an. Zumindest nicht in Bodennähe."

Seinen französischen Akzent hatte der Franzose in den zwanzig Jahren, die er in Hamburg lebte, nicht abgelegt und er wollte es auch zukünftig dabei belassen.

„Lotst mich jetzt zurück zum Fundort des Splitters, dann werde ich die Reihen rechts überprüfen."

Oben dirigierte man den Kollegen – anhand seiner oben aufsteigenden Luftblasen – in wenigen Augenblicken auf dem Elbegrund zurück zum Ausgangspunkt.

Deauville spazierte nun – die Hände fest an die dicken Pfähle gedrückt – Schritt für Schritt in sechs Metern Tiefe dort entlang. Alles schien in Ordnung. Trotzdem lief ihm eine Gänsehaut über den Rücken. Dieser Auftrag war einer der Üblichen – und doch so anders. Plötzlich fasste die Hand des Tauchers ins Leere. Er stolperte fast – in eine Art Hohlraum. Schnell konnte der Mann sein Gleichgewicht zurückgewinnen. Ihn überkam ein Gefühl der Trauer. Hatte sich Deauville doch zutiefst gewünscht, nur Positives vom Zustand der tragenden Pfähle berichten zu können. Doch danach sah es im Moment nicht aus.

Die Sicht vor ihm zeigte sich noch im tieferen Schwarz als bisher und ein wenig graute es dem Franzosen.

„Ein ... ein Loch!", rief er laut, um seinen Kollegen einen Überblick zu verschaffen.

„Was sagst du? Ein Loch? Mann, Pierre, wir brauchen mehr Auskünfte: Wie groß, wie viele Pfähle sind betroffen ...?"

Kluge, oben auf dem Schiff, rief es lautstark und erregt und dem Taucher auf dem Elbegrund wurde wieder bewusst, was hier auf dem Spiel stand.

Deauville fasste vorsichtig in die Öffnung vor sich. Solche Skepsis kannte er sonst von sich nicht. Er hakte es als eine Art Respekt ab. Seine linke Hand drückte nun gegen den letzten linken Pfahl und mit der ausgestreckten Rechten versuchte er – wie bei Aktivitäten mit einem Expander – den nächsten vollständigen Pfahl rechts zu erwischen. Er packte ihn, bevor die Weite seiner Arme nicht mehr ausgereicht hätte. Die durch die Explosion verursachten Schäden an den Betonpfählen betrugen also etwas mehr als einen Meter, schätzte er. Das stimmte ihn fröhlicher.

„Ich denke, zwei, maximal drei Pfähle wurden bei der Explosion beschädigt. Drei von über elfhundert!", jubilierte er lautstark. Aus dem Lautsprecher vernahm er nur Gemurmel.

Deauville stampfte etwas nach links, um sich nochmals von der Wahrheit seiner Aussage überzeugen zu wollen. Die Öffnung konnte nicht besonders hoch sein. Er ging vorsichtig in die Knie und tastete sich vor. Sie begann etwa einen halben Meter über dem Flussboden und endete – er erhob sich und hüpfte etwas hoch – in vielleicht zwei Meter zwanzig Höhe. Ein Loch in der Gründung: groß wie eine Terrassentür. Pierre lehnte sich etwas seitlich, um wieder zu Atem zu kommen. Die Arbeit hatte ihn doch sehr angestrengt. Er überlegte. Vielleicht wurden die Betonpfähle von der Wucht der Explosion nach innen gedrückt? Der Taucher drehte sich etwas zur Pfählung und fasste erneut tief hinein. Hinein in dieses schwarze Loch. Aber nun mit beiden Händen. Schon Hunderte Mal hatte er hier unten, im dunkelsten Teil der Hamburger Elbe, ins Ungewisse gegriffen. Es fühlte sich meist an wie die Suche nach einem unbekannten Schatz. Aber heute? Noch nie war er so angespannt wie gerade eben. Endlich fasste der Taucher sich ein Herz.

*

Nein, da war kein Beton, da war eher etwas ... Weiches!

Lehm? Elbschlick?

Deauville kannte diese Konsistenz von unzähligen Arbeiten unter Wasser. Etwas erleichtert schloss er die Augen, bewegte seine Hände in der Öffnung, immer in Gedanken bei dem Gegenstand. Die Hände zitterten leicht – einen Zustand, den er eigentlich nicht kannte. Auch sein Magen rebellierte – das ungute Gefühl verstärkte sich. „Reiß dich zusammen“, rief er sich innerlich zu. Er griff nun nach dem Unbekannten. Es handelte sich um etwas Hartes, zumindest härter als der sonst weiche Lehm. Aber es waren definitiv keine Steine. Was sonst? Pierre bemühte sich intensiv, das, was er dort anfasste, zu erkennen.

„Was ist da unten los?“

Die Worte des Kollegen auf dem Schiff erschreckten den Taucher aufs Äußerste. Er rang nach Atem.

„Pierre, geht es dir gut? Wir sehen nichts, nur die Dunkelheit vor deinem Visier.“

„Ich melde mich gleich ...!“, entschuldigte sich der Taucher und wandte sich sofort wieder seinem Fund zu.

Der Gegenstand fühlte sich Kautschuk ähnlich an. Vielleicht etwas weicher. Zumindest die äußere Hülle. Handelte es sich vielleicht um eine Art Isoliermaterial? Ein Material, das die Betonpfähle damals vor dem aggressiven Schmutzwasser der Elbe schützen sollte? Egal was es war, er musste es mit zur Oberfläche bringen. Sicher gab es ihnen weitere Auskünfte über das Schadensmaß hier unten an den Betonpfählen des alten Speichers. Der Mann zog fest an dem unbekannten Material, doch es ließ sich nicht lösen. Es schien verklemmt zu sein. Oder es bestand aus einem großen Stück und er musste Teile davon abreißen. Das bestätigte seine Vermutung von einer Isolierung der Pfählung. Er würde einen kleinen Teil davon als Souvenir behalten. Natürlich nur, wenn der Chef es erlaubte. Aber das würde Kluge sicher. Deauville kam gut mit seinem Vorgesetzten klar.

Er zog nun fester, in der Hoffnung auf ein Mitbringsel, und fühlte, wie sein Atem sich weiter beschleunigte. Er rechnete es noch der Aufregung zu. Auch die Kameraden oben hatten es inzwischen bemerkt.

„Was geht da unten?“

„Da ist etwas ... ich ziehe es raus und bringe es ...“

Unvermittelt löste sich der verklemmte Gegenstand und Deauvilles Körper machte eine nicht kontrollierbare Bewegung nach hinten ins Leere. Der Taucher versuchte, dagegenzumanövrieren, ruderte mit den Armen und tatsächlich gelang es ihm – aber mehr recht als schlecht. Jedenfalls fand sich Pierre Deauville – dieses seltsame und unbekannte Material in den Händen

– am Elbegrund wieder, auf seinem Hosenboden sitzend. Trotz Unsicherheit und Bauchschmerzen versuchte er einen leichten Lacher.

„Ist etwas passiert?“ Oben zeigte man sich besorgt.

„Nein, alles ist gut!“

In dieser Haltung glitten seine behandschuhten Hände nun über diesen seltsamen Gegenstand. Er war fest und relativ schwer, ungeachtet der Leichtigkeit des Wassers. Es musste sich um ein dickes Material handeln. Vorsichtig tasteten sich seine Hände weiter. Das Büchsenlicht warf für den Bruchteil einer Sekunde einen leichten Schatten über dieses Unbekannte. Es sah aus wie ... nein, er verwarf den Gedanken. Sein Herz schlug bis zum Hals.

„Bleib ruhig, du bist ein Profi“, sprach er zu sich selbst.

Hinten verzweigte sich der Gegenstand etwas, als wären da ... Gliedmaßen? Wenn er hier nur besseres Licht hätte. Deauvilles Hände berührten Teile, die sich wie dünne, menschliche Gelenke anfühlten. Er schrie auf, glaubte erst an einen Scherz, den die Kollegen ihm gespielt haben könnten. Dann hoffte er auf einen Fisch, einen mit dünnen Gliedmaßen. Vielleicht ein ... Tintenfisch?

„Nein, mon dieu, das kann nicht sein!“

Die Hände des Tauchers bewegten sich nun schnell und panikartig in die andere Richtung und umfassten ... etwas Rundes. Die Form erinnerte ihn an … einen menschlichen Schädel. Deauville war sich nun sicher und schob – hastig atmend und angewidert – den toten Körper von sich.

„Merde, un cadavre!", brüllte der Mann lautstark in seinen gelben Helm.

Kapitel 3

Hauptkommissar Schweiss schaffte es noch rechtzeitig, sich an einem Imbissstand bei den Landungsbrücken unterzustellen. Der starke Regen, der gerade niederprasselte, hatte die Touristen regelrecht vom Kai gespült. Alle suchten irgendwo Schutz vor dem aufdringlichen Nass. Neben Schweiss stand Polizeipräsident Anders, in Zivil gekleidet. Das Gedränge hier ging dem Kommissar ganz schön auf den Zeiger. Überhaupt war ihm die bevorstehende Bootsfahrt zur Fundstelle der Leichen beim Kaispeicher A schon ein Gräuel. Anders schwieg, seit sie das Polizeipräsidium vor etwa einer Stunde verlassen hatten. Der Polizeipräsident verzichtete auch auf eine Sirene und so hatte es ewig gedauert, bis der neutrale Dienstwagen die Landungsbrücken erreichte.

Endlich legte das Boot der Wasserschutzpolizei an: WS 44. Wer gab den Polizeibooten bloß solche bescheuerten Namen? Konnte man sie nicht nach Mordopfern benennen? Oder nach verdienten Hauptkommissaren?

Hunderte von Augen verfolgten, wie Schweiss ungelenkig auf das stark schwankende Schiff kletterte. Er spürte die Blicke wie Brandmale auf seinem Rücken und nur zu gerne hätte er alle Gaffer eingesperrt. Polizeipräsident Anders bedankte sich bei der Bootsbesatzung dafür, dass man die Kriminalbeamten abgeholt hatte, und leistete sich – im Regen an Deck – ein Schwätzchen mit einem von ihnen. Schweiss verschwand ins Steuerhaus.

„Gibt es irgendwo Kaffee?"

Ihm war niemand von den Besatzungsmitgliedern der WS 44 bekannt, und er hoffte, dass man zumindest ihn kannte. Der Steuermann – ein Uniformierter in seinem Alter – nickte. „Klar, Hauptkommissar. Oder schon Erster Hauptkommissar?"

Schweiss winkte ab. „Einfach heißen Kaffee!"

Während der Steuermann den Motor beschleunigte und das Boot Fahrt aufnahm, griff Schweiss zu einem Pappbecher und einer Thermoskanne und schenkte sich – dankbar nickend – Kaffee ein. Fast hätte sich der Hauptkommissar die Finger am Pappbecher verbrannt. Schweiss riss sich zusammen, jetzt nicht noch undankbar werden.

Durch die Glasscheibe und die Scheibenwischer war die Elbphilharmonie zu sehen und unterhalb des Kaispeichers auf der Elbe eine Armada an Booten. Hier schien die Stelle zu sein. Der Bootsführer schob die Motorleistung zurück und glitt mit dem letzten Schub längsseits der WS 20.

„Amerikahöft" las Schweiss und atmete auf. Es gab doch noch Zeichen und Wunder. Polizeipräsident Anders kletterte gewandt und sportlich von der WS 44 auf die WS 20. „Angeber", dachte Schweiss. „Komm erst mal in mein Alter!"

Endlich hatten es zwei Kollegen der *Amerikahöft* geschafft, auch Schweiss über eine kleine Leiter von einem zum anderen schwankenden Boot zu befördern. Schweiss überlegte, ob er den Matjes mit Pellkartoffeln aus der Kantine von heute Mittag schon mal freiwillig der Elbe überlassen sollte.

Die Gruppe an Bord des Schiffes bestand aus Hans Morelli, dem Feuerwerker des Kampfmittelräumdienstes, dem Leitenden Polizeidirektor der Wasserschutzpolizei, Henning Wieland, Sören Warntke, Leiter Betrieb & Instandhaltung bei der Hamburg Port Authority, dem Rechtsmediziner Uwe Pellin, der die Nachfolge von Traudel Kensbock übernommen hatte, und dem Seniorchef der Firma Hansetaucher, Gustav Kluge.

Bis auf Morelli und Pellin war Schweiss niemand der Anwesenden persönlich bekannt. Das Foto von Wieland hatte er zwar schon in den Medien bewundern dürfen, aber es war das erste Mal, dass er auf den hochrangigen Kollegen der Wasserschutzpolizei traf. Natürlich umringten zunächst alle Jochen Anders, den Polizeipräsidenten. Schweiss war es nur recht. Er spazierte an der Gruppe vorbei seitlich zu den uniformierten Kollegen, die neben dem Steuerhaus standen.

„Und, wie sieht es aus?“

Die beiden schauten sich an und Schweiss war klar, sie kannten ihn nicht.

„Alexander Schweiss, Erster Hauptkommissar, Mordkommission.“

Beide Männer zuckten etwas zusammen und es sah aus, als wären ihre leicht gekrümmten Rücken etwas gerader geworden.

„Achtzehn Leichen haben sie in den beiden letzten Stunden geborgen. Alle verpackt in schmutzige Säcke. Aber es ist noch nicht das Ende!“, rückte einer mit den Neuigkeiten heraus und zeigte auf die Wasseroberfläche. Schweiss musste sich etwas abstützen. Er fasste seitlich an einen Haltegriff.

„Ja, das geht auch uns nah.“ Den beiden war wohl aufgefallen, dass Schweiss strauchelte. Er nickte. „Großer Mist!“ Das war das Einzige, was er zunächst herausbrachte. Aber was war da unten los? Hatte die Elbphilharmonie nicht schon genug Negativschlagzeilen verursacht? Erst die vier Toten unter der Rolltreppe – der sogenannten TUBE – im letzten Jahr. Nun noch achtzehn Leichen ein paar Meter darunter in der Baugrube des alten Kaiserspeichers. Irgendwie überkam Schweiss ein Gefühl, dass ihn diese Angelegenheit wenig bis gar nichts anging. Sicherlich würde sich alles schnellstens und unbürokratisch aufklären. Er persönlich ging von einem uralten Friedhof beim Großen Grasbrook, der heutigen Hafencity, aus. Einer Beerdigungsstätte, die seit Jahrzehnten unentdeckt geblieben war. Redete er sich die Sache vielleicht nur schön? Er hatte den Kopf eh schon zu voll. Die Hamburger Mordkommission stand schon seit Wochen unter Druck. Der sogenannte Friedhofskiller war noch immer nicht dingfest gemacht worden und inzwischen machte sich sogar die Hamburger Abendpost über die Arbeit der Beamten lustig.

„Kollege Schweiss!“

Der Hauptkommissar zuckte zusammen und drehte sich um. Ihm war klar, die Stimme gehörte Anders. Er winkte den beiden Uniformierten zu und war mit drei Schritten bei der Gruppe angelangt.

„Sie kennen die Herrschaften?“

Schweiss zuckte mit den Schultern und Anders stellte ihm alle Anwesenden im Schnelldurchgang vor. Schweiss verzichtete auf einen Händedruck.

„Der Erste Hauptkommissar Alexander Schweiss wird – als Leiter der Mordkommission – die Hintergründe dieser Leichenfunde herausfinden.“ Anders wandte sich an seinen Mitarbeiter: „Kollege Schweiss, Sie werden eine Sonderkommission bilden. Wir nennen sie ... ‚Soko Kaiserspeicher‘.“

Die Anwesenden zeigten sich begeistert. Schweiss hüstelte leicht. Ihm war unwohl. Einmal, weil das Schiff so schwankte, und zum anderen, weil er wenig Lust auf noch mehr Arbeit hatte. Aber so war das nun mal: Befehl war Befehl. Er wünschte sich erneut das Ende seiner Dienstverlängerung herbei.

Schweiss nickte dem Polizeipräsidenten unterwürfig zu und meinte: „Hauptkommissar Lutteroth wird die Soko leiten!“

Polizeipräsident Anders hatte sich schon weggedreht und bekam die Worte nicht mehr mit. Also wandte sich Schweiss an Morelli.

„Hallo Morelli, erzählen Sie mal etwas!"

Morelli tippte sich mit dem Zeigefinger der rechten Hand an den Kopf: „Eine englische Fliegerbombe. Wohl eine der letzten, die Hamburg 1945 erreichte. 500 Pfund, also 250 Kilogramm TNT, ausgelöst durch den Greifer des Nassbaggers."

Bevor Morelli weiterreden konnte, übernahm Unternehmer Gustav Kluge das Gespräch: „Meine Männer haben alle Leichen geborgen!"

Schweiss erkannte Stolz in Kluges Stimme. Er war sich nicht im Klaren darüber, ob man bei Leichenfunden stolz auf sich sein sollte. Alle schwiegen für einen Augenblick.

Da auch Feuerwerker Morelli keine Anstalten machte weiterzureden, erklärte Kluge: „Die Bombe hat drei der 1.111 etwa 50 Zentimeter dicken Betonpfähle des Kaispeichers geknackt. Dadurch wurde eine Öffnung frei." Er machte – wie Schweiss fand – eine extra betonte Pause und erklärte dann: „Und dort sind meine Hansetaucher auf die Leichen gestoßen."

Schweiss nahm es wie eine Fernsehwerbung wahr.

„Die letzten drei Toten wurden gerade geborgen und werden gleich herausgezogen. Es handelt sich insgesamt also um einundzwanzig Leichen. Wir legen sie dort auf dem Floß zum Abtransport ab." Kluge wies Richtung Steuerbord.

Erst jetzt sah Schweiss seitlich eine Art Ponton. Darauf waren zwei weiß gekleidete Männer der Rechtsmedizin mit einer ersten Begutachtung beschäftigt.

In Kunststoffsäcken lagen die Leichen – sauber aufgereiht – auf dem Ponton. In diesem Augenblick wurde Schweiss erst richtig bewusst, um welch große Anzahl von Toten es sich handelte.

„Gibt es schon nähere Infos zu den Leichen?“, fragte er neugierig.

Morelli und Kluge zuckten gleichzeitig mit den Schultern.

Es schien noch nichts über die Toten unter dem Kaispeicher bekannt zu sein. Der arme Caro Lutteroth. Schweiss bedauerte den neuen Kollegen schon jetzt. Wäre er mal Privatdetektiv geblieben!

*

„Nein, Alexander, nicht ich!“

Carsten Oliver Lutteroth kämpfte gerade mit Händen und Füßen gegen eine Übernahme der Leitung der *Soko Kaiserspeicher.* „Lass es doch bitte Soko machen – der heißt doch schon so!“

Der angesprochene Kollege Sokolowski, seitlich hinter Lutteroth auf einem Stuhl hängend, grinste und zupfte nervös an seinem T-Shirt mit der Aufschrift „Dead Kennedys“.

Schweiss blieb hart. „Nein, Caro, ich brauche als Leiter der Soko den erfahrensten Kriminalbeamten. Ich selbst werde mir endlich den Friedhofskiller zu Gemüte führen und du bringst mir baldigst einen Schuldigen zu den Toten unter der Elbphilharmonie."

Schweiss griff hinter sich und zog eine Zeitung hervor.

„Hier, sicher habt ihr das alle gelesen!?"

„21 TOTE UNTER DER ELBPHILHARMONIE – IST DAS KONZERTHAUS FLUCH ODER SEGEN FÜR HAMBURG?", las er laut vor.

„Aber, Alexander, du weißt doch ... die Abendpost ...!"

„Über die bekannten Details habe ich dich informiert, Caro. Suche dir noch zwei, drei Kolleginnen oder Kollegen aus und fange gleich an. Wir brauchen dringend Resultate."

*

Schweiss hatte Lutteroth kurzfristig angewiesen, mit ihm zum Butenfeld zu fahren. Professor Pellin gehörte nicht zu Schweiss' besten Freunden, aber was nutzte es, Pellin war Leiter des Instituts. Die Kriminalbeamten hatten U-Bahn und Bus genommen und es war zu keinem Wortwechsel zwischen ihnen gekommen. Schweiss selbst war es nur recht. Er mochte die Ruhe und in der Rechtsmedizin würde noch genug geredet werden.

„Diese Dame am Empfang raubt mir noch mal den letzten Nerv", waren die ersten Worte, die Schweiss zu seinem Kollegen Lutteroth sprach, als sie wie wild klingelnd an der Pforte zur Rechtsmedizin standen.

„Diese dämliche Kuh!“ Der Hauptkommissar war außer sich. „Lass uns den GBI-Eingang benutzen.“ Schweiss war klar, das wurde nicht gern gesehen, aber der Leiter der Hamburger Mordkommission sollte so seine Privilegien haben. Lutteroth schlurfte ergeben hinter seinem Chef her.

„Mensch, Alexander, du hier?“, rief den beiden plötzlich jemand entgegen, und aus einem der dort wartenden Leichenwagen stieg eine kleine Person. Der Mann war sicher über 60 Jahre alt, ganz in Schwarz gekleidet, das graue Haar hinten zu einem kleinen Zopf zusammengebunden, und grinste den Ersten Hauptkommissar an.

„Das gibt es doch gar nicht! Lenz, was machst du denn hier?“ Schweiss schaute etwas skeptisch auf den Leichenwagen, aus dem der Mann entstiegen war, wandte sich dann aber sofort dieser Person zu. „Fährst du deine Kunden nun schon selbst zu ihrer Bestattung?“

Lenz lachte. Seitlich fehlten ihm einige Backenzähne und die vorderen zählten auch nicht zu den Schönsten.

„Wie lange bist du nun schon in Ruhestand, Lenz? Ach ja, Caro, das ist Bruno Lenz, ein ehemaliger Kollege. Er war bis ... bis wann eigentlich?“

„2009“, warf der Mann in Schwarz ein.

„... bis 2009 in der Mordkommission. Ein Hauptkommissar im Ruhestand.“

Caro wollte erst die Hand zum Gruß ausstrecken, ließ es aber dann. Der Ex-Kollege zeigte keinerlei Interesse an einem Händedruck.

„Erzähl, Lenz, was machst du hier? Und mit diesem Wagen?“, wollte Schweiss wissen.

„Ja, Alexander, du weißt es ja am besten: Die Frau weggelaufen, das Haus gepfändet. Ich musste mir mit achtundsechzig noch einen Job suchen. Und mit Leichen kenne ich mich ja aus“, grinste Lenz.

Hauptkommissar Schweiss schüttelte den Kopf. Mal abgesehen davon, dass er Lenz damals hätte vorhersagen können, wie es mit ihm weitergehen würde, wie kam dieser auf das dünne Brett? Er selbst wüsste es am besten! Aber für Diskussionen blieb keine Zeit.

„Komm!“, wies er Caro an, hob die Hand und schob sich durch die offene Tür Richtung Lift.

Lutteroth warf dem verblüfften Lenz noch ein ‚Tschüss‘ hin und folgte Schweiss kopfschüttelnd. Er unterließ es, ihn im Lift auf den früheren Kollegen anzusprechen. Schweiss sah noch zorniger aus als eben beim Eingang des Instituts für Rechtsmedizin.

„Ich war nur beim Kaffee ...“, verteidigte sich die Dame vom Empfang, als Schweiss sie oben äußerst hart anging. „... und außerdem ist Professor Pellin krank und ...“

„Krank?“, unterbrach sie der Leiter der Mordkommission lautstark. „Das ist doch wohl ein Scherz?“

Lutteroth bekam etwas Angst, Schweiss’ hochroter Kopf könnte zu einer gesundheitlichen Katastrophe führen. Zum Glück befanden sich ja genügend Ärzte hier. Die waren zwar eher an toten Menschen ausgebildet, wusste er, aber um einen Infarkt abzuwenden, sollte es doch sicher reichen.

Schweiss schnappte nach Luft und die Frau hatte sich kurzzeitig entfernt. Dann kam sie mit einem großen Glas Wasser zurück und hielt es fürsorglich dem in Rage befindlichen Kriminalbeamten hin. Lutteroth befürchtete, sein Kollege würde ihr das Glas aus der Hand schlagen. Doch zu seiner Verwunderung nahm es dieser und trank den Inhalt in einem Zuge leer. Wie ausgewechselt fragte Schweiss dann: „Und wer kümmert sich nun um die einundzwanzig Leichen vom Kaispeicher?“

„Ach so, Sie wussten es nicht, Herr Kommissar? Aus Kapazitätsgründen mussten wir leider dieses Mal absagen. Die Leichen wurden rüber ins UKE gebracht.“

Schweiss bekam einen Hustenanfall.

*

Die ‚Soko Kaiserspeicher‘ hatte ein eigenes Großraumbüro bekommen. Es lag zwar auf demselben Flur wie die Räume der Mordkommission, aber doch etwas abseits davon. Hauptkommissar Lutteroth selbst fand das ganz in Ordnung. Sicher war er weiterhin Schweiss unterstellt. Doch die räumliche Trennung würde eine gut funktionierende Distanz bewirken.

Lutteroth hatte den ganzen Morgen am Telefon verbracht. Aber das war nicht seine Idee. Nein, Schweiss hatte ihn dazu gedrängt, in Leipzig Dr. Traudel Kensbock anzurufen. Auf der Rückfahrt vom Butenfeld hatte sein Vorgesetzter dies nahezu fanatisch angeordnet.

„Diese Flachpfeife Pellin hat womöglich Burn-out. Aber der weiß ja noch nicht einmal, wie man das Wort schreibt. Caro, wir holen uns umgehend Dr. Kensbock zurück. Du kümmerst dich. Schon morgen möchte ich, dass Traudel mit der Sektion der Leichen beginnt. Und lass vorab einen Teil der Toten in die Rechtsmedizin überführen. Das ist bestimmt in Traudels Sinne!“

Und Lutteroth kümmert sich. Zunächst einmal darum, ob Frau Kensbock überhaupt Interesse zeigte, zurück nach Hamburg zu kommen. Doch es schien der Rechtsmedizinerin gut zu passen. Während eines langen Telefonats, bei dem es über die konservierten Leichen, aber auch über den Zustand von Schweiss' Gesundheit ging, erfuhr Lutteroth, dass Traudel Kensbock in Othmarschen noch ihr Apartment besaß. Sie wollte es schon wieder vermieten, hatte es – ihrer Aussage nach – bisher aber noch nicht geschafft.

„Ich hab noch einen Koffer in Hamburg ...“, philosophierte Caro glücklich, als Professor Dr. Traudel Kensbock versprochen hatte, mit dem Nachtzug in die Hansestadt zu kommen. Und er hatte ihr zugesagt, sie am Hauptbahnhof abzuholen. Das Einholen einer Erlaubnis der Verantwortlichen in Leipzig verursachte größere Probleme. Erst auf Nachdruck und der Aussage, dass sich in Hamburg niemand um die einundzwanzig Leichen kümmern konnte und dass es vonseiten der Stadt äußerst dringend sei, Informationen darüber zu bekommen, erklärte sich der Leipziger Institutsleiter bereit, seine Rechtsmedizinerin, zeitlich begrenzt, abzustellen. Der Hamburger Senatorin für Wissenschaft, Forschung und Gleichstellung war natürlich – aus nahe liegenden Gründen – daran gelegen, dass die ihr unterstellte Rechtsmedizin tadellos funktionierte. Sie hatte die Anfrage des LKA auf Personalaustausch sofort abgenickt.

Kapitel 4

Ich saß in meinem Büro auf St. Pauli, vor mir die aktuelle Hamburger Abendpost. Das Titelblatt war komplett schwarz, nur unterbrochen von dem Satz

‚HAMBURG TRAUERT – WER WAREN SIE?‘

Die verantwortlichen Redakteure hatten mit dieser Zeitung wenig Arbeit. Zumindest, was das Titelblatt anging. Es war etwas schade um die große Menge an Tinte, dachte ich. Doch insgeheim konnte ich zufrieden sein. Ich fand in der heutigen Ausgabe der HAP ausnahmsweise mal keinen Beitrag über den sogenannten Friedhofskiller – also über mich. In den letzten Tagen drehten sich die Themen der Zeitung stets darum, wie schlecht die Hamburger Kriminalbeamten im Falle des Friedhofsmörders weiterkamen. Fehler des LKA wurden aufgezeigt. Dazu kamen etliche Psychologen zu Wort. Sie sollten eine Beschreibung meiner Persönlichkeit abgeben. Dr. Freud hätte sich prächtig amüsiert, was da alles zutage kam. Doch was niemand herausfand, war, dass all die Morde, die ich beging, nur aus einem Grunde geschahen:

ICH HATTE DEN AUFTRAG, DIE MENSCHHEIT UMZUSTIMMEN.

Und

ICH WOLLTE MEINE FAMILIE WIEDERHABEN.

Mama fühlte sich inzwischen sehr wohl im Bunker. Ich hatte einen kleinen Flachbildschirm besorgt und ihn in ihrem Schlafraum aufgestellt. Dazu war ein DVD-Player angeschlossen, der sie mit allen Staffeln der Fernsehsendung ‚Lindenstraße' versorgte. Besonders amüsierte mich die Tatsache, dass ich die Staffeln einem Rentnerehepaar in der Lüneburger Lindenstraße abkaufte. Die beiden hatten sie in einer Kleinanzeige angeboten und ich feilschte nicht. Es drehte sich um über 300 DVDs, sie kosteten 1.000 Euro, – und ich legte die zehn Hunderteuroscheine zu ihrer großen Verwunderung ohne Handeln auf den Tisch. Der Karton, in dem sie sich befanden, brach fast auseinander, als ich ihn anhob und die DVDs in den BMW tragen wollte. Zum Glück wohnte das Ehepaar in einem kleinen Bungalow und der Mann half mir, den bierkastenschweren Karton zum Wagen zu bringen. Unten angelangt, fragte ich den keuchenden Mann, ob er denn tatsächlich alle Sendungen angesehen hätte. „Aber natürlich!", brachte er – völlig außer Atem – heraus. Es klang traurig. So als ginge eine Epoche im Leben des Rentners zu Ende.

*

Als ich Mama auf das leidige Problem mit dem Rauchen unten im Bunker ansprach, erklärte sie zu meiner Überraschung: „Ich wollte eh aufhören und wenn dann noch ein Kind hier unten lebt ...!" Mein Herz hüpfte. Mama war eben so: genügsam und einsichtig.

Die Angelegenheit des kindlichen Zuwachses in unserem Bunker stellte mich noch vor ein Problem. Für mich stand fest, ich musste die kleine Adiam vor der Abschiebung nach Eritrea retten. Auch in ihrem Interesse. Sie entsprach sicher nicht dem Aussehen meiner kleinen toten Schwester Caroline. Aber sie musste eine Reinkarnation sein, eine Wiedergeburt. Auch Caroline ist ein sehr stilles Kind gewesen, hing immer wieder am Rockzipfel von Mama. Ich glaubte mich daran zu erinnern, dass sie erst kurz vor ihrem Tode zu sprechen begann. War mir aber nicht absolut sicher. Aber ich war mir im Klaren darüber, dass ich ein sehr großes Risiko einging, das Kind zu entführen und zu Mama, Opa und Silvana in den Bunker zu bringen. Ihr Vormund Aldenhoven kannte mich. Auch die Presse hatte inzwischen Wind davon bekommen, dass jemand den toten Kesete balsamiert hatte. Ich hatte Aldenhoven gebeten, meinen Namen nicht herauszugeben, und er schien sich daran zu halten. Zumindest war bisher keiner der mir verhassten Medienvertreter aufgetaucht. Trotzdem ging mir die fünfjährige Eritreerin nicht aus dem Kopf. Auch sah ich es als meine Verpflichtung an, Mama unbedingt ihren Wunsch nach dem Kind erfüllen zu müssen. Aber wie konnte ich die Kleine – ohne aufzufallen – in meine Gewalt bringen? Ich musste mir unbedingt einen sicheren Plan ausdenken.

Kapitel 5

Hauptkommissar Lutteroth stand in der Rechtsmedizin im Eppendorfer Butenfeld. Der Geruch nach Desinfektionsmitteln hier unten im Sektionsraum schläferte ihn etwas ein. Vielleicht waren es aber auch die wenigen Stunden Schlaf in dieser Nacht. Der Kriminalbeamte hatte sich einen Dienstwagen ausgeliehen – einen Privatwagen hatte er ja nicht – und Professor Dr. Kensbock gegen halb zwei in der Früh am Hamburger Hauptbahnhof abgeholt und zu ihrer Wohnung gefahren. Schweiss wollte ihm sein Fahrzeug zur Verfügung stellen, aber Lutteroth hatte ablehnt: zu umständlich. Auf der Fahrt nach Othmarschen hatten die beiden nicht viel gesprochen. Der Hauptkommissar war nicht so gut bekannt mit der Rechtsmedizinerin und auch müde. Sie hatte ihm nur erklärt, sie sei nicht aus Leipzig gekommen, sondern aus Chemnitz, und dass sie dort die Außenstelle des Leipziger Instituts der Rechtsmedizin leite.

Gegen 10 Uhr am nächsten Tag hatten sich Polizeipräsident Anders, Polizeipressesprecher Rietmüller, der Erste Hauptkommissar Schweiss und Hauptkommissar Lutteroth vor der Eingangspforte beim Butenfeld getroffen, und schon wenige Schritte davor summte besucherfreundlich der Türöffner. Frischer Wind schien eingezogen zu sein in Hamburgs Rechtsmedizin. Innensenator Jo Voss stand schon strahlend – wie bei einer Wahlveranstaltung – im Flur und ließ sich augenscheinlich von den überwiegend weiblichen Angestellten hier in der Rechtsmedizin feiern.

Traudel hatte die Besucher eher förmlich als freundlich begrüßt, sie gebeten, sich umzuziehen, und war dann nach unten verschwunden. Schweiss schien verwundert, dass seine ehemalige Freundin ihm nicht um den Hals gefallen war. Lutteroth fand das eigentlich normal, zumindest so wie er die Frauen zu kennen glaubte. Auch der Polizeipräsident begrüßte überschwänglich alle Personen, die ihm über den Weg liefen.

*

Eingehüllt in weiße Schutzanzüge, betraten die Besucher den Raum. Auf zwei der drei Sektionstischen lagen konservierte Leichen. Das wurde Lutteroth sofort bewusst, als er die Leichensäcke sah, die links und rechts der geschrumpften Körper herunterhingen. Das Erste, was ihm dabei einfiel, waren Datteln. Er schämte sich sofort für seinen weit hergeholten Gedanken. Zum Glück hatte er ihn nicht laut ausgesprochen. In seiner Kindheit überraschten ihn seine Eltern an Weihnachten stets mit dieser im Orient geernteten Frucht. Er liebte sie und ein Weihnachten ohne seine Datteln hätte er sich damals nicht vorstellen können. Die Freude daran war seit Jahrzehnten verflogen, aber dieser erste Blick auf die konservierten und geschrumpften Körper der beiden Toten hatte ihn wieder an sie erinnert.

Die Stille im Raum schmerzte Lutteroth. Er lenkte sich ab, indem er versuchte, sich einen Überblick zu schaffen: Das Aussehen der toten Körper war nahezu identisch. Wie Zwillinge lagen sie dort auf den Tischen. Abgelegt auf schmutzigen Säcken. Nur der etwas zu klein geratene Kopf und die Extremitäten erinnerten daran, dass es sich vor Jahrzehnten tatsächlich um lebendige Menschen gehandelt haben musste. Lutteroth fühlte keinerlei Übelkeit, nur etwas Trauer, dachte an Mia und sein Leben, als Professor Traudel Kensbock die Stille im Sektionssaal unterbrach.

„Guten Morgen, meine Herren ..."

Erst jetzt war Caro aufgefallen, dass sich, bis auf die Rechtsmedizinerin, nur Männer im Raum befanden. Außer Kollege Schweiss, Anders, Voss, Rietmüller und ihm standen rechts, vor hygienisch weißen Schränken, noch zwei grün bekittelte Kollegen Kensbocks, die – wie er vermutete – der Ärztin assistieren würden.

„... ich habe Sie nicht hergebeten, um Sie an dieser Leichenschau teilhaben zu lassen", begann die Professorin. „Also keine Angst. Als Kriminalbeamte, die Sie sind, der Herr Senator ausgenommen, möchte ich einfach, dass Sie sich ein Bild machen von diesen armen Geschöpfen."

Die Ansprache klang sehr offiziell und überaus dramatisch. Caro wunderte sich, wie die Frau in dieser kurzen Zeit ihrer Anwesenheit in Hamburg schon solche Aussagen tätigen konnte. „Die Männer, die hier liegen, und es handelt sich bei allen Leichen vom Kaispeicher A ausschließlich um männliche Leichen, wurden erschlagen. Das kann ich Ihnen schon einmal definitiv mitteilen. Wenn Sie bitte näher treten würden?"

Ein Raunen war durch den Raum gezogen und nur Anders, Schweiss und Caro folgten zögernd ihrer Aufforderung.

„Zunächst einmal unterlagen alle Leichen über die Jahre einem Konservierungsprozess und waren in Säcke eingenäht."

Traudel fasste mit ihrer behandschuhten Hand an den braunen Sack – der sicher früher einmal heller gewesen war, glaubte Caro zu wissen. Als ob sie seine Gedanken gelesen hatte, erklärte sie: „Die Säcke waren früher eher golden, seidig. Sie sind nämlich aus Jute. Jute ist eine Naturfaser und im Gegensatz zur Baumwolle vollständig biologisch abbaubar. Daher gehe ich davon aus, dass die Verantwortlichen, die diese armen Menschen dort unter der Elbphilharmonie vergraben haben, beabsichtigten, dass nichts mehr von Mensch und Sack übrig bleiben sollte."

Polizeipräsident Anders platzte mit einer Frage heraus und Lutteroth fand dies sehr despektierlich: „Warum hat man sie denn überhaupt in diese Säcke gepackt?"

„Es wäre mir lieb, Herr Polizeipräsident, wenn Sie sich Ihre Fragen für später aufheben."

Caro imponierte die Haltung der Rechtsmedizinerin und auch Schweiss schnaufte neben ihm vor Freude. Polizeipräsident Anders war etwas kleiner geworden und hatte sich verschämt neben Hamburgs Innensenator geschoben.

„Sie werden sich natürlich gefragt haben, wieso die naturbedingte Verwesung nicht abgelaufen ist. Es ist ein lang bekanntes Phänomen, meine Herren. Es handelt sich dabei um sogenannte Wachsleichen." Die Rechtsmedizinerin ließ alle Besucher im Raum die Sätze erst einmal verdauen, bevor sie weitersprach.

„Bei einer auf Friedhöfen gebräuchlichen Erdbestattung wird der verschlossene Sarg aus Holz in einer Tiefe von circa 1,6 Metern im Grab abgelegt. Üblicherweise lässt die Luft- und Wasserdurchlässigkeit des Bodens das Holz verfaulen und dazu die Körpersubstanz der Leiche verwesen. Nach etwa zwölf Jahren hat sich der Körper zersetzt. Die Zersetzung der menschlichen Knochen ist etwas komplexer. Man rechnet damit, dass sich Sarg und Mensch in der Regel innerhalb zwanzig bis dreißig Jahren vollständig aufgelöst haben.

Fehlt nun der Zutritt von Sauerstoff, kann der Verwesungsprozess nicht im regulären Maße ablaufen. So ist die Luftdurchlässigkeit lehmiger und toniger Böden für diesen Prozess oft ungenügend. Die menschlichen Überreste können sich, bei schlechter Durchlüftung und hohem Grundwasserstand, durch Unterbleiben von Luftsauerstoff nicht zersetzen. Es bilden sich die Hautfette zu Leichenlipiden um, die sich im Gewebe einlagern. Eine weiße, krümelige Substanz lagert sich auch auf der Haut ab. Der Körper wird dann von einer Art Schutzschicht umgeben, die nun die völlige Zerstörung durch Mikroorganismen verhindert."

Die Professorin machte eine andächtige Pause. Hauptkommissar Lutteroth selbst suchte die vor ihnen aufgebahrten Leichen gerade nach der – von Dr. Kensbock angesprochenen – weißen, krümeligen Substanz ab. Eher war er wieder bei den Datteln.

Alle im Raum schwiegen, man hörte nur das monotone Surren eines Lüfters und das Atmen der Anwesenden. Schweiss räusperte sich plötzlich und alle schauten zu ihm. Er bekam einen roten Kopf. Traudel Kensbock musste grinsen.

„Sicher haben Sie die angesprochene Substanz auf der Haut der beiden – ich nenne sie mal Kaispeicher-Leichen – vermisst?"

Erneut zog ein Raunen durch den Raum. Kensbock hob etwas die Hand, sofort kehrte wieder Ruhe ein. Es schien, die Frau hatte alle Anwesenden gut im Griff.

„Nun haben wir es hier mit etwas Ungewöhnlichem zu tun. Ich glaube, es entspricht der Wahrheit, wenn ich sage, das lehmige Erdreich im aufgeschütteten Kaispeicher, in Verbindung mit der damaligen Umweltbelastung der Erde, hat zu dieser ungewöhnlichen Konservierung geführt. Ich will es noch etwas genauer ausführen, aber die Befunde dazu gibt es nach den Untersuchungen und sie werden Ihnen schriftlich übermittelt. Anfang der 60er-Jahre – und ich gehe davon aus, dass die Leichen seit diesem Zeitpunkt dort liegen – war Umweltschutz leider noch ein absolutes Fremdwort. Elbvertiefung, Schlamm- und Erdreichentsorgung wurden nicht überwacht. So hat man – das ist meine Vermutung – bei der Aufschüttung der Grube zum neuen Kaispeicher A, zwischen 1963 und 1965, jegliche Erde, die den Verantwortlichen in die Hände kam, dort hineingefüllt. Sei es ausgehobenes Erdreich von Baumaßnahmen im Großen Grasbrook oder, wie schon angesprochen, der Elbschlick. Die darin befindlichen Nitrate, Calciumkarbonat, Arsene, aber auch die Acetate der Essigsäure, nämlich Salze und Ester, in Verbindung mit dem fehlenden Sauerstoff, trugen zur Erhaltung der einundzwanzig Leichen bei."

Nun war es zu Ende mit der Ruhe.

Der Innensenator rief kopfschüttelnd: „Bedeutet diese Entdeckung nicht einen großen Umweltschaden für die Elbe und die Stadt Hamburg?"

Kensbock winkte ab. Sie rückte ihre Brille zurecht und ließ den Männern eine angemessene Zeit, zur Ruhe zu kommen. Dann meinte sie: „Also, bitte nicht gleich hyperventilieren. Sicher wurde durch das Loch in den Betonpfählen etwas der angemerkten Substanzen an das Wasser der Elbe übergeben. Aber der größte Teil davon ist fest im Lehm gebunden. Es wäre schon notwendig, Tonnen davon ins Wasser einzubringen, um überhaupt einen Nachweis darüber erhalten zu können. Also erst einmal durchatmen, Ruhe bewahren und ... ich würde diese Information nicht gleich der Boulevardpresse auf die Nase binden."

Sichtlich beruhigt, begann Innensenator Voss mit dem Polizeipräsidenten eine lautstarke Diskussion, in die sich auch bald Pressesprecher Rietmüller einmischte. Traudel Kensbock ließ die Männer gewähren. Die Hauptkommissare Lutteroth und Schweiss traten auf die Rechtsmedizinerin zu.

„Was ist nun mit Todeszeitpunkt und Todesursache, Traudel?", wollte Schweiss wissen.

Mit einem strengen Blick auf die streitenden drei zog die Rechtsmedizinerin die beiden Kriminalbeamten der Mordkommission etwas zur Seite. Sie legte Schweiss ihre Hand auf seinen Arm. „Wie schon mitgeteilt, gehe ich davon aus, dass alle einundzwanzig Toten beim Bau des neuen Speichers in den Jahren 1963 bis 1965 dort abgelegt wurden. Am 26. Februar 1963 fand die Sprengung des Turmes am alten Kaiserspeicher statt. Also muss es nach diesem Zeitpunkt geschehen sein. Das passt wiederum auch zu ihrem derzeitigen Zustand. Nach der ersten Leichenschau heute früh hatte ich ihre Verweildauer spontan auf etwa fünfzig bis siebzig Jahre geschätzt. Und was die Todesursache angeht – ich drücke es mal simpel aus – wurden die beiden mit einem harten Gegenstand, einer Art Rundholz, auf den Kopf ... erschlagen."

Kensbock war wieder in den plötzlich mit Lärm erfüllten Raum zurückgetreten und rief laut: „Bitte mal

Ruhe!“ Als diese eingekehrt war, beendete sie das Treffen mit den Worten: „Mein Team und ich werden nun mit den eigentlichen Sektionen beginnen. Die rechtsmedizinischen Berichte darüber werden Sie bis spätestens morgen Nachmittag auf Ihren Schreibtischen vorfinden.“

Alle bewegten sich Richtung Ausgang.

„Einen Moment noch, meine Herren, eines hatte ich ganz vergessen ...“

Schweiss grinste Lutteroth an, er kannte Traudel doch nur zu gut: Sie hatte sich das Beste bis zum Schluss aufgehoben.

„... es handelt sich bei den Leichen um überwiegend Schwarze!“

Kapitel 6

Hauptkommissar Alexander Schweiss machte dieses Hin und Her fertig. Er hatte die Füße auf der Fensterbank abgelegt und kämpfte mit sich selbst. Ob Schwarze oder Weiße, ob seit hundert Jahren konserviert oder nicht, die Verantwortlichen verlangten von ihm schnelle Auskünfte und Ergebnisse. Alle Welt saß ihm im Nacken und er wünschte sich seine Nierenbeschwerden zurück. Damals hatte er noch Möglichkeiten, für sich Freizeit in Anspruch zu nehmen. Aber jetzt? Jetzt wuchs ihm alles über den Kopf. Es gab genügend Mittel und Wege, die Arbeit niederzulegen. Seinem ehemaligen Kollegen Bernd Silwer hatte der Burn-out Monate an Freizeit gebracht. Aber nein, das Vortäuschen von Krankheiten war nicht Schweiss' Ding. Da musste er durch. Gerade wollte er zum Telefon greifen, da klingelte der Apparat.

„Schweiss!"

„Ja, hallo, hier ist die Pforte. Der ehemalige Hauptkommissar Bruno Lenz steht vor mir. Kann ich ihn hochschicken?"

Lenz? Der fehlte dem Kriminalbeamten gerade noch. Dieser geschwätzige Ex-Kollege, und dann an solch einem Tag!

Die Kollegin am anderen Ende der Leitung schien seine Gedanken lesen zu können. „Er meinte, es gebe wichtige Informationen für Sie."

„Ich komme runter", erklärte Schweiss und legte auf.

*

Bruno Lenz hatte es sich auf einem der Sessel im Eingangsbereich bequem gemacht und schaute den entgegeneilenden Schweiss mit enttäuschtem Blick an. „Darf ich jetzt schon nicht mehr nach oben? Ich habe über 25 Jahre hier in der ...!"

Schweiss unterbrach das – wie er glaubte – sinnlose Gejammer. „Was ist los, Lenz? Ich habe zwei Fälle zu bearbeiten. Ich kann keine Minute meiner Zeit mit Schwachsinn vertrödeln."

Lenz war sich nicht sicher, ob Schweiss ihn verarschte. Erst sah es so aus, als wollte er ihn direkt darauf ansprechen, dann ließ er es und richtete sich auf. „Wenn du meinst, dass das, was ich dir zu sagen habe, Schwachsinn ist, kann ich ja gleich wieder gehen."

Er machte Anstalten aufzustehen, kam aber etwas schwer aus dem tiefen Sessel hoch. So ließ er sich wieder fallen.

„Gut jetzt, erzähl, was du hast." Schweiss' Worte klangen endgültig.

Mit vor Ärger blitzenden Augen begann Lenz: „Wie du weißt, Alexander, fahre ich seit einigen Monaten für die GBI den Leichenwagen. Inzwischen bin ich sicher auf allen Friedhöfen Hamburgs gewesen. Man könnte mich schon fast als Fachmann dafür bezeichnen."

Die Worte klangen selbstgefällig. Der Erste Hauptkommissar Schweiss nickte gelangweilt und schaute demonstrativ auf seine Uhr.

„Ich hatte mir damals meine Pensionärszeit auch anders vorgestellt, Alexander. Ein Häuschen auf Malle, im Sommer zurück nach Hamburg, um ..."

„Komm zur Sache", stöhnte der Kriminalbeamte.

„Gut. Also, ich bin ständig mit anderen Fahrern von Leichenwagen zusammen. Die meiste Zeit sitzen wir aber rum. Ob im Butenfeld oder in Ohlsdorf ..."

Schweiss überlegte gerade, ob er dem Geschwätz weiter folgen sollte. Sicher stand der Polizeipräsident schon in seinem Büro und suchte nach ihm.

„Der Polizeipräsident wartet auf mich!"

Lenz hatte die Augen aufgerissen und hob seine Hände etwas Richtung Kopf. „Ich unterhalte mich öfters mit dem Angestellten eines Bestatters aus St. Pauli, einem Albert."

„Und ...?"

„Also, dieser Albert erzählt gerne Geschichten. Er hat mir mal angedeutet, sein verstorbener Chef sei früher in ein Verbrechen verwickelt gewesen."

Schweiss horchte auf. War die Aussage Lenz' doch noch verwertbar? „Und um was genau ging es dabei?"

„Das hat er noch nicht gesagt. Aber ich denke, wenn ich ihn wieder treffe oder du ihn vorlädst, wird er alles erzählen."

Schweiss' Hoffnung auf ermittlungstechnische Ergebnisse des Gespräches schwanden.

Er versuchte es noch einmal. „Also, der Typ heißt Albert soundso und arbeitet auf St. Pauli. Bei welchem Bestatter?"

„Bei Hassel, sicher kennst du den."

Schweiss registrierte den winkenden Arm einer uniformierten Kollegin bei der Pforte.

„Der Polizeipräsident sucht sie ...", rief die Frau laut durch die Halle und alle Anwesenden schauten neugierig zu dem Angesprochenen.

Schweiss winkte zurück. „Moment, ich komme!"

„Also gut, Lenz. Danke für die Info. Wir werden der Sache nachgehen. Und wenn du noch was rausbekommst ...", der Kriminalbeamte hielt dem Ex-Kollegen die Hand hin, „melde dich gerne."

Dann drehte sich Schweiss um und verschwand Richtung Pforte.

Kapitel 7

Adiam lebte im Hause ihres Vormundes Aldenhoven. Ich hatte es herausgefunden, indem ich den ganzen Tag vor der Haustür des Vormundes in Wilhelmsburg ausgeharrt hatte. Zahlreiche Wadenkrämpfe hatten mich in der Zeit geplagt, aber ich hielt durch und verließ den Wagen nur, um einmal in einem Gebüsch zu urinieren. Aldenhoven ließ sich Zeit. Sicher war das kleine Mädchen tagsüber in einem Kindergarten untergebracht. Doch es wäre aufgefallen, wenn ich hier in der Nachbarschaft Fragen darüber gestellt hätte. So parkte ich den VW Passat in einer riesigen Fahrzeugschlange an der Wilhelmsburger Brackstraße. Papas BMW Cabriolet war in der Garage geblieben. Erst beabsichtigte ich, einen dieser Smart über Carsharing anzumieten. Doch da fiel mir ein, dass ich meinen Namen hätte preisgeben müssen. Im Internet fand ich eine Initiative von Hamburger Privatleuten, die ihre ungenutzten Fahrzeuge gegen geringes Entgelt anderen überließen. Ich kramte nach dem Personalausweis des verstorbenen Obdachlosen Wolfram Gerber. Ich fand ihn tief in einer Schublade und versuchte mein Glück. Es lief wie geschmiert. Während der Besitzer des Wagens dankbar die verlangten fünfzig Euro einsteckte, schrieb ich in seinem Wohnzimmer die Anschrift des Verstorbenen in den Sha-

ring-Vertrag. Der Mann kontrollierte den Ausweis nur oberflächlich.

Der VW Passat war nicht neu, aber sauber. Er hatte eine dunkle, unauffällige Farbe. Es war genau der Wagen, den ich für meine Zwecke benötigte. Ich nahm mir vor, ab sofort öfters als Wolfram Gerber aufzutreten.

*

Aldenhoven kam spät, aber er kam. Der Mann hatte sein Fahrzeug vor der Garage seines Einfamilienhauses abgestellt. Und zu meiner Freude half er der kleinen Adiam aus dem recht neu aussehenden Range Rover. Es verwunderte mich etwas, was solch ein Gutmensch doch verdienen musste, um sich solch einen teuren Wagen leisten zu können. Ihr Kinn auf der Brust, den Kopf gesenkt, trabte die Fünfjährige neben ihrem Vormund her. Glücklich sah sie nicht aus, fand ich. Das würde sich sicher bald ändern. Aldenhoven blieb vor der Eingangstür stehen und schaute plötzlich in meine Richtung. Ich machte mich klein auf meinem Sitz, was mein Körper erneut mit einem Wadenkrampf belohnte. Ich hielt nur wenige Sekunden durch, dann stieg ich aus dem Wagen und bemühte mich, den Krampf loszuwerden. Aldenhoven war im Haus verschwunden.

Kapitel 8

Schweiss und Lutteroth saßen nebeneinander auf einer Schreibtischplatte im neuen Büro der ‚Soko Kaiserspeicher'. Vor ihnen saßen zwei weitere Kriminalbeamte der neu eingerichteten Ermittlergruppe. Lutteroth hatte sich für die jungen Kommissare Emma Meyfeld und Mikael Vitthudt entschieden. Beide waren recht neu beim Hamburger LKA und Schweiss hatte erst etwas gestutzt, als die Anfrage für die beiden auf seinem Schreibtisch landete. Aber der Leiter des LKA 41 hatte zügig zugestimmt.

Der Erste Hauptkommissar Schweiss überließ das Reden seinem Kollegen Lutteroth. Vor einer Stunde war der Bericht der Rechtsmedizinerin eingetroffen und sie hatten sich sofort darüber hergemacht.

„Früher hat mich Traudel noch persönlich angerufen ...!", jammerte Schweiss kurz, war dann aber sofort wieder bei der Sache.

Sie fanden die Aussage von gestern bestätigt. Was in dem vierseitigen Bericht mit zig Fremdwörtern, aber für die Männer der Mordkommission besonders interessant war: Traudel Kensbock war sich absolut sicher, dass es sich bei den Toten um ehemalige Seemänner, also Matrosen, gehandelt haben musste. Sie schrieb auch von eindeutigen Anzeichen wie Tattoos auf den Armen. Aber auch der Zustand der Zähne und weitere Merkmale schienen ausschlaggebend für die Ergebnisse der Rechtsmedizinerin. Und es handelte sich, ihren schriftlichen Angaben nach, zweifellos um schwarze Seeleute. Genau genommen um achtzehn. Sowie weitere drei Weiße. Schweiss war gestern im Butenfeld noch mal zurück zu den beiden konservierten Leichen gegangen. Ihm war nicht aufgefallen, dass die Haut einer der Männer dunkler war. Aber das schien der Zeit – die diese armen Menschen in der Erde verbracht hatten – geschuldet. Auf jeden Fall gab es etwas Greifbares. Da waren sich Schweiss und Lutteroth einig. Schweiss wünschte den drei Beamten der Sonderkommission noch viel Erfolg und verschwand wieder in seinem Büro. Sein Auftrag lautete, den Friedhofsmörder dingfest zu machen.

Kapitel 9

Ich hatte den Wagen bis 23 Uhr gemietet. Danach musste ich ihn nach Bahrenfeld zurückbringen. Aber die Kleine zu entführen, war nur im Dunkeln möglich. Nicht dass die Gegend hier in Wilhelmsburg sehr hellhörig war. Nein, eher weniger. Jede Menge zweifelhafter Gestalten spazierten hier umher und ich war mir sicher, auch wenn ich mit einem schreienden Kind unter dem Arm rumlaufen würde, störte das kaum einen. Es beruhigte mich und spornte mich gerade dazu an.

Endlich begann die Dunkelheit anzubrechen. Ich hatte maximal noch eine Stunde; die Rückfahrt von Wilhelmsburg nach Bahrenfeld mit eingerechnet. Ich spazierte immer wieder am Haus des Vormundes vorbei. Die dunkle Kappe zur Vorsicht ins Gesicht gezogen, den Kragen hoch, suchte ich nach einer Möglichkeit. Gardinen gab es im Hause Aldenhoven nicht. Man konnte durch die tiefen Fenster bis ins Wohnzimmer schauen. Der Mann selbst saß am PC und tippte eher lustlos auf der Tastatur herum. Adiam konnte ich nicht sehen. Aldenhoven schien keinen Hund zu besitzen, so wagte ich mich in den Garten. UND DA WAR DAS KLEINE MÄDCHEN. Es schaukelte ziemlich verloren in einem Holzklettergerüst. Wir waren beide überrascht, als wir uns gegenüberstanden. Ich hatte Angst davor, dass sie schrie. Doch die Kleine zuckte nicht mal, lächelte sogar. Ich setzte mich etwas seitlich in den Rasen und schaute ihr beim Schaukeln zu. Alles blieb ruhig, der Hausbesitzer schien sich wenig darum zu kümmern, was Adiam draußen so trieb. Ein weiterer Grund, das Mädchen endlich nach Hause zu bringen. Ich zog das DIN-A4-Foto aus der Tasche und entfaltete es. Es war mir zum Glück noch eingefallen, bevor man die Leiche von Kesete aus dem Bestattungsinstitut abholte. Ich hatte sein Gesicht – soweit es bei einer aufgedunsenen Wasserleiche überhaupt möglich war – aufgehübscht und dann fotografiert. Mit einem Fotobearbeitungsprogramm hatte ich noch etwas experimentiert, bis ich mit dem Ergebnis zufrieden sein konnte.

Ich war aufgestanden und hielt Adiam dieses Foto hin. Sie stoppte die Schaukel, indem sie die Füße in den Boden vor sich schob. Dann sprang sie hinunter und rannte zu mir hin. Wortlos und vorsichtig nahm sie mir das Foto ab und küsste es. Ich hielt ihr meine Hand hin. Sie überlegte kurz, dann griff sie danach.

BRUDER UND SCHWESTER GLEICH, SPAZIERTEN WIR SEELENRUHIG ZUM WAGEN.

KAPITEL 10

Die Pressekonferenz, die Rechtsmedizinerin Traudel Kensbock gab, war hart und kurz. Die Frau hatte sich weder vom Innensenator noch vom Polizeipräsidenten davon abbringen lassen, diese selbst durchzuführen. So saßen die beiden Hamburger Polizeiverantwortlichen links beziehungsweise rechts von der Professorin und schauten dumm aus der Wäsche. Hauptkommissar Schweiss bekam das Grinsen gar nicht mehr aus dem Gesicht. Kollege Lutteroth schubste den Kollegen mehrfach an. Er reagierte nicht. Doch auch Caro gefiel, wie die Frau hier auftrat.

„Einundzwanzig Menschen, vergraben in der Gründung des alten Kaiserspeichers. Wir werden ihnen nun, nach dieser Detonation einer alten Weltkriegsbombe, ihre verdiente Ruhestätte zurückgeben. Meine Damen und Herren der Presse, es handelt sich eindeutig um Seeleute. Darunter sind achtzehn schwarze Matrosen, ich tippe auf Nordafrikaner – aber das ist ohne Gewähr. Ehemänner, Väter, Söhne, deren Familien bis heute nach ihnen suchen. Meine Bitte geht an die Beamten des LKA: Klären Sie die Umstände, aber zügig!“

Die Presse sprang regelrecht nach vorne und riss dabei Schweiss’ Stuhl um. Er wäre fast auf den Boden gestürzt. Mit einer Hand konnte er sich an dem neben ihm sitzenden Lutteroth festhalten. Schweiss schimpfte wie ein Rohrspatz: „Da sind sie wieder in ihrem Element. Diese Müll schreibenden Deppen ...“! Ein Medienvertreter des Norddeutschen Rundfunks hatte seine Kamera auf Schweiss gerichtet und es schien, als habe er die Äußerungen des Kriminalbeamten aufgenommen. Schweiss schob seelenruhig das Objektiv zur Seite, stand auf und verließ den Lärm gefüllten Raum.

„Was sollte denn das?“, empörte sich Lutteroth, der Schweiss gefolgt war. Beide Kriminalbeamte standen nun vor der Aufzugstür.

„Alexander, bist du noch ganz bei ...!“ Im letzten Moment brach Lutteroth den Satz ab. Schweiss schaute ihn etwas verdutzt an.

„Ich habe es einfach satt“, meinte der Hauptkommissar und drückte den Liftknopf.

Kapitel 11

Ich konnte es nicht glauben. Das Klima im Bunker war super. Hatte ich mir anfänglich Gedanken gemacht, wie die vier miteinander auskommen würden, so war die Stimmung geradezu phänomenal. Mama war total erfreut, als ich ihr Caroline brachte. Sie hatte sogar zu etwas mehr Licht eingewilligt. Und das Mädchen kuschelte sich gleich zu ihr auf das schmale Bett. Gemeinsam schauten sie die Lindenstraße. Ich war mir nicht sicher, was die Kleine gerne mochte. Ich wollte auf jeden Fall am Wochenende auf dem Flohmarkt einige Kinderbücher und DVDs mit Zeichentrickfilmen besorgen.

Auch Großvater und Silvana schienen keinerlei Einwände gegen die Neuankömmlinge zu haben. Ich musste zwar die Umluftanlage auf die höchste Stufe stellen, ansonsten gab es keine Beschwerden. Jeden zweiten Tag leerte ich die Chemietoilette und brachte frisches Sodawasser und Limonade für Caroline. Schokoladenriegel und Chips erfreuten Mama und meine Schwester besonders. Der Kühlschrank war voll, Mama bekochte alle. Und ich verwöhnte sie, so gut es ging. Trotzdem ging oben im Bestattungsunternehmen der Alltag weiter. Ich hatte wenig Lust auf meine Arbeit als Bestatter, aber einfach aufhören und mich um meine Familie kümmern, das ging auch nicht.

Ich befand mich im Büro, als Aldenhoven plötzlich in der offenen Tür stand. Ich musste kreideweiß geworden sein, denn er meinte: „Geht es Ihnen nicht gut, Herr Hassel?“

Ich griff nach einem Glas Wasser vor mir und trank es aus. Schnell hatte ich mich wieder gefasst.

„Sie haben recht, Herr Aldenhoven, ich schleppe eine Erkältung mit mir rum und sollte eigentlich gar nicht arbeiten.“

„Dann will ich nicht lange stören.“

Der Mann machte einen vorsichtigen Schritt in das Büro hinein. Ich wies auf einen der Sessel und Aldenhoven setzte sich. Er sah nicht nach Trauer um die verschwundene Adiam aus. Sicher war er Vormund von einer Menge von Flüchtlingskindern, und ich vermutete, dass ihn der Verlust eines von ihnen eher weniger belastete.

„Sie ist verschwunden!“

Mir war natürlich klar, was er meinte. „Wie bitte? Wer ist verschwunden?“

„Adiam.“

„Sie meinen ... das kleine Mädchen ... also die Schwester von ...“

„... von Kesete, ja!“

„Verschwunden? Kinder verschwinden doch nicht. Sie wurde sicher ausgewiesen!“, stellte ich mich dumm. Nur wenige Zentimeter unter mir befand sich die Gesuchte.

„Wenn es denn so wäre. Nein, sie saß am Abend noch auf ihrer geliebten Schaukel und als ich nach ihr sehen wollte, war sie ... weg. Entführt?“ Der Mann hielt sich beide Hände vor das Gesicht. Es schien ihm tatsächlich etwas auszumachen. Ich bekam ein schlechtes Gewissen.

„Wenn man mir jetzt die Vormundschaften wegnimmt …?“

Ach, dahin lief der Hase. Es ging nicht um das Mädchen, es ging um seine Reputation. Ich freute mich, dass die Kleine in Sicherheit war.

„Aber wie kann ich Ihnen helfen, Herr Aldenhoven?“

„Ach so!“ Der Mann war aufgestanden und nahm einen Umschlag aus der Jackentasche. Er zog ein Papier heraus und hielt es mir hin. „Sie müssten bitte unten noch unterschreiben. Es ist die Bestätigung des Bestattungsinstituts zur Überstellung von Kesetes Leiche nach Eritrea.“

Kapitel 12

„Du hast mir gefehlt, Traudel. Du hast mir so gefehlt!"

Alexander Schweiss stand in seiner Wohnung vor dem Flurspiegel und übte diese Sätze. Sie fielen ihm äußerst schwer. „Ich bin halt nicht so ein Typ", sprach er innerlich zu sich. „Meine Qualitäten liegen in anderen Bereichen." Als ihm dazu nichts einfiel, wandte er sich seinen Schuhen zu. Er wollte Traudel in einer Stunde in Othmarschen abholen und sie würden zusammen essen gehen. Keine weite Fahrt mit dem Wagen – die Schreckenstour auf der Köhlbrandbrücke im August 2015 hatte er noch nicht ganz weggesteckt. Nein, einfach irgendwo in ihrer Umgebung einen Happen essen. Und dazu erzählen, was es Neues gab. Schweiss wusste, bei diesem Leichenfund an der Pfählung des Kaispeichers handelte es sich um eine Gottesfügung. Nun war Traudel wieder da und es war womöglich seine letzte Chance, sie doch noch zurückzugewinnen. Über das Für und Wider hatte er den ganzen Tag nachgedacht. Und war zu dem Entschluss gekommen, sie zu fragen, ob sie nicht für immer hier bei ihm in Hamburg bleiben wollte.

*

Traudel antwortete auf das erste Klingelzeichen und erklärte, sofort nach unten zu kommen. Schweiss hatte wieder Schwierigkeiten, hier in Othmarschen einen Parkplatz zu finden. So stellte er den Wagen auf einem Lidl-Parkplatz ab. Sollten sie ihn ruhig abschleppen. Nach der Beinahe-Vergewaltigung Sandras im letzten Jahr befand sich Schweiss noch immer im Clinch mit den Verantwortlichen der Fahrzeugverwahrstelle. Und das würde andauern.

Traudel war einfach gekleidet. Nicht zurechtgemacht wie bei ihrem letzten Rendezvous. Etwas Rouge, ein dezenter Lippenstift, eine Jeans und darüber ein Blazer. Schweiss' Herz hüpfte im Dreivierteltakt. Die Frau grinste ihn einfach an. Es war eher so, als wenn eine Freundin einen Freund angrinst, fand der Hauptkommissar. Sein Vorsatz, sie heute zu fragen, schwand.

„Na, Alex, es hat sich wenig verändert in den vergangenen ..."

„... elf Monaten!"

Sie nickte.

„Es war klug von uns, getrennte Wege zu gehen." Sie griff den fassungslosen Schweiss am Arm und zog ihn auf die gegenüberliegende Straßenseite.

„Was ... sagst du da?"

„Weißt du, wenn wir uns damals nicht getrennt hätten, nie im Leben wäre ich meinem jetzigen Lebensgefährten über den Weg gelaufen."

Schweiss verstand nur Bahnhof. Er war stehen geblieben und lehnte sich an eine Straßenleuchte.

„Du hast ...?!“

„Wir werden nächsten Monat heiraten.“

Schweiss' Beine klappten weg und nur im letzten Moment konnte ihn seine Begleitung vor dem Sturz bewahren.

„Was ist mit dir, Alex? Kannst du keinen guten Scherz mehr vertragen, du Dämel! Abgenommen hast du, aber jetzt lass uns etwas essen gehen. Ich habe einen Mordshunger.“

Alexander Schweiss wusste nicht, wie ihm geschah.

*

Hauptkommissar Lutteroth, Leiter der „Soko Kaiserspeicher“, hatte sich an diesem Tag schon kurz vor Mittag bei seinen beiden Mitarbeitern abgemeldet. Er hatte erklärt, die Kollegen der Wasserschutzpolizei zu besuchen, um dort wichtige Informationen zu den toten Matrosen zu erhalten. Caro war aber sofort nach St. Georg in seine Wohnung gefahren. Die beiden Neuen, die er zwangsläufig ausgewählt hatte, machten für ihn einen interessierten Eindruck. Sie schienen schlau und ausdauernd zu sein, aber sie stressten ihn total. Die Sonderkommission existierte erst seit wenigen Tagen und dennoch waren die beiden ständig hinter ihm her. Und immer mit neuen Ideen. Sicher war es hilfreich, wenn sie sich einbrachten. Aber er war ein Einzelgänger geworden, ein einsamer Wolf, und taugte nicht zum Teamplayer.

Nach einem Espresso mixte er sich einen ‚White Russian'. Sicher war es zu früh für Alkohol, doch der Drink half ihm beim Nachdenken und beim Abschalten. Noch immer waren seine Gedanken bei Sandra Holz und noch immer fand er es suspekt, dass sie einfach so verschwunden war. Kein Lebenszeichen, weder tot noch lebendig, keinerlei Hinweise, was aus ihr geworden war. Über den Begriff ‚Leiche' konnte und wollte Lutteroth nicht nachdenken. Die junge Frau durfte einfach nicht tot sein. Und nun diese dämliche Sonderkommission. Hinzu kam, dass heute der Geburtstag seiner Mutter war und er vor wenigen Tagen noch sicher war, erstmalig seit Langem wieder an dieser Feier teilnehmen zu wollen. Aber bis dahin war noch Zeit.

*

Caro spürte, wie ihn der Alkohol etwas beruhigte. Er setzte sich in einen Sessel und dachte nach. Wo konnte er es besser als hier – in seinem alten Büro. Dort, wo er noch einige Monate zuvor als Privatdetektiv gewirkt hatte. Lutteroth versuchte, sich in den aktuellen Fall hineinzudenken: Einundzwanzig Matrosen, überwiegend Nordafrikaner, aber wohl auch Europäer, zwischen 1963 und 1965 totgeschlagen und verscharrt. Der oder diejenigen Täter beabsichtigten, dass die Männer nie mehr auftauchen würden. Man hätte sie aber auch im Meer versenken können. Doch dann wäre vielleicht der eine oder andere Körper wieder sichtbar geworden. Wie bei Evelin Lüttli-Wagner im letzten Jahr. Ihre Leiche – nein, anders ausgedrückt – die Reste ihrer Leiche hatte man aus der Elbe gefischt, und er war zugegen. Bei Frau Lüttli war es den Mördern egal, ob man diese Teile fand oder nicht. Doch hier wollte man die Matrosen dauerhaft bestatten. Es musste einen guten Grund dafür geben. Rassismus? Eher nicht, was war dann mit den drei weißen Männern? Sicher war es auch 1963 kein geringer Aufwand, die Leichen dort in der Grube des neuen Kaispeichers zu verstecken. Dazu gehörte Insiderwissen, dazu gehörten auch Mittelsmänner, eventuell auch bestochene Bauarbeiter. Da musste er ansetzen. Und wieso gerade einundzwanzig? Das waren eine Menge Toter. Eine tote Person fiel schon auf. Angehörige suchten nach ihr. Die Polizei gibt eine Vermisstenmeldung heraus. Aber fast zwei Dutzend? Zwanzig Jahre vor ihrem Verschwinden, also im Zweiten Weltkrieg, wäre es wohl ein Leichtes gewesen, eine solch große Menge Menschen beiseitezuschaffen. Aber 1963? Gut, Schwarzafrikaner waren weit weg von zu Hause. Und ihm war klar, dass es in den 60er-Jahren noch keine Computer gab.

*

Lutteroth schaltete den PC an und suchte nach Antworten. Er gab als Stichwort „1963, Hamburg, verschwunden“ in die Suchmaschine ein. 1963 war das Jahr des legendären Postraubs in England. Er war zu der Zeit noch nicht geboren, kannte die Geschichte aber von Erzählungen. Das Verbrechen ging in die internationale Kriminalgeschichte ein. Dabei erbeutete eine 15-köpfige Bande 2,6 Millionen Pfund aus einem Postzug.

Weiter fand er Informationen über die Rettung verschütteter Bergleute. Doch das Grubenunglück geschah im 200 Kilometer entfernten Lengede. Beim ‚Wunder von Lengede‘, so las er, wurden 100 Kumpel gerettet, dennoch verloren neunundzwanzig Männer ihr Leben. Die Zahlen stimmten nicht überein und der Kommissar fand auch keinen Zusammenhang. Es handelte sich um Grubenarbeiter, nicht um Matrosen.

Borussia Dortmund wurde in diesem Jahr Deutscher Meister. Das interessierte den HSV-Fan nun überhaupt nicht.

Und es gab einige Fluchtversuche aus der DDR in den Westen. Ob es damit etwas zu tun hatte? Aber wieder fehlte ihm der Zusammenhang zu den Matrosen.

Er änderte die Suche auf: Hamburg, 1963, Schiff. Dort stand: ‚Die Wappen von Hamburg‘, das zweite der Seebäderschiffe der HADAG, traf am 8. Mai 1963 zum Hafengeburtstag in Hamburg ein. Bei einem Manöver im Hafen wurde es schwer beschädigt. Der Hamburger Hafenkapitän ordnete in Absprache mit der Reederei die Reparatur bei Blohm & Voss an.

Der Hamburger Hafengeburtstag fand immer am zweiten Maiwochenende statt, wusste Lutteroth. An Bord solch eines großen Schiffes arbeiteten sicher jede Menge Matrosen aus aller Herren Länder. Und ein Unfall? Erst wollte er mit der Eingabe von 1964 beziehungsweise 1965 weitermachen. Dann fuhr Caro den PC herunter. Nein, so kam er nicht weiter. Er mixte sich einen zweiten Drink und nippte daran. Was hängen blieb, war: Hafengeburtstag 1963 und Hafenkapitän. Hafenkapitän klang nach Autorität, Wissen und vielen Akten. Diesem Herrn würde er morgen mal einen Besuch abstatten. Doch zunächst hatte er noch den Geburtstag seiner Mutter vor sich.

Kapitel 13

Albert Willfang war seit Anfang der 80er-Jahre bei den Hassels. Angefangen als Bestatter, hatte er sich im Beerdigungsinstitut inzwischen zu einer Art Prokurist hochgearbeitet. Stolz musste sich der gebürtige Lüneburger ohne Schulabschluss eingestehen, es doch recht weit gebracht zu haben. Was ihn aber stets noch mehr freute, war, dass er seit jeher stets auch Vertrauter der jeweiligen Inhaber des Bestattungsunternehmens gewesen war. Ob bei Namensvetter Albert oder bei Bernd Hassel oder aber auch nach dessen plötzlichem Unfalltod 1984 bei Wolfgang Hassel, dem Onkel seines jetzigen Chefs Julius. Seine Arbeitsfreude und sein Engagement hatten dazu geführt, dass Julius ihn vor wenigen Wochen zum Prokuristen ernannte. Willfang hatte schon vor einigen Jahren sein offizielles Rentenalter erreicht. Aber er war alleinstehend, es gab niemanden außer seinem alten Hund, der ihn vermisste, und so hatte er das Angebot zum Weiterarbeiten angenommen. Obwohl Julius Hassel ihm in den letzten Tagen immer mehr Verantwortung übertrug, hatte Bestatter Willfang wenig Freude daran. Er sah sich in einer verantwortlichen Position, die Geschicke des Bestattungsunternehmens mitzuleiten, doch aus seiner Sicht ging es mit dem Geschäft immer mehr bergab. Und das lag definitiv an seinem Chef: Julius Hassel war einfach kein Bestatter mit Herz und Seele. Obwohl Albert hin und wieder Züge davon zu sehen glaubte. Wie letztens bei der gemeinsamen Balsamierung des Flüchtlings. Diese Fertigkeiten hatte er Julius nicht zugetraut. Was Willfang am meisten Schwierigkeiten bereitete, war, dass Julius – im Gegensatz zu den vorherigen Chefs – ihn nicht als Vertrauensperson sah. Dabei gab es so viele Geschichten, die er geheim hielt, und das schon seit Jahrzehnten. Vor allem der alte Hassel – sein Namensvetter – hatte es faustdick hinter den Ohren, wusste er. Dieser hatte Albert Willfang einst, bei einer feuchtfröhlichen Weihnachtsfeier Ende der Siebzigerjahre, seinem Herzen Luft gemacht. Willfang schüttelte den Gedanken ab wie Regen aus seinen spärlichen Haaren.

Albert hatte sich in den letzten Wochen viele Gedanken um Julius Hassel gemacht. Irgendetwas stimmte nicht mit ihm. Sicher war Hassel geprägt von den schlimmen Erlebnissen seiner Jugend und den damit verbundenen Schmerzen. Er, Albert, hätte bei so vielen Verlusten nicht mehr leben wollen. Da war er sich sicher. Aber es ging immer mehr bergab, ob das Geschäft selbst oder die Gesundheit des Chefs. Und er, Albert, hatte sich zu kümmern – auch ungefragt.

*

Willfang hatte seinen Chef in letzter Zeit heimlich beobachtet. Bemerkte, dass dieser nun oft mit dem alten BMW Cabrio des Vaters unterwegs war. Auch in der Nacht. Albert hatte das absolute Desinteresse Hassels an der Firma wahrgenommen. Und diese Erkenntnis führte auch dazu, dass Willfang Hassel nach Wilhelmsburg gefolgt war. Unweit von ihm hatte Albert seinen Wagen geparkt. Von dort konnte er Julius beobachten, wie er nervös auf ein unbekanntes Haus stierte. Was ging da vor sich? Hatte dies mit dem Raubbau von Körper und Geschäft des 45-Jährigen zu tun? Das Ganze endete Stunden später damit, dass Julius mit einem kleinen, dunkelhäutigen Kind an der Hand beim Wagen erschien und nach St. Pauli zurückfuhr.

Willfang nutzte einen anderen Weg, war vor Hassel in der Paul-Roosen-Straße angelangt und konnte noch sehen, wie sein Chef die Kleine mit ins Haus nahm. Ob er eine Freundin hatte und sie von ihm ein Kind? Willfang war kein Mann wilder Fantasien, aber er malte sich aus, dass Hassel Silvana betrogen hatte und dieses kleine Mädchen sein eigenes Fleisch und Blut sei. Die aufkommende Idee von Kindersex verdrängte er. Dafür lief das Mädchen zu fröhlich neben Julius her.

*

Am nächsten Tag hatte Willfang sich bemüht, den Aufenthalt der Kleinen in Erfahrung zu bringen. Wenn Hassel das Kind im Haus versteckte – und das war für ihn sicher – wo genau? Ihm fiel auf, dass Julius Dinge einkaufte, die er selbst nie essen würde. Für Willfang ein Zeichen, dass die Kleine hier im Haus leben musste. Ob die Köchin oder die Haushaltshilfe mit diesem Geheimnis vertraut waren? Albert glaubte fest daran.

Trotz Prokura besaß Willfang keinen eigenen Schlüssel des Privathauses. Er hatte den Chef schon öfters darauf hingewiesen. „Wenn es dir mal nicht gut geht, Julius ...!“ Aber der hatte ihn nie rausgerückt. Das schien also der eigentliche Grund dafür zu sein.

Heute Nachmittag aber hatte Albert, als Hassel sich im Büro befand und eines der immer rarer werdenden Verkaufsgespräche führte, den Schlüssel von dessen Bürotür abgezogen und war in die Wohnung geschlichen. Die beiden Frauen arbeiteten meistens nur am Vormittag und so lief Willfang durch alle Räume auf der Suche nach dem Kind. Seine Herzfrequenz schlug dabei hoch, Kriminelles war nicht sein Ding. Zu seiner Verwunderung gab es im Privathaus der Hassels keine verschlossenen Zimmer. Und trotzdem war die Kleine unauffindbar. Wo war sie? Schon wieder ausquartiert? Albert rannte außer Atem zurück, entfernte zuvor noch einen der Garagenschlüssel vom Schlüsselbund. So hoffte er wieder ins Haus zu kommen, wenn sich Hassel später bei dem Mädchen aufhielt. Hatte ihm sein Namensvetter Albert Hassel damals alles über die

Ereignisse im ‚Schuppen 10' erzählt, ließ ihn Julius jetzt total im Dunkeln. Das ärgerte ihn und er würde diesen Zustand mit einer Aussprache ändern. Ansonsten, das nahm er sich fest vor, wollte er keinen Tag mehr länger für Julius Hassel arbeiten und seine Informationen an die Polizei weitergeben.

Kapitel 14

In der Villa Lutteroth herrschte schon Partystimmung, bunte Lichter und Lampions zeugten schon von Weitem davon. Etliche glänzende Nobel-Limousinen begrüßten Caro auf dem Parkplatz an der Breckwoldtstraße, als er, von der Linie S1 kommend, ins elterliche Anwesen abbog. Caro hatte eine dunkle Jeans gewählt und ein ebensolches zurückhaltendes Sakko. Nichts, mit dem er sonst gerne unterwegs war, aber es musste sein. Mama feierte heute ihren 73. Geburtstag und in dem hohen Alter war es sicher gut, ihr mal wieder persönlich zum Geburtstag zu gratulieren. Die speziell für den Abend angemietete Security ließ ihn – auf Frage nach seinem Namen – eintreten.

„Hallo C.O. – Welcome to the show!"

Obwohl Lutteroth Michelle nicht sehen konnte, war ihm sofort klar, dass der Spruch von ihr kam. Sie war seine einzige Cousine und er mochte sie sehr. C.O. stand für Carsten Oliver, Michelle kürzte jeden Vornamen ab. Das machte sie, seit Caro sie kannte. Papa wurde liebevoll C.W., Carsten Wilhelm, genannt. Vater genoss es, obwohl dieser bei der Anrede stets seine langen grauen Augenbrauen hob. Opa hätte Michelle sicher C.K. gerufen. Diese Marotte mit dem ersten Vornamen Carsten hatte bei der Reederfamilie Lutteroth Tradition.

Caro nahm die Verwandte in den Arm, sie hatte etwas zugelegt, fand er. Aber auch sie war über vierzig, doch ihr sah man das Alter nicht an.

„Schön, dich zu sehen, Michelle."

„Ja, C.O., Geburtstage und Bestattungen sind der Treffpunkt der glücklichen Familie." Die Frau klang sarkastisch. Ob ihr letzter Lover sie auch wieder ...? Lutteroth hatte keinerlei Bedarf, sie auszuquetschen und den Tratsch zu hören, vielmehr musste er seiner Mutter gratulieren und freute sich dazu auf einen ‚White Russian'. Sein Vater hatte stets einen leckeren, aber hochpreisigen ‚U'Luvka Vodka' in seiner Bar und das würde sein absoluter Höhepunkt des Abends werden.

„Wo ist Mama?", fragte Caro, obwohl er die Antwort schon kannte. Michelle hatte sich sanft von ihm entfernt und wies mit der ausgestreckten Hand in Richtung des großen Wohnzimmers. Leichte Kammermusik war zu hören, dazu Gesprächsfetzen.

„Dann mal hinein in die Höhle des Löwen!"

Caro zeigte der Cousine grinsend den Stinkefinger und schob die Türflügel zum Raum auf. Am Ende des Raumes saß ein Trio junger, dunkel gekleideter Frauen und musizierte. Rechts neben ihnen befand sich das kalt-warme Buffet und diesem gegenüber die Bar, betreut von zwei Livrierten. Die Mutter hatte ihren Sohn Carsten Oliver schon entdeckt, bevor er selbst nach ihr Ausschau halten konnte. Strahlend lief sie auf ihn zu.

Sie drückte ihn – wie eben Michelle. Nur dass der Leibesumfang der Cousine doppelt so mächtig war wie der von Frau Lutteroth.

„Ich freue mich so", flüsterte sie ihm ins Ohr. Caro fiel ein, er hatte das Geschenk vergessen. Einen Strauß Blumen hätte er ja besorgen können.

„Komm mit, Papa und Onkel Carsten sind nebenan."

Mit einem schmachtenden Blick auf die Bar ließ Caro sich von ihr an der Hand in den Nebenraum ziehen.

„Na, Carsten Oliver, wie man hört, wieder bei den Bullen?"

Von Onkel Carsten kam dieser Satz. Sein gesamter Vorname war Carsten Florian, aber Caros einziger Onkel hasste es, so genannt zu werden.

‚Bullen' war nicht unbedingt eine Bezeichnung, die Lutteroth gefiel, aber dem Verwandten verzieh er diese Ausdrucksweise.

Er nickte zur Bestätigung, drückte dem Vater und dem Onkel die Hand und machte dann auf dem Absatz kehrt. Mindestens drei ‚White Russian' waren jetzt Pflicht.

*

Neben der Bar waren Mutters Geschenke aufgebaut. Während der Mixer hinter der Bar fleißig seinen Shaker schwenkte, schaute sich Caro auf dem Tisch um. Ein

Heer voller teurer Blumen ließen seine Selbstzweifel am fehlenden Geschenk zerplatzen wie eine Seifenblase. Dazu gab es edles Geschirr und jede Menge Schokolade. Mama liebte Schokolade. Dahinter waren die Grußkarten aufgereiht. Vom Hamburger Wirtschaftssenator, vom Ersten Bürgermeister Hamburgs. Caro kannte das zur Genüge, aber dass man die ehemaligen Verdienste seiner Eltern für Hamburgs Wirtschaft noch heute so würdigte, forderte ihm gehörigen Respekt ab. Eine große, bunte Karte fiel ihm ins Auge. Vorne war ein großes, halb volles und schräg gestelltes Cocktailglas aufgemalt. Darunter lag ein Mann mit Hut und schwarzer Sonnenbrille und ließ den Drink in seinen Mund laufen. Im Arm hielt er eine schlanke, blonde Frau. Ein Geschmacksstil, den er von seiner Mutter gar nicht kannte. Die Farben und die Aufmachung der Karte erinnerten Lutteroth sofort an Udo Lindenberg.

„Aber das würde mich doch stark wundern", sagte er zu sich selbst und griff mit der rechten Hand den ‚White Russian' und mit der Linken die Karte. Auf der Rückseite war in riesigen Lettern in Rot Folgendes geschrieben:

‚DEAR HANNELORE – MEINER EINZIGEN, GROSSEN LIEBE'

Unterschrieben hatte die Karte ... Udo Lindenberg. Lutteroth war überrascht und trank das Glas mit dem teuren Wodka in einem Zug leer. Er hielt es dem Barmixer hin. Was hatte das zu bedeuten? Eine Verbindung von Mama zum Sänger Udo Lindenberg war ihm nicht bekannt.

„Na, dir ist es auch aufgefallen?", überraschte ihn Michelle plötzlich. Sie war unbemerkt an ihn herangetreten und hatte Caro die Glückwunschkarte aus der Hand gerissen. Mit übertriebener Geste roch sie daran. Es sah für Lutteroth aus, als schnüffelte ein Hund an einer heißen Spur.

„Ja, ja", stöhnte sie plötzlich, „... genau. Das ist Udos Parfum!"

Caro klopfte Michelle liebevoll auf den Allerwertesten und nahm seinen zweiten ‚White Russian' in Empfang. Er hielt ihr den Cocktail hin, doch sie schüttelte den Kopf. „Bin gerade dabei, mir die Sauferei abzugewöhnen. Anonyme Alkoholiker, du weißt?"

Als Caro überrascht schaute, warf sie die Geburtstagskarte auf den Tisch und lachte. „Das war Spaß, einen trockenen Martini!" Der Ausruf galt den Livrierten hinter der Bar.

„Aber mal ehrlich, C.O., du wusstest nichts von der Liaison deiner Mutter mit Udo?"

War das wieder Verarsche? Michelle schien ihm anzusehen, was er dachte.

„Nein, echt, Tantchen gehörte damals, als junge Jura-Studentin, zur Besatzung der Villa Kunterbunt. Vielleicht bist du ja Udos Sohn?" Michelle spreizte Daumen und Zeigefinger beider Hände und drückte sie zusammen. Durch das entstehende Rechteck musterte sie ihren Cousin. „Jaaaa! Die Ähnlichkeit mit dem berühmten Musiker ist nicht rein zufällig. Haben wir mal einen Hut da." Sie sah in Caros Augen, dass es genug des Guten war und verschwand mit schnellen Schritten nach nebenan. Aber nicht, ohne vorher noch nach ihrem bereitstehenden Glas Martini zu greifen.

Kapitel 15

Hauptkommissar Schweiss hatte auf jedem der Hamburger Friedhöfe einen Beamten abgestellt. Bei knapp fünfzig Friedhöfen, in je drei Schichten, erforderte dies eine Menge Personal. Der Polizeipräsident war gar nicht erfreut von der Idee seines Mordkommissions-Leiters, zumal noch eine große Anzahl an Kollegen anderweitig eingesetzt war. Anders bewilligte Schweiss eine Woche Zeit. Diese Woche war inzwischen herum und der Friedhofskiller noch immer nicht hinter Schloss und Riegel. Anders verlängerte noch händeringend über das bevorstehende Wochenende, dann aber, so seine Aussage, sei das Ende der Fahnenstange erreicht!

Hauptkommissar Schweiss hatte seit Tagen wieder diese Magenbeschwerden und wüsste er nicht genau, woher sie kamen, er wäre schon längst bei seinem Arzt vorstellig geworden. Sie mussten diesen Killer finden. Noch bevor den Hamburger Medien die Leichen unter der Elbphilharmonie langweilig geworden waren. Dann würden sie sich wieder auf ihn und das LKA einschießen, und genau das musste er abwenden.

Schweiss' Ehefrau Gabriele war 2007 an einer Leberzirrhose gestorben und lag auf dem evangelischen Friedhof in Hinschenfeld. Gabriele war in Wandsbek geboren und die gemeinsame Tochter bestand damals darauf, sie dort auch beerdigen zu lassen. Schweiss selbst war das zu dem Zeitpunkt absolut egal.

Heute Morgen war ihm plötzlich eingefallen, dass er schon mindestens fünf Jahre nicht mehr am Grab seiner Ehefrau gewesen war. Wurden die Gräber nicht nach zehn Jahren dem Erdboden gleichgemacht? Schweiss lief ein Schauer über den Rücken. Sicher nicht, das hätte Tochter Liliane ihm gesteckt, da war er sich sicher. Er nahm sich vor, am kommenden Sonntag mal nach Wandsbek zu fahren und nach dem Rechten zu schauen. Er war ja nicht der Friedhofsbesucher, aber so schlug er zwei Fliegen mit einer Klappe. Ansonsten stagnierten die Ermittlungen zum Friedhofskiller. Es war gut, dass Traudel Kensbock nun im Butenfeld das Sagen hatte. Sicher würden unter ihr die gesicherten Spuren endlich einen Sinn ergeben. Obwohl sie mit einundzwanzig Leichen bestimmt ausgelastet sein würde.

Lutteroth hatte seine Kollegen am nächsten Morgen losgeschickt und sie angewiesen, in der Rechtsmedizin nach neuen Ergebnissen zu bohren. Begeistert hatten sich Emma und MikVit – so baten sie angesprochen zu werden – nach Eppendorf aufgemacht. Lutteroth selbst brauchte seine Ruhe. Als Erstes rief er beim Oberhafenamt an. Er bat die freundliche, männliche Stimme darum, ihn weiter zu verbinden.

„Herr Kommissar …“, teilte ihm der Mann, der sich mit Scholz gemeldet hatte, mit einer Stimme mit, die man sicher in ‚Neues aus Büttenwarder‘ hätte einsetzen können und: „… wen genau hätten Sie denn gerne? Wir sind eine Behörde, die aus drei Hafenämtern, dem Hafenamt West, dem Hafenamt Ost, dem Hafenamt Süd, sowie dem Beauftragten für das Lotsenwesen und der Nautischen Zentrale besteht.“

An Lutteroths kurzem Atemstillstand erkannte er wohl, dass dieser leicht perplex war, und ergänzte: „Nicht dass Sie glauben, ich mache Scherze!“

„Wissen Sie, Herr Scholz“, erwiderte Lutteroth, „Sie haben sicher von den einundzwanzig Leichen unter dem Kaispeicher gehört?“ Der Satz erzeugte bei dem Kriminalbeamten Zweifel, ob er sich am Telefon schon so weit aus dem Fenster hätte lehnen sollen. Aber er war noch zu müde, um quer durch Hamburg zu fahren und den Mann persönlich zu befragen.

Scholz bestätigte das.

„Es gibt Vermutungen darüber, dass es sich um Matrosen handelt. Ich möchte nun von Ihnen beziehungsweise Ihren Kollegen wissen, wo ich Aufzeichnungen darüber finden kann, dass ein Schiff mit dieser Anzahl von Besatzungsmitgliedern in den Jahren 1963 bis 1965 am alten Kaiserkai angelegt hat.“

Der Kommissar wartete geduldig einige Sekunden auf die Antwort des Mannes, dann erklärte er: „Das können Sie sowas von vergessen, Herr Kommissar.“ Das Wort ‚Kommissar‘ klang tatsächlich nach ‚Büttenwarder‘.

„Und warum, wenn ich fragen darf?“

„Es gibt keinerlei Aufzeichnungen mehr darüber. Wie Sie wissen, gab es damals noch keine Computer, und bei über 20.000 Schiffsbewegungen im Jahr, alleine hier im Hamburger Hafen, da bleibt – um solche Daten aufzuschreiben – keine Zeit."

Lutteroth nahm das zur Kenntnis. Irgendwie hatte er sich das schon gedacht.

„Können Sie mir denn sagen, welche Schiffslinien in diesen Jahren hier verkehrten? Also solche, die speziell am Kaiserkai abgeladen haben?"

„Am Kaiserkai, sagen Sie? Da wurde Kakao entladen. Ebenso Rum und Tabak, auch Erdnüsse. Aber wissen Sie was, ich gehöre noch zur jüngeren Generation". Scholz lachte. „Aber ein ehemaliger Kollege von der HHLA sollte Ihnen da besser weiterhelfen können: Hans Rösch, ich gebe Ihnen mal die Telefonnummer. Aber lassen Sie es öfters klingeln, er ist schon 82!"

Kapitel 16

Albert Willfang stand eines Abends in der Metalltür des Bunkers im Haus der Hassels. Ich hatte vergessen, die Tür von innen abzuschließen, und war gerade dabei, mit Silvana den Tango zu tanzen. Mama und Caroline waren in ihrem Zimmer und nur Großvater schaute uns begeistert zu. Die Musik hatte mich verzaubert und meine Gedanken waren gänzlich bei meiner Familie. Willfang stand plötzlich oben in der Tür. Wie ein Geist, den Mund aufgerissen, stand er dort und schaute dem Treiben fassungslos zu. Ich war wie gelähmt, konnte mich nicht bewegen, was aber auch am Gurtzeug lag, dass mich mit meiner Frau verband. Ich stolperte leicht, schob Silvana dann zum Stuhl und bemühte mich, uns mit zittrigen Händen voneinander zu lösen. Als es mir endlich gelungen war, schaltete ich die Musik ab und setzte mich an den Tisch. Albert stand noch immer dort oben. Er hielt sich mit einer Hand am Geländer fest und sein Blick hatte etwas von Unverständnis und Traurigkeit. Er hatte bisher keinen Ton gesagt.

„Chef, was ... was machen Sie hier?“, fragte er endlich, und ich fand es erlösend. Ich überlegte, welche Antwort angebracht war, aber mir fiel keine Erklärung dazu ein. Mama und meine Schwester lugten neugierig aus ihrem Zimmer und bei ihrem Anblick fiel Albert noch mehr in sich zusammen.

Endlich kehrte meine Fassung zurück. Ich sprang auf, kletterte die Metallstufen nach oben und schob Albert aus der Bunkertür. Noch immer wusste ich nicht, wie es nun weitergehen sollte. Ich fragte mich, wie Albert vom versteckten Bunker wissen konnte und ... was er noch wusste? Feucht lief es mir den Rücken herunter. Dazu stellten sich Kopfschmerzen ein. Man hatte mich entdeckt. Sicher hatte mein Angestellter schon die Polizei gerufen. Während ich ihn aus dem Poolhaus, vorbei am Pool, Richtung Haus schob, erwartete ich Sirenengeräusche. Doch nichts dergleichen war zu hören. Ich presste meine Hände fest an meine Stirn, bat ihn, im Wohnzimmer Platz zu nehmen, und holte zwei Cognacschwenker aus dem Barschrank. Ich handelte wie in Trance, war mir nicht bewusst, was das bringen sollte. Es ging nur darum, überhaupt etwas zu tun. Als ich den Cognac eingeschenkt und mich gesetzt hatte, griffen wir beide gleichzeitig zum Glas und ich glaubte, für einen Moment in seinen Augen so etwas wie Solidarität gesehen zu haben. Ich trank das Glas in einem Zug aus und auch Albert setzte es leer ab. Wir schwiegen einige Minuten. Albert schaute während der Zeit nach draußen auf den blau beleuchteten Swimmingpool. Erstmals fiel mir an diesem Abend auf, wie viele Lampen doch im Garten und im Pool in der Nacht brannten. Ich musste dies unbedingt ändern, den Strom konnte ich doch sparen.

Albert begann als Erster. „Chef, du bist mir keine Rechenschaft schuldig."

Der Satz gab mir Hoffnung. Hoffnung darauf, noch weiter mit meiner Familie zusammenleben zu dürfen. Und Hoffnung, nicht in einer Zelle enden zu müssen.

Ich nickte erleichtert.

„Schon dein Großvater hat sich bei mir ausgeheult. Er hat mir Dinge erzählt, die nicht für jedermanns Ohren waren, Julius."

Ich verstand nicht.

„Ich habe über dreißig Jahre niemandem davon erzählt. Ich sage nur eines: ‚Schuppen 10'!"

Noch immer war ich mir nicht sicher, was Albert wollte. Nach Erpressung sah es nicht aus. Und eigentlich war Albert stets loyal. Von diesem alten Schuppen in den Sechzigerjahren hatte ich ja schon gelesen. Opa führte dort sein erstes kleines Unternehmen als Seebestatter. Und ... es handelte sich dabei um den Ort seiner Verbrechen. Aber was hatte Albert damit zu tun?

„Ich weiß nicht, Julius, warum du mich nie eingeweiht hast? Das hat mich am meisten getroffen." Albert legte beide Hände vor sein Gesicht. Ein Seufzen erklang, dann glaubte ich, dass der Mann weinte. Als Albert sich die Augen rieb, erkannte ich, wie schwer ihn die Sache mitnahm.

Ich schenkte Cognac nach. Wohin lief diese Begegnung? Was würde sich daraus entwickeln? Albert war nun der Einzige auf dieser Welt, der vom Bunker und meiner Familie wusste. Sollte ich ihn in alles einweihen ... oder was sollte ich tun?

Kapitel 17

Caro Lutteroth hatte den letzten Tag der Woche genutzt, gemeinsam mit seinen beiden Mitarbeitern eine Besprechung durchzuführen. Er bat die beiden um Sachstandsmeldung, wollte anschließend über seine Recherche berichten.

„Caro, im Butenfeld geht es zu wie im Big Brother-Haus!", begann Emma. MikVit grinste zustimmend.

„Echt, vor der Tür Kamerateams, innen Zeitungsredakteure und dazu ein aufgescheuchtes Team an Rechtsmedizinern!"

Lutteroth konnte sich das gar nicht vorstellen. „Hat Professor Kensbock ihren Laden nicht im Griff?"

Die beiden jungen Kommissare schauten sich an. MikVit antwortete: „Emma übertreibt etwas. Also, Kensbock ist unten bei den Sektionen und oben versuchen die restlichen Institutler, dem Chaos zu entkommen."

„Habt ihr denn irgendetwas erfahren, was uns weiterbringt?", fragte Lutteroth, leicht genervt.

„Die Rechtsmedizinerin hat uns an einer Sektion beiwohnen lassen. Der tote Matrose – es handelte sich um einen Afrikaner – hatte verschiedene Tätowierungen auf dem Arm. Nicht einfach zu erkennen, aber sie hat ihm die Haut abgezogen", erklärte Emma und Lutteroth glaubte, dass sich ihre Gesichtsfarbe gerade zu ihren Ungunsten veränderte. Mitleidig schaute ihr junger Kollege auf Emma und übernahm: „Die Tattoos konnten mit einem speziellen Tauchbadverfahren sichtbar gemacht werden."

Caro zeigte sich fasziniert.

„Willst du die Tattoos sehen?"

Caro wollte und blitzschnell hatte MikVit sein Smartphone aus der Jackentasche gerissen und begann, wild darauf herumzudrücken. Dann hielt er dem Leiter der Soko ein Foto vor die Nase. Neugierig geworden, schaute Lutteroth auf das Display. Es zeigte etwas, was wie Pergament aussah und in einer Flüssigkeit schwamm. Es musste sich um die besagte Haut eines der Toten vom Kaispeicher handeln. Bei längerem Hinschauen erkannte Lutteroth eine Färbung, dann sah er die einem Anker ähnliche Zeichnung.

„Nun mach es doch nicht so spannend, MikVit!", frotzelte die junge Kommissarin, inzwischen wieder mit frischem Teint, und schubste ihren Kollegen freundschaftlich an. Fast wäre MikVit das Telefon aus der Hand gefallen.

„Pass doch auf!", knurrte er und wischte über das Display.

„Schau hier, Caro! Vor allem das könnte uns interessieren." Das betonte Personalpronomen war Caro sofort aufgefallen.

Wieder schaute der Hauptkommissar neugierig in das Farbdisplay und wieder lag dort diese Haut in Flüssigkeit. Nur dieses Mal waren Buchstaben zu sehen: L E G O P O T ... Lutteroth schwammen die Buchstaben etwas vor den Augen.

„Was heißt das? Lego irgendwas?"

Die junge Kollegin und ihr Kollege kicherten.

„Nein, Caro, alle Buchstaben zusammengesetzt steht dort: LEGIO PATRIA NOSTRA."

Kapitel 18

Ich hatte die ganze Nacht mit Albert in meinem Wohnzimmer verbracht. Erst als am Morgen die Haushälterin eintraf, begriffen wir, es waren gute Gespräche. Albert wollte alles genau wissen, und ich tat ihm den Gefallen. Ich erzählte von Silvana, die ich nicht gehen lassen wollte. Von Großvater, den ich lebend wiedergefunden hatte und der mir im Wagen verstarb. Von Gerlinde und deren Tod. Wir waren uns beide einig, dass sie ein Weiterleben nicht verdient hatte. Vielleicht lag es auch am Cognac, den wir – als die Flasche leer war – gegen einen alten Calvados tauschten. Ich verriet Albert Details darüber, Mama wiedergetroffen zu haben, und letztendlich von der Freude über die Rückkehr von Caroline, meiner geliebten Schwester. Er vergoss viele Tränen und ich sah ihm an, dass er mitlitt, sich aber auch mit mir freute. Was ich ihm aber verschwieg, war mein Auftrag, auf den Friedhöfen für Ordnung zu sorgen, und es schien, als würde er die Morde des Friedhofskillers in keinster Weise mit mir in Zusammenhang bringen.

Ich quetschte unseren langjährigen Mitarbeiter über den sogenannten ‚Schuppen 10' beim Großen Grasbrook aus und begierig erzählte er mir Einzelheiten, die tatsächlich nur er von Großvater wissen konnte. Er berichtete alles so flüssig, dass mir kurz der Gedanke kam, er sei selbst damals bei diesem Verbrechen mit dabei gewesen.

„Albert war 1963 …“, ich tat mich schwer, nachzudenken, der Alkohol! Dann hatte ich es ausgerechnet: „Albert war damals 18 Jahre alt.“ Hatte er zu diesem Zeitpunkt seine Lehre als Bestatter schon abgeschlossen? Und war er in diesem Jahr schon bei Großvater angestellt? Die Antworten dazu überforderten mich. Wie dem auch sei, Albert war ein wandelndes Pulverfass mit Informationen, die mich in eine Gefängniszelle bringen könnten. Darüber hinaus würden sie auch den guten Namen der Bestatterfamilie Hassel in den Schmutz ziehen. Noch während wir gemeinsam anstießen, uns gegenseitig auf die Schultern klopften und die Freundschaft proklamierten, war mir eines ganz klar:

ALBERT MUSSTE STERBEN – UND ES MUSSTE BALD GESCHEHEN.

Kapitel 19

Die Information zum Zeitzeugen sah Lutteroth als große Chance, den nervigen Fall der toten Matrosen ad acta legen zu können. Auch die Meldung, dass es sich bei einigen der toten Matrosen um ehemalige Fremdenlegionäre handeln könnte, nahm er gerne mit nach Bergedorf.

LEGIO PATRIA NOSTRA – DIE LEGION IST UNSER VATERLAND.

Hans Rösch wohnte – seiner eigenen Aussage nach – in einem kleinen Einfamilienhaus unweit des Bergedorfer Zentrums. Nach telefonischer Voranmeldung war der 82-jährige Hamburger sofort bereit, den Kommissar am dortigen Bahnhof abzuholen.

Lutteroth hatte die Soko-Kollegen am Morgen darüber informiert, dass er einen Auswärtstermin hatte. Dann drehte er sich im Bett noch einmal um. Später suchte er, bei einem Espresso, im Internet nach dem Geburtstag von Sänger Udo Lindenberg. Diese Geburtstagskarte an seine Mutter, mit dem liebevollen Satz, hatte ihn die ganzen letzten Stunden begleitet. Schon immer hatte er sich gewundert, wie er in eine Familie wie die der Lutteroths hineingeboren werden konnte. Seine Eltern waren so perfekt, so konservativ, so geschäftig und er so renitent und ohne Rast und ohne Ziel. Und die den Lutteroths angeborene Lust auf Schaffen und Wirken fehlte ihm auch. Wenn Mama damals mit diesem Musiker ... nein, er wollte es sich nicht ausmalen. Aber trotz allem musste er Gewissheit haben.

Endlich war der Computer hochgefahren und gab die gesuchten Informationen preis: Lindenberg war am 17. Mai 1946 geboren, und die Zeit in der sogenannten Villa Kunterbunt dauerte von 1970 bis 1973. Zumindest recherchierte Caro das im Netz. Er selbst war Jahrgang 1975. Also gab es da keine Verbindung mehr zu dem Musiker. Und Mama und Vater feierten in diesem Jahr ihren 45. Hochzeitstag. Das hatte er sich noch gestern in Blankenese bestätigen lassen. Also Entwarnung.

*

Nach einem kurzen Telefonat und wenigen Minuten Wartezeit tauchte der braune Golf VII auch schon auf dem Parkplatz an der Johann-Meyer-Straße auf. Rösch war ein seriös wirkender alter Herr, der auch im hohen Alter zu wissen schien, was er wollte.

„Steigen Sie ein, Herr Kommissar. Hier kann ich nicht lange stehen."

Lutteroth gehorchte. Vorbei am Polizeikommissariat 43 erreichten sie einige Zeit später ihr Ziel. Geschickt lenkte Rösch den Wagen zwischen zwei Einfamilienhäusern hindurch. Dann stoppte er, ließ Lutteroth aussteigen und fuhr gekonnt in eine winzige Garage. Der Kommissar kam aus dem Staunen nicht mehr heraus. Nachdem Rösch ausgestiegen war, öffnete er dem Kriminalbeamten zuvorkommend die Haustür. Weiter hinten winkte schon eine ältere Frau. Rösch bat Lutteroth, im Wohnzimmer Platz zu nehmen, und nachdem er dem Kriminalbeamten seine Ehefrau vorgestellt hatte, verschwand diese – nach einem weichen Händedruck – in die Küche.

Hier im Haus des Ehepaars Rösch schien die Zeit stehen geblieben zu sein, fand Caro. Die Tapete, die Möbel, aber auch das Geschirr auf dem 60er-Jahre-Tisch stammten aus längst vergangenen Zeiten. Rösch setzte sich ihm gegenüber und erzählte, dass sie nächstes Jahr diamantene Hochzeit feiern würden. Er sprach über diverse Wehwehchen und auch davon, bald 83 Jahre alt zu werden. Lutteroth traute sich nicht, ihn zu unterbrechen, doch endlich kam das Thema auf den alten Kaispeicher.

„Ich habe mein Leben lang bei der HHLA gearbeitet, Herr Kommissar." HHLA bedeutete Hamburger Lagergesellschaft, erfuhr Lutteroth auf Nachfrage. Rösch griff zu alten Fotos, die er schon bereitgelegt hatte.

„Ich weiß von den Leichen in der Gründung des alten Kaiserspeichers. War ja auch oft genug in der Presse. Schauen Sie, hier auf dem Foto sehen Sie die Sprengung des alten Turms." Rösch drehte das Foto um. „Das war am 26. Februar 1963. Und links steht die Ramme.

Da hatte man schon begonnen, die Probebohrungen für die Betonpfähle zum neuen Speicher zu setzen. Wenig später hatten sie die riesige Grube ausgehoben." Er zeigte auf ein weiteres Foto mit einer dunklen Öffnung mittig.

Interessiert ließ Lutteroth sich alles erklären.

„Ich war lange Zeit dort als einfacher Arbeiter, bis ich mich hochgearbeitet habe. Jahrelang schleppten wir Säcke mit Kakao, Tabak und Erdnüssen von den Schuten, aber auch Fässer mit Rum. Manchmal war eines geborsten", grinste Rösch. Seine Frau brachte Kaffee, schenkte ein und setzte sich dazu. Vor ihnen stand eine Schale mit leckeren Schokoladenplätzchen. Aber Lutteroth zögerte noch. Die Kalorien konnte er sparen. Dafür genoss er den frisch gebrühten Kaffee.

„Durch den alten Kaiserspeicher waren auch Gleise gelegt. An deren Ende gab es eine Drehscheibe. Und nachdem wir den Zug beladen hatten, fuhr er zurück."

Der 1935 geborene Rösch erzählte von Kellerräumen unten im alten Speicher, von der beidseitigen Möglichkeit des Beladens und von Pferdefuhrwerken. Rösch drohte in den alten Zeiten zu verschwinden.

„Die Zollgrenze verlief hier. Die Engländer haben noch in den Sechzigerjahren alles kontrolliert. Wir nannten den geschlossenen Kaiserspeicher oft ‚Unser Zuchthaus'! Später hieß er in der Öffentlichkeit dann nur noch Kaispeicher A, aber ... für mich bleibt es der Kaiserspeicher."

Ein weiteres Foto – dieses Mal in verblasster Farbe – zeigte einen langen Backsteinbau, und um ihn herum befand sich nur Wasser. Seitlich lagen oder schwammen braune Stahlcontainer.

„Das Foto habe ich 1976, bei der zweiten großen Januarflut, aus dem Speicher heraus geschossen. Damals stand alles unter Wasser. Die Container schwammen umher und mein nagelneuer VW 1600 war abgesoffen." Traurig zeigte Rösch auf die Seite. „Hier stand der teure Wagen. Und obwohl ich ihn damals schon auf eine Erhöhung gefahren hatte ..." Rösch stöhnte. „... als die Container Einzug in das Transportwesen hielten, änderte sich vieles."

Auf dem alten Foto war oben links eine 1 und der Buchstabe D zu lesen. Es hätte auch eine 10 sein können. Lutteroth fragte nach.

„Ach ja, das ist der ‚Schuppen 10'. Der wurde Mitte der Sechziger abgerissen. Das ging vielleicht flott. Morgens stand er noch und abends war da nichts mehr. Sogar die Steine wurden entsorgt. Ich denke, sie kamen in die Grube für den neuen Speicher. Wenn die Jungs im Hafen damals ständig so schnell gearbeitet hätten, nicht auszudenken!" Der 82-jährige Rentner lachte vergnügt.

Irgendwie fand Lutteroth den alten Schuppen interessant. „Erzählen Sie mehr von diesem Schuppen. Lagerten dort auch Säcke voller Kakaobohnen?"

Rösch schüttelte den Kopf, seine Frau schenkte Kaffee nach. Sie hatte sich bisher nicht an dem Gespräch beteiligt. Nun kam ihr erster Satz: „Nehmen Sie doch gerne einen Keks, Herr Kommissar."

Nun konnte der Hauptkommissar nicht mehr Nein sagen und griff zu.

„Der ‚Schuppen 10' war ein Überbleibsel aus den alten Zeiten. Nach und nach hatten sich dort kleinere Unternehmen angesiedelt. Eigentlich war der ‚Große Grasbrook' kein Geschäftsviertel. Aber Sie wissen ja, Herr Kommissar, Not macht erfinderisch und wo kein Kläger ..." Der 82-jährige Rentner grinste.

„Welche Art von Unternehmen gab es darin; Supermärkte?" Lutteroth war sofort klar, der Spruch war idiotisch und genauso verwundert blickte Rösch den Kriminalbeamten an. Der Mann fühlte sich verarscht und zeigte es.

„Also, zunächst begann alles mit einem Barbier. Wilhelm Frytag hieß er. Ein Holländer. Er kam nur gelegentlich zu uns in den alten Kaiserspeicher. Stutzte die Bärte und schnitt unsere Haare. Ein lustiger Geselle. Und plötzlich hatte er einen Raum im ‚Schuppen 10' und darin einen Barbierstuhl. Ja, er hielt sich zwei oder drei Jahre. Bis der Schuppen abgerissen wurde."

„Und welche Geschäftsideen entstanden dort noch?"

„Einen Schuster gab es dort. Obwohl, der war nicht ausgelastet. Wir pflegten unser Schuhwerk, selten hatte es einen Schuster nötig. Eher die Geschäftsführer ..."

Rösch verzog sein Gesicht zu einer Grimasse.

„Dann hielten sich dort diverse Spediteure noch kleinere Büros. Eine Art Außenstelle, Sie verstehen?"

Lutteroth verstand und zeigte dies durch ein Kopfnicken. Er nahm noch einen Keks.

„Ganz hinten im Schuppen arbeitete ein Seebestatter und ihm gegenüber hauste ein alter Fischer. Der hielt es wohl dort nur aus, weil die Gerüche der beiden ähnlich übel rochen." Rösch grinste erneut und schaute zu seiner Ehefrau. Auch sie nickte und lachte verschmitzt.

„Wie sah es zu der Zeit mit den Frachtern aus? Welche Flaggen trugen sie?"

Rösch überlegte. „Eigentlich stammte jeder Transport, der beim Kaiserspeicher eintraf, aus dem direkten Anbaugebiet in Afrika. Ob es sich um Erdnüsse oder um Kaffee gehandelt hat. Die Afrikaner selbst hatten außer Holzkanus keinerlei Boote. Entsprechend drehte es sich bei den Frachtern überwiegend um deutsche Schiffe – wie die Afrika-Linie. Hin und wieder aber auch mal ein Franzose. Die Franzosen waren harte Gesellen. Denen ging es nie schnell genug. Die trugen die Säcke persönlich in unseren Speicher. Sie wollten alles schnellstens wieder loswerden."

Rösch lachte und Lutteroth stimmte ein.

„Vor allem, wenn sie Diamanten an Bord hatten. Das konnte man ihnen schon ansehen, wenn sie das Schiff vertäuten."

„Diamanten?" Lutteroth stutzte. Dabei konnte es sich um riesige Werte handeln. Grund genug, Menschen dafür zu töten.

„Kamen die Diamanten nicht aus Südafrika?“, wollte er wissen.

„Da bin ich überfragt. Aber ich glaube, oft wurden die Schiffe in Abidjan beladen, also in der Elfenbeinküste.“

Der Hauptkommissar stand auf und bedankte sich für die Informationen, den Kaffee und die leckeren Kekse. Mehr war wohl nicht in Erfahrung zu bringen.

„Haben Sie beide denn die Bombardierung des alten Kaiserspeichers miterlebt?“ Lutteroth sprach das Thema an, während er das gemütliche Wohnzimmer verließ, und rechnete schnell nach: 1943 musste Rösch etwa zwölf Jahre alt gewesen sein.

„Wissen Sie, Herr Lutteroth ...“, begann Rösch. Es war das erste Mal, dass er den Kommissar mit seinem Nachnamen ansprach.

„... ich hatte schon als Kind Asthma. So durfte ich bei den Luftangriffen nicht in den Luftschutzbunker. Die schlechte Luft dort unten, wissen Sie?“

Lutteroth nickte verständnisvoll.

„Meine Mutter blieb immer mit mir oben. Beim schweren Bombardement auf Hamburg saß ich dort am Fenster.“ Der alte Mann zeigte auf das Fenster ganz vorne im Raum. „Bergedorf hatte großes Glück. Bis auf einige Christbäume, die sich hierhin verirrten ...“, Rösch schaute in Lutteroths fragende Gesichtszüge, „also Leuchtmittel, die sie an kleinen Fallschirmen abwarfen, um die Abwurfstellen zu kennzeichnen. Ja, mehr habe ich nicht gesehen. Alles vom Fenster aus. Nur den Lärm der einschlagenden Bomben in unsere Stadt, den konnte ich deutlich hören."

Das Gesicht von Herrn Rösch, aber auch das seiner Frau waren aschfahl geworden.

Wenige Minuten später stand Hauptkommissar Lutteroth nachdenklich am Bahnhof Bergedorf. Vorbildlich und ohne Schwierigkeiten hatte der 82-Jährige den VW Golf durch den starken Feierabendverkehr gelenkt.

Kapitel 20

Albert und ich beluden den Wagen an diesem Montagmorgen gegen 9.10 Uhr mit einem weißen Sarg. Ich erklärte ihm, dass wir die tote Frau in einer Residenz in Wedel in der Gorch-Fock-Straße abholen würden. Die Bestattung, so verriet ich, sollte auf dem Friedhof in Pinneberg erfolgen. Auf der Fahrt nach Wedel schwiegen wir. Wir hatten vorletzte Nacht viel geredet und es gab nichts mehr hinzuzufügen. Ich war heute Morgen erleichtert aufgestanden. Niemand hatte meine Nachtruhe gestört. Ich war der Verschwiegenheit Alberts sicher, zumindest fürs Erste.

In Wedel angekommen, bat ich Albert, im Wagen zu warten. Es kam öfters vor, dass nur eine Person die Einsargung vornahm, und er schien müde und nickte nur. Schon knapp dreißig Minuten später lag die 91-Jährige hinter uns im weißen Sarg und wir fuhren Richtung Pinneberg.

„Julius, mir ging einiges durch den Kopf in den letzten Stunden."

Ich drehte mich kurz zu ihm hinüber, konzentrierte mich aber sofort wieder auf den Verkehr.

„Ich finde, es wäre besser ... wenn du dich stellst."

Ich schaute erneut zu meinem Mitarbeiter und bestätigte Alberts Meinung.

„Habe auch schon darüber nachgedacht."

„Das kleine Mädchen hat etwas anderes verdient ...!“

Voller Verständnis nickte ich Albert zu. Endlich war der Friedhof in Pinneberg erreicht. Ich hatte ihn ausgewählt, weil die Anfahrt zum Parkplatz sehr anonym war. Ich fuhr über die ruhige Hebbelstraße auf das Gelände neben der Lutherkirche. Wenn jetzt dort eine Bestattung ablief, musste ich umdisponieren. Mir war klar, viel Zeit blieb nicht.

„Weißt du eigentlich, dass meine Schwester hier liegt?“, fragte mich Albert.

Ich tat so, als sei es etwas Neues für mich, und schüttelte den Kopf.

„Ja, tatsächlich! Aber ich war sicher schon ein Jahr nicht mehr hier. Vielleicht sollte ich später ...!“

„Eine gute Idee“, frohlockte ich, „wenn du schon einmal hier bist.“

Albert wurde sofort etwas fröhlicher. Den Wagen stellte ich seitlich unter einigen Kastanien ab.

„Wir sind etwas zu früh.“ Ich zeigte auf das Zifferblatt meiner Armbanduhr. „Willst du das Grab deiner Schwester nicht vorab besuchen? Wir sind echt gut in der Zeit.“

Albert schaute erst etwas skeptisch, dann nickte er und stieg aus. Erleichtert atmete ich auf. Die ganze Planung stand auf wackeligen Beinen. Wenn nun etwas Unvorhersehbares geschah, war ich dran und würde die restlichen Jahre im Gefängnis verbringen müssen. Aber das Gleiche passierte mir, wenn Albert plauderte. Oder wenn er darauf bestand, dass ich mich stellte. Der Ignorant glaubte doch nicht, dass ich so einfach meine Familie aufgab. Ich kam in Rage.

FAMILIE WAR DAS HÖCHSTE, UND NUR, WEIL ER NIEMANDEN MEHR HATTE ...!

Ich öffnete mit dem Schlüssel das Handschuhfach, entnahm das Resolza-Messer und zog es aus der Scheide. Kühl und angenehm brachte es mich gleich in die richtige Stimmung. Es war wie ein Körperteil, wie eine Gabe des Allmächtigen, den ich eigentlich ablehnte. Lehnte ich ihn überhaupt ab? War ich vielleicht sein Handlanger? Weiter unten auf dem Friedhofsgelände spazierte ein Ehepaar. Was tat ich, saß hier herum, während eine große Aufgabe auf mich wartete.

Albert fand ich auf einer Bank unweit des Grabes seiner Schwester. Ich kannte diesen Ort gut. Vor etwa zwei Jahren wurde – wenige Plätze daneben – eine alte Grabstätte ausgehoben und wieder vergeben. Ich bekam damals den Einsargungsauftrag.

„Hier ist es so ruhig!“ Alberts Blick zeigte wenig Interesse, als er mich kommen sah. Er hatte beide Hände hinter dem Kopf verschränkt und seine Augen geschlossen. Tief atmete er ein und aus.

„Ich muss öfters hierherkommen, bevor das Grab geräumt wird. Diese absolute Ruhe.“

„Wunderschön!“, bestätigte ich sein Empfinden. Mit einem großen Schritt war ich bei ihm. Sein sauber rasierter Hals lag frei, so als unterstützte er mein Vorhaben. Der Schnitt durch seine Kehle war präzise und das Blut lief auf sein weißes Hemd und die schwarze Anzughose. Albert wollte etwas sagen, bekam aber verständlicherweise keinen Ton heraus. Nur ein Gurgeln kam aus seiner Kehle. Er riss plötzlich die

Augen auf, schaute erst ungläubig auf mich, dann auf das Grab seiner Schwester. Mir war klar, er nahm Abschied, und ich hoffte für den langjährigen und treuen Mitarbeiter, es würde für ihn ein Neubeginn werden. Schwester und Bruder vereint – wie ich und Caroline.

DANKE, ALBERT, FÜR DEINE TREUE!

Tränen liefen über meine Wangen, als ich in den Mercedes stieg und Richtung Wedel zurückfuhr. In knapp fünfundvierzig Minuten sollte die Leiche der 91-Jährigen auf dem Waldfriedhof Wedel bestattet werden. Sie war mein Alibi und ich musste mich sputen.

Kapitel 21

Hauptkommissar Schweiss war außer sich. Er brüllte laut in seinem Büro herum, warf sogar einen Aktenordner auf den Boden. Die Kollegen bemühten sich, ihm aus dem Weg zu gehen. Allen war klar, es lag an dem achten Toten, der vor knapp einer Stunde auf dem Friedhof in Pinneberg aufgefunden worden war. Ein Schnitt mit einem Messer durch den Hals, erklärten die Kollegen der Polizei, die zügig vor Ort waren.

„Wieso jetzt Pinneberg?", brüllte Schweiss erneut. „Ich habe es satt, ich brauche Ergebnisse und keine Leichen!"

Es dauerte fast eine Stunde, bis er sich beruhigt hatte.

Schweiss war ein Profi und ihm war klar, er durfte nicht lange warten. Die Spur war heiß. Der Friedhofskiller hatte seit einigen Tagen nicht mehr gemordet, und jetzt in Pinneberg. Das musste einen speziellen Grund haben. Der Hauptkommissar verdrängte den Gedanken an den gestern vertanen Versuch, Traudel wieder zurückzugewinnen. Es gab eindeutig Wichtigeres. Wanderte der Mörder ab nach Schleswig-Holstein? Schweiss war es ganz recht. Aber trotzdem war und blieb es erst einmal sein Fall. Er rief nach Sokolowski und ließ sich von dem Kollegen nach Pinneberg fahren.

*

Die Leiche wurde gerade im blauen Plastiksack auf das Rollgestell verladen, als beide Kriminalbeamte den Friedhof erreicht hatten. Die Männer des GBI nickten zögerlich und verharrten einen Moment, während Schweiss auf sie zuschritt.

„Will ich mir die Leiche anschauen?“, fragte Schweiss zu sich selbst. Er entschied sich dagegen und machte mit der Hand eine ausladende Bewegung. Die beiden dunkel Gekleideten hatten verstanden. Sofort schoben sie das Gestell in den Wagen, schlugen die Heckklappe zu und liefen zu den Wagentüren. Schweiss hatte kein Interesse auf blutige Überreste von Menschen. Er hatte genügend davon gesehen – es reichte. Er blieb stehen und schaute dem wegfahrenden Leichenwagen nach.

*

Die Pinneberger Polizeikollegen hatten den Tatort weiträumig und vorbildlich abgesteckt, und zwei Männer der Spurensicherung waren dabei, ihre Geräte in den weißen Bulli, etwa zwanzig Meter vom Leichenfund entfernt, einzuladen. Die Situation schien klar: Der Mörder war von hinten an sein Opfer getreten, hatte ihm die Kehle durchgeschnitten, während dieser auf der Bank seitlich der Grabstätten saß. Soko wies auf die Blutreste auf dem Boden und am verwitterten Holz der Friedhofsbank sowie auf Fußabdrücke im Gras.

„Kennen wir den Toten?", wollte der Hauptkommissar wissen und bemühte sich, entspannt zu klingen.

„Albert Willfang, 73 Jahre alt, aus Hamburg." Kommissar Maess, so hatte sich der Kollege vorgestellt, hielt Schweiss den Personalausweis des Toten hin.

„Willfang also. Gibt es Zeugen?"

„Eine alte Dame hat den Toten gefunden. Sie steht noch unter Schock. Hat aber wohl niemanden gesehen. Es ist sehr still hier."

„Das beruhigt mich sehr, Kollege. Vielleicht sollte ich meinen Arbeitsplatz hier einrichten?", entfuhr es dem Ersten Hauptkommissar.

Maess grinste, er schien einiges gewohnt zu sein. „Lassen Sie für mich ein paar Quadratmeter übrig, Kollege!", frotzelte er.

Schweiss fand, der Typ war goldrichtig. Das war noch alte Schule. Nicht wie dieser Sokolowski, der momentan unruhig über den Friedhof lief. Der junge Kommissar war dabei, mit seinem Smartphone alle Gräber zu fotografieren. Auch eine Art, sich den Tag zu vertreiben, fand sein Vorgesetzter und ließ es geschehen. Er konnte es eh nicht ändern.

Schweiss setzte sich auf eine weitere Bank, wenige Meter neben dem Tatort, und ließ die Situation auf sich wirken. Warum verlässt der Mörder Hamburg? Diese Frage ließ ihn nicht in Ruhe. Ob er mitbekommen hatte, dass sie die Friedhöfe überwachten? Aber seit heute hatte man die Observierung eingestellt. Und wer war der Tote? Hatte er das Grab von Angehörigen besucht?

„Soko?“, rief Schweiss und der Kollege kam angesprungen.

„Ja, Chef?“, und als Schweiss fragend schaute, meinte der junge Kommissar: „Ich habe alle Grabsteine um den Tatort fotografiert. Da sparen wir uns vielleicht eine weitere Fahrt hierher.“ Er strahlte solch eine jugendliche Freude aus. Schweiss ärgerte sich über seine Vorurteile, was die Fotografiererei anging, und ihm war klar, er musste Soko etwas Anerkennendes sagen.

„Toll, diese Smartphones und ihre Kameras.“

Sokolowski nickte und sein Gesicht nahm überraschte Züge an.

„Lass uns zurückfahren, Soko. Ich brauche dringend einen Kaffee.“

*

„Albert Willfang war Rentner, arbeitete aber noch stundenweise bei seinem alten Arbeitgeber Hassel, einem alteingesessenen Bestattungsunternehmen auf St. Pauli.“ Kommissar Sokolowski zupfte nervös an seinem pechschwarzen Kapuzenpulli. ‚Every Soul taste Death‘ stand in roten Lettern darauf. Der Kriminalbeamte hatte alles recherchiert und teilte es nun seinem Vorgesetzten mit.

Hauptkommissar Schweiss überlegte, welche Aussage sich hinter den Worten auf dem schwarzen Shirt verbarg, verdrängte aber den Gedanken schnell. Er erinnerte sich dunkel daran, beim Tode seiner Ehefrau auch vom Bestatter Hassel einen Kostenvoranschlag eingeholt zu haben. Aber irgendwie war es nicht zu einem Abschluss gekommen. Wahrscheinlich war Hassels Angebot zu hoch gewesen.

„Soko, mach einen Termin mit Hassel. Ich möchte mit ihm reden."

Soko schlich zum Telefon.

Wenig später waren beide im Wagen unterwegs in die Paul-Roosen-Straße. Soko fuhr einen Smart und Schweiss fühlte sich äußerst unwohl darin. Er fand, das war kein Auto, sondern ein überdachter Rollstuhl.

„Wenn wir jetzt einen Unfall haben, brauchen wir keinen Sarg." Schweiss sprach eigentlich mit sich selbst, aber Sokolowski schaute neugierig. „Ich meine, wir sitzen ja schon in einem. Das wäre doch eine brillante Geschäftsidee?"

Schweiss hatte sich in Rage geredet und war nicht mehr zu stoppen. „Alle würden davon profitieren ..."

Soko drehte vorsichtshalber das Radio lauter. „Verkehrsmeldungen", entschuldigte er sich.

Beleidigt schwieg Schweiss den Rest der Strecke zum Bestattungsunternehmen Hassel.

Rechts von einer Verkehrsampel, an der sie gerade anhielten, stand eine riesige Plakatwand. Einige von der Bundestagswahl am 24. September letzten Jahres übrig gebliebene Wahlplakate hingen in Fetzen herunter. Auch so ein Thema, das ihn aufregte. Diese Wahl, so fand Schweiss, war zum Kasperltheater mutiert. Mutti Merkel hatte sich im Vorfeld auf ihrem Kanzlerinnenbonus ausgeruht und alle anderen hatten munter auf ihr herumgekloppt. So wie in Schweiss' Kindheit Kasperl auf das Krokodil eindrosch. Gute Nerven hatte sie ja, die Frau Merkel. Er an ihrer Stelle hätte schon längst alles hingeschmissen. Und dieser Schulz, diese Eintagsfliege, kam, sah und verlor. Obwohl Schweiss selbst, als eingefleischter CDU-Wähler, Schulz anfänglich recht erfrischend fand. Letztendlich hatten sich die Wähler ganz anders entschieden und der Kriminalbeamte glaubte, das war gar nicht mal so verkehrt. Vielleicht besannen sich die hoch bezahlten Politiker der etablierten Parteien mal wieder darauf, Politik für das Volk zu machen. Und trieben so die Rechten auch wieder aus dem Bundestag.

Schweiss war sich noch bis zum Wahltag unsicher gewesen, wen er wählen sollte. War dann erst gar nicht ins Wahllokal marschiert. „Einmal aussetzen“, grinste er vor sich hin. Eigentlich war ihm der Kurs der CSU am Nächsten. Aber hätte er als Hamburger überhaupt die CSU wählen dürfen? Hätte er sich mal schlaugemacht, nun war es zu spät. Ein Plakat mit dem Bundesvorsitzenden der FDP, Lindner, war noch ganz gut erhalten. Lindners Konterfei hatten die Werbefritzen nur halb auf allen Plakaten abgebildet, war Schweiss aufgefallen. Welch eine Verschwendung. Dann doch lieber die

Merkel, die hatte stets den gesamten Platz des Plakates eingenommen.

*

Bestatter Julius Hassel hatte die Kriminalbeamten schon erwartet. Er kam aus einer Art Kapelle auf die beiden zugeeilt. Schweiss wunderte sich etwas: eine Kapelle in einem Bestattungsunternehmen – was es nicht alles gab? Hassel war sicher Anfang vierzig und er schien unglaublich ruhig zu sein. Dafür kamen seine Worte etwas zögerlich und Schweiss kam es vor, als stünde der Mann unter dem Einfluss von Medikamenten. Aber das ging ihn nichts an. Die Tätigkeit als Bestatter verlangte dem Menschen sicher einiges ab, spekulierte Schweiss. Hassel fragte die Beamten nach dem Grund ihres Besuches, und als sie ihm vom Tod seines Mitarbeiters erzählten, strauchelte er leicht und musste sich in der Empfangshalle hinsetzen. Der Hauptkommissar nahm dem Unternehmer ab, dass er Willfang schätzte, und Hassel bestätigte das auch, nachdem auch sie dort Platz genommen hatten. Der Unternehmer hatte sich schnell wieder gefangen und wollte Genaueres über das Ableben Willfangs wissen.

„Erst frage ich, dann schauen wir mal weiter“, kürzte Schweiss ab. „Wie lange war Herr Willfang schon bei Ihnen angestellt?“

Nach kurzer Überlegung antwortete Julius Hassel: „Seit Anfang der Achtzigerjahre, er arbeitete schon bei meinem Vater."

„Dann müssen wir später auch Ihren Vater befragen."

„Meine ... Familie starb 1984 bei einem ... Autounfall." Nur zögerlich entfuhr Hassel dieser Satz.

„Wie – Ihre Familie ...?" Schweiss war in seinem Element.

„Alle! Papa, Mama, Caroline ... aber ist das für Ihre Ermittlung von Interesse?"

Schweiss erkannte, dass Hassel litt, aber auch mit seiner Frage recht hatte.

Soko mischte sich plötzlich ein und der Erste Hauptkommissar ließ es zu.

„Willfang wurde auf dem Friedhof in Pinneberg ermordet. Können Sie uns einen Grund dafür nennen, warum er sich dort aufhielt?"

Die Frage war gut formuliert, fand Schweiss

Hassel überlegte kurz. „Ich bin mir nicht sicher, glaube aber, seine Schwester fand dort ihre letzte Ruhestätte. Aber – wie gesagt – dafür würde ich meine Hand nicht ins Feuer legen." Hassel versuchte ein entschuldigendes Grinsen.

„Ihr Verhältnis zu Willfang war gut?"

„Sehr gut", schwärmte Hassel. Der Mann hatte die Hände gefaltet, wie bei einem Gebet, und schaute abwesend aus dem Fenster. „Aber er war nicht mein Freund, jedoch ein guter Angestellter."

„Hatte er heute keinen Dienst?"

„Nein, also nur bis neun Uhr“, erklärte der Bestatter.

Seine Augen trafen wieder auf die des Kommissars und Schweiss wunderte sich über dessen offenen Blick.

„Ich hatte heute in der Früh einen Einsatz in Wedel, den ich aber alleine durchführte. Die Familie der Verstorbenen bat darum.“

„Wann genau waren Sie in Wedel?“, wollte Soko wissen. Schweiss beobachtete sein Gegenüber. Hassel sah den Tod des Mitarbeiters doch lockerer, als es anfangs schien, aber er machte auf ihn nicht den Eindruck eines Mannes, der etwas zu verbergen hatte.

„Kurz nach neun Uhr verluden wir hier den leeren Sarg. Albert versorgte später noch …“, Hassel hüstelte, „… die Blumen drüben im Ausstellungsraum. Für den Rest des Tages brauchte ich Albert nicht mehr. Ich teilte es ihm mit und … es passte ihm gut. Ich selbst fuhr dann nach Wedel, die 91-jährige Verstorbene abzuholen. Die Bestattung der alten Dame fand eine Stunde später auf dem Wedeler Waldfriedhof statt. Die Zeit benötigte ich, um alles vorzubereiten.“

Soko wischte unterdessen wie besessen auf seinem Handydisplay herum. „Es gibt kein Grab mit dem Namen Willfang. Sicher war die Schwester verheiratet. Kennen Sie ihren Mädchennamen?“

Hassel kannte ihn nicht und Schweiss glaubte ihm.

„Sie benötigen keine Hilfe beim Schleppen der Särge?“ Sokolowski wollte auf den Alleingang Hassels am Morgen hinaus.

„Nein, es gibt im Haus einen Sarglift, der die Särge aus dem Untergeschoss nach oben bringt.“ Hassel zeigte mit der Hand nach hinten in Richtung Kapelle. „Zusätzlich verfügen wir über Hebevorrichtungen, sogenannte Rollwagen mit Untergestellen. Alles läuft rückenschonend ab. Die Zeiten der vielen Mitarbeiter sind vorbei. Das Geld ist knapp, die Konkurrenz groß ...“

„... danke, ich denke, wir sind durch“, unterbrach Schweiss den Bestatter und war aufgestanden.

„Lass uns gehen“, nickte er dem Kollegen zu. Hassel schaute etwas sprachlos. Aber Schweiss wollte hier verschwinden, bevor das große Jammern begann. Er kannte das von zahlreichen Gesprächen mit Unternehmern. Große Autos fahren, etliche Wohnblocks besitzen, aber sie jammerten stets auf höchstem Niveau. Und sicher war es bei Hassel ähnlich. Das Gelände, auf dem Unternehmen und Privathaus hier auf St. Pauli standen, schien riesig. Auch einen Pool hatte Schweiss seitlich durch eine mittelhohe Hecke entdeckt. Armut war offensichtlich nicht Hassels Problem.

„Zum Glück hatte Albert Willfang keine Familie ...“, entfuhr es Hassel, als Schweiss schon die Eingangstür geöffnet hatte.

„Wie bitte?“ Schweiss hatte nicht ganz verstanden.

„Wissen Sie, ich habe täglich mit dem Leid vieler Menschen zu tun. Wenn der geliebte Sohn, Bruder, Vater, Ehemann stirbt, dann bricht eine Welt für sie zusammen. Albert Willfang lebte alleine. Niemand wird um ihn weinen. Keine Schmerzen, keine Trauer – außer bei mir. Sind Sie verheiratet, Herr Kommissar?"

Die Frage kam unverhofft und der Hauptkommissar überlegte, was die Worte bedeuten sollten. Er antwortete aber dann: „Nein, ich bin Witwer."

„Oh, Ihre Frau ist verstorben. Das tut mir leid! Hatten wir den Auftrag ... also, wurden Sie durch uns betreut?"

Schweiss schüttelte den Kopf. „So ein Bestatter aus Wandsbek hat Gabriele ...! Warum erzähle ich Ihnen das eigentlich?" Der Hauptkommissar blickte erst auf Hassel, der still in dem Sessel saß, die Hände verschränkt, dann auf den Kollegen Sokolowski, der unweit von ihnen – mit gelangweiltem Gesichtsausdruck – am Türrahmen neben dem Ausgang lehnte.

„Also, Soko, wenn dir noch etwas einfällt?"

Der Angesprochene kramte eine verknitterte Visitenkarte aus dem Kapuzenpulli, machte einen Ausfallschritt und hielt sie Hassel hin. Der betrachtete die Karte abwesend, nahm sie dann zögernd entgegen und legte sie vor sich auf das kleine Tischchen. Der Bestatter war nun ebenfalls aufgestanden.

„Ich werde Sie ein Stück nach draußen begleiten, meine Herren."

„Nein, lassen Sie. Wir finden selbst zum Wagen." Schweiss drehte sich um, sprang die Stufen hinab und lief zum Smart.

*

Die Angaben zum Unfall der Familie Hassel im Jahr 1984 entsprachen tatsächlich der Wahrheit. Schweiss hatte Soko angewiesen, darüber zu recherchieren, und nur knapp fünfzehn Minuten später legte dieser ihm die Kopie eines Zeitungsartikels auf den Tisch.

FAMILIE AUSGELÖSCHT – NUR 12-JÄHRIGER ÜBERLEBTE!

Es war, wie Hassel es erklärt hatte, nur dass insgesamt sieben Personen bei dem Unfall auf der A1 verstarben. Ein Bestatter, der seine komplette Familie verloren hatte. Wie makaber, fand Hauptkommissar Schweiss.

„Und die Schwester des Ermordeten?“

Auch da wusste Sokolowski Rat. Der Kriminalbeamte zog sein abgenutztes Smartphone aus der Hosentasche und zeigte Schweiss wenige Sekunden später das Foto einer Grabstätte.

„Silvia Naddel, geborene Willfang, verstorben 2005. Krebs! Albert Willfang hat sicher ihr Grab besucht, als der Mörder ihm auflauerte.“

Das klang beruhigend und nach einem kleinen Erfolg, doch Schweiss hatte so ein komisches Gefühl in seiner Magengegend.

Kapitel 22

Hauptkommissar Lutteroth atmete schwer. Erst hatte ihn der Polizeipräsident aufgesucht und war ohne brauchbare Neuigkeiten abgezischt. Und nun noch der Anruf des Innensenators, der den Abschluss der Ermittlungen forderte. Er musste endlich – was den Fall anging – weiterkommen. Es gab genügend Informationen und sicher ergaben sie – im richtigen Zusammenhang – die Lösung. Lutteroth nahm einen Stift und schrieb:

- 21 Tote (Franzosen?) Abidjan/Elfenbeinküste
- Diamanten?
- ‚Schuppen 10' (zügiger Abriss)
- Schuster, Barbier, Fischer, Bestatter, Transportunternehmen
- Zeitraum: 1963–1965
- Schiffsname?

Lutteroth setzte sich vor das Blatt und las es wie ein Kreuzworträtsel. Ergab es Sinn? Und wenn, welche Kombinationen? Das Schiff mit den einundzwanzig zum Teil schwarzen Matrosen musste von der Elfenbeinküste gekommen sein. Ladehafen Abidjan. Bei einem Teil der Ladung handelte es sich vielleicht um

Diamanten. Aber wurden im ‚Schuppen 10' Diamanten gelagert? Eher nicht, schätzte Lutteroth. Solche hochpreisigen Wertgegenstände fuhr man – sicher auch schon in den Sechzigerjahren – unter strengsten Vorkehrungen sofort in die Stadt und verschloss sie in einem Banksafe. Also hier liefen seine Vermutungen noch etwas unrund. Obwohl, wenn er die Geschichte ein wenig zurechtrückte, würde sie der Polizeipräsident vielleicht schlucken. Aber sofort wurde ihm bewusst, das konnte er nicht tun. Die toten Menschen hatten verdient, dass sich alles aufklärte. Wie im letzten Jahr die Toten in der Elbphilharmonie. Sie hatten inzwischen ein Grab in ihrer Heimatstadt gefunden. Caro sprang vom Bürostuhl auf und ging nach hinten, um sich einen Espresso zu holen.

KAPITEL 23

Ich saß im Außenbereich der Kapelle. Dieser war inzwischen zum Rückzugsort vor den Versuchungen der Menschheit, vor der Arbeit, aber auch vor der Familie geworden. Ich, der Ungläubige, liebte es plötzlich, in der Kapelle zu sitzen. Mit einem Blick nach oben in den grauen Hamburger Himmel suchte ich nach einer Erklärung – fand aber keine. Aber in einem war ich mir sicher und ich hatte es in den Augen des Kriminalbeamten gelesen: Schweiss glaubte meine Aussage nicht. Ich zermarterte mir das Hirn, ob ich vielleicht während der Vernehmung etwas Widersprüchliches gesagt hatte. Doch mir fiel nichts ein. Die Tabletten aus Silvanas Psychopharmaka-Bestand hatten mich zunächst enorm beruhigt. Das war gut, denn Nervosität macht dich gleich zum Verdächtigen. Wie sollte es weitergehen? Albert ging es nun besser, dort, wo er sich befand. Aber mir fehlte nun ein guter Mitarbeiter. Ich musste mich schleunigst nach Hilfe umschauen. Auf Mike Toless war kein Verlass. Er konnte mir schleppen helfen und auch als Fahrer war er zu gebrauchen. Aber eine Vertrauensperson war etwas anderes. Seit gestern hatte ich meine Familie im Bunker nicht mehr besucht, fiel mir siedend heiß ein. Doch sie waren versorgt. Lebensmittel und Wasser reichten bis Mitte der Woche. Nur die Chemietoilette würde sicher bald überlaufen.

Zog sich das Netz um mich herum enger? Ich war mir nicht mehr sicher. Die Wirkung der Tabletten ließ etwas nach und meine Hände begannen wieder zu zittern. Der Tod Alberts nahm mich doch mehr mit, als ich gedacht hatte. Albert, du alter, treuer Begleiter. Was hatte ich getan? Ich schob den Gedanken und die aufkommenden Tränen beiseite.

Die Frau des Kommissars hatte wohl ein Wohnzimmerbestatter in Wandsbek vergraben. Dieser gut verdienende Kriminalbeamte gab sicher kein Geld für die Bestattung seiner Liebsten aus. Wahrscheinlich hatte sich Schweiss gleich wieder eine Jüngere gesucht, kaum war die treue Seele unter der Erde. Der Mann erinnerte mich an Röder. Sofort schoss wahnsinnige Wut in mir hoch. Schweiss war gerade bei mir in Ungnade gefallen. Unabhängig von seinem Status als Polizeibeamter.

ER WÜRDE MEIN NÄCHSTER SEIN.

*

Tatsächlich fand ich das Grab einer Gabriele Schweiss in meiner ‚internen Liste Verstorbener' auf dem Friedhof in Wandsbek. Sogar die Grabstellennummer war aufgeführt: 17C. Ich erinnerte mich, vor ein paar Jahren nicht weit entfernt ein verunfalltes Ehepaar in einem Familiengrab bestattet zu haben. Die Arbeit fiel mir damals sehr schwer. Erinnerungen an meinen Verkehrsunfall waren dort wieder hochgekommen.

DER KREIS SCHLIESST SICH.

Gabriele Schweiss, Ehefrau dieses ignoranten Kriminalbeamten, war 2007 verstorben. Also war ihr Grab in Disposition. Zehn Jahre Leichenruhe waren genug, wenn es nach Auffassung der Hamburger Bürgerschaft ging. Doch zumindest gab man den Hinterbliebenen die Möglichkeit, nochmals um fünf Jahre zu verlängern. Kostenpflichtig natürlich. Es war an der Zeit, auch Alexander Schweiss eine Aufforderung zur Grabräumung zukommen zu lassen.

Kapitel 24

Traudel Kensbock hatte Dauerstress. Die Sektionen der einundzwanzig konservierten Leichen aus der Gründung der Elbphilharmonie hatte sie nahezu im Alleingang bewältigt. Nur Kollege Dr. Fischer, der gerade im Sektionssaal neben ihr stand, hatte sie erlaubt, ihr zu helfen. Der junge Rechtsmediziner Fischer machte auf sie einen kompetenten Eindruck. Alle anderen im Team beim Butenfeld hatte wohl Pellin versaut, glaubte sie und lachte über ihre Gedankengänge. So langsam wurde sie seltsam, ähnlich wie ihr ehemaliger Freund Alexander Schweiss. Die inzwischen zahlreichen Leichen des Friedhofsmörders in den Kühlkammern hatte sie an ihre Kolleginnen und Kollegen abgegeben. Die Aufgabe war ihr zu banal und offensichtlich. Sollten das doch die anderen Rechtsmediziner tun.

„Fischer, haben Sie eigentlich auch an den Untersuchungen der Friedhofstoten mitgewirkt?", wollte sie wissen, während sie sich die Latexhandschuhe überstreifte.

„An den ersten Morden, ja. Also Röder und der Tote danach … ich komme nicht mehr auf den Namen."

Die Professorin winkte ab. „Und trotz DNA und Fingerabdrücke sind die im LKA noch nicht weitergekommen?"

Fischer grinste etwas unsicher. „Der Mann ist noch nie auffällig geworden, also nicht gelistet, denke ich."

Dr. Kensbock nickte.

„Es fanden sich auch Stofffasern unter den Fingernägeln von Röder", merkte Fischer an.

„Ach so?" Die Rechtsmedizinerin war mit ihren Gedanken schon woanders. Als man sie bat, befristet zum Butenfeld zurückzukehren, hatte sie sofort Ja gesagt. Aber nicht Hamburg war es, das sie lockte, auch nicht Alexander Schweiss. Sie war im letzten Jahr Hals über Kopf nach Chemnitz gegangen und hatte ihre Arbeit hier in der Hansestadt nicht abschließen können. Das würde sie jetzt nachholen. Ideal wäre ein Donnerschlag. Einer, mit dem Hamburg sie und das Butenfeld dauerhaft in bester Erinnerung behielt. Sie lachte laut, während sie nach der kleinen Motorsäge griff. Fischer erschrak und Dr. Kensbock winkte entschuldigend zu ihm hinüber.

Ihre Gedanken gingen zu Alexander Schweiss. War da noch ein Gefühl? Sie war sich sicher, dass er sie zum Bleiben überreden wollte. Sie hatte Alexander – mit ihrer flapsigen Aussage über einen neuen Partner – schon mal etwas ruhiggestellt. Dr. Kensbock erinnerte sich an die schönen Tage mit ihrem Partner auf Kuba. Obwohl, hin und wieder gab es auch Streit, verbale Auseinandersetzungen. Schweiss war ein Mann, der sich schwertat, Fehler einzugestehen. „Heute sagt man Macho", sprach Kensbock zu sich selbst und erneut schaute ihr Kollege fragend.

Sie kam gut alleine zurecht, fand sie. Nur selten fehlte ihr ein Partner. Und wenn, dann eher, um nette Gespräche zu führen. Keiner, der den ganzen Tag um sie herumscharwenzelte und nervte. Sie wollte sich ihre Freiheit nicht einschränken lassen. Ihr Entschluss stand fest.

*

Zu Hause angekommen, öffnete Alexander Schweiss den Briefkasten. Seit seiner offiziellen Zurruhesetzung im letzten Jahr hatten die Werbesendungen immens zugenommen. So als wüsste alle Welt, er sei nun Pensionär ... und dazu reich. Natürlich wollten alle nur das eine ... sein Geld. Bittsteller, Weinhändler, sogar diverse Kirchen schrieben ihn nun regelmäßig an. Woher hatten die nur die Informationen und vor allem, woher hatten sie seinen Namen und die Anschrift? Doch heute lag nur ein Brief einsam in der weißen Blechbüchse: Ein Formular des Wandsbeker Bezirksamtes. Schweiss ahnte nichts Gutes. Und tatsächlich handelte es sich um den Auftrag, das Grab seiner verstorbenen Ehefrau zu räumen. War das Gedankenübertragung? Mit zitternden Händen überflog er das leere Formular:

Hiermit erteile ich Ihnen den Auftrag, die oben genannte Grabstätte abzuräumen. Ich versichere, dass ich für die Pflege des Grabes verantwortlich bin oder die Grabräumung mit den weiteren Angehörigen abgesprochen wurde. Die Kosten für die Grabräumung (80 Euro für ein Doppelgrab, 50 Euro für ein Einzelgrab) werde ich bezahlen.

Der Witwer hatte mit dieser Maßnahme gerechnet, aber nicht so schnell. Er wollte erst den Verantwortlichen anrufen und ihn um eine Verlängerung der Grabruhe bitten. Aber ihm war klar, das Bezirksamt hatte um diese Zeit schon geschlossen. „Wenn die überhaupt nachmittags geöffnet haben, diese faulen ..." Schweiss bremste seinen Zorn, wollte abwarten. Zumindest so lange, bis er alles mit Liliane abgesprochen hatte. Ob sie auch solch ein Formular erhalten hatte? Schweiss griff zum Telefon, ließ den Anruf dann aber. Sicher meldete sich Liliane, wenn auch sie informiert worden war.

Unten hatte der Absender handschriftlich vermerkt: „Grabschau: morgen 8.00 Uhr auf dem Friedhof Wandsbek." Schweiss nahm sich vor, diesen Termin am nächsten Morgen unbedingt zu nutzen. Er musste die leidige Angelegenheit dringend klären. Koste es, was es wolle!

Kapitel 25

Schweiss' Privatadresse in Hamburg Wellingsbüttel fand ich im Telefonbuch. Die Idee mit dem Formular kam mir spontan. Ich hatte Unmengen von behördlichen Formularen, also änderte ich den Briefkopf um auf Wandsbek, schrieb die Adresse des Kommissars hinein und warf das Kuvert noch am späten Nachmittag in Schweiss' Briefkasten. Den Kapuzenpulli tief über das Gesicht gezogen, sollte mich dort niemand erkannt haben. Hamburg war eh so anonym wie ein FKK-Strand im Winter, fand ich. Ich hoffte inständig darauf, dass der Mann es rechtzeitig las. Wenn er nun bei seiner Freundin übernachtete und somit die Gelegenheit zur angeblichen Aussprache mit dem Bezirksamt vergab? Es nutzte nichts, ich musste warten. UND HOFFEN!

*

Ich verbrachte ausgelassene Stunden mit meiner Familie unten im Bunker. Mutter hatte etwas Husten. Ich schob es auf die frühere Raucherei und besorgte ihr Hustensaft. So wie sie es früher für mich getan hatte. Caroline versorgte ich mit Naschereien wie Zuckerwatte. Aber auch sonst brachte ich ihnen das Nötigste. Zum Tanzen war mir heute – nach dem Tode meines Mitarbeiters – nicht zumute. Silvana machte gerade auf mich auch nicht den Eindruck, Freude dafür zu empfinden. So ließ ich es. Erst wollte ich Großvater ansprechen und ihm die Vorwürfe Alberts auf den Kopf zusagen. Aber die Gelegenheit schien mir ungünstig. Es gab Spannungen genug, warum gerade jetzt noch welche hinzufügen?

*

Schon um sieben Uhr am nächsten Morgen traf ich auf dem Wandsbeker Friedhof ein. Ich hatte die Nacht schlecht geschlafen und wäre am liebsten schon im Morgengrauen zum Grab von Gabriele Schweiss gefahren. Ich fand die Grabstätte gleich. Wie ich vermutet hatte, wirkte sie nicht sonderlich gepflegt. Die übliche blaue Kriechkiefer, daneben eine rostige Harke. Dazu die stinkende, grüne Fadenzypresse. Genau das traute ich Schweiss zu. Hatte er keine Kinder? Wenn ja, waren sie sicher nicht besser als er. Ich fühlte mich bestätigt und nahm Kontakt zu meinem Messer auf. Es war wie kalte Seide und ich drückte es gegen meine Brust. Es verstand mich. Ich versteckte mich etwas weiter hinten bei einem Busch und wartete.

*

Schweiss kam pünktlich. Der Punkt ging an ihn. Ich sah, dass er sich unbeholfen umschaute. Er suchte den Verfasser des Schreibens. Müde lehnte er sich an einen Baum und gähnte herzzerreißend. Dann wandte er sich der Grabstelle zu. Er verharrte einen Moment, war in die Hocke gegangen und drehte mir den Rücken zu. Redete er vielleicht mit seiner toten Ehefrau? Ich sah, dass sich seine Wangenknochen bewegten. Wenn ja, warf es ein besseres Bild auf ihn, als ich angenommen hatte. Enttäuscht steckte ich das Messer wieder ein. Nun setzte er sich auf die Umrandung des Grabes. Der Witwer nahm die kleine, rostige Dreizinken-Harke auf und musterte sie. Wollte er das wiedergutmachen, was er in den letzten Jahren versäumt hatte? Die Wut in mir wuchs. Wieder bekam ich diese Schmerzen in der Magengegend, die mich fast zerrissen. Es war mein Auftrag zu handeln – ich war auserwählt.

ER HATTE SEINE CHANCE.

Eine alte Frau spazierte, nur wenige Meter entfernt, an dem am Boden hockenden Schweiss vorbei. Argwöhnisch beäugte die in Schwarz Gekleidete den Mann in der Hocke. Sie warf einen Gruß in seine Richtung, doch eher verängstigt. Ich selbst machte sicherheitshalber einen Schritt zurück ins dichtere Gebüsch. Ein älterer Mann im zerknitterten Anzug vor einem Grab am frühen Morgen hier in Wandsbek? So etwas machte die Hamburgerin wohl skeptisch. Ich verfolgte ihren Weg weiter über das Gelände des Friedhofs. Sie blickte sich noch einige Male um. Nach kurzer Zeit war sie dann bei den Gräbern der Kinder und Jugendlichen verschwunden. Nein, sie konnte mir nicht schaden.

Es roch so sauber hier. Nach unverbrauchtem Sauerstoff und frisch treibenden Blüten. Ich filterte den Zederngeruch heraus. Ich liebte Zedern. Warum dann diese Kriechkiefern auf den Gräbern? WEIL SIE BILLIG WAREN!

Schweiss kniete nun vor dem Grabstein und schien tatsächlich zu reden. Weiß der Himmel, mit wem!? Ich schlich mich leise von hinten an ihn heran. Wenn er sich jetzt umdrehte und mich erkannte, würde ich etwas von einem Auftrag hier erzählen. Die Vögel zwitscherten Alarm, doch der versierte Kriminalbeamte registrierte es nicht. Er war wohl in sich gekehrt und das freute mich. So fiel für ihn der Übergang in die Ewigkeit leichter. Dort würde er seiner Gabriele auch erklären müssen, warum er sich nie um das Grab gekümmert hatte.

*

Bevor Schweiss mich bemerkte, hatte die Klinge des Resolza-Messers einen acht Zentimeter langen Schnitt auf seinem Hals hinterlassen. Es war so einfach! Und so wirkungsvoll. Schweiss stöhnte, röchelte, gurgelte, so wie ich es von allen anderen Opfern her kannte. Doch der Sterbende behielt die Contenance, drehte den Kopf zu mir. Er wollte etwas sagen. Ich sah, wie er seine Lippen formte:

H A S S E L

„Ja, dreh dich nicht um, der Kommissar geht um!“, flüsterte ich und bewegte mich sicherheitshalber einige Schrit-

te zurück. Das Blut lief aus Schweiss' Halswunde auf die vertrocknete Erde des Grabes. Befeuchtete sie. Das Lebenselixier sickerte sofort ein, doch das ausgetrocknete Erdreich bekam stetigen Nachschub. Das Rinnsal des Lebens wollte nicht enden. Doch es würde, da war ich mir sicher. Schweiss hielt noch immer die alte Harke in seiner Hand. Als Halt? Plötzlich fing er zu meiner Überraschung an, die Erde mit dem rostigen Teil aufzuwühlen. Erst langsam, dann schneller werdend, schob er den Dreizack durch das Gemisch von Blut und Erde. Dabei gab er seltsame Laute von sich. Seine Augen quollen fast aus den Höhlen hervor. Ein letzter Blick traf mich – Schweiss schien zu grinsen. Ich war begeistert, nur wenige freuten sich auf das Zusammentreffen mit ihren toten Liebsten. Dann kippte der alte Hauptkommissar in Zeitlupe auf das Grab seiner verstorbenen Frau Gabriele.

ICH WARF IHM EINE KUSSHAND ZU UND VERSCHWAND.

Grundriß Hassels Bestattungsunternehmen
Paul-Roosen Straße, Hamburg-St. Pauli

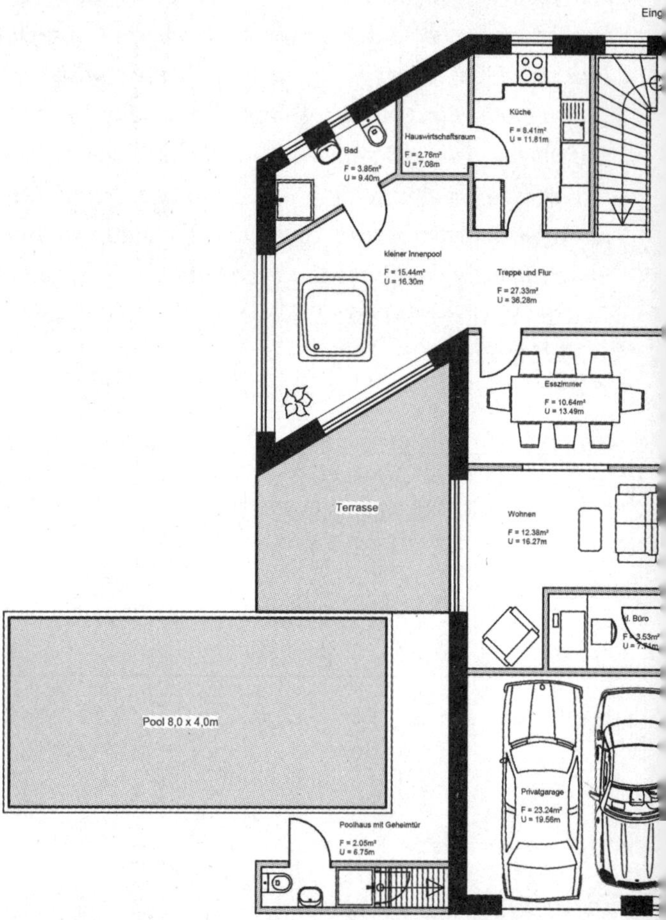

Teil 3
Schuppen 10

Tot ist nur, wer vergessen wird.

Immanuel Kant

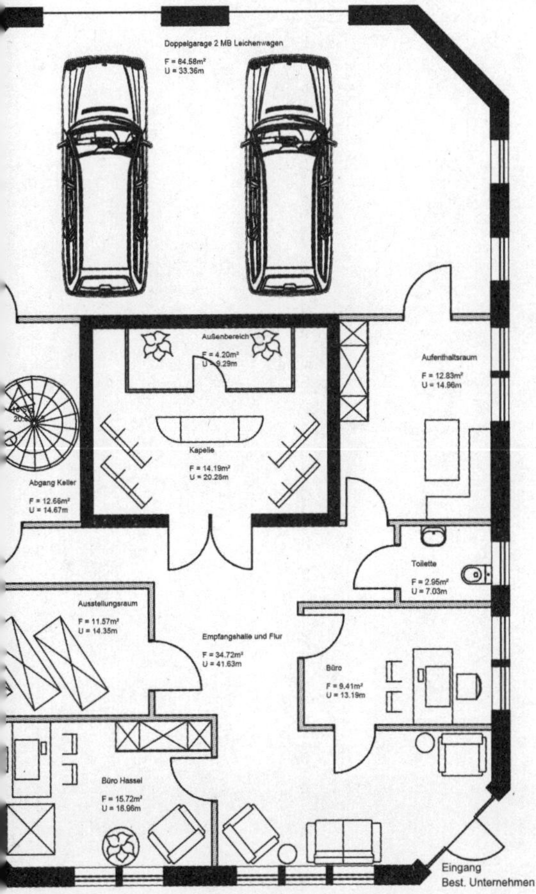

Kapitel 1

Das Schweigen verursachte Stress. Stress, den Hauptkommissar Lutteroth gerade nicht gebrauchen konnte. Aber nach dem gewaltsamen Tod des alten Kollegen und Freundes, dem Ersten Hauptkommissar Alexander Schweiss, war etwas schmerzlicher Stress das Wenigste, was man aushalten sollte. Die komplette Belegschaft des LKA 41 saß im Besprechungsraum des Hamburger Polizeipräsidiums und schwieg. Einer der Kollegen hatte ein Foto des Verstorbenen groß kopiert und an der Pinnwand aufgehängt. Einsam hing das Konterfei des Kollegen dort und Lutteroth schaute unentwegt darauf. Schweiss hatte vor Jahren bei der Aufnahme – die wohl aus einem Ausweis oder einer Akte stammte – versucht zu lächeln. Es sah sehr gezwungen aus. Aber das war typisch für ihn. Der langjährige Kriminalbeamte mochte kein Gehabe, versuchte, authentisch zu sein. Lutteroth war den Tränen nah, als endlich Polizeipräsident Anders aufstand und vor die versammelten Kriminalbeamten trat.

„Mir fehlen die Worte, werte Kolleginnen und Kollegen. Ein feiger Mörder hat uns jemanden genommen, der unwiederbringlich ist: Alexander Schweiss. Einen hervorragenden Kriminalbeamten und guten Freund.

In all meinen Jahren bei der Kriminalpolizei habe ich viele Kollegen sterben sehen. Ob an Krankheiten, aber auch bei Einsätzen. Aber nie wurde ein Kollege so feige ... umgebracht ... wie Alexander. Es ist unsere Pflicht, alles zu tun, um dieses ... Individuum dorthin zu bringen, wo es nie wieder Leid anrichten kann. Ich bitte Sie also, auch im Namen Alexanders und seiner Familie, geben Sie Ihr Bestes."

Die folgende Stille zerrte erneut an Caros Nerven. Ihm war klar, er hatte nicht nur den Fall der toten Matrosen zu klären, nein, man würde auch baldigst Aufklärung über Alexanders Tod verlangen. Harte Zeiten für einen Wiedereinsteiger. Er rief Soko, Emma und MikVit zu sich und lief über den Flur in den Besprechungsraum der „Soko Kaiserspeicher".

*

„Ich muss euch nicht sagen, um was es hier geht", begann Hauptkommissar Lutteroth und die drei, die ihm gegenübersaßen, nickten stumm.

„Lasst uns professionell an die Sache herangehen", erklärte er und wischte sich eine Träne aus den Augen. Auch Emma schnäuzte laut in ihr Taschentuch.

„Alexander ist tot und wir können ihn nicht mehr lebendig machen. Aber wir können die Umstände klären, die zu seinem Tode führten. Also heißt es, seine begonnene Arbeit fortzusetzen. Soko, bitte kläre uns auf, wo wir stehen."

Kommissar Sokolowski hatte sich umständlich vom Drehsessel erhoben und stand nun – eher verlegen – neben Lutteroth.

„Alex und ich waren beziehungsweise sind dem Friedhofskiller dicht auf den Spuren."

Für Lutteroth klang es etwas selbstherrlich, kannte er den aktuellen Sachverhalt doch von Berichten des Kollegen Schweiss. Aber die momentane Situation erforderte es wahrscheinlich, überheblich zu sein.

„Laut Doktor Pellin wurde der Erste Hauptkommissar von der gleichen Person ... getötet wie die anderen Toten auf den Friedhöfen bisher auch."

Caro unterbrach ihn. „Stopp! Auch Gerlinde Kolman und der Pastor gehören auf die Liste."

Soko zuckte zusammen, nickte dann zur Bestätigung.

„Ein ... ein Schnitt mit einer scharfen Klinge durch den ... Hals. Der Mörder ist Linkshänder. Wir haben DNA, Fingerabdrücke; eigentlich alles, um ihn dingfest zu machen. Aber uns fehlt noch der entscheidende Hinweis."

„Du warst am Tatort, wie hat sich die Situation dort dargestellt?"

„Ich war mit als Erster am Tatort auf dem Wandsbeker Friedhof. Alexander hat wohl das Grab seiner verstorbenen Frau besucht." Soko hatte sein Smartphone aus der Tasche gezogen, ein wenig gescrollt und las ab: „Gabriele Schweiss, Grabstelle 17 C, verstorben 2007!"

Emma unterbrach ihn. „Hast du auch Fotos gemacht?“

„Natürlich“, erklärte der junge Kommissar selbstbewusst. „Die Spurensicherung sicher auch. Aber ihr wisst, für mich ist es wichtig, die Fotos ständig am Mann zu haben.“

Lutteroth und Emma nickten. MikVit schaute leicht ungläubig.

„Der Mörder näherte sich von hinten. Während ... Hauptkommissar Schweiss, ... also Alex, vor dem Grab kniete.“ Soko stockte.

„Hinterhältig und feige!“, brach es aus Emma, der jungen Kommissarin, heraus. Die anderen stimmten ihr zu.

„Was gab es an Spuren? Der Bericht der Rechtsmedizinerin steht ja noch aus!“ Plötzlich fiel Lutteroth wieder ein, dass Dr. Kensbock ja im Moment in der Rechtsmedizin verantwortlich war. Traudel Kensbock, die ehemalige Freundin des Toten. Oder waren sie gar wieder zusammen gewesen? Caro lief es eiskalt den Rücken herunter, dann begann er zu schwitzen und letztendlich zog er ein Papiertaschentuch aus der Hosentasche.

„Ist dir nicht gut, Caro?“, wollte MikVit wissen. Es war das erste Mal, dass dieser sich zu Wort gemeldet hatte. Lutteroth winkte ab und wischte sich über die Stirn.

„Also, Kollegen, es sieht danach aus, dass Alex dabei war, die Grabstätte etwas aufzuhübschen.“

Lutteroth gefiel die saloppe Aussprache nicht, aber er nahm es hin.

„Der Tote hatte eine kleine Gartenharke in der Hand. Sicher kennt ihr solche, Doppelhacke genannt, mit drei Zinken und Hacke." Soko wischte über sein Handy und hielt es Caro hin. Das bleischwere Gefühl in Caros Magengegend kehrte augenblicklich zurück. Wollte er den toten Freund und Vorgesetzten blutend am Boden liegend auf einem Smartphone sehen? Er überwand sich und griff danach. Das Foto zeigte den Arm von Schweiss und in seiner Hand eine rostige Hacke. Alles schien wie von Soko beschrieben. Das trockene Erdreich war aufgewühlt und zeigte dünne, rot-braune Rillen. Furchen, wie beim Auslegen von Saatgut. Nur mit Blut belegt. Caro gab Sokos Handy mit einem Schaudern an Emma weiter.

Als alle das Foto gesehen hatten, rätselte der junge Kommissar: „Es sieht auf den ersten Blick aus, als habe Alex dort auf dem Grab im Erdreich gehackt." Als er sich vergewissert hatte, dass alle wieder auf ihn blickten, fuhr er fort.

„Ich habe Fotos dieser Rillen aus verschiedenen Perspektiven gemacht. Und bin zum Entschluss gekommen, ...", er machte eine kurze Pause, „... dass der Mörder mit den Zinken erst einige Buchstaben in das Erdreich geschrieben hat und später ... Alex die Doppelhacke in seine Hand gelegt hat."

Überrascht bat Caro den Kollegen Soko erneut um das Foto, und der reichte das Smartphone rüber. „Ich sehe nur wackelige Striche auf der Erde. Was meinst du mit Buchstaben, Soko?“

„Stell dir vor, du schreibst den Buchstaben ‚H‘ mit einem Dreizack. Jede der Linien des ‚H‘ wird dreifach zu sehen sein.“

Die andern beiden waren aufgestanden und stellten sich zu Caro und Soko. Sie starrten auf das Foto im Handy.

„Das heißt, der Mörder wollte uns etwas mitteilen?“, wollte Emma wissen.

Soko nickte. „Und was genau steht da?“ MikVit zeigte mit dem Finger auf das Display.

„H – A – S – S , Hass!“

Kapitel 2

Alexanders Beisetzung sollte am kommenden Freitag stattfinden. Wie Caro erfuhr, hatte Tochter Liliane um eine stille Beerdigung auf dem Friedhof Wandsbek gebeten. Auf das kleine Polizeiorchester, wie bei solchen Bestattungen üblich, hatte sie verzichtet. Nur ein Trompeter sollte „Alte Kameraden" spielen und alles im kleinen Kreis geschehen.

Lutteroth war an diesem Morgen auf dem Wege zur „Nautischen Zentrale". Soko hatte die Ermittlung zum Tode des Kollegen gut im Griff und Caro hatte Emma und MikVit angewiesen, den jungen Kommissar dabei zu unterstützen.

Die „Nautische Zentrale" lag am Ufer des Köhlfleethafens auf der Hamburg gegenüberliegenden Elbseite. Carsten Oliver Lutteroth saß auf der HADAG-Fähre „Övelgönne" der Linie 62. Er war bei den Landungsbrücken eingestiegen und fuhr nun zum Bubendey-Ufer.

Vor weniger als einem Jahr hatte ihm sein Freund und Vorgesetzter Alexander Schweiss auf dieser Fähre den Wiedereinstieg zur Kriminalpolizei offeriert. Und nun war Alex tot. Der Lärm der Touristen um ihn herum nervte ihn. Aber die Menschen konnten von seiner Trauer nicht im Entferntesten etwas erahnen.

Caro war mit Herrn Scholz von der „Nautischen Zentrale“ verabredet und als er das moderne Gebäude wenig später betrat, kam ihm schon ein kräftiger, pausbäckiger Mittfünfziger entgegen. Und hinter ihm spazierte ... Herr Rösch, der 82-Jährige aus Bergedorf.

Etwas überrascht gab Lutteroth beiden Männern die Hand.

„So sieht man sich wieder, Herr Hauptkommissar“, sprach Rösch ihn mit versteinertem Gesicht an. „Ich weiß von Ihrem Kollegen. Meine ...“, er schaute auf Scholz, dessen Gesichtszüge sich auch verdunkelt hatten, „... also, unsere aufrichtige Anteilnahme.“

Lutteroth nickte dankbar.

„Ja, schlimme Sache“, flüsterte Scholz und machte eine Handbewegung, ihm zu folgen.

Wenige Minuten später saßen die drei Männer bei Kaffee und Keksen in einem erhöht gelegenen Raum mit prächtigem Blick über die Elbe.

„Danke, dass Sie mich empfangen, meine Herren“, begrüßte der Kriminalbeamte die Männer ein weiteres Mal.

Scholz und Rösch winkten ab.

„Die Aufklärung des feigen Mordes an unserem Kollegen ist natürlich immens wichtig. Aber auch, was die einundzwanzig Matrosen aus dem Kaispeicher angeht, verlangt die Bevölkerung Aufklärung.“

Scholz sah zu Rösch und als der bestätigend nickte, begann dieser. „Vielleicht können wir etwas dazu beitragen, Herr Kommissar.“

Lutteroth setzte die Tasse mit dem Kaffee ab und schaute die Männer neugierig an.

„Sie hatten mich am Telefon so einiges gefragt. Hans, also Herr Rösch ...", Scholz grinste den 82-Jährigen an, „... und ich haben uns in den letzten Tagen zusammengesetzt und ein wenig ermittelt. Oder ist es besser, wenn ich ‚nachgeforscht' sage?"

„Ermittelt ist schon okay", bemerkte der Hauptkommissar und ein leichtes Grinsen zog sich über sein Gesicht. Lutteroth zückte einen Block und einen Stift aus dem Innern seiner Jacke.

„Sie sprachen von Matrosen, von Farbigen, und wir haben auch in den Zeitungen von den Tätowierungen gelesen. Fremdenlegion also. Wir sind alte Fahrtenbücher durchgegangen, Herr Kommissar, wir haben mit der Seeberufsgenossenschaft telefoniert und im *International Register of Shipping* gestöbert. Aber erst Gerd Lüken vom Schiffshistorischen Archiv des Museumshafens e.V. in Flensburg gab uns den entscheidenden Hinweis."

Scholz hatte die Spannung im Raum durch sein Aufstehen unterbrochen. Er lief zu einem Kühlschrank, öffnete die Tür und griff eine Flasche Wasser. Sofort war der Mann wieder zurück. „Möchte jemand etwas?", fragte er und zeigte auf die Armada leerer Gläser, die umgekehrt auf dem Tisch stand. Lutteroth hatte das Gefühl, dass Scholz die Sache voll auskosten wollte, aber er gönnte ihm das.

Der Kriminalbeamte nahm ein Glas, drehte es um und schaute zu, wie Scholz ihm Mineralwasser einschenkte.

„Danke!"

Scholz nickte, füllte auch sich ein Glas voll und trank. Rösch hatte dankend abgelehnt.

„Also weiter, oder Hans, möchtest du ...?"

Rösch schüttelte den Kopf.

„Gut, am 16. August 1963 – einem Freitag – fuhr ein Schiff unter französischer Flagge Richtung Hamburger Hafen. An Bord 21 Mann Schiffsbesatzung. Geladen hatten sie ausschließlich Säcke mit Kakaobohnen. Beladeort war damals Abidjan, früher noch die Hauptstadt der Elfenbeinküste. Die Ladung wurde hier am Kaiserspeicher erwartet ...", wieder schaute Scholz auf Rösch und wieder nickte der, „... kam aber nie dort an. Das heißt, die Ladung wurde nie gelöscht."

Scholz nahm erneut einen Schluck Wasser und Caro fand Zeit, sich einige Notizen zu machen.

Als Scholz das Glas abstellte, brannte dem Hauptkommissar eine Frage unter den Nägeln: „Wie weit kam das Schiff und gibt es einen Namen?"

Scholz und Rösch grinsten. „Natürlich, Herr Kommissar." Nun hatte Rösch die Leitung des Gespräches übernommen. Rösch verschränkte seine Arme vor der Brust und atmete tief ein.

„Bei dem Schiff handelte es sich um die ‚Lothringen' und sie muss wohl kurz hinter der Schiffsbegrüßungsanlage angelegt und später wieder umgekehrt sein."

Caro überlegte. Wenn dem so war, konnten die Matrosen nicht bis in den Hafen gelangt sein. Er hatte sich bisher vorgestellt, dass die Männer das Schiff verlassen haben mussten und gemeinsam nach Hamburg gelaufen waren. Dort, so glaubte er bisher, musste jemand sie abgefangen und früher oder später getötet haben.

Die beiden Männer störten den Kriminalbeamten beim Nachdenken nicht.

„Sie haben das miterlebt, Herr Rösch?“, wollte Lutteroth nun wissen.

Der Mann nickte. „Ja, aber es ist mir erst wieder eingefallen, als Wolfram Scholz mich darauf ansprach.“ Sein Blick drückte ein schlechtes Gewissen aus – Lutteroth winkte ab.

„Wir hatten die Ladung erwartet, Herr Kommissar. Aber nach diesem Wochenende hieß es, das Schiff habe gegen die Quarantänebestimmungen verstoßen und sei ... zurückgeschickt worden.“

Das ergab Sinn, fand Lutteroth. Nur fehlten ihm noch immer die Hinweise zu den Leichen.

„Aber wenn das Schiff zurückfuhr, um wen handelte es sich bei der Besatzung? Denn diese – sollte es so sein, wie Sie erklären – fanden wir tot in der Grube unter dem Kaispeicher.“

Scholz und Rösch schwiegen einen Moment.

„Ja, auch das haben wir uns überlegt und nachgeforscht, wohin das Schiff später fuhr.“

Lutteroth horchte auf. „Und wohin ist die ‚Lothringen‘ gefahren?“

Scholz zuckte mit den Schultern. Sein Blick ging zu Rösch, dann zurück zum Kriminalbeamten.

Dann erklärte er: „Das Schiff gilt seit damals als vermisst!“

*

Auf der Rückfahrt zu den Landungsbrücken versuchte Caro, die Informationen der beiden Männer zu ordnen. Aber irgendwie kam er zu keinem Ergebnis. Der Tod Alexanders war so präsent, dass dieses schlimme Ereignis sogar seine Hirntätigkeit benebelte. Er musste mehr Arbeit an seine jungen Mitarbeiter abgeben und vor allem erst einmal die Beerdigungsfeier abwarten.

Kapitel 3

„Im Schweiße deines Angesichts wirst du Brot essen, bis du zum Erdboden zurückkehrst, denn aus ihm wurdest du genommen. Denn Staub bist du, und zum Staub wirst du zurückkehren." Die Worte des Pfarrers hatten so etwas Manifestes, Endgültiges, und genauso waren sie sicher auch gemeint.

Die Feierlichkeiten hier auf dem Friedhof in Wandsbek hatten mit einer Würdigung in der Leichenhalle begonnen. Der Pfarrer traf, so fand Lutteroth, die richtigen Formulierungen. Er sprach von einem liebenden Vater, einem fürsorglichen Großvater, von einer gesundheitlich angeschlagenen Person, die nie aufgab, und von einem Kriminalbeamten, der in Hamburg großes Ansehen genoss.

Der inzwischen 12-jährige Enkel Jonathan hatte es sich nicht nehmen lassen und trug einen selbst gedichteten Vers für seinen liebsten Opa vor, wie er es zum Ausdruck brachte. Ein aufgeweckter Junge, fand Caro. Vielleicht trat er mal in Alexanders Fußstapfen und wurde später Polizeibeamter.

*

An der offenen Grabstelle des Kriminalbeamten fanden sich nur die engsten Familienangehörigen ein. Alle weiteren Freunde, Bekannte und Nachbarn von Alexander Schweiss, aber auch die vielen Kolleginnen und Kollegen aus dem Kreise der Polizei und des LKA, hielten sich jedoch dezent im Hintergrund. Eine große Traube an Menschen, die seitlich zwischen den Büschen der Friedhofsanlage Platz gefunden hatte.

Traudel Kensbock hatte Tochter Liliane Schweiss fest unterm Arm gepackt und beide standen nun vor dem Grab. Schweiss' letzte Ruhestätte lag unweit von der seiner Ehefrau. Nur ein Steinwurf entfernt wurde er getötet und Lutteroth konnte die Situation noch immer nicht fassen. Ein Polizeimusiker schmetterte ‚Alte Kameraden' auf der Trompete, als sechs Uniformierte Alexanders Eichensarg aufnahmen und zum Grabe trugen. Es würde nie mehr so sein wie vorher, wusste Caro, und nichts wäre ihm jetzt lieber gewesen als ein ‚White Russian'. Wässrige Tränen trübten seinen Blick, aber er fand es unschicklich, sie in diesem Moment wegzuwischen. Lutteroth bemühte sich, seine Kollegen zu erkennen, die ihm gegenüber in sicherer Entfernung standen. Einen glaubte er identifizieren zu können. Einen Hauptkommissar, der damals während der Zeiten beim MEK dabei gewesen sein musste. Neben dem Mann stand eine Frau. Sie hatte brünette Haare, eine Art Pagenschnitt und trug ein schwarzes Kleid, darüber einen offenen, dunklen Mantel. Caro schauderte es. Die Frau erinnerte ihn stark an ... Sandra Holz. Überrascht wischte er sich mit dem Hemdsärmel die Tränen aus seinen Augen. Die Sicht wurde klarer, als sich die Nebelbank vor ihm plötzlich verzogen hatte. Der Trompeter hatte geendet und den Sarg hatte man in seine letzte Ruhestätte hinabgelassen. Aber auch die Frau war verschwunden. Neben dem Kollegen stand nun ein Uniformierter, die Dienstmütze in der Hand, den Kopf gesenkt. Wo war die Frau geblieben? Waren es Halluzinationen oder war er, Hauptkommissar Lutteroth, schon so weit, dass seine Sandra nun überall auftauchte? Vielleicht sollte er den Genuss der Cocktails etwas einschränken, überlegte Caro, während der Pastor ein letztes Gebet sprach.

Kapitel 4

Ich musste mich entscheiden: Meinen Auftrag weiter erfüllen mit der ständigen Gefahr, irgendwann einmal erwischt zu werden, oder mich nur noch rein um meine Familie kümmern.

Dass ich diesen alten Kriminalbeamten seiner gerechten Strafe zugeführt hatte, tat mir etwas leid. Eigentlich war seine Aufgabe, die Menschheit vor Bösewichtern zu bewahren, zu wichtig, als auf ihn verzichten zu können. Aber nun war es halt geschehen und ich konnte es nicht rückgängig machen. Erst plagte mich der Gedanke, an der Bestattung Schweiss' teilzunehmen. Aber bei diesem Aufgebot an Polizeibeamten, das zu erwarten war, sollte ich besser fernbleiben.

KEINE SCHLAFENDEN HUNDE WECKEN.

Für den Abend hatte ich in einem Sterne-Restaurant in Altona ein Drei-Gänge-Menü bestellt. Man hatte es pünktlich geliefert und ich rundete die Rechnung auf 350 Euro auf. Ich wollte mit meinen Liebsten diesen Tag feiern. Einen Tag, an dem ich meinem Anspruch, die Familie zurückzubekommen, einen großen Schritt nähergekommen war, und da war mir nichts zu teuer.

*

Mama und Caroline schmeckte es vorzüglich. Mama trank ein Glas Champagner mit mir und für Caroline gab es Brause. Großvater war eher der Biertrinker und ich hatte ihm ein besonderes Altbier besorgt. Silvana wünschte Wasser und ich respektierte das. Anschließend tanzten meine Frau und ich. Leicht angetrunken, klatschte Mama zur Musik und ich empfand es eher respektlos. Aber es war unser gemeinsamer Abend und ich wollte ihn nicht durch Worte zerstören. Später, als der Champagner ausgetrunken war und Caroline schon schlief, hatte Mama eine – wie sie sagte – große Bitte.

„Alles, was du möchtest, Mama."

„Ich möchte eine rauchen!"

Erst wollte ich ihr das ausreden, ließ es dann aber und spazierte zur nahe gelegenen Tankstelle. Dort erstand ich eine Packung Zigaretten und ein Feuerzeug. Genüsslich inhalierte Mama neben dem Abluftfilter der Lüftungsanlage und ich schaute glücklich zu. Ich trank Opas Bier, er hatte es stehen lassen.

Nun fehlten noch Papa und mein kleiner Bruder Gerhardt zu meinem absoluten Glück. Aber mir war auch bewusst, dass die Belüftung im alten Bunker nicht dauerhaft für eine solche große Zahl an Bewohnern ausgelegt war. Es hieß entweder die Anlage zu erneuern, was mir eher unmöglich schien, oder uns einen anderen, geeigneteren Wohnraum zu besorgen. Einen, der später auch Papa und Bruder Gerhardt aufnehmen konnte. Die Idee bereitete mir Magenschmerzen und ich nahm mir vor, sie erst einmal beiseitezuschieben. Vielleicht wenn einmal viel Gras über die Sache gewachsen war, konnte man über solche Änderungen nachdenken.

Kapitel 5

Lutteroth lag vor dem Fernseher und schaute dem Sonntagsspiel der Bundesliga zu, dem HSV gegen den 1. FC Bayern München. Eigentlich war er nicht ganz bei der Sache, aber Fußball lenkte ihn zumindest ab. Er hatte sich einen Espresso aufgebrüht und dazu eine Flasche Wasser hingestellt. Vielleicht war es besser, mal eine Zeit lang abstinent zu sein, dachte er und schielte zur gut gefüllten Hausbar. Die Hamburger Fußballer schlugen sich tapfer, aber es stand in der 23. Minute schon 0:2 für die Bayern. Lutteroth hatte wenig Hoffnung, dass die Chancen des Heimatvereins noch umschlugen. Plötzlich klingelte es an der Tür. Caro war zusammengezuckt. Erwartete er noch jemanden? Und wenn, wen? Nein, sicher hatte eine Person, die einen Nachbarn besuchte, den falschen Klingelknopf gedrückt. Er lehnte sich wieder zurück. Gerade in dem Moment schoss Lasogga das 2:1.

„Na, geht doch!", jubelte Caro, als es erneut klingelte. Es handelte sich scheinbar doch um jemanden, der zu ihm wollte. Draußen war es dunkel geworden. Morgen war ein wichtiger Tag. Er musste endlich weiterkommen und hatte sich das auch fest vorgenommen. Nun noch abendlicher Besuch? Er trat zur Sprechanlage und fragte nach dem Störenfried. Aber keiner antwortete. Ein Scherz? Caro öffnete die Tür zu seiner Wohnung. Der Flur draußen war dunkel und er drückte den Lichtschalter. Doch da war niemand. Als Caro einen Schritt vorwärts machen wollte, zuckte er zurück. Vor ihm auf der Fußmatte standen zwei Gläser. Fast hätte er sie umgestoßen. Er nahm eines davon hoch, ließ den Flur nicht aus den Augen. Er roch an dem Inhalt des Glases, obwohl ihm der sehr bekannt vorkam: Kaffee, Wodka, Sahne. Es handelte sich um einen ‚White Russian' beziehungsweise um zwei. Konnte da jemand seine Gedanken lesen? Er nahm das zweite Glas und stellte beide innen auf den kleinen Telefontisch. Das Licht im Flur war inzwischen erloschen und er schaltete es wieder ein. Wo befand sich der freundliche Spender? Ein Kollege? Caro zog den Schlüssel ab und öffnete die Haustür. Im Dämmerlicht der Leuchte konnte er am Boden gegenüber eine kauernde Person erkennen. Caro war vom Typ her nicht ängstlich, aber irgendetwas trieb ihm die Eiseskälte den Rücken hinunter. Er spannte seine Muskeln an. Erst vor wenigen Stunden war ein Kollege getötet worden. Was war näher liegend als ...! Die Person auf dem Boden hatte sich plötzlich aufgerichtet. Brünette Haare, dunkler Mantel, ihr Gesicht lag noch im Dunkeln. Caros Herz schlug bis zum Hals. Er spürte, wie sein Atem unregelmäßig arbeitete. Die Gestalt machte einen Schritt auf ihn zu und er musste sich am Stein der Türumrandung festhalten.

„Nein!", stammelte Caro.

Seine ehemalige Kollegin Sandra Holz stand vor ihm und grinste den fassungslosen Mann mit unsicherem Blick an.

*

Nachdem Caro die Frau noch vor der Tür lange in die Arme genommen hatte, bat er Sandra hinein und nun saß sich das Paar im Wohnzimmer gegenüber. Lutteroth sagte nichts, er ließ Sandra erzählen und es sprudelte aus der Frau heraus wie aus einem geplatzten Gartenschlauch.

„Die Idee damals – kam eigentlich von Traudel. Sie hat mir auch die Blutmenge entnommen, die Alexander und die Kollegen bei unserem Wagen entdeckt haben. Das Bundeskriminalamt hatte den Vorschlag sofort übernommen, alles, was Zeugenschutz und meine neue Identität betraf, eingeleitet und mich dann sofort außer Landes gebracht. Nachdem das Haus in Sehmsdorf bis auf die Grundmauern abgebrannt war, konnte ich nicht mehr hier im Land bleiben, Caro. Mein Leben war in großer Gefahr und damit auch das meiner Familie. Ich durfte niemanden einweihen, es tut mir so leid. Und jetzt ... ist Alexander tot."

Beide schwiegen eine Weile. Dann meinte die Frau: „Alexander hat mir das Leben gerettet, aber ich konnte es ihm nicht mehr danken." Tränen liefen ihre Wangen hinunter und Caro stürzte los, Papierservietten zu besorgen.

„Nein ... nein. Du hättest nichts tun können", tröstete Caro Sandra. „Dieser heimtückische Mord ... auch wir beim LKA waren machtlos. Das hat keiner geahnt. Mach dir bitte keine Vorwürfe, Sandra."

Als die Frau sich einigermaßen beruhigt hatte, stellte Caro ihr einige Fragen.

„Wo hast du dich die letzten Monate versteckt?"

„Also, verstecken musste ich mich eigentlich nicht. Ich wohnte mit Luca-Matteo und der kleinen Lara Sophie in Giulianova. Die Haarfarbe habe ich etwas geändert." Als Caro etwas spärlich schaute, meinte sie: „Luca hat dort im italienischen Badeort das Hotel des Onkels übernommen und ich habe als Bürokraft und Hausmädchen gearbeitet."

„Hausmädchen, Bürokraft, das klingt aber nicht sehr qualifiziert. Warst du nicht Miteigentümerin?"

„Jein, aber das ist eine längere Geschichte. Hast du noch einen Drink?", Sandra wies auf ihr leeres Cocktailglas. Erfreut sprang Caro auf und verschwand in der Küche.

„Und nun machst du einen Besuch hier? Oder bist du extra zur Beerdigung von Alex gekommen?", rief Caro aus der Küche.

Sandra wartete mit der Antwort, bis der Mann mit den Cocktails zurück war.

„Das BKA hatte mir schon vor Wochen mitgeteilt, dass die unmittelbare Gefahr für mich hier in Deutschland schwindend gering sei. Man hatte nichts einzuwenden gegen meine Rückkehr. Und sie haben es mir überlassen zu entscheiden, dauerhaft zu bleiben und gar meinen Job wieder aufzunehmen."

„Und wie ... hast du dich entschieden?", stotterte Caro wie ein verliebter Hauptschüler.

Sandra zuckte hilflos mit den Schultern.

Caro wechselte das Thema. „Weißt du, dass sie dich noch zur Hauptkommissarin ernannt haben."

Sandra nickte. „Ja, die Urkunde haben sie mir per Mail geschickt. Auch deine Rückkehr zum LKA, also zum Vermisstendezernat, hat man mir gesteckt."

„Dann warst du ja bestens informiert!", grinste Lutteroth. Sandra errötete erneut. Sie prosteten sich zu.

„Weißt du, Sandra, dass du mir sehr gefehlt hast ...", begann Caro. Sandras Wangen hatten sofort wieder an Farbe gewonnen, fand Lutteroth. Es konnte aber auch an dem Alkohol liegen.

„Lass uns an einem anderen Tag darüber reden, Caro. Alexanders Tod ist erst wenige Stunden her. Ich werde nun gehen. Wir sehen uns morgen im Dezernat."

Caro wäre fast rückwärts vom Stuhl gekippt. „Sag nur, du hast dich für den Job ..."

Sandra bejahte das, drückte ihm schnell einen Kuss auf die Wange und war schon über den Flur nach draußen verschwunden.

Lutteroth schaltete den Fernseher an. Hamburg hatte doch tatsächlich 4:3 gegen die Bayern gewonnen. Ein perfekter Abend, grinste er und mixte sich einen allerletzten ‚White Russian'.

Kapitel 6

Dass Hauptkommissarin Sandra Holz wieder ihren Dienst aufgenommen hatte, war Thema Nummer eins am Bruno-Georges-Platz. Polizeipräsident Anders wollte die zurückgewonnene Kollegin stolz präsentieren, aber da war es leider schon zu spät. Sandras freundliches und kompetentes Wesen hatte schon alle in ihren Bann gezogen. Man konnte auch sofort erkennen, dass die eloquente Kriminalbeamtin wieder zurück war: Das bisher einsame Foto des getöteten Schweiss' stand nun im Rahmen auf einem Tisch, umgeben von roten Rosen. Als Caro den Besprechungsraum betrat, wunderte er sich, wo Sandra auf die Schnelle den Rahmen und die Rosen herbekommen hatte. Gerade als er sie fragen wollte, sah er das Foto des Ersten Bürgermeisters, das nun einsam auf der Fensterbank vor sich hin vergilbte.

„Aha, daher weht der Wind!" Lutteroth grinste und freute sich.

Polizeipräsident Anders hatte vorläufig auf Presseinformationen bezüglich Sandras Rückkehr verzichtet. „Wir haben genügend Propaganda im Moment. Auch wenn dies ein freudiges Ereignis ist, wir werden warten, bis die beiden Fälle gelöst sind. Erst dann werde ich unsere Kollegin und neue Hauptkommissarin stolz den Hamburger Medien präsentieren. Ich wünsche Ihnen einen guten Start, Frau Holz. Und unterstützen Sie bitte die Kolleginnen und Kollegen, soweit es in Ihrer Macht steht."

Anschließend stellte Caro seine neue, alte Kollegin dem inzwischen veränderten Team der Mordkommission vor. Nachdem Sandra etliche Hände gedrückt hatte, ließ sich die Hauptkommissarin auf den aktuellen Stand der Ermittlungen bringen.

Die Kommissare Caro, Soko, Emma und MikVit versuchten, mit wenigen Sätzen ihren Wunsch zu erfüllen.

„Danke, werte Kollegin, werte Kollegen, ich werde mir heute Abend auch die Ermittlungsakte des Kollegen Schweiss zum Friedhofsmörder anschauen", teilte die Hauptkommissarin nach Abschluss der Ausführungen wenige Minuten später mit. „Natürlich nur, Caro, wenn du als Verantwortlicher nichts dagegen hast?"

Hauptkommissar Lutteroth hob Arme und Hände ergeben nach oben hoch und erklärte feierlich: „Wir würden uns freuen, liebe Kollegin!"

„Caro, lass uns doch später zum Butenfeld fahren, ich möchte gerne mit Traudel sprechen."

Hauptkommissar Lutteroth hatte für diesen Montagnachmittag schon einen anderen Termin und bat die Kollegin, an seiner Stelle Emma Meyfeld mitzunehmen. Die junge Kommissarin strahlte, als sie hörte, mit Sandra Holz zusammenarbeiten zu dürfen. Lutteroth war sich absolut sicher, nun ging es dem Friedhofsmörder endlich an den Kragen.

*

„Frau Doktor Kensbock ist nicht zu sprechen. Sie ist unten im Sektionssaal und hat leider keine Zeit."

Die Kommissarinnen Holz und Meyfeld standen an der Glasscheibe des Empfangs beim Butenfeld und hörten sich schweigend die Absage an. Emma drehte sich schon um in der Absicht, das Institut für Rechtsmedizin zu verlassen. Doch Sandra ließ nicht locker.

„Hören Sie, mir ist bewusst, dass Doktor Kensbock im Moment sehr viel um die Ohren hat. Dazu der Mord an ihrem ehemaligen Freund. Aber ich bin Sandra Holz, eine sehr gute Freundin von Traudel, und ich möchte Sie bitten, ihr auszurichten, dass wir hier sind."

Die Worte ‚Freundin' und ‚Freund' bewirkten, dass die kräftige Frau am Empfang aufstand und ihr Gegenüber musterte. Mit einem „Ich schaue mal nach" verschwand sie die Treppe nach unten.

Nach einigen Minuten – Sandra und Emma hatten schon auf dem unbequemen Ledersofa Platz genommen – kehrte die Frau zurück. Verlegen grinsend öffnete sie vorsichtig die Tür zum Warteraum. „Würden Sie mir bitte folgen? Frau Professor erwartet die Damen!"

*

Traudel Kensbock saß auf einem Stuhl in dem Raum der Rechtsmedizin, den Sandra Holz noch von ihrem Besuch im letzten Jahr kennengelernt hatte. In diesem untersuchte Traudel, ihrer eigenen Aussage nach, misshandelte Kinder. Nun hockte sie dort, gebrochen und kalkweiß im Gesicht, und erst als die Kommissarin Sandra Holz mit ihrer Kollegin den Raum betrat, wichen die traurigen Gesichtszüge, und ein schwaches Lächeln verdrängte die Melancholie.

„Sandra, du bist zurück?“ Dr. Kensbock öffnete die Arme, als wolle sie die ganze Welt umarmen, und Sandra flüchtete hinein. Minutenlang standen sie dort in inniger Umarmung und Kollegin Emma sah man an, dass sie sich unwohl fühlte.

„Es tut mir so leid, Traudel. Der arme Alexander. Das hat er nicht verdient.“ Nun begannen beide zu weinen und Traudel bat die Frauen – unter Tränen – auf den Hockern Platz zu nehmen. Die Stofftiere standen noch immer in der Ecke, registrierte Sandra, und ihr fiel auch der unverständliche Blick ihrer jungen Kollegin auf.

„Es ist nicht mehr zu ändern. Sebastian führte die Leichenschau von Alex durch“, seufzte Traudel.

„Sebastian?“

„Entschuldige, Sandra, du kennst ja meinen neuen Mitarbeiter noch nicht. Doktor Fischer, ein junger Rechtsmediziner mit viel Potenzial.“

„Wie du weißt, hat Caro nun beide Fälle am Hals“, erklärte die Hauptkommissarin. „Ich werde ihn natürlich unterstützen. Aber ... ich bin erst seit drei Tagen wieder zurück."

Dr. Kensbock war aufgestanden und lief unruhig in dem kleinen Raum umher.

„Es ist nicht auszuhalten. Alex ist tot und ich habe ihn vorher noch ... an der Nase herumgeführt."

Sie erzählte Sandra und Emma die Geschichte über ihre angebliche Heirat und wieder weinten sie. Emma Meyfeld hatte sich nun auch angeschlossen.

„Traudel, wir müssen Klarheit bekommen. Über diesen Täter, der Alexander auf dem Gewissen hat, und auch über die toten Matrosen." Sie fügte leise hinzu: „Aber zuerst müssen wir Alexanders Mörder finden. Bitte, hilf uns!"

„Lass uns in meinem Büro einen Kaffee trinken." Sandra und Emma folgten der Rechtsmedizinerin nach oben in ihr Büro. Es sah aufgeräumt und sauber dort aus. Sandra war überrascht.

„Ja, ich habe den ganzen gestrigen Tag damit verbracht, Ordnung zu schaffen. Das hat mich abgelenkt", erklärte Traudel.

Die Kommissarinnen hatten verstanden. Als der Kaffee gebracht wurde, unterbrachen sie ihr bisheriges Schweigen. Die Professorin entnahm einem Stapel Akten eine dünne Mappe. „Also, viel kann ich nicht anbieten, Sandra. Pellin, mein Vorgänger, hat alles akribisch aufgelistet. DNA, Fingerabdrücke, Fasern. Er hat es abgeglichen mit der Spurensicherung und meinte, man hätte die vom Mörder gefundenen Daten aus besonderem Interesse sogar an Interpol gesandt. Leider bisher ohne Erfolg. Du weißt, wenn wir die Person zu den Fingerabdrücken oder der DNA nicht auffinden, gibt es keine Täterspur."

„Aber was war mit den von dir angesprochenen Fasern?" Sandra war der Hinweis aufgefallen.

Dr. Kensbock blätterte kurz durch die Akte, nahm dann ihre Lesebrille und setzte sie auf.

„Ja, das wäre womöglich eine Spur. Vielleicht haben wir die zu wenig beachtet." Sie flüsterte es, als fiele es ihr schwer, das auszusprechen.

„Die Fasern müssen von einer Jacke stammen. Anzug, Jackett, so etwas. 52% Polyester, 46% Schurwolle, 2% Elasthan. Ich habe die Fasern anschließend noch einer zweidimensionalen Gaschromatographie unterziehen lassen."

„Und ...?", rief Sandra erregt.

„Die Fasern sind behaftet mit einer speziellen Substanz. Man bezeichnet solche Fasern auch als Polymerfasern."

Sandra hatte das Gefühl, sie erleide gleich einen Herzanfall. Ihr ging die Aufklärung zu langsam, doch sie beherrschte sich, etwas zu sagen. Voller Erwartung fuhr es aus ihr heraus: „Und was genau heißt das, Traudel?" Sie war aufgesprungen.

„Also, die Ergebnisse sind frisch hereingekommen", entschuldigte sich die Rechtsmedizinerin. „Solche Polymerfasern verwendet man speziell zur Herstellung von ... Arbeitsbekleidung. Sie verhindern schnelles Knittern und weisen Feuchtigkeit ab."

Sandra Holz schwang verzweifelt ihre Arme. So kannte sie Traudel gar nicht. Der Schock über den Tod von Alexander Schweiss musste tief sitzen. Vielleicht hatte die Frau sogar etwas zur Beruhigung eingenommen. Auch Kollegin Emma war nun aufgesprungen. Beide standen vor dem Schreibtisch der Rechtsmedizinerin, die Hände auf die Arbeitsplatte gestützt.

„Arbeitsbekleidung für Personen, die, sauber gekleidet, auch mal im Freien auftreten müssen wie ..."

Die Kommissarinnen schauten sich ungläubig an.

Und Traudel nahm einen erneut Anlauf. „Wie ... unter anderem ... Bestatter!"

Kapitel 7

Hauptkommissar Lutteroth hatte am Morgen einen Termin bei einem pensionierten Schiffsarzt. Die Verbindung zu Dr. Fitz war über Hans Rösch und Wolfram Scholz zustande gekommen. Die beiden hatten Caro den Namen und die Adresse des Mannes genannt, der in den Sechzigerjahren im Hamburger Hafen als Schiffsarzt die Verantwortung trug.

Der 81-jährige Ruheständler Fitz lebte in der Seniorenresidenz Alsterpark. Der Altersruhesitz lag nur einen kurzen Fußweg vom Polizeipräsidium entfernt und so konnte Lutteroth zu Fuß in die Rathenaustraße spazieren. Lutteroth war nun alles recht, um an Ermittlungsergebnisse zu kommen. Auch wenn er einem senilen Schiffsarzt die letzten Fakten herauspressen musste.

Der Kriminalbeamte hatte sich telefonisch in der Residenz angemeldet und wurde von einer jungen, weiblichen Angestellten nach hinten in den gläsernen Wintergarten des Gebäudes gebracht. Der Morgen war dunkel, trostlos, aber trocken, und man hatte schon das Licht im Raum anschalten müssen. Nur eine Handvoll Bewohner saß an den dort aufgestellten Tischen. Sie lasen Zeitung oder vergnügten sich bei Gesellschaftsspielen. Eine Person lag in einer Rattanliege, studierte ein buntes Magazin.

„Das ist Doktor Emmanuel Fitz“, die Dame wies auf den Herrn auf der Liege und ließ Lutteroth alleine. Fitz machte auf Lutteroth einen gesunden Eindruck. Die einundachtzig Jahre sah man ihm definitiv nicht an. Dem Hauptkommissar fiel auf, dass Fitz den Neuankömmling neugierig musterte, als sein Name gefallen war. Der Arzt legte das Magazin auf den Boden und Caro sah, dass es sich um eine Zeitung für Bootsliebhaber handelte.

Lutteroth stellte sich vor und zeigte auch seinen Dienstausweis.

„Wie kann ich Ihnen helfen, Herr Kommissar?“, fragte Fitz nach einer Weile und zeigte mit einer Handbewegung auf den leeren Liegestuhl neben sich. Lutteroth nahm dankbar an. Der Kommissar zog seine Jacke aus und ließ sich dann auf dem Geflecht nieder.

„Sie haben von den Toten unter dem Kaispeicher gehört?“ Lutteroth hatte die Worte geflüstert, trotzdem schauten die anderen Personen im Wintergarten sofort interessiert zu ihnen hin.

Es war, als bearbeite man Fitz mit einem Defibrillator. Sein Oberkörper schoss aus der Liege hoch, verweilte dort für einen Moment und dabei starrte er Lutteroth mit zusammengekniffenen Augen an. Dann schien er kurz nachzudenken und legte sich anschließend wieder sanft ab.

„Sie erinnern mich an meinen ältesten Sohn, junger Mann“, erklärte der ehemalige Schiffsarzt plötzlich. „Friedrich, ja, der wollte auch Polizist werden. Wurde dann Kapitän, fuhr Containerschiffe. Nach Asien hin und von Asien zurück. Ein Schiff voller Blechcontainer. Langweilig, oder?“

Caro wusste nicht, was er davon halten sollte. Erst dachte er, der Mann wollte ihm mit dem begonnenen Satz zu der von ihm gestellten Frage etwas mitteilen. Nun faselte er nur wirres Zeug. Lag es daran, dass sich andere Personen mit im Wintergarten befanden?

„Wollen wir auf Ihr Zimmer gehen, Doktor Fitz? Dort ist es sicher ruhiger.“ Lutteroth deutete mit der Hand auf die Personen, die alle Aktivitäten zugunsten ihrer Neugierde eingestellt hatten.

Fitz lehnte den Vorschlag mit einem energischen Kopfschütteln ab.

„Sie waren doch Schiffsarzt?“, versuchte der Kriminalbeamte es erneut und schaute auf die Reaktion des alten Mannes.

„Ja, das ist wahr. Ich war Schiffsarzt, später verantwortlicher Hafenarzt im Hamburger Hafen. Fast vierzig Jahre habe ich dort verbracht. Eine wunderschöne Zeit. Ich wollte sie nicht missen.“

Caro glaubte, es sei besser, es mal mit Fakten zu versuchen. „Haben Sie je mit einem Schiff namens ‚Lothringen‘ zu tun gehabt?“ Er schaute dabei zu Fitz hinüber. Entweder der Alte hatte sich bestens im Griff oder es gab tatsächlich nichts, was ihn hier weiterbrachte.

Fitz überlegte wohl, dann erklärte er: „Was meinen Sie, wie viele Schiffe ich in der Zeit betreten habe. Für jedes eine Mark und wir wären reich, mein Junge."

Lutteroth fand, hier kam er nicht weiter. Seine Zeit war knapp bemessen und er verabschiedete sich von dem ehemaligen Schiffsarzt.

Fitz winkte, ohne ihn anzuschauen, und fragte abwesend: „Was wollten Sie noch genau?"

Kopfschüttelnd verließ der Kommissar den Wintergarten. Die anderen Bewohner hatten ihre Aktivitäten wieder aufgenommen.

Beim Ausgang traf Lutteroth auf die Hausangestellte, die ihn zuvor begleitet hatte. Sie rief ihm hinterher: „Na, Herr Kommissar, ein agiles Kerlchen, unser Doktor, aber auch ein besonders guter Mensch."

Neugierig geworden, war Lutteroth stehen geblieben. Er machte zwei Schritte zurück zu der Frau.

„Der Doktor erzählt oft, dass er nach seiner Zurruhesetzung als Hafenarzt noch mehr als zehn Jahre bei ‚Ärzte ohne Grenzen' in Afrika gearbeitet hat. Er hätte so viel gutzumachen, der gute Herr Doktor, und stellen Sie sich vor, sonntags mittags steht Doktor Fitz den Residenzbewohnern sogar für eine private Sprechstunde zur Verfügung."

Lutteroth verstand die Welt nicht mehr. Während seines Besuches schien der alte Herr einen Demenzeinbruch erlitten zu haben. Der Kriminalbeamte verabschiedete sich verwundert und spazierte den knappen Kilometer zurück zum Polizeipräsidium.

Gerade als er beim Bruno-Georges-Platz einbiegen wollte, überlegte er es sich anders. Es war kaum zehn Uhr, die Sonne lugte durch die Wolken, und die Idee, beim Friedhof in Wandsbek vorbeizuschauen, kam ihm spontan. Lutteroth stufte sich nicht als gläubig ein, aber einen Moment allein beim Grab seines toten Vorgesetzten und Mentors Alexander Schweiss – das war er ihm schuldig.

*

Lutteroth fuhr mit der U1 bis Ohlsdorf und von dort mit der S1 bis Friedrichsberg. Die restlichen Meter zum Friedhof legte er zu Fuß zurück. Etwa eine Stunde nach seinem Besuch bei Dr. Fitz stand Carsten Oliver Lutteroth am Grab des toten Kollegen. Die Blumenpracht war überwältigend. Da wurde geklotzt, nicht gekleckert, fand Lutteroth. Ob man ihn später einmal auch so reichlich ...? Er brach den Gedanken ab. Was nutzten dem Toten die schönen Blumen? Zahlreiche Kränze hatte man verantwortungslos über teure Orchideengestecke geschmissen. Bei dieser Bestattung, da war sich Lutteroth sicher, wurde richtig Geld verbrannt. Er war selbst verwundert über seine Gedanken.

„Bin ich jetzt schon so verbittert wie du, Alex?“, rief er laut und ein Ehepaar, wenige Gräber neben ihm, hatte erschrocken aufgeschaut. Lutteroth hob entschuldigend die Hände. Der Lärm von Fahrzeugen war zu hören. Lutteroth wurde bewusst, dass Alexanders Grab nahe an der Wandsbeker Allee lag. Bei der Bestattung war ihm das nicht aufgefallen. „Nicht so schön für dich, Alex!“, flüsterte der Kollege mit Blick auf das Ehepaar. Eine Bewegung seitlich hinter einer Hecke ließ Caro aufschrecken. Vor lauter Trauer hatte er vergessen: sie suchten nach einem Friedhofsmörder! Er spürte Regentropfen auf seinem Gesicht. In einer abgebrannten Kerzenschale konnte er die Einschläge der Tropfen erkennen. Innere Unruhe überfiel ihn. Das Ehepaar nebenan hatte einen Schirm geöffnet und spazierte mit schnellem Schritt Richtung Ausgang. Er beruhigte sich, sicher war es nur der Wind. Oder vielleicht ein Hase? Doch da war wieder dieses Geräusch. Dazu ein Knacken, Tritte. Lutteroth spannte alle Muskeln an, machte einen Satz in die Richtung und warf sich – ohne viel Überlegung – in die mannshohe Hecke. Dünne Zweige schlugen ihm ins Gesicht, dickere drückten in seine Eingeweide. Eine Gestalt stand hinter der Hecke, da war er sich sicher. Sie kauerte im Dunkeln und außer der Statur konnte er nichts sehen. Die Person drehte sich plötzlich um und lief los. Lutteroth wollte hinterher, doch diese verdammte Hecke hielt ihn fest. Er löste sich ziehend und zerrend aus den Zweigen und Ästen. Dann rannte er um die widerspenstige Hecke herum. Dort hinten lief der Typ, ein schlaksiger Kerl im Parka. Gerade war er hinter einer Grabsteinreihe verschwunden. Lutteroth gab alles und sprintete hinterher. Ihm fiel ein, dass er noch nicht gefrühstückt hatte. Ob das für seine Aktivitäten vorteilhaft war? Wohl eher nicht. Er rannte in die Richtung, in die der Bursche verschwunden war. Sprang über bewachsene Gräber. Unterwegs griff er zum Diensthandy. Aber wenn er jetzt stehen blieb und telefonierte, war der Kerl sicher schon außer Reichweite, und mit einer vernünftigen Personenbeschreibung konnte der Hauptkommissar auch nicht aufwarten. Da vorne war plötzlich wieder Bewegung. Die Gestalt, so sah es aus, war dabei, auf einen Wassertrog zu klettern. Lutteroth war sofort klar, der Verdächtige beabsichtigte, über die Mauer Richtung Wandsbeker Allee zu fliehen. Hatte er dort seinen Wagen stehen? Komplizen? Die Mauer war hoch, Lutteroth sah, wie sich der Schlaksige mühte, die Backsteinmauer zu besteigen. Noch wenige Meter und Caro würde ihn festhalten können. Er gab alles. Der Kerl trug etwas Schwarzes in der Hand, eine Art Kasten. Der Gegenstand sah fast wie eine Kamera aus. Lutteroths Kreislauf war kurz vor dem Kollaps, sicher war das fehlende Frühstück schuld, entschuldigte er sich.

Der Mann hatte es doch tatsächlich geschafft, die Mauer zu erklimmen. Noch ein Bein und er würde sich rüberschwingen können. Dann würde es schwierig werden, ihn zu stellen. Lutteroth sprang regelrecht die Mauer hinauf und konnte noch einen Fuß des Mannes fassen. Er verletzte sich bei der Aktion am Arm, es brannte wie Feuer.

„Halt, Polizei!“, schrie der Kriminalbeamte, nach Luft schnappend.

Lutteroth schwor sich selbst, ab morgen wieder Sport zu machen. Er zog fest an dem Fuß der fremden Person. Der Typ stoppte plötzlich seine Abwehrbewegung. Er schien aufzugeben. Ängstlich und außer Atem rief er: „Ich bin von der BILD-Zeitung, ich habe nichts getan!"

Kapitel 8

Ich war so müde geworden. Die Familie nahm sehr viel Zeit in Anspruch. Mehr Zeit, als ich bisher gedacht hatte. Einkaufen, Gespräche, Abendessen. Dazwischen Tango tanzen mit Silvana. Als ich heute Nachmittag den Bunker betrat, lag die kleine Caroline krank im Bett.

„Wir brauchen einen Arzt!", teilte mir Mama mit, und an ihrem Gesichtsausdruck erkannte ich, dass sie diese Aussage sehr ernst meinte.

„Ich bin Arzt", schwindelte ich und bezog mich auf meine vier Semester Medizinstudium. Ich hörte das Kind ab. Caroline hatte hohes Fieber und röchelte. Ich untersuchte sie weiter, schaute auch in ihren Hals. Es mussten die vereiterten Mandeln sein. Zum Glück handelte es sich nicht um eine Blinddarmentzündung oder sonst etwas Gefährlichem. Der Worst Case wäre, wenn ich die kleine Schwester in ein Krankenhaus bringen müsste. Sicher konnte ich alles bar begleichen. Aber in der heutigen, modernen Welt wollte man Chipkarten von Krankenkassen und Kreditkarten. Das alles barg Gefahren. Gefahren für mich und meine Lieben. Ich besorgte mir bei meinem Hausarzt Antibiotika. Erzählte etwas von einer kleinen Besucherin, die krank zu Hause lag. Und wieder waren es die guten Kontakte, die mir zu den Medikamenten verhalfen. Ich versorgte Caroline. Am nächsten

Tag ging es meiner Schwester schon besser. Ich kaufte beim Edeka-Markt um die Ecke ein Huhn, kochte eine heiße Brühe und sie aß davon. Ein gutes Zeichen. Mama war ganz stolz auf mich. Sie strich mir über den Kopf.

Kapitel 9

Sandra hörte den Ausführungen Caros zu der Verfolgung des Reporters auf dem Wandsbeker Friedhof schweigend zu. Sie war zu müde, um einen Kommentar abzugeben. Warum auch, der mutige, aber unnötige Einsatz des Kollegen hatte sie nicht weitergebracht.

„Wir beide haben uns dann geeinigt, diese Aktion einfach zu vergessen, und sind zusammen frühstücken gegangen. Ich habe Lehrgeld bezahlt“, endete Lutteroths Beichte über seinen Misserfolg in Wandsbek. Er schob den Arm des Pullovers hoch und zeigte – Mitleid heischend – auf die blutigen Schrammen auf seiner Haut.

Die Müdigkeit Sandras war nicht verwunderlich, hatte sie doch bis gegen vier Uhr die Unterlagen ihres ehemaligen Chefs Alexander Schweiss studiert. Vieles, was die Kollegen in ihren Ermittlungen weiterbringen könnte, hatte Alexanders Aufzeichnungen nicht ergeben. Doch die Kommissarin hatte jedes Detail in den Berichten der Spurensicherung, der Rechtsmedizinerin und letztendlich in den Ausführungen Schweiss’ gelesen. Nun erzählte Caro auch von seinem Besuch bei dem alten Arzt Dr. Fitz und Sandras Müdigkeit schwand etwas.

„Ich glaube, dieser Doktor Fitz ist nicht ganz dicht. Erst hatte ich das Gefühl, er könnte uns helfen. Dann kam nur noch Geschwafel."

„Meinst du nicht, er verschweigt uns etwas? Und hat die Demenz nur gespielt?"

Es war Soko, der das einwarf.

Sandra nickte. „Auch ich werde das Gefühl nicht los, dass dieser Schiffsarzt uns mehr zu bieten hat. Wollen wir später mal nach Poppenbüttel?" Die angesprochene Emma grinste vor Freude. „Aber klar!"

„Haben die Berichte Alexanders noch andere Erkenntnisse gebracht, Sandra?", wollte Hauptkommissar Lutteroth wissen.

„Also, zunächst hat Traudel, die Rechtsmedizinerin, die bei Röder aufgefundenen Fasern zuordnen können. Es handelt sich um ganz spezielle Fasern einer Arbeitskleidung, wie sie unter anderem auch Bestatter nutzen. Also Anzug und Hose."

Lutteroth staunte und Soko war etwas näher getreten.

„Ich habe im Internet noch mal recherchiert. Auch Security-Dienste tragen solche wasserfesten, hochwertigen Anzüge. Dennoch, wir haben endlich eine echte Spur."

Sokolowskis Gesichtsausdruck schien zu entgleisen. Starr schaute er plötzlich aus dem Fenster und redete leise vor sich hin.

„Soko, was ist?", fragte Caro.

„Ich glaub es nicht, mach mir gleich ins Hemd. Fuck! Da hätte ich selbst drauf kommen müssen, Alter!"

„Was meinst du?“

„Alexander und ich waren am Tage vor seinem Tode bei diesem abgedrehten Bestatter auf St. Pauli. Das Institut heißt Hassel. Der Besitzer Julius Hassel. Mir war der Typ nicht ganz koscher. Er schien bekifft zu sein oder unter Tabletten zu stehen.“

„Und du meinst, er könnte ...?“ Emma hielt den Atem an.

„Wir sind bisher davon ausgegangen, dass der Mörder auf der Grabstelle von Gabriele Schweiss das Wort H A S S geschrieben hat, nicht wahr?“

Allen war nun die Anspannung anzumerken.

„Was ist, wenn Alexander im Todeskampf den Namen HASSEL formulieren wollte, aber nur bis HASS ... kam?“

Die Anwesenden schwiegen.

„Er wollte uns so auf Hassel aufmerksam machen.“ Caro und Sandra riefen die Worte nahezu gleichzeitig.

„Ja, das klingt nach Alexander. Obwohl dieser Hassel ein unbeschriebenes Blatt ist. Ich hatte die spärlichen Auskünfte über ihn in Alexanders Akten gelesen. Hassel hat vor mehr als dreißig Jahren seine Familie bei einem Autounfall verloren ...“

„... und die kleine Tochter bei einem Unfall in einem Teich sowie etwas später die Ehefrau durch Suizid.“

Caro schaute Sandra fragend an. „Sandra, du bist gestern hier aus dem Nichts aufgetaucht und wartest schon jetzt mit solchen Informationen auf?“

Sandra kicherte. „Ich habe heute Morgen einige Bestatter angerufen und sie über Julius Hassel ausgefragt. Sie haben mir das erzählt und diesen bewussten Kollegen als äußerst merkwürdig beschrieben."

„Gut, dann sollten wir uns Hassel mal vorknöpfen. Soko, du begleitest mich. Ich denke, es wäre gut, wenn du, Sandra, mit Emma einen Arztbesuch durchführen würdest."

Lutteroth strich sich durch die Haare und sprang auf. Wie auf Kommando machten es ihm die anderen nach.

Kapitel 10

... und sie kamen. Es war mir immer klar, der Moment würde kommen. Vielleicht waren es nur Fragen über den Tod Alberts. Aber mein Bauchgefühl gab mir die Antwort: Sie wussten Bescheid. Ich konnte in der im Bunker inzwischen installierten Videoüberwachungsanlage sehen, wie sie vor der Haustür Aufstellung bezogen. Ein älterer Kriminalbeamter und dieser junge Schnösel im Totenkopf-T-Shirt vom letzten Mal. Sie machten erst gar keinen Versuch, mich im Laden zu suchen. Da hätten sie auch kein Glück. Ich hatte ihn für 14 Tage geschlossen und Mike Toless Urlaub gegeben.

Es wunderte mich, wie gelassen ich blieb. Ich suchte weder nach Auswegen noch redete ich mir die Situation schön. Ich musste einfach ruhig bleiben – schon allein meiner Familie zuliebe. Mama spürte aber die Nervosität. Sie begann Fragen zu stellen.

„Gibt es ein Problem, mein Junge?"

„Nein, Mama, ich habe alles im Griff!" Sie bat um eine Zigarette und ich genehmigte sie. Das brachte sie etwas runter und verschaffte mir Zeit, um nachzudenken.

Plötzlich drehten die beiden Kommissare ab. Setzten sich in einen großen Audi und verschwanden von meinem Grundstück. War das eben durchdachte Szenario nur Ein-

bildung? Kam ich doch davon? Wenn ja, war es knapp und ich musste baldigst über eine Verlegung der Familie nachdenken.

Kapitel 11

Sandra Holz und Emma Meyfeld wickelten den alten Doktor in Nullkommanichts um ihre Finger. Sie erzählten erst von Presse, von einer Umfrage hier im Haus, und baten Fitz, doch interessante Geschichten aus seiner Zeit als Schiffsarzt zu erzählen. Als er ohne Pause losplauderte, stoppte ihn Sandra.

„Gut, Doktor Fitz, wir wissen also, dass Sie nicht unter akuter Demenz leiden. Mein Name ist Holz, ich bin Hauptkommissarin bei der Mordkommission, und das ist meine Kollegin Kommissarin Meyfeld."

Fitz' Widerstand war anscheinend gebrochen und sein Gesicht verlor an der Farbe und Kraft, die ihm eben noch so gut stand.

„1:0 für Sie, Frau Kommissarin!", grinste der Doktor, doch es schien ihm recht schwerzufallen, die Pleite einzugestehen.

„Wir möchten Ihnen nichts Böses, Dr. Fitz. Wir suchen nur Informationen über dieses Schiff, die ‚Lothringen', und über 21 Matrosen, die man tot und konserviert unter der Elbphilharmonie aufgefunden hat."

Sandra sah, dass Fitz noch mit sich kämpfte. Aber der Kommissarin war klar, sie waren auf dem rechten Weg.

„Es ist also richtig, dass sie 1963 als Schiffsarzt die ‚Lothringen' besucht und Schiff sowie Besatzung unter Quarantäne gestellt haben?"

Fitz nickte. Sie kamen voran.

„Was ist aus den Matrosen geworden, Doktor Fitz?"

Der Mann atmete plötzlich schwer und erst glaubte Sandra erneut an einen Trick. Doch als seine Augen in das Weiße abdrehten, drückte die Kommissarin den Ruf-Knopf am Bett. Hoffentlich starb ihnen der 81-Jährige nicht weg, bevor er alles gestanden hatte.

*

Schnell kam eine Schwester angerannt und bat die Kriminalbeamtinnen, den Raum zu verlassen. In dem Moment, als Sandra sich auf eine Bank im Flur setzen wollte, klingelte ihr Handy. Sie hatte Caros Nummer abgespeichert und auf dem Display stand sein Name. Ein warmes Gefühl erfüllte sie.

„Sandra, wo seid ihr?"

„Noch bei Fitz. Er erlitt gerade einen Schwächeanfall."

„Gut, lass den alten Herrn, der bringt uns eh nicht weiter. Wir sind hier in der Paul-Roosen-Straße beim Bestatter Hassel. Er hat uns nicht geöffnet. Das Institut wurde – laut einem Aushang an der Tür – für vierzehn Tage geschlossen. Ich denke aber, hier ist Gefahr im

Verzuge. Wir werden das Gebäude stürmen. Das MEK ist in knapp sechzig Minuten vor Ort, so lange beobachten Soko und ich die Ein- und Ausgänge."

Sandra erklärte, zügig auf St. Pauli einzutreffen. Doch vorher wollte sie sich aber noch einmal über den aktuellen Gesundheitszustand des 81-Jährigen informieren. Vorsichtig klopfte sie an die Tür zu seinem Appartement. Als niemand antwortete, öffnete sie langsam die Tür. Innen hatte die Schwester das Zimmer abgedunkelt und war gerade dabei, dem Mann eine Spritze zu setzen.

„Kommen Sie ruhig rein, Frau ...?"

„Holz, Sandra Holz."

„... Frau Holz, Doktor Fitz erlitt einen Schwächeanfall. Nicht so schlimm, er ist hart im Nehmen."

Die Kommissarin glaubte ein leises Knurren aus dem Bett zu hören.

„Hören Sie, der Doktor wird schon bald wieder einen Marathon laufen können. Er hat mich eh gebeten, Sie hereinzuholen, Frau Kommissarin. Er möchte gerne mit Ihnen reden."

„Nicht, dass ich ihn zu sehr überfordere?"

„Nein, nein. Alles gut!" Die Krankenschwester klebte noch ein Pflaster auf den Arm des Mannes, packte ihre Utensilien zusammen und verschwand mit einem ‚Bis dann' aus dem Raum.

Kaum hatte sich Sandra auf den Stuhl neben Fitz' Bett gesetzt, griff die Hand des Mannes ihren Arm. Die Kommissarin ließ es geschehen. Fitz zog daran und so beugte sie sich zu dem Kranken hinunter.

„Ich habe ... schweres Unrecht ... aber später ... Afrika wieder ... gutgemacht. Diese schlimme ... ‚Schuppen 10' ... nie vergessen. Nachts ... Schlaf ... träume davon."

Die Worte des Mannes erreichten nur in Bruchteilen das Ohr der Kommissarin. Trotzdem war sie sich sicher zu verstehen, was Fitz damit ausdrücken wollte.

„Was genau ist mit den einundzwanzig französischen Matrosen geschehen?"

Fitz stöhnte und bäumte sich auf. Sandra hatte erneut Angst, es ginge mit ihm zu Ende.

Wieder zog er an ihrem Arm.

„Hassel und seine Mörder ... erschlagen. Die komplette ... Besatzung der ... ‚Lothringen'."

Fitz gab sich Mühe und seine Aussprache wurde deutlicher. Sandra war erschrocken. Der Name Hassel fiel heute schon in zwei unabhängigen Fällen. Ob sie sich verhört hatte?

„Hassel? Sind Sie sicher?"

„Der alte Hassel war ... Seebestatter. Großen Grasbrook." Fitz hustete kurz und räusperte sich dann. „Er war mit allen Wassern gewaschen. Man hat ihm viel Geld gegeben ... damit die kranken Männer ... verschwinden."

„Wer hat den Tod angeordnet?", wollte die Kommissarin wissen.

„Die damalige Hafenbehörde ... die Gesundheitsbehörde." Fitz war anzumerken, dass sein Erschöpfungsgrad eine Höchstmarke erreicht hatte. Sandra war klar, sie durfte ihn nicht weiter belasten.

„Und das Schiff? Was ist damit geschehen?“

„Man hat die ‚Lothringen‘ ... auf hoher See ... versenkt ...!“

Fitz hatte die Augen geschlossen. Seine Brust hob und senkte sich auffällig schnell. Sandra stand auf. Es war an der Zeit, nach St. Pauli zu fahren und Hauptkommissar Lutteroth zu unterstützen.

Kapitel 12

Das Eintreffen des Mobilen Einsatzkommandos verzögere sich, wurde eben von der Zentrale bekannt gegeben. Doch Kollegen der Davidwache hatten inzwischen die Paul-Roosen-Straße abgesperrt und waren dabei, die Bürgersteige zu räumen. Die angrenzenden Nachbarn wurden angewiesen, in ihren Wohnungen zu bleiben. Caro selbst hatte – nachdem Hassels Tür verschlossen blieb – mit einem Kollegen vor dem Eingang zu dessen Privathaus Wache bezogen. Der Streifenwagen stand seitlich abgestellt und sie warteten. Soko, das war Lutteroth klar, beobachtete unterdessen mit einigen Beamten die Eingänge zu den Geschäftsräumen und zu den Garagen.

Caro schaute auf die Uhr. Es war schon zwanzig Minuten her, seit er Sandra gebeten hatte, ihn hier auf St. Pauli zu unterstützen. Sicher war der Hamburger Verkehr an der Verspätung schuld. Seit die Kommissarin wieder hier ihren Dienst tat, war auch seine Laune sprunghaft gestiegen, fand Lutteroth. Der Fehler von damals würde ihm nicht ein zweites Mal passieren, die verheiratete Frau nicht über seine Gefühle aufzuklären. Das schwor er sich in diesem Moment. Vielleicht hatte er Glück und sie entschied sich für ihn. Plötzlich kam ihm die kleine Tochter Sandras in den Sinn. Wollte er tatsächlich eine Vaterrolle übernehmen? Es wurde ihm etwas flau im Magen und er griff in die Tasche nach einem Müsliriegel. Es klopfte an der Scheibe. Sandras Gesicht grinste ihn an, im Hintergrund stand Emma und musterte neugierig die Umgebung.

„Was Neues?"

Lutteroth ließ das Fenster etwas runter. Er schüttelte den Kopf und schluckte das letzte Stück Riegel hinunter. Das Papier steckte er in die Seitenablage des Streifenwagens. Der uniformierte Fahrer schaute ihn etwas betroffen an. Der Hauptkommissar ignorierte es.

„Stell dir vor, Caro, Fitz hat geredet." Sandra hatte hinten auf der Rücksitzbank Platz genommen und ihren Oberkörper zwischen die Vordersitze der Männer geschoben.

Erstaunt drehte Caro den Kopf. Sie duftete so gut. Emma roch immer wie eine Parfümerie, aber bei Sandra war es anders, so dezent – so nach Frau.

„Was hast du herausbekommen?"

„Die aufgefundenen Matrosen waren wohl krank, Epidemie, Seuche, irgend so etwas. Man hat vonseiten der Hamburger Behörden entschieden, sie fortzuschaffen. Diese anonyme Aufgabe hat niemand anders übernommen als ..."

Lutteroth schaute Sandra in die Augen und war sich nicht sicher, was spannender war: die Fortsetzung der Geschichte zu hören oder Sandra anzuschauen.

„... HASSEL! Ich schätze, es handelt sich dabei um den Großvater dieses vermeintlichen Mörders Julius Hassel."

„Was?" Lutteroth war völlig durcheinander. Er bekam die beiden bisher parallel laufenden Verbrechen nicht schnell genug zusammen.

„Also! Hassel war damals in den Sechzigerjahren Seebestatter auf dem Großen Grasbrook. Man hat ihm wohl von höherer Seite den Auftrag erteilt, dafür zu sorgen, dass die kranken Seeleute auf Nimmerwiedersehen verschwinden. Entweder hat er die Matrosen allein im ‚Schuppen 10', nahe des Kaispeichers, erschlagen oder er hat irgendwelche Mörder gedungen, dies für ihn zu tun. Die offene Grube beim Bau des neuen Speichers wurde genutzt, um die einundzwanzig Leichen endgültig loszuwerden." Sandra nahm tief Luft.

„Ja, aber er hat sich verrechnet", bemerkte Lutteroth voller Stolz.

„Genau. Meinst du, Julius Hassel steckt da irgendwie mit drin?"

Sandra schüttelte den Kopf.

„Nein, vielleicht wusste er von dem Verbrechen. Aber er war zwölf Jahre alt, als die Familie und damit auch der Großvater starb. Vielleicht hat er es später herausbekommen. Wann treffen die Kollegen vom MEK ein?"

„Sollten jeden Moment hier sein."

„Gut, Caro. Ich gehe nach draußen, rede mit den Nachbarn oder frage in Geschäften nach Hassel. Emma und MikVit nehme ich mit. Ist das okay?"

Lutteroth bestätigte das durch ein Kopfnicken und Sandra stieg aus dem Wagen.

*

Bei der Paul-Roosen-Straße auf St. Pauli handelte es sich um eine lange Straße, Sandra hatte unterwegs auf einer Smartphone-App nachgeschaut. Hassels riesiges Grundstück grenzte östlich fast bis an die Kleine Freiheit, und nur ein Häuserblock trennte ihn von der Kreuzung zur Bernstorffstraße. Sandra fand es ungewöhnlich, dass der alte Hassel damals in den Sechzigerjahren die Genehmigung erhielt, hier – auf dem baulich dicht gedrängten St. Pauli – Gebäude zu errichten. Und dazu noch ein Bestattungsunternehmen. Aber das hing sicher mit dem Tod der Matrosen zusammen, glaubte sie zu wissen. Eine Hand wäscht die andere!

Soweit Sandra schauen konnte, hatten die Kollegen alles weiträumig abgesperrt. Außer Dutzenden von uniformierten Beamten war niemand draußen zu sehen. Streifenwagen blockierten Kreuzungen und Seitenstraßen. Es erinnerte sie an den G-20-Gipfel im letzten Jahr. Sicher kannte sie die Geschehnisse nur aus dem Fernsehen, doch es reichte, um bei ihr einen Schauer hervorzurufen.

*

Die drei Kriminalbeamten hatten ihre Ausweise umgehängt und verließen gemeinsam das riesige Areal des Bestatters Hassel.

„Wir teilen uns auf", schlug Sandra vor. „Geht ihr in die benachbarten Häuser und quetscht die Anwohner über Hassel aus. Ich frage in den Geschäften nach ihm."

MikVit und Emma nickten und verschwanden in unterschiedlichen Hauseingängen.

An der Ecke befand sich ein kleines Café, die Kommissarin hatte es beim Hineinfahren in die Straße bemerkt. Daneben ein griechisches Restaurant. Beide waren sicher nicht ergiebig, was Fragen zu Hassel anging. Da schien ihr der EDEKA-Laden weiter unten schon interessanter. Das Geschäft lag außerhalb des abgesperrten Bereiches und Sandra schlüpfte gewandt unter dem Flatterband durch.

Im Vorraum des EDEKA-Ladens stand ein gutes Dutzend Kunden und unterhielt sich lautstark über den Zustand, der momentan in der Paul-Roosen-Straße herrschte.

Sandra trat unbemerkt zu ihnen und hörte zu.

„Ich wusste schon immer, dass mit diesem Hassel etwas nicht stimmt ...!" Von einer kräftigen Frau mit einer blumenbedruckten und gut gefüllten Stofftasche waren diese Worte gekommen. Die anderen Anwesenden nickten und murmelten Zustimmung.

„Sicher reißt man den Schandfleck endlich ab“, warf ein hagerer Senior energisch in die Runde.

„Und dann?“, rief jemand von ganz hinten. Alle schauten zu der Frau, von der diese Worte kamen.

„Dann bauen sie entweder ein Hochhaus, das uns den Rest Sonne wegnimmt ... oder ein Flüchtlingsheim!“

Entrüstet schrien die Menschen durcheinander. An einer der Kassen des Supermarktes sah die Kommissarin eine ältere Frau sitzen. Sie schaute dem Treiben entspannt zu. Käufer standen nicht an der Kasse und so wandte sich Sandra an die Verkäuferin.

„Meine Name ist Holz, ich bin von der Polizei“, begann Sandra vorsichtig ihre Ansprache. „Darf ich Ihnen einige Fragen stellen, Frau ...“, Sandra las vom Namensschild am Kittel der Frau den Namen *Behrlinger* ab, „... Behrlinger.“

„Natürlich, aber nicht hier.“ Die Kassiererin zeigte auf die Menge unweit von ihnen und drückte einen Knopf am Schwanenhals eines Mikrofons.

„Frau Wulff, bitte Kasse zwei!“

Nach wenigen Sekunden erschien eine jüngere, pausbäckige Frau und übernahm den leeren Platz von Frau Behrlinger. Diese führte Sandra nach hinten in einen Umkleide-Pausen-Lagerraum.

„Stört es Sie, wenn ich eine rauche?“, fragte die Frau.

Sandra verneinte und die Angestellte öffnete eine Stahltür. Frische Luft und Sonnenstrahlen zogen in den eben noch neonbeleuchteten Raum.

Frau Behrlinger entnahm einer Schachtel auf dem Tisch eine filterlose Zigarette und zündete sie an. Nach zwei genießerischen Zügen wandte sie sich an die Kommissarin.

„Was möchten Sie wissen?“

„Julius Hassel!“ Sandra kam gleich zum Thema.

„War mir klar, nachdem man das Bestattungsunternehmen belagert.“

Die Frau schien pfiffig, fand Sandra. Sicher hatte sie mit dieser Wahl ins Schwarze getroffen.

„Ich darf Ihnen nicht viel verraten, aber eines schon, wir werden Hassel lange Jahre wegsperren müssen ...“

Die Kassiererin schaute erstaunt und ungläubig.

„... wenn wir ihn erst festgenommen haben.“

„Er befindet sich nicht auf seinem ... Anwesen?“ Frau Behrlinger blickte verwundert auf.

Sandra lenkte ab. „Kennen Sie Hassel näher?“

„Das kann man so sagen. Ich hatte in den Sechzigerjahren mal kurz eine Putzstelle bei dem alten Hassel.“

Sandra machte ein ungläubiges Gesicht.

„Ja, tatsächlich, ich bin schon 71 und Geld kann man immer brauchen“, die Frau verzog ihr Gesicht zu einem Grinsen und zog an ihrer Zigarette.

„Damals war ich jung. Nach dem Unfall war dort alles anders. Ich fand dann auch einen Freund, zog nach Wilhelmsburg und kehrte erst nach dem Tode meines Mannes 2011 wieder hierher zurück.“

„Beschäftigt Hassel im Haus Personal?“

Die Angesprochene überlegte kurz. „Ich habe nicht so sehr viel Kontakt zu ihm. Ab und zu kommt er hierher und kauft Kleinigkeiten. Eher das, was seine Haushälterin vergessen hat.“

„Haushälterin? Kennen Sie ihren Namen?“

Die Frau schüttelte den Kopf. „Sie hat erzählt, jedes Mal von St. Georg hierherzufahren, aber mehr weiß ich nicht. Was hat er denn angestellt?“, wollte die Kassiererin wissen. „Organe verkauft?“

Sandra war erstaunt über die Frage. „Wie kommen Sie denn darauf?“

„Ach, vielleicht schaue ich zu viele Krimis.“ Frau Behrlinger zuckte gleichgültig mit den Schultern.

„Wann hat Hassel das letzte Mal hier eingekauft?“

Die Kassiererin dachte nach. „Also, ich habe ihn schon eine Weile nicht mehr gesehen. Ich arbeite ja meist am Morgen meine Stunden ab. Aber warten Sie, Gaby ist auf Vollzeit. Ich werde sie mal fragen!“ Frau Behrlinger verschwand und stattdessen erschien nach knapp zwei Minuten die Pausbäckige von eben.

„Sie wollten wissen, wann Herr Hassel das letzte Mal hier eingekauft hat?“

Sandra nickte.

„Die letzten Wochen ist er öfters dagewesen. Er scheint Besuch zu haben. Hat jede Menge eingekauft. Sogar mal ein Suppenhuhn. Aber er kam meist kurz vor Geschäftsschluss.“

Sandra war neugierig geworden. „Können Sie mir einige Lebensmittel oder was auch immer nennen, die Hassel hier eingekauft hat?"

„Also nichts Frisches bis auf das Huhn. Eher Süßigkeiten, Erdnüsse, Chips. Ach ja, gestern wollte er noch diesen Stoffbären von Haribo haben."

„Stoffbär?"

„Ja, von Haribo läuft gerade eine Werbekampagne – kauf zwei, nimm drei. Dazu gehört die Verlosung eines großen Steiff-Plüschteddys. Hassel war gleich vernarrt in das Teil. Wollte es für seine kleine Schwester, wie er meinte. Aber sicher hatte er zu viel getrunken."

Sandras Hirnzellen arbeiteten auf Hochtouren, während die Frau weitererzählte.

„Ansonsten ist Hassel ein netter Mensch. Und Bestatter ist halt auch ein Job, den jemand machen muss. Er hat meine Großmutter beerdigt. War nahe liegend, wir wohnen ja nur wenige Meter von Hassels Bestattungshaus."

„Haben Sie ihm den Teddy verkauft?", wollte Sandra wissen.

„Wo denken Sie hin? Das dürfen wir nicht. Der Chef würde mich feuern. Nein, nein. Er hat mir zweihundert Euro für das Stofftier geboten und ich habe ihn gebeten, den Chef zu fragen. Aber als ich den Chef erwähnte, wechselte seine Freude an dem Bär sofort in ... in etwas Eisiges um."

„Und ansonsten hat er nur Lebensmittel gekauft?"

„Genau, auch mal Toilettenpapier. Ach ja, und einmal ... Slipeinlagen. Da haben wir uns sehr gewundert. Ich glaube, der Kauf hat ihn ganz schön Überwindung gekostet. Sicher hat er eine Freundin oder weiblichen Besuch. Er litt sehr unter dem Verlust seiner Familie."

„Noch heute?"

Die Frau nickte. „Irgendwann einmal, abends an der Kasse, stritten Eltern mit ihrem kleinen Sohn. Der Junge wollte einen Schokoriegel und die Eltern lehnten ab. Das Kind weinte und Hassel mischte sich ein. Er drückte dem Jungen den Schokoriegel in die Hand und erklärte, er würde alles dafür tun, seine Familie wieder zurückzubekommen."

Sandra schaute auf die Uhr. Schon fünfzehn Minuten waren seit ihrem Alleingang verstrichen – sie musste zurück zu Caro. Sicher war das MEK inzwischen vor Ort. Noch immer klangen die Worte der Frau in Sandras Ohren: „... ALLES DAFÜR TUN, SEINE FAMILIE WIEDER ZURÜCKZUBEKOMMEN."

Kapitel 13

Nun war es so weit. Ich empfand Freude, Genugtuung, aber auch Wut. Wut darüber, dass mein Auftrag, die Welt eines Besseren zu belehren, so plötzlich und verfrüht beendet wurde. Beendet von Menschen, deren Pietät Impertinenz und Heuchelei gewichen war. Sie würden richten über mich. Hatten die Macht, meine Familie erneut auseinanderzureißen. Wie damals auf der Autobahn. Als Papa diesen schrecklichen Fahrfehler begangen hatte und mich allein zurückließ. Inzwischen war mir klar, der Tod meiner Familie war kein Zufall. Da steckte mehr dahinter. Auslöser war Großvater. Ich schaute auf den alten Mann, der neben mir auf dem Stuhl hing und nach vorne starrte. Mama kochte eine Suppe und pfiff leise dabei. Caroline schlief. Es ging ihr besser. Bald würde auch sie wieder lachen – über die Zeichentrickfilme, die ich für sie besorgt hatte. Ich erzählte Mama nichts von der aktuellen Situation. Sie besaß auch keinen Zugriff auf das Tablet mit dem Anschluss an die Videoanlage im Haus. Obwohl sie mich schon mal gebeten hatte, ihr das Gerät doch auszuleihen. Das ging nicht und ich hatte es abgelehnt. Ich setzte mich an den Tisch, nahm ein Stück Papier und schrieb. Irgendetwas musste ich der Nachwelt hinterlassen. Irgendetwas, was alle meine Gedanken, Gefühle und mein Streben in wenigen Sätzen ausdrü-

cken würde. Ich musste nicht lange überlegen. Meine Hand schrieb die wenigen Zeilen wie von selbst. Anschließend steckte ich das Papier in eine leere Wasserflasche aus Plastik, den Deckel verschraubte ich fest. Es war vollbracht und ich lehnte mich zufrieden zurück.

Manchmal glaubte ich, Mama war etwas die Lust vergangen, Teil meiner Familie zu sein. Schuld war die Kleine. Sie musste ihr neuen Lebensmut gegeben haben. Das hatte mich zunächst gefreut. Inzwischen war ich mir aber nicht mehr sicher, ob die beiden zueinander passten. Doch das hatte sich nun erledigt. Bald würden die Polizisten das Versteck gefunden haben und uns auseinanderreißen. Ich sah mich schon in einer dunklen Zelle. Alleine eingezwängt wie damals in den bangen Minuten im Fußraum des Renault Espace. Nie wieder sollte mir so etwas geschehen, schwor ich laut, und Mama schaute überrascht.

Kapitel 14

Als Sandra auf das Gelände des Bestatters zurückkehrte, war Hauptkommissar Lutteroth gerade dabei, das MEK einzuweisen. „Die Hälfte der Männer übernimmt das Haupthaus, die andere durchsucht das Unternehmen. Es ist nicht zu erwarten, dass Hassel von einer Schusswaffe Gebrauch macht. Bisher ist er stets mit einem Messer auffällig geworden. Trotzdem, seid vorsichtig.“

Die in Schwarz gekleideten und vermummten Kollegen nickten ernst.

„Es könnten auch Geiseln im Haus sein, Caro!“, warf die Kommissarin ein. Emma und Soko, die neben Caro standen, schauten ebenso erstaunt wie Lutteroth.

„Geiseln? Wie kommst du darauf?“, wollte Caro wissen.

„Die Kassiererin im Supermarkt nebenan hat erklärt, Hassel habe in den letzten Tagen Dinge eingekauft, die auf Besuch im Hause Hassel hinweisen. Auch habe er verlauten lassen, alles dafür zu tun, um seine Familie wieder zurückzubekommen.“

„Was soll denn das bedeuten? So ein Quatsch.“ Emmas Worte fand Sandra naiv und vorlaut. Aber die junge Kommissarin war noch unerfahren und so beruhigte sich Sandra wieder.

„Soko!“ Sandra wandte sich an den Kommissar im unmöglichen T-Shirt. „Mach dich bitte schlau, ob es vermisste Personen gibt, die in dieses Raster fallen. Hassels Familie ist 1984 bei einem Autounfall verstorben. Ruf die Akte auf und vergleiche sie – wie gesagt – mit Personen, die vermisst werden. Dass der Typ durchgeknallt ist, muss ich nicht erwähnen.“

Soko schaute erst zu Hauptkommissar Lutteroth und als der nichts weiter sagte, drehte er sich um und verschwand in Richtung der parkenden Fahrzeuge.

*

„Also, Männer, dann besorgt mir diesen Hassel!“

Die Bewaffneten schwärmten aus und Sandra hatte sich dem Trupp angeschlossen, der gerade dabei war, die Eingangstür zum Bestattungsunternehmen gewaltsam zu öffnen. Wenig später betraten sie die Empfangshalle. Dort roch es nach einem Gemisch von verwelkten Blumen und Reinigungsmitteln. Sofort dachte Sandra an die Hunderten von Leichen, die hier vorbereitet und aufgebahrt worden waren. Die Männer des MEK hatten sich inzwischen verteilt und begannen, die angrenzenden Räume zu durchsuchen. Sandra schlich – mit vorgehaltener Waffe – in die kleine Kapelle. Die Stille dort traf sie aus heiterem Himmel. Wie kann ein Mensch, der solch ein Ort der Trauer und der Begegnung schafft, zum Mörder werden? Was hatte Hassel dazu bewegt, so viele Menschen zu töten? Sicher war er ein Psychopath. Kein Wunder, was er erlebt hatte. Sofort nahm sie die Entschuldigung zurück. Das rechtfertigte ihn nicht, andere Personen dafür büßen zu lassen. An die Kapelle war ein begrünter Außenbereich angeschlossen. Ähnlich einem blühenden Innenhof. Aber auch hier gab es keine Versteckmöglichkeit für Hassel, und Sandra teilte es einem der MEK-Kollegen mit Handzeichen mit. Der Kriminalbeamte verschwand um die Ecke.

Die Pflanzen und Blumen in diesem Mini-Atrium litten unter Wassermangel. Hassel musste andere Sorgen und Aufgaben den eigentlichen Verpflichtungen eines Bestattungsunternehmers vorziehen. Und genau das bestätigte alle ihre Vermutungen. Erst wollte Sandra den versteckt gelagerten Wasserschlauch aufnehmen, um die Pflanzen zu gießen, ließ es dann aber.

Die Männer trafen sich kurz darauf wieder in der Empfangshalle. „Hier im Gebäude ist er definitiv nicht", erklärte der Verantwortliche der Gruppe, ein Kollege, den Sandra nicht kannte.

„Kellerräume, Garagen, Fahrzeuge?", fragte Sandra kurz und knapp.

„Alles safe. Je einer meiner Männer bewacht die Garage und den Kellerabgang mit Durchgang zum Privathaus, sollte der Verdächtige flüchten wollen."

Verdächtige, ja, das war das richtige Wort. Noch war Hassel nicht überführt. Sandra überlegte, etwas aus Hassels Privaträumen zum DNA-Vergleich an die Spusi zu übergeben. Doch das erübrigte sich, wenn sie ihn erst aufgestöbert hatten.

Die Kommissarin spazierte die Treppe nach unten in die Räume, die zur Lagerung und Vorbereitung der Leichen dienten. Seitlich befand sich eine Klappe wie die eines Fahrstuhls. Ein Sarglift, mutmaßte sie. Hatte sie im Kühlraum Tote erwartet, sah sie sich getäuscht. Sie atmete auf, als sie gähnende Leere durch die offen stehende Aluminiumtür wahrnahm. Seitlich war ein großer Lagerraum. Da die Männer des MEK ihr bestätigt hatten, dass dort nicht mit irgendwelchen Gefährdungen zu rechnen sei, betrat sie den Raum, nachdem das Licht aufgeflackert war. Hier lagerte Hassel Särge diverser Holzsorten, zahlreiche Urnen in riesigen Kartons und weiteres Zubehör wie Laken und Dämmmaterial. Sandra war klar, dass es sich bei der Bestattung inzwischen um ein reines Geschäft handelte. Auch wenn es dabei um tote, geliebte Angehörige ging. Sie ließ das Licht brennen und verließ den Raum. Ein alter Metallspind in einer Ecke weckte ihre Neugierde. Er war verschlossen, doch das feste Ziehen am billigen Schloss hob die dünne Tür aus ihrem Scharnier. Seitlich konnte Sandra hineinschauen. Dort deponierte Hassel wohl spezielle Dinge zur Konservierung und Balsamierung der Leichen. Auch Hefte und Bücher konnte sie erkennen, als sie mit der Taschenlampenfunktion ihres Handys hineinleuchtete. Diesen Schrank mussten sie später genauer unter die Lupe nehmen. Vieles darin sah alt aus. Vielleicht ergaben sich hier Hinweise zum

Mord im ‚Schuppen 10'? Sie verließ die unteren Räume und erreichte oben durch eine Durchgangstür das Privathaus der Hassels. Ein zur Bewachung abgestellter Kollege grinste sie an. „Schau mal, Totgeglaubte leben länger!", flüsterte er durch seine Gesichtsmaske, und erst als sie den Poolbereich betreten hatte, wurden ihr die Worte bewusst.

Sie spazierte, auf der Suche nach Caro, durch die leeren Privatgemächer Hassels. Direkt hinter dem Durchgang befand sich ein kleines Büro mit uralten Möbeln. Auch hier würde man später alles einpacken und zur Auswertung mit ins Polizeipräsidium nehmen. Als sie auch mit einem Blick ins Wohnzimmer nicht auf die erwarteten Kollegen stieß, marschierte Sandra durch den Hausflur an der Küche vorbei und verließ das Haus durch die offenen Terrassentüren eines kleinen Innenpoolbereichs in Richtung Garten.

Ganz am Ende der Gartenfläche lehnte Caro an einer Mauer und Sandra lief zu ihm hin. „Und?", rief sie schon wenige Meter von ihm entfernt.

„Nichts! Und drüben?"

„Keine Spur von Hassel!", teilte Sandra mit.

„Der hat sich sicher schon abgesetzt."

Sandra war zwar nicht der gleichen Meinung wie der Kollege, ließ aber jeglichen weiteren Kommentar darüber.

„Wie sieht es im Haus aus?", wollte die Kommissarin wissen. Emma Meyfeld hatte sich zu den beiden gesellt.

„Nichts Ungewöhnliches. Alte Möbel, alles ist sehr aufgeräumt und eher unbewohnt. Hassel lebte ja wohl alleine in diesem großen Gebäude."

„Er hatte doch zwei Hausangestellte?", warf Emma ein.

Caro und Sandra nickten.

„Wir sind dabei, diese ausfindig zu machen", erklärte Lutteroth.

„Wollen wir uns zusammen ein weiteres Mal die Privaträume anschauen?", kam von Sandra die Frage. Lutteroth nickte müde. Als beide die Terrasse Richtung Wohnräume verlassen wollten, drehte sich Caro noch mal um. Er zeigte mit der Hand auf den Außenpool. „Hier muss Hassels kleine Tochter ertrunken sein. Kein Ort der Freude."

*

Der Gartenbereich wuchs regelrecht über eine große Terrasse aus Hassels Wohngebäude und Sandra empfand diese Großzügigkeit schon als Belastung. Vor allem für eine Person. Ein Swimmingpool, seitlich an der hohen Mauer gelegen, dazu das kleine, gekalkte Poolhaus – und auch hier fiel der Kommissarin die mangelnde Pflege der Anlage auf.

Auf der Seite war ein Wintergarten angelegt, der mit seinem Blick auf den Garten einlud, gedanklich abzuschalten. Hassel schien dies nicht gelungen zu sein, fand Sandra. Caro führte sie erneut durch die Räume des Hauses. Alles war Stand Mitte der 60er-Jahre: Die Küche aus Eichenholz, die passenden Wohnzimmermöbel und auch Hassels Schlafzimmer mit angrenzendem Bad im oberen Bereich. Es gab dort oben noch ein weiteres Schlafzimmer, drei Kinderzimmer, zwei davon durch ein kleines Bad getrennt. An einer der Zimmertüren hing ein rosafarbenes Emailschild mit einem Namen: Ruby.

Die Möbel im Zimmer waren moderner, die Tapete eher kindlich. Den Raum musste ein kleines Mädchen von maximal sechs Jahren bewohnt haben. In den Regalen verstaubten Kinderbücher, Barbiepuppen und Stofftiere. Im Gegensatz zu den äußerst hygienischen Räumen unten schien Hassel der Haushälterin den Zutritt hierhinein verwehrt zu haben.

„Schau mal!" Caro zeigte an die Decke des Raumes. Dort war ein riesiger Haken eingeschraubt, der ein wenig herausstand. Etwas Putz an dieser Stelle fehlte. Zunächst begriff Sandra nicht. Als sie die auf dem Boden liegende Kinderschaukel sah, schaute sie Caro fragend an.

„Seine Ehefrau hat sich laut der Aktenlage erhängt."

„Hier?", schrie Emma plötzlich entsetzt. Sie war leise hinter den beiden Kollegen in den Raum getreten. Caro zuckte mit den Schultern.

„Lasst uns nach draußen gehen. Wir wollen hören, was die anderen inzwischen herausgefunden haben."

Gemeinsam liefen sie die Holztreppe hinab ins Untergeschoss. Dort trafen sie auf die Spurensicherung. Dr. Fischer hatte es sich nicht nehmen lassen, die Leitung zu übernehmen und erst wollte Sandra nach Traudel Kensbock fragen, ließ es dann aber. Die Männer in den weißen Overalls waren beschäftigt, doch sie reagierten auf Sandras Gruß. Sandra und ihre Kollegen verließen Hassels Haus durch die Terrassentür.

*

Der Leiter des MEK saß auf einer Gartenliege auf dem leicht verdorrten Rasen neben dem Pool. Anscheinend wartete er darauf, eine Sachstandsmeldung übermitteln zu dürfen. Der Kriminalbeamte hatte seinen Gesichtsschutz abgelegt und zog an einer Zigarette. Sandra und Caro liefen auf ihn zu. Dr. Fischer schaute von drinnen auf die Gruppe und die Kommissarin sah durch die Scheibe, wie der Rechtsmediziner den Kopf schüttelte.

„Meine Männer haben niemanden gefunden. Die Gebäude sind leer. Sollen wir abbrechen?"

Gerade als Lutteroth im Begriff war zu antworten, wurden hinter ihnen Stimmen laut. Polizeipräsident Anders erschien zusammen mit Kommissar Sokolowski durch die Terrassentür.

„Ich bin so schnell gekommen, wie es ging. Gute Arbeit, Männer ... also auch Sie, Kollegin Holz."

Anders stotterte und schüttelte ausgiebig alle Hände.

Sandra zog Soko zur Seite. „Hast du etwas herausbekommen?"

„So ein Schiet! Die Frage kann ich weder mit Ja noch mit Nein beantworten, Sandra."

„Los, erzähl, Soko."

„Nun denn! Wir haben Hunderte von Vermissten hier in Hamburg. Um alle durchzuarbeiten und nach einer Verbindung zu Hassel zu suchen, benötige ich Wochen. Aber eine Sache ist auffällig: Hassel hat wohl einen ertrunkenen Flüchtling balsamiert."

Sandra verstand nicht. „Einen ertrunkenen Flüchtling?"

„Genau, das wurde wohl nicht an die große Glocke gehängt, aber ich bin zufällig darauf gestoßen."

„Und weiter?"

„Der Vormund dieses Flüchtlings, sein Name war Kesete, ist ein Mann namens Aldenhoven. Er hat – seiner Aussage nach – Hassel damals gebeten, diesem 17-jährigen toten Jungen zu helfen, in der Heimat bestattet zu werden."

Jetzt wurde es der Kommissarin doch etwas zu komplex.

„Und was hat der Flüchtling mit der aktuellen Lage zu tun?"

„Die fünfjährige Schwester des Flüchtlings, ein Mädchen namens Adiam, wurde wenige Tage danach entführt."

Kapitel 15

So viele Menschen in meinem Haus, in meinem Garten. Ich hatte sie nicht gerufen und trotzdem waren sie da. Mama ließ nun nicht mehr locker, meine Nervosität war ihr aufgefallen. Sie kannte ihren Sohn gut. Sie wollte Antworten. Ich bat sie noch um einige Minuten und schob sie in ihr Schlafzimmer. Ich verriegelte von außen die Tür und hatte erwartet, dass sie sich dagegen wehrte; jedoch wurde ich eines Besseren belehrt. Mama blieb ruhig und legte sich zu Caroline ins Bett. Sie bat nur um Zigaretten und Feuer. Ich genehmigte das großzügig. Was sollte ich tun? Der Bunker war nicht für eine Belagerung ausgelegt und über kurz oder lang standen sie hier und zerrten mich zurück in die Einsamkeit. Sollte ich das hinnehmen? Nein! Nein! Nein!

Ich beriet mich mit Silvana und Großvater. Beide schienen meinem Plan zuzustimmen. Gemeinsam würden wir untergehen und uns in einem anderen Leben wieder als Großfamilie treffen. Ich überlegte mir ein letztes Gebet. Früher hatte Mutter am Bett vor dem Einschlafen mit mir gebetet. Jetzt fielen mir die Texte nicht mehr ein.

„Lieber Gott", flüsterte ich. „Du hast mir einmal alles genommen, was mir wertvoll und wichtig war. Nun durfte ich darauf hoffen, dass du deinen Fehler wieder gutmachst. Doch wie es aussieht, wird nichts daraus. So werden wir nun

alle in die Ewigkeit verschwinden. Nimm uns dort auf und gib uns ein gemeinsames Zuhause!" Mit dem Wort ‚Amen' schloss ich das Gebet ab. Ich ging in den Pumpenraum und öffnete das Ablaufventil des Außenpools. Sofort schoss Wasser mit großem Druck auf den Boden und verteilte sich plätschernd im Bunker. Der von mir so geliebte Geruch nach Chlor erreichte meine Nase. Erinnerungen an früher wurden wach. Dann spürte ich das Wasser an meinen Füßen. Die teuren Lederschuhe waren in Kürze nass. Aber ich würde sie – dort, wo wir jetzt hingingen – nicht mehr brauchen.

Kapitel 16

Sandra Holz fiel als Erste auf, dass der Pool sich leerte. Ein leises, andauerndes Glucksen war zu hören, doch niemand der anwesenden Kriminalbeamten störte sich daran. Es hätte eine Reinigungspumpe oder eine automatische Funktion des Pools sein können.

Doch Sandra stellten sich plötzlich ihre Nackenhaare hoch. Gerade hatte sie Caro von Sokos Ermittlungen berichtet und ihrer Vermutung, dass sich Hassel, gegebenenfalls mit anderen Personen, hier noch irgendwo versteckte. Der Leiter des MEK war aufgesprungen, hatte seine Zigarette auf dem Rasen ausgetreten und seine Leute angewiesen, in den Gebäuden nach versteckten Türen zu suchen. Sofort waren alle wieder ausgeschwärmt.

„Der Pool ... er leert sich!"

Polizeipräsident Anders, Lutteroth, Soko und Emma schauten entgeistert auf die Kommissarin.

„Wie bitte?", fragte Anders.

Sandra zeigte auf das Wasser im Pool, dessen Stand fast unbemerkt von Sekunde zu Sekunde fiel.

„Verdammt, woran ...?"

„Die Kacheln, schaut auf die Kacheln!", erklärte die Kommissarin.

„Aber was wollen Sie damit sagen?“ Anders schien noch immer nicht zu verstehen. Auch Caro schaute leicht verwundert in Richtung des Pools.

„Hassel flutet sein Versteck. Er möchte verhindern, dass wir ihn lebend fangen.“ Soko hatte Sandras Hinweis sofort verstanden.

„Los, wir müssen ihm zuvorkommen.“

Endlich hatten alle begriffen.

„Ich rufe die Feuerwehr“, schrie Emma den anderen hinterher, „vielleicht können wir durch Auspumpen Schlimmeres verhindern.“

Bevor Sandra vom Garten in das Privathaus wechselte, warf sie einen schnellen Blick zurück auf den Swimmingpool. Der Wasserstand war inzwischen schon um die Hälfte gefallen.

Kapitel 17

Ich hatte schon vor Wochen dieses Szenario durchgespielt. Die Wassermenge im Pool reichte genau aus, um den Bunker vollständig unter Wasser zu setzen. Mama in ihrem verschlossenen Zimmer blieb ungewöhnlich ruhig. Trotz der steigenden Wasserhöhe. Nur Caroline weinte laut. Ich hörte sogar zum ersten Mal Worte von ihr. Sie klangen fremd und unbekannt, aber sie berührten mein Herz.

„Mein Junge, was hast du vor?", rief Mama durch das lautstarke Plätschern des hereinschießenden Wassers.

„Alles wird gut, Mama. Wir sehen uns wieder", beruhigte ich sie.

„Lass die Kleine gehen, sie ist doch noch so jung!", bat sie.

Ich überlegte kurz. Aber war Caroline nicht schon tot? TOT, WIE WIR ALLE?

Das Wasser hatte den Esstisch erreicht und ich schob mich zu Großvater. Plötzlich überkam mich das Bedürfnis nach einer Aussprache. Jetzt, so nah bei meinem Tod. Die Anschuldigungen Alfreds fielen mir ein und ich musste Bestätigung haben, bevor …!

„Großvater, Albert hat mir so viel von den Ereignissen im ‚Schuppen 10' erzählt. Ich möchte es aber aus deinem Mund hören."

Großvater schaute mich stumm an. Waren da Tränen in seinen daueroffenen Augen?

Ich hörte Worte. Schaute auf Großvaters Mund. Doch der bewegte sich nicht. Die Sätze konnten auch von Albert kommen, aber es war für mich, als sei es Opa, der sich rechtfertigte:

„Es gibt Dinge, mein Junge, die sind wichtiger als dein kleines Leben. Ich habe dies am eigenen Leib erfahren müssen. Sie kamen in der Nacht zu mir. In dieser verdammten Nacht, im August 1963. Verantwortliche der Stadt, ein Senator, der Hafenarzt. Sie erzählten mir von einem Schiff und einer schlimmen Epidemie. Und davon, dass alles darangesetzt werden müsse, die Bewohner Hamburgs zu schützen. Junge, ich bin Hamburger, ich sterbe für diese Stadt. Und es stand für mich außer Frage, die Herren zu unterstützen.

Sie brachten die einundzwanzig Männer in derselben Nacht. Eine Schute machte am Kaiserspeicher halt und dort, wo sonst Säcke mit Kakaobohnen entladen wurden, trieben sie die Kranken vor sich her. Wir hatten dicke Tücher vor den Gesichtern aus Angst, uns anzustecken. Die Männer husteten und man konnte sehen, sie waren gesundheitlich am Ende. Der Hafenarzt hatte mich vorab über die Ansteckungsgefahr informiert. Von Krankheitserregern, die von den infizierten Matrosen über die Atemluft zu mir und den Männern gelangen könnten. Wir mussten äußerst vorsichtig sein, durften keines der Tröpfchen dieser stark hustenden und niesenden Matrosen einatmen. Das würde auch zu unserem Tode führen, wussten wir.

Sie waren eigentlich schon tot, als sie den Schuppen betraten in dieser schwülwarmen Hamburger Nacht im Jahr 1963. Ich hatte einige Schläger aus St. Pauli angeheuert. Solche harten Typen, die für Geld alles tun. Vor allem ... später schweigen. Die Kranken waren sehr aufgebracht und kaum zu bändigen. Zum Glück hatte man sie aus Sicherheitsgründen an Händen und Füßen gefesselt. Ich erklärte den Männern in schlechtem Französisch, dass wir sie nun impfen wollten. Das wäre zu ihrer Gesundung nötig. Irgendwie schienen sie es verstanden zu haben, denn sie beruhigten sich. Ich schob einen nach dem anderen durch die Tür in den Nebenraum. Dort wurden sie von meinen Männern erschlagen und in Jutesäcke gepackt."

Das Wasser hatte meine Knie erreicht und es fröstelte mich. Das Gefühl in mir war zum einen Ekel vor dieser unmenschlichen Tat, aber dazu auch etwas Stolz. Großvater hatte es für seine geliebte Stadt getan, und dass er eine Fremdsprache beherrschte, war mir bisher auch nicht bewusst.

Auf jeden Fall schien der alte Mann seine Taten zu bereuen und das war mir wichtig.

„Nun weiter", rief ich und schaute auf den schnell steigenden Wasserspiegel.

„Sie hatten draußen diese riesige Grube ausgehoben. Für das Fundament und die Gründung des neuen Kaispeichers. Alle Arbeiten dort wurden eigens für diese Nacht eingestellt. Wir packten die Säcke mit den Toten in die Schaufel eines Baggerladers. Dreimal musste ich fahren, mein Junge. Dann hatten die Matrosen ihr feuchtes Grab in der Gründung des Speichers gefunden."

Wir schwiegen.

„Ich habe von dem blutigen Geld all das hier gebaut. Aber um mich stets an meine schlimmen Taten zu erinnern, gab ich dem Gebäude die jetzige Form."

Ich verstand nicht recht.

„Hast du auch gebetet, Großvater?", schossen die Worte aus meinem Mund und ich fragte mich, ob ich sie selbst formuliert hatte.

Tränen liefen Großvater über die Wangen und ich war mir nicht sicher, waren sie echt oder kamen sie vom Kondensat, das sich an der Decke gesammelt hatte?

Ich wartete noch immer auf seine Antwort. Doch außer dem Plätschern des einschießenden Wassers war hier unten nichts zu hören. Opa weigerte sich wohl, diese Frage zu beantworten. Plötzlich rutschte Großvaters Körper in Zeitlupe vom Stuhl. Der Mann hing nun mit dem Kopf am Schrank, sein Körper war schon komplett im Wasser verschwunden.

„Das hast du nun davon!"

Sicher war die Polizei über seine Gräueltaten auf mich gestoßen, erboste ich mich. Ihm, Großvater, gab ich alle Schuld. Ich stieß mit dem Fuß nach dem alten Mann und langsam, wie bei einem Abschied, verschwand sein Gesicht im chlorierten Wasser.

Silvana zeigte keine Regung. Wie so oft interessierte sie sich nicht für das, was um sie herum geschah. Auch von ihr reichten nur noch Teile des Oberkörpers aus dem Poolwasser. Wie gerne würde ich sie noch einmal in den Arm nehmen, mit ihr tanzen. Den Tango, den wir so geliebt hatten. Aber es war mir unmöglich, sie vom Stuhl zu heben. So ließ ich es und schaffte es gerade noch, eine Slayer-CD in den batteriebetriebenen Player auf dem Schrank einzulegen. Er war nur noch wenige Zentimeter vor der Überflutung des Raumes geschützt. ‚Raining Blood' erfüllte den Bunker und ein leichtes Beben ging durch meinen unterkühlten Unterleib. Ich drehte die Musik so laut ich konnte. Alle sollten sie hören, sollten Anteil am Leben und Sterben der Hassels haben. EINER FAMILIE, DIE VON DER WELT NIE ETWAS VERLANGT HATTE, ABER DOCH VON IHR SO ENTTÄUSCHT WURDE. Rauch drang zu mir. Mama gönnte sich wohl eine letzte Zigarette. Ich freute mich für sie. Sie war so wichtig geworden für mich. Hier unten im letzten Zufluchtsort.

Kapitel 18

Sandra rannte. Sie wusste nicht genau, wohin, aber das tat sie mit schnellen Schritten.

„Wir müssen das Versteck finden, unten, unten!“, schrie sie außer sich.

Kommissar Sokolowski hatte draußen auch bei den Uniformierten um Unterstützung gebeten und nun quollen Gebäude- und Gartenbereich fast über von Einsatzkräften. Aus der Nähe konnte man Sirenengeräusche hören. Die Feuerwehr? Sandra war klar: bis die Helfer hier eintrafen, den Schlauch ausgerollt und abgepumpt hatten ... war der Pool geleert und ... und was? Hassel tot? Sein Ableben wäre sogar der Justiz und dem Steuerzahler egal. Aber wenn sich Personen bei ihm aufhielten? Personen, die er gegen ihren Willen dort festhielt? Dieses kleine Flüchtlingsmädchen vielleicht, von dem Soko gesprochen hatte? So alt wie ihre Tochter Lara Sophie. Wie sehr vermisste sie ihr kleines Mädchen. Sandra schob den Gedanken beiseite wie den Vorhang am Fenster. Nicht auszudenken, wenn sie später Leiche für Leiche aus dem feuchten Gefängnis trugen. Wie die einundzwanzig toten Matrosen unter der Elbphilharmonie.

Sandras Herz schlug in einer Marathonfrequenz. Sie lief planlos und in Panik erst durch den Keller von Hassels Privatgebäude, wechselte dann zurück nach oben. Überall klopften Männer mit Werkzeugen Wände nach Öffnungen ab, doch ein Blick ins Außengelände zeigte ihr, der Pool leerte sich weiter unaufhörlich.

„Wir müssen sie finden, los, los!“, schrie die Frau und verließ – mit einem letzten Blick – den Garten und verschwand Richtung Büroräume.

In der Empfangshalle des Instituts herrschte angenehme Kühle und die Kommissarin atmete tief ein. Ihr Puls fuhr etwas herunter und ihre Anspannung fiel mit. Von unten aus dem Kühl- und Lagerraum vernahm sie das Klopfen der Kollegen. Die Vibrationen waren sogar unter ihren Fußsohlen zu spüren.

Plötzlich glaubte sie leise Musik zu hören. War es nur eine Sinnestäuschung? Nein, tatsächlich, es klang ... wie Rockmusik. Sandra blieb verwundert stehen. Wer hatte diese Musik angestellt? Handelte es sich vielleicht um eine Begleitmusik in den Trauerräumen? Eine, die sich selbstständig einschaltete? Aber da erwartete man keinen aufdringlichen Rock, eher Bach oder Schubert. Die Kommissarin lief zur Treppe und brüllte nach unten.

„Hört auf, hört auf mit dem Lärm!“

Das Klopfen stoppte, langsam war die Musik deutlicher zu hören. Zwei schwarz gekleidete Männer mit großen Vorschlaghämmern sprangen die Treppe zu Sandra hinauf.

„Was ist los?“

„So hört doch, so hört doch!“

Für einen Moment war die Rockmusik wieder da, dann wurden die Sirenen der Einsatzkräfte lauter und übertönten die Musik.

„Los, lauf raus, sie sollen sofort jeglichen Lärm einstellen!“, brüllte Sandra dem Kollegen zu. Ihre Stimme überschlug sich, ihre Stimmbänder schmerzten. Doch zum Glück verstand er, ließ den Hammer fallen und sprintete los. Eine Minute später war Totenstille im Gebäude. Nur diese laute Rockmusik untermalte die Stille und Sandra glaubte das Lied zu kennen.

„Kommt mit“, ordnete sie an und zusammen mit den Kollegen schlich sie durch die Halle. Die Musik wurde nun etwas lauter. Sandras Herz hüpfte. Vielleicht gab es doch noch eine Chance? Lutteroth, Sokolowski und Polizeipräsident Anders trafen ein. Die Kollegen schienen gerannt zu sein, man sah es an ihrem Atmen und Sandra hielt sich den Zeigefinger vor den Mund. Augenblicklich blieben die drei stehen und schwiegen. Gemeinsam betraten sie nun Hassels Büro. Auf dem Glas an der Tür konnte Sandra den Namen ‚Julius Hassel‘ in weißer Schrift lesen. DER TOD IST DOCH EHER SCHWARZ, DACHTE SIE, WEISS IST DIE HOFFNUNG?

Der Lautstärkepegel der Musik war noch weiter angeschwollen. Sie schienen richtig zu sein in diesem Raum.

Kapitel 19

Der Wasserstand hatte mein Kinn erreicht. Erst wollte ich mich setzen, dem feuchten Tod ins Auge schauen. Dann fand ich, als eine Art Kapitän sollte ich das Schiff doch als Letzter verlassen. SLAYER gab mir Halt, aber diese Kälte, die mich inzwischen innerlich auffraß, machte mir zu schaffen. Ohne Vorwarnung setzte die Feuchtigkeit auch den CD-Player außer Betrieb. Kurz kam mir der Gedanke aufzugeben, Mama und Caroline zu retten. Ich hörte Mama nebenan schreien und prusten. Vielleicht war die Zelle eines Gefängnisses doch nicht so schlecht wie der Tod in eisigem Wasser? Dann fiel mir ein, es gab keinen Plan B. Das Wasser abzustellen, hatte ich nicht einkalkuliert. Und ich war auch kein guter Taucher, der, wie in Actionfilmen, Hunderte von Metern unter Wasser zurücklegt, um letztendlich wieder irgendwo als stolzer Held aufzutauchen. Unsere kleine Ruby musste auch den Tod durch Ertrinken erleiden, entsann ich mich plötzlich. Der Gedanke daran gab mir Kraft. Ich sah das Kind im Todeskampf strampeln und wehrte mich dagegen, es ihr gleichzutun.

„Adiós muchachos¡“, rief ich, als das Wasser in meine Nasenlöcher eindrang und ein Hustenanfall einsetzte: ADIÓS MUCHACHOS¡

Kapitel 20

Sandra roch Rauch, Zigarettenrauch. War sie nicht recht bei Verstand? Erst Musik, nun Rauch, wieder eine Sinnestäuschung? Es wäre auszudenken, nachdem was hier gerade ablief. Die Musik hatte auf einen Schlag gestoppt.

„Riechst du das auch?", rief sie dem jungen Kommissar neben sich zu.

Soko nickte: „Aber so was von!"

Zu aller Erstaunen warf sich Sandra auf den Teppichboden und robbte – wie ein Soldat im Feld – darauf umher. Dabei schnüffelte sie wie ein Trüffelschwein.

„Hier, hier ist es. Fangt an ... alles aufreißen!"

Soko reagierte als Erster. Er griff nach dem Messer an seinem Gürtel und begann damit, den Teppich wie ein Besessener zu bearbeiten. Er schnitt, zog und riss, aber das Material schien äußerst hartnäckig zu sein. Die Kollegen Lutteroth und Anders sprangen herbei, um zu helfen.

„Der ist geklebt!", keuchte Anders und versuchte, die Auslegware dem Boden zu entreißen. Sein Gesicht war knallrot von der Anstrengung. Nur schlecht ließ sich der Teppich ablösen. Doch endlich hatten die Männer ein großes Stück davon entfernt. Sandra half, indem sie zog, bis ihre Finger zu bluten begannen. Darunter kam

Metall zum Vorschein. Eine Eisenluke. Sandra schob die Kollegen beiseite, kniete sich neben die Luke und schlug fest mit den geballten Fäusten darauf. So fest, als wollte sie das Metall mit der Hand durchschlagen. Ihr Blick drückte Schmerzen aus. Dann stoppte sie und horchte. Eine Sekunde, zwei, drei. Plötzlich nahm sie von unten Geräusche wahr, so als schlage jemand dagegen.

„Aufmachen! Aufmachen!"

Sandra lachte laut los und sie wusste nicht, warum. Einer der Maskierten sprang mit einem Brecheisen herbei, die Kommissarin rollte instinktiv zur Seite. Lauter Lärm, Schaben, Kratzen, das metallene Geräusch von berstendem Stahl, dann unendlich später ... ein Knall.

Die Luke gab nach, sie sprang auf und gab eine Öffnung frei. Sandra trudelte etwas zurück. Ihr war ganz schwindelig, aber sie wollte sehen, ob sie recht hatte. Das Letzte, was die Kommissarin sah, war eine Frau mit einer Zigarette im Mund ... und ein Kind. Der Frau dort unten stand das Wasser fast bis zum Kinn und sie spuckte die nasse Zigarette gerade aus. Dabei hielt sie das weinende Kind hoch. Dann fiel Sandra in ein dunkles, feuchtkaltes Loch.

*

Völlig erschöpft fand sich Sandra auf einer Liege wieder. Sie schaute sich um. Eine junge Frau in dicker, roter Jacke saß neben ihr und hatte ein Stethoskop in ihren Ohren. Die Frau griente und hob den Daumen. Alles war gut. Sandra wollte aufspringen. Doch ihr angeschlagener Kreislauf verhinderte das und sie glitt zurück in die Liegeposition.

„Noch einen Moment, dann wird es sicher gehen“, meinte die Notärztin und half der Kommissarin hoch. Als Sandra sich endlich in der Sitzposition befand, nahm sie durch die Tür die riesige Ansammlung an Krankenwagen und Feuerwehrfahrzeugen wahr.

„Was ist geschehen? Waren die beiden Geiseln in Sicherheit?“, stammelte sie und bemühte sich, die Erinnerung zurückzuholen. Doch irgendwie gelang es ihr nicht. An einem der Einsatzwagen sah sie Caro lehnen. Sein Blick schien ins Leere zu gehen und Sandra ahnte das Schlimmste. Die Kommissarin stand auf, die Ärztin half ihr dabei. Sie machte einen Schritt – es funktionierte. Sie stolperte die Stufen aus dem Wagen hinunter zu Lutteroth und stoppte schwer atmend neben ihm.

„Was ... genau ... ist .... passiert?“

Lutteroths Gesichtsausdruck wechselte sofort Richtung Freude. Er grinste die Kollegin an und nahm sie fest in den Arm.

„Du warst wieder zum richtigen Zeitpunkt da, meine Liebe.“

„Meine Liebe!“ Sandra ließ die innige Umarmung geschehen. Sie fühlte eine Wärme, die sie lange vermisst hatte, das wilde Herzklopfen und die ‚Flugzeuge im Bauch‘, die Herbert Grönemeyer einst so treffend besungen hatte. Seit sie ihren Ehemann vor Monaten mit der jungen, italienischen Köchin im Bett erwischt hatte und er ihr darauf gestand, sich neu verliebt zu haben, fehlte der jungen Frau diese Herzenswärme. Gerade stellte sich heraus, dass ihre Flucht aus Italien eine Einbahnstraße war. Es gab kein Zurück, hier begann ihre Zukunft – hier in Hamburg, als Hamburgerin, und Sandra dachte an den Vater, der in Pinneberg geboren wurde, und an die Oldenburger Mutter. Lutteroth riss sie aus ihren Träumen.

„Komm, ich muss dir etwas zeigen!"

Caro zog die Frau sanft zu einem weiteren Wagen der Ambulanz, der mit laufendem Motor und Blaulicht quer auf der Paul-Roosen-Straße parkte. Er öffnete vorsichtig eine der beiden Hecktüren. Im beleuchteten Innenraum, auf zwei Liegen, lächelten die Kommissarin zwei Gesichter an. Eine ältere Frau, die – weiß Gott, warum – eine dunkle Sonnenbrille trug, und ein kleines dunkelhäutiges Mädchen. Beide hatten nasse Haare, aber sie strahlten vor Glück.

„Sie haben uns gerettet!", flüsterte die Frau und hob leicht die Hand. „Danke, vor allem im Namen von ... Adiam." Sie zeigte auf das Mädchen, dessen Körper unter einer dicken Decke lag.

Sandra verzog ihr Gesicht zu einem müden Lächeln und meinte: „Und dann heißt es, Rauchen schädigt Ihre Gesundheit!"

Kapitel 21

Der Eingangsbereich des Polizeipräsidiums war vollständig mit Medienvertretern gefüllt. Nachdem Polizeipräsident Anders die Pressekonferenz zu dem Stand der Ermittlungen bekannt gegeben hatte, ging er noch von einer gut besuchten Konferenz aus. Die zahlreichen Anmeldungen aus der gesamten Republik und dem angrenzenden Ausland machten es aber kurzfristig notwendig, in das Foyer am Bruno-Georges-Platz auszuweichen.

Sogar draußen auf den Treppen zum Gebäude hielten sich noch Redakteure und Fernsehteams auf und versuchten – an den Sicherheitskräften vorbei – ins Innere zu gelangen.

Das Interesse an den Ergebnissen der letzten Tage war riesig. Vor allem, da das Hamburger LKA bisher keinerlei Informationen weitergegeben hatte. Man wollte warten, bis alle Spuren ausgewertet waren. Erst dann, so hatten sich Anders mit Lutteroth und Sandra Holz abgesprochen, würden sie berichten.

Auf einem erhöhten Podest, links neben sich den Innensenator, rechts daneben der Pressesprecher des LKA und jeweils außen die Hauptkommissare Holz und Lutteroth, ergriff der Polizeipräsident das Wort.

„Ich bedanke mich für Ihr großes Interesse an diesen Fällen, meine Damen und Herren, und möchte Ihnen gerne mitteilen, dass wir – was die Aufklärung angeht – in den letzten Tagen große Erfolge verbuchen konnten. Ich habe mich mit Innensenator Voss abgesprochen und er hat freundlicherweise eingewilligt, dass ich, als Leiter des Hamburger LKA, Ihnen die Ergebnisse vermelden darf. Trotzdem stehen der Senator, aber auch ich später noch für Fragen zur Verfügung. Sie werden anschließend alle von meinem Pressesprecher ein kurzes, schriftliches Statement erhalten."

Anders machte eine Pause und grinste seitlich zu seiner Kollegin Sandra Holz.

„Doch zunächst bitte ich Sie, sich von Ihren Sitzplätzen zu erheben. Ich möchte einem wertvollen Kollegen gedenken, der während der Ermittlungen zu den Fällen sein Leben lassen musste. Dem Ersten Hauptkommissar Alexander Schweiss."

Auf dem großen Monitor links oben an der Wand erschien das Gesicht von Alexander und eine leise Serenade erklang. Die Köpfe der Anwesenden drehten sich in diese Richtung, und trotz der erbetenen Ruhe klickten Fotoapparate. Sandra Holz konnte ihre Tränen kaum zurückhalten. Sie schaute hinüber zu Caro, auch er schien tapfer dagegen anzukämpfen. Die Kommissarin fragte sich plötzlich, ob man auf den Grabstein A. Schweiss oder aber Alexander Schweiss schreiben würde? Sie schämte sich sofort wegen des Gedankens, doch gab er ihr auch Kraft und erinnerte sie an ihre erste Begegnung mit dem Hauptkommissar. Damals bei Frau Klein, in Othmarschen am Frühstückstisch, und nun gab es für ihre Tränen kein Halten mehr.

„Ich danke Ihnen, lieber Alexander Schweiss, wir werden Ihrer stets gedenken!“, fuhr Polizeipräsident Anders fort und riss die Kommissarin aus ihren Gedanken.

Nach Anders Sätzen war es besonders ruhig im Raum geblieben; Presse und Medienvertreter zeigten sich äußerst diszipliniert.

*

„Meine Damen und Herren“, fuhr Anders fort. „Mit großer Freude möchte ich Ihnen jemanden vorstellen, ohne den es diese schnelle Aufklärung wohl nicht gegeben hätte. Sie werden sich erinnern, dass wir im letzten Jahr den Tod einer Kommissarin zu beklagen hatten, Oberkommissarin Sandra Holz.“

Ein Raunen ging durch den Raum. Anders hob seine Arme und bat um Ruhe.

„Was Sie alle nicht wissen konnten, ist: Frau Holz war nicht tot. Sie wurde aufgrund der gefährlichen Umstände dem Zeugenschutzprogramm unterstellt und ...“

Die Stimmen im Raum wurden so laut, dass der Polizeipräsident seine Rede unterbrechen musste. Er wartete einige Sekunden, bis es wieder ruhiger geworden war.

„Wie gesagt, Frau Holz lebt; nach Aufhebung der Gefährdung wurde es ihr freigestellt, ihren Dienst wieder anzutreten. Sie hat sich dafür ausgesprochen und sofort mit großem Engagement am Erfolg der vorliegenden Ergebnisse mitgewirkt. Darf ich sie Ihnen vorstellen? Frau Hauptkommissarin Sandra Holz!“

Der Lärm war ohrenbetäubend und erst hatte Sandra wenig Interesse daran, aufzustehen. Als sie aber die fordernden Blicke ihrer Vorgesetzten neben sich sah, war klar, es musste sein. Sie erhob sich langsam und nickte – mit hochrotem Kopf, wie sie glaubte – der Menge vor ihr zu. Das Blitzlichtgewitter riss nicht ab. Kurz machte Sandra sich Gedanken darüber, ob tatsächlich eine Gefährdung ihrer Person außer Frage stand? Wenn nicht, wusste morgen jeder in und um Hamburg, dass die Kommissarin Sandra Holz wieder zurück war.

Die Presse wollte Fragen stellen, doch Anders winkte ab.

„Lassen Sie mich zu den Ergebnissen in den Fällen des Friedhofsmörders, aber auch der Leichen unter dem Kaispeicher A kommen.“

Sofort wurde es ruhiger. Sandra hatte sich längst wieder gesetzt.

„Gestern Morgen, um 11.43 Uhr, konnten wir Julius Hassel, den Friedhofsmörder, tot aus einem Bunker seines Hauses bergen.“

Wieder Lärm und starker Applaus.

„Wir ... wir ... meine Damen und Herren ...“, der Polizeipräsident versuchte, die Menschen zu beruhigen.

Endlich gelang es ihm. „Ich bitte Sie ... danke, also, die Spurensicherung, aber auch die Rechtsmedizin haben noch heute Nacht alle Spuren ausgewertet, und es handelt sich bei all den hinterhältigen Morden auf Hamburgs Friedhöfen, aber auch an dem Mord an Gerlinde Kolman, Pastor Georg Witzer ... sowie an unserem geschätzten Kollegen Alexander Schweiss um denselben Täter: Julius Hassel. Hassel war Unternehmer, ihm gehörte das Bestattungsunternehmen auf St. Pauli in der Paul-Roosen-Straße. Seine Beweggründe liegen noch im Dunkeln. Klar ist auf jeden Fall, er war ein Psychopath. Was auch die aufgefundenen und balsamierten Leichen seiner Ehefrau und des bislang vermissten Professors Diethelm Lienhard im Bunker seines Hauses beweisen. Hassel hat vor über dreißig Jahren seine komplette Familie bei einem Autounfall verloren ... und als Einziger überlebt. Ja, meine Damen und Herren, das ist hart. Aber es rechtfertigt nicht die Morde an unseren Mitmenschen. Wir gehen bislang von einem Einzeltäter aus. Weitere Infos erhalten Sie später."

Die Presse versuchte, schon mal Fragen zu stellen. „Herr Anders ... kann ich ..."

Der Polizeipräsident winkte erneut ab.

„Nun kommen wir zum Fall der konservierten Leichen aus der Gründung des Kaispeichers. Auch hier muss ich Ihnen den Namen HASSEL nennen."

Große Unruhe machte sich im Vorraum des Polizeipräsidiums breit und nur mit Mühe konnte Anders alle beschwichtigen.

„Aber, liebe Anwesende, es wird alles zur Sprache kommen. Ich weiß, vieles ist ungeheuerlich ... also ...“

Inzwischen hatten es auch die letzten draußen Verbliebenen geschafft, in die Halle zu gelangen. Die für Sicherheit sorgenden Kollegen hatten wohl aufgegeben. Die Luft im Raum war dünn geworden und das machte der Kommissarin sehr zu schaffen. Sandra suchte Caros Blick, und als sie ihn fand, zeigte sie auf den Ausgang. Lutteroth grinste wie ein Lausbub und hob zwei Finger. Noch zwei Minuten, glaubte Sandra verstanden zu haben, und sie nickte, sichtlich erschöpft.

„Bei den einundzwanzig toten Matrosen handelt es sich um Besatzungsmitglieder des französischen Frachtschiffes ‚Lothringen‘. Der Frachter wurde 1963 in Abidjan, also in der Elfenbeinküste beladen. Das Schiff und seine Besatzung erreichten Hamburg am ...“, Anders musste nachlesen, „23. August 1963 und man erlaubte ihnen die Einfahrt. Die Ladung bestand aus ...“, wieder las Anders ab, „... Säcken mit Kakaobohnen. Alten Aufzeichnungen zur Folge, hatte der Kapitän der ‚Lothringen‘ falsche Angaben zum Gesundheitsstatus seiner Besatzung gemacht und erschlich sich sozusagen die Einfahrt in den Hamburger Hafen. Dort wurden die erheblichen Probleme einer Ansteckung zum Glück vom Hafenarzt entdeckt und alle einundzwanzig Seemänner – wohl zum Schutze der Hamburger Bevölkerung – in einem Schuppen nahe des damaligen Kaiserspeichers in Quarantäne gesetzt. Der im Großen

Grasbrook praktizierende Seebestatter Albert Hassel, Großvater des gestern tot aufgefundenen Tatverdächtigen Julius Hassel, hat später – so glauben wir – zusammen mit gedungenen Mördern die schwerkranken Matrosen in diesem ‚Schuppen 10' genannten Gebäude ... erschlagen."

Der Saal tobte.

„Ruhe ... werte Anwesende ... ich bin gleich durch. Wer nun letztendlich diese unmenschliche Anweisung gegeben hat und die Verantwortung trug, muss in den nächsten Tagen und Wochen geklärt werden. Die Tat ist mehr als fünfzig Jahre her, also gehen Sie nicht so hart mit uns ins Gericht, es wird für uns nicht einfach werden. Was die Leichen angeht, haben die zuständigen Hamburger Behörden Kontakt mit dem Roten Kreuz und den französischen Behörden aufgenommen. Wir werden alles tun, um den toten Matrosen eine entsprechende Bestattung in ihrer Heimat zu sichern."

Endlich schloss Anders seinen Bericht und sofort ertönte die erste Frage: „Reißt das mit den Toten der Elbphilharmonie nie ab ...?" Rufe der Zustimmung ertönten und der Innensenator bat um das Wort.

„Werte Anwesende, ich versichere Ihnen ..."

Lutteroth war aufgestanden, hatte dem Polizeipräsidenten etwas ins Ohr geflüstert und dann der Kollegin gewinkt. Sandra erhob sich und ohne Mühe konnten die beiden durch die Schleuse ins Innere des Gebäudes gelangen.

„Lass uns ins Butenfeld fahren", schlug Sandra vor.

Lutteroth nickte. „Warte unten in der Tiefgarage, Sandra, ich hole schnell die Autoschlüssel", und Caro verschwand bei den Aufzügen.

Die Tiefgarage im Polizeipräsidium roch muffig und sofort kamen Sandra Erinnerungen an ihren gefährlichen Einsatz mit Alexander Schweiss in der Tiefgarage der Altonaer Klinik. Zum Glück war Caro schnell zurück und gemeinsam fuhren sie nach Eppendorf.

Kapitel 22

Traudel Kensbock fanden sie – wie so oft – in einem der Sektionsräume vor. Ihre Haare fettig, die Gummischürze blutbeschmiert, war die Professorin gerade dabei, eine Leiche aufzuschneiden. Vorsorglich hatten sich Sandra und Caro in einen dieser weißen Overalls eingekleidet und gemeinsam betraten sie den sterilen Raum. Traudel zeigte sich wenig überrascht. Ihr assistierte Dr. Fischer.

„Darf ich vorstellen, das Herz von Julius Hassel!“ Traudel Kensbock hob etwas Fleischiges, Blutendes hoch und Sandra wurde es plötzlich speiübel. Sie drehte sich würgend weg. So kannte sie die erfahrene Rechtsmedizinerin gar nicht. Sicher hatte der Täter vor ihr auf dem Tisch ihren gemeinsamen Freund und Kollegen Alexander Schweiss getötet, aber trotzdem erwartete Sandra etwas mehr Zurückhaltung.

„Entschuldige, Schätzchen“, wandte sich die Professorin der Kommissarin zu. „Lass uns draußen reden. Machen Sie weiter ...?“ Es klang wie ein Befehl, war aber eigentlich als Frage gedacht. Fischer nahm sofort den Platz der Rechtsmedizinerin ein.

Traudel Kensbock warf die blutigen Handschuhe und die Gummischürze in einen offenen Mülleimer, der – wie Sandra sehen konnte – überquoll von diesen blutverschmierten Gummidingern.

„Bevor ich es vergesse“, erklärte Dr. Kensbock, „unter den Laken ...“, sie zeigte auf die beiden Sektionstische neben Hassel, „... liegen Hassels konservierte Ehefrau und dieser Lienhard. Gute Arbeit, schade um den Mann. Seine Bemühungen waren nun umsonst, die beiden Leichen werden verbrannt.“ Dr. Kensbock trat auf den Flur und ihre beiden Begleiter folgten ihr.

*

„Silvana Hassel hatte sich vor Monaten erhängt“, teilte Traudel bei einem heißen Kaffee in ihrem Büro den beiden mit.

„Und das ist sicher?“ Hauptkommissar Lutteroth schien das nicht glauben zu wollen.

„Ja, absolut sicher. Ihre Leiche wurde, nach Angaben der Behörden, im November letzten Jahres im Ohlsdorfer Krematorium verbrannt. Weiß der Teufel, wie Hassel es geschafft hat, sie davor zu bewahren. Aber Geld regiert die Welt.“ Die Rechtsmedizinerin nahm einen Schluck Kaffee und erstmals fielen Sandra deren dunkle Augenringe auf.

„Geht es dir gut, Traudel?“ Sandra hatte danach gefragt.

Die Angesprochene winkte ab. „Nächste Woche bin ich wieder in Chemnitz. Da habe ich genügend Zeit, mich um das eigene Wohlbefinden zu kümmern." Traudel versuchte ein tapferes Lächeln, doch es misslang.

„Also, der Tod Silvanas ist klar. Lienhards Ableben dagegen eher ungewiss. Ich fand keinerlei Wunden an dem Toten. Weder am Hals noch am Oberkörper. Hassel hatte es ja mit dem Messer. Fakt ist, an einer Stichwunde ist Professor Lienhard nicht verstorben."

„Das wäre ungewöhnlich, Doktor Kensbock", merkte Lutteroth an.

„Sag Traudel. Alle sagen Traudel. Ja, das ist wahr, Schätzchen. Aber nachdem Hassel alle Organe Lienhards entnommen hat, komme ich so nicht weiter. Ein Schlaganfall, Gift, alles ist möglich. Sein Restblut im Körper ist vermischt mit Formaldehyd, daher gibt es keine brauchbaren Laborergebnisse."

„Also gehen wir von einem natürlichen Tod aus?" Lutteroth hatte die Frage gestellt.

Dr. Kensbock nickte: „Auf einen mehr oder weniger kommt es bei dem Hassel wohl nicht an, oder? Das kleine Flüchtlingsmädchen und die lebend aufgefundene Frau sind wohlauf?"

Sandra nickte. „Ja, er hat beide – so die Aussage von Frau Majan – als Familienmitglieder betrachtet. Sie als Mutter und die kleine Adiam als Schwester. Hassel wollte seine komplette Familie zurückgewinnen ..."

„... tot oder lebendig", ergänzte Lutteroth.

Schweigend saßen die drei eine Weile, und nur das Geräusch von Atemzügen sowie hin und wieder das Schlürfen von Kaffee unterbrachen die Ruhe im Büro.

„Gut, dass er tot ist", sprach Traudel das aus, was alle dachten.

„Ja, wer weiß, wie lange er noch getötet hätte? Er hat die Ausweglosigkeit erkannt und das Gleiche gewählt wie seine Ehefrau", erklärte Sandra.

„Und wie geht es dir, Sandra?", wollte die Rechtsmedizinerin wissen.

„Ich werde nicht nach Italien zurückkehren. Ich hatte dir ja von Lucas Freundin erzählt. Es wird nie mehr so sein wie früher. Aber die Situation war von Anfang an verfahren. Eine Kommissarin der Mordkommission und ein Pizzakoch aus Italien. Eine unpassendere Konstellation gibt es wohl nicht mehr?", versuchte Sandra ein Grinsen, aber es sah eher nach Verzweiflung aus. „Da hat auch die Liebe wenige Chancen!", fügte sie hinzu.

„Dann eher eine Kommissarin und ein Kommissar", kam der schüchterne Einwand von Lutteroth und die beiden Frauen schauten auf den Mann, dessen Gesicht rot angelaufen war. Alle lachten ausgelassen, die Stimmung hatte sich etwas gelöst.

„Und wo wirst du wohnen?", wollte Traudel wissen.

„Am Steindamm in der Böckmannstraße. In unserer ehemaligen gemeinsamen Wohnung neben der Pizzeria. Sie steht seit dem Umzug nach Italien leer und Luca hat sie mir, eigentlich ja Lara Sophie, aber ... du weißt, also ... ich werde dort wohnen, bis ich weiß, wie es weitergeht. Aber eines noch ..." Sandra griff in ihre Lederjacke. „Dieses Schriftstück von Hassel wurde in einer leeren Wasserflasche gefunden. Sie breitete das zerknüllte Papier auseinander und begann vorzulesen:

An dich, Sterbender!
Wenn meine Klinge über deinen Hals gleitet, der rote Saft, der dich am Leben hält, vom Erdreich aufgesogen wird, wenn dein Leben aus dir hier herausfährt wie der Leibwind und dieser herrliche Tag dein letzter sein wird, dann wirst du hoffentlich verstehen, dass Pietät und Würde des Menschen auch von dir zu respektieren sind – nur dann kommt für dich jegliche Einsicht zu spät!
Julius Hassel, Bestatter
St. Pauli, im Mai 2018

„Es ist natürlich eine Kopie", erklärte die Kommissarin und faltete das Blatt wieder zusammen.

„So ein blöder Spinner, dieser Hassel!" Kensbock schüttelte angewidert den Kopf. „Aber wenn wir schon mal bei Offenbarungen sind, heute Morgen kamen die aufwendigen Untersuchungsergebnisse des Gewebes eines der toten Matrosen. Ich habe es in den USA auswerten lassen."

Dr. Kensbock erkannte die fragenden Blicke der beiden Kriminalbeamten.

„Zur Diskretion! Zur Sicherheit! Also, um dummen Rückfragen hier im Land zu entgehen und ... sie haben drüben auch definitiv die besseren Geräte."

Kensbock machte eine Pause und erklärte dann mit ruhiger Stimme: „Die Matrosen hatten den Pestvirus im Blut."

Die Rechtsmedizinerin unterbrach erneut ihre Ausführungen. Wohl um den beiden Kriminalbeamten Zeit zu lassen, diese Information aufzunehmen und verarbeiten zu können.

„Die Pest! Bist du sicher?", fragte Lutteroth mit zittriger Stimme.

„Ja, Lungenpest! Das war vermutlich auch der Grund, warum man die Männer getötet und ich sage mal salopp ... entsorgt hat."

„Aber, das heißt ja ...", stotterte Sandra und es war ihr unangenehm.

„Kein Stress, Schätzchen!" Dr. Kensbock war aufgestanden und hatte ihren Arm um die Schultern der Kommissarin gelegt.

„Ja, obwohl man der Bevölkerung stets mitteilt, alle schlimmen Epidemien und Pandemien wie Pest, Pocken und Cholera gehörten in die Geschichtsbücher, traten und treten sie immer mal wieder auf. Wie auch gerade mal wieder auf Madagaskar. Nur heute gibt es – im Gegensatz zu früher – gute Antibiotika. Und genau das, meine Liebe, war auch 1963 hier in Hamburg der Fall. Die Matrosen hatten sich anscheinend in der Elfenbeinküste infiziert. Und erst einmal hier eingeschleust, hätte das eine riesige Krankheitswelle mit unüberschaubarer Todeswelle verursacht, insofern ...!"

Sandra verstand nicht. „Was insofern, Traudel?"

„Ach! ,*Wäre, wäre, Fahrradkette!*' Der Spruch stammt doch von Lothar Matthäus, dem Fußballer, oder?" Traudel kicherte wie eine Jugendliche.

„Es ist zwar noch zu früh für Alkohol", bemerkte die Rechtsmedizinerin, „aber lasst uns in die Stadt fahren. Einen ,White Russian' auf unseren lieben Freund Alexander, das wäre jetzt absolut genial."

Epilog
In Liebe und Trauer nehmen wir Abschied von … Familie Hassel

Es ging so unfassbar schnell! Eben noch waren wir eine intakte siebenköpfige Familie und einen Wimpernschlag später dieser ohrenbetäubende Lärm, das Bersten von Kunststoff und Metall, Blut, Schmerzen, dazu die Enge … aber eines nach dem anderen.

Am 9. November 1984 feierte ich meinen 12. Geburtstag. Wir hatten diesen Tag bei meinem Onkel Wolfgang verbracht. Dieser war Papas Bruder und lebte im Emsland, genau genommen in Haren. Papa und sein Bruder waren – wie auch ich und meine Geschwister – in Hamburg geboren, aber Onkel Wolfgang hatte ins Emsland geheiratet und so besuchten wir ihn hin und wieder. Vor allem nach dem Tod seiner Ehefrau vor zwei Jahren.

Erst vor wenigen Tagen hatte Papa die französische Großraumlimousine mit dem fast unaussprechlichen Namen ‚Espace' beim Renault-Händler Henke in der Holsteiner-Chaussee abgeholt – als eine der Ersten in ganz Hamburg. Ich durfte mit nach Eidelstedt und voller Stolz fuhren Papa und ich im Neuwagen zurück nach St. Pauli. Das – meinem Empfinden nach – riesige Fahrzeug bot zum ersten Mal die Möglichkeit, alle Familienmitglieder, unsere

Eltern, meine Großeltern und meine beiden Geschwister, zusammen aufzunehmen und zu befördern. Papa erklärte es mir während der Heimfahrt. In unserer großen Garage stand auch noch ein fast neues BMW 320 Cabriolet. Das fuhren aber nur Papa und Mama, wenn sie – eher selten – einen kleinen Ausflug machten. Und schon wenige Tage später brachen wir alle gemeinsam im ‚Espace' zum Onkel nach Haren auf.

Dass der Besuch im Emsland gleichzeitig mit meinem zwölften Geburtstag zusammenfiel, war eher Zufall. Doch es brachte mir noch einige Geschenke mehr ein. Die Ehe von Onkel Wolfgang war kurz und kinderlos geblieben und so liebte er seine beiden Neffen und die Nichte abgöttisch. Wir blieben bis Sonntag bei ihm. Der jüngere und einzige Bruder von Papa hatte ein großes, aber menschenleeres Haus. Unsere Anwesenheit füllte es mit Lärm und Leben – zu seiner großen Freude. Der Abschied von Haren fiel uns stets schwer und auch an diesem Sonntag dauerte es seine Zeit, bis Papa, mit dicken Tränen in den Augen, im riesigen roten Wagen vorfuhr. Wir winkten dem traurigen Onkel noch eine Weile zu. Dann hatten wir den Hof verlassen und bogen auf die Landstraße ab.

In den ersten Minuten dieser Fahrt dominierte Stille das Fahrzeuginnere. Nur der kräftige Motor des Franzosen summte und auch das Heizungsgebläse verriet seine Aktivität durch einen gleichmäßigen Ton. Sogar die kleine Caroline, sonst immer am Plappern, hatte sich für Schweigen entschieden. So als sei sie sich eines endgültigen Abschieds bewusst. Die brachliegende Landwirtschaft seitlich der Stra-

ße flog nur so dahin und wenige Fahrzeuge begegneten uns die ersten Kilometer. Die Gespräche der sieben Insassen lebten erst wieder auf, als wir durch die Stadt Cloppenburg fuhren. Mein achtjähriger Bruder Gerhardt, die vierjährige Schwester Caroline und ich saßen mittig auf den drei Einzelsitzen, Opa Albert und Oma Wilma ganz hinten und Mama organisierte die Fahrt vom Beifahrersitz aus.

*

Auf der Autobahn wurde der Verkehr dichter und Papa musste sich mehr auf das Fahren konzentrieren. Der Monat November hatte den warmen Oktober mit eisiger Kälte abgelöst. Fast ohne Übergang stürzten die Temperaturen von sonnigen zwanzig Grad bis unter den Gefrierpunkt. Das Weiß lag wie ein Teppich abgelegt auf den Feldern seitlich der Autobahn und hatte etwas Beruhigendes. Papa wollte noch vor der Fahrt nach Haren Winterreifen aufziehen lassen, aber für das neue Renault-Modell sollten diese erst in den kommenden Tagen geliefert und montiert werden. So vertraute der 43-Jährige auf das Wetter und den Räumdienst, und bisher lief alles gut. Schon kurz vor Bremen bat Mama eindringlich um einen Toilettenstopp. Papa war gar nicht sehr glücklich über diesen unplanmäßigen Halt. Aber als wir Kinder und auch Oma uns mit Mama solidarisch erklärten und auch ‚mussten', lenkte Papa den Wagen bei Delmenhorst von der A1 und hielt bei einer Raststätte an.

Schwester Caroline vertrug die Fahrt im neuen ‚Espace‘ nicht besonders gut und schon auf der Hinfahrt mussten wir zweimal anhalten. Ich erinnere mich noch heute, dass auch bei mir der Wagengeruch nach frischem Plastik anfänglich einen leichten Brechreiz verursachte. Aber die Freude an der Fahrt und die bevorstehenden Tage bei Onkel Wolfgang lenkten mich wohl ab. Es kam also auch auf der Rückfahrt bisher nicht zum Äußersten.

*

Nachdem alle von der Toilette zurück waren, setzte sich Mama neben meine kleine Schwester. Papa bat seinen Vater auf den Beifahrersitz. Doch Opa beabsichtigte, etwas zu schlafen, und wollte hinten bleiben. So fiel die glückliche Wahl auf mich. Ich war so voller Freude, die nächsten zwei Stunden bis Hamburg neben Papa verbringen zu dürfen, dass ich einen Schluckauf bekam. Wir mussten einige Minuten warten, bevor die Fahrt weiterging.

Inzwischen war es schon Nachmittag. Wir hatten heute Morgen spät gefrühstückt und meine digitale Armbanduhr – das Geschenk des Onkels zum 12. Geburtstag – zeigte 14.47 Uhr an, als wir Bremen hinter uns ließen. Kaffeeduft zog ins Wageninnere, während wir seitlich der Hansestadt vorbeifuhren. Papa erlaubte mir, das Fenster ein wenig zu öffnen, um besser riechen zu können. Draußen war es kalt, aber trocken, und auf dem Thermometer bei der Raststätte hatte ich etwas von minus zwei Grad abgelesen. Ich drehte mich nach hinten, auch Caroline schien ohne zu spucken durchzuhalten. Mama war dabei, ihr etwas aus einem Pixie-Buch vorzulesen. Opa Albert schlief, sein Schnarchen übertönte fast das Motorengeräusch. Oma Wilma schaute aus dem Fenster und wirkte wie weggetreten. Auch mein achtjähriger Bruder Gerhardt betrachtete neugierig die schnell vorbeihuschende Landschaft, die im vorwinterlichen Raureif lag. Gerhardt war ein stiller, in sich gekehrter Junge. Also das krasse Gegenteil von mir. Ich liebte ihn für dieses Verhalten, es gab mir mehr Spielraum, mich auszuleben.

Papa schaute ernst und angestrengt nach vorne auf die Straße und ich warf einen Blick seitlich auf den Tachometer. Nachdem wir Bremen hinter uns gelassen hatten, fuhren wir nun etwa 120 km/h und ich fühlte mich wie in einem Flugzeug. Müdigkeit stellte sich bei mir ein. Es lag sicher an der Heizung, deren Gebläse den Wagen wohltemperiert hielt. Nein, ich durfte nicht schlafen. Wann würde ich je wieder die Chance haben, neben Papa im voll besetzten Wagen auf einer Autobahn zu fahren?

*

Ein Heer von Lastkraftwagen befuhr ab Bremen die Autobahn A1 und für einen Sonntag wunderte mich dieser enorme Güterverkehr. Ich empfand plötzlich eine Erleichterung darüber, noch keinen Führerschein zu besitzen. Sicher war es schwierig, den großen Wagen über die vierspurige Autobahn – Richtung Hamburg – zu steuern. So etwas wie Ehrfurcht gegenüber Papa kam in mir auf. Ich fand, die Sicht durch die Frontscheibe war die letzten Minuten schwieriger geworden, und erst glaubte ich, es sei Eis, das die Scheibe gefrieren ließ. Papa hatte wohl zur gleichen Zeit denselben Gedanken, denn er drückte den Hebel, um den Scheibenwischermotor zu starten. Die beiden Wischerblätter schoben sich quietschend über die riesige Glasscheibe, doch die Sicht wurde dadurch nicht besser. Eher war das Gegenteil der Fall und ich höre noch heute dieses Wort von Mama hinter mir: „Nebel!" Sie schrie es heraus – wie ein warnender Hinweis oder gar ein Hilferuf. Es war das letzte Wort im Leben meiner geliebten Mutter, aber es war mir zu diesem Zeitpunkt noch nicht bewusst. Und plötzlich ging alles rasend schnell. Die Sicht nach draußen war von einer Sekunde auf die andere wie durch eine weiße Wand versperrt. Die Wand tauchte aus dem Nichts vor uns auf, und noch bevor Papa irgendetwas dagegen unternehmen konnte, war da dieser laute, ohrenbetäubende Knall. Auch heute noch höre ich – vor allem nachts vor dem Einschlafen – dieses schlimme Geräusch, das allem Schönen und dem, was mir wichtig war, ein Ende bereitet hatte.

So schnell wie der Lärm um mich herum aufgetaucht war, schien alles auch schon wieder vorbei zu sein. Ich spürte, wie mein Herz reagiert hatte und überschnell schlug, und wollte meine Augen öffnen, aber es funktionierte nicht. Durch die nahezu geschlossenen Augenlider nahm ich Dunkelheit vor mir wahr. Ich fühlte Beklemmung, Enge, das At-

men fiel mir äußerst schwer, und so sehr ich auch nach Luft zu schnappen versuchte, meine kleinen Lungenflügel nahmen nur wenig davon auf.

Das Gefühl zu ersticken, kannte ich gut, und ich bemühte mich, damit umzugehen. Vor knapp zwei Jahren, beim Versteckspiel mit einem Schulkameraden in unseren Geschäftsräumen, hatte ich mich in einen der – wie Vater stets sagte – „Verbotenen Räume" gewagt. Ich kletterte dort in einen offenen und leeren Sarg und zog unter aller Kraftanstrengung den Deckel über mir zu. Nicht bewusst, was danach passierte. Zunächst fand ich diese Idee gnadenlos gut – Freund Daniel würde mich dort nicht finden. Aber über die Konsequenzen hatte ich als 10-Jähriger nicht nachgedacht. Die damalige Angst und Beklemmung kam mir gerade wieder in den Sinn. Ich hatte – nach einer Weile im Sarg – versucht, mich bemerkbar zu machen. Platz zum Treten und Luft zum Schreien hatte ich zunächst ausreichend. Doch dann verursachten mir dieses Schwarz um mich herum und der Geruch von Sägespänen und parfümiertem Tuch doch enorme Probleme. Ich erinnerte mich noch, wie Atemnot und Klaustrophobie in mir hochzogen. Wie sich Feuchtigkeit in den Stiefel nach und nach bis zu den Haarwurzeln hocharbeitete. Am Schluss kämpfte ich panisch gegen das Ersticken. Papa fand mich zum Glück noch rechtzeitig – Daniel hatte ihn gerufen. Mein Vater öffnete den Sargdeckel, schaute mit traurigem und ernstem Blick zu mir herunter und meinte: „Das kann auch ins Auge gehen." Damit war die Sache erledigt und ich kam mir reifer und erwachsener, aber vor allem – lebendig vor.

Für einige Sekunden hatte mich diese Erinnerung an mein damaliges Erlebnis abgelenkt, doch plötzlich schossen wahnsinnige Schmerzen durch meinen Körper. Ich wollte laut aufschreien, aber auch das funktionierte nicht. Kopf, Arme, Rücken, Beine, es gab scheinbar keine Stelle, die wie auf Knopfdruck Schmerzsignale ausstrahlte. Ich spürte, wie mein kleiner Körper reagierte, und fühlte, wie ich in eine mir von damals bekannte Dunkelheit wegzugleiten drohte. Den Schmerz im Kopf empfand ich jedoch am schlimmsten. In wenigen Sekunden hatte ich auf kindliche Weise allen Schmerzen eine Art Stärkegrad zugeordnet. Ob ich mich damit auf andere Gedanken bringen wollte oder warum ich auf diese Idee kam, das frage ich mich noch heute. Der Druck auf dem Kopf und dieses Schlagen in seinem Inneren drohten mich wahnsinnig zu machen. Instinktiv bewegte ich den Kopf leicht und es schien zu helfen – der Schmerz flaute etwas ab. Meine nächsten Gedanken drehten sich um meine Familie. Ich horchte in das Dunkel – versuchte, einen Laut an Lebenszeichen von ihnen zu hören. Doch bis auf ein leises Stöhnen war es seltsam still hier. Das Stöhnen, so glaubte ich, hatte seinen Ursprung wenige Zentimeter vor dem engen Ort, an dem ich mich befand. Erst jetzt wurde mir schlagartig bewusst, dass wir uns alle noch immer im Wagen befinden mussten. Aber was war passiert? Da war diese weiße Wand, gegen die wir fuhren … und dann? So sehr ich mein junges Gehirn auch anstrengte, es ließ zunächst keine Erklärung zu. Würde ich für immer hier liegen müssen? Unfall – ja, das war die erste Annahme, die mir zwischen zwei stechenden Schmerzen in den Sinn kam. Wir hatten einen Unfall, waren von der

Straße abgekommen oder so. Aber warum konnte ich, mich nicht bewegen? Wieder versuchte ich, mich aus dieser engen Lage zu befreien. Aber meine schmerzenden Gliedmaßen ließen nur wenige Zentimeter Bewegung zu. Ich verhielt mich zunächst still. Es strengte mich zu sehr an und die Atemluft hier war extrem knapp. Sicher würden bald Helfer auftauchen. Würden uns alle unverletzt aus dieser misslichen Lage befreien. Ich dachte kurz an den teuren, schönen Wagen, der jetzt verkratzt und zerbeult sein musste. Aber Papa würde einen neuen kaufen. Unser Geschäft auf St. Pauli lief gut und das konnten wir uns sicher leisten. Der Gedanke tröstete mich ein wenig.

*

Etwas tropfte auf meinen Schädel und befeuchtete meinen blonden Haarschopf. Ich empfand dieses Auftreffen in meinem Kopf bei jedem Tropfen wie einen Hammerschlag. Jetzt fühlte ich die Flüssigkeit auch auf der Stirn. Benzin? Ich erinnerte mich, im Fernsehen Unfallberichte gesehen zu haben. Einmal war ein Wagen nach einem Unfall in Flammen aufgegangen – Fahrer und Beifahrer verbrannt. Auch Papa war schon zu solchen Unfällen gerufen worden, doch nie hatte er davon erzählt. Mir fiel plötzlich ein, wie bedrückt er stets anschließend nach Hause kam. Das verursachte bei mir noch größere Angst, mein Herzschlag legte einen Zahn zu und meine Atmung versuchte vergebens, Herr der

Lage zu werden. Ich spürte, wie ich in die Bewusstlosigkeit wegdämmerte – und vielleicht war es gut so. „Aber nein, das darf nicht sein!“, riss ich mich aus diesem Dämmerzustand. Ich war doch der Beifahrer und fühlte so etwas wie Verantwortung. Ich musste durchhalten, für die kleineren Geschwister, für Mama ...

Inzwischen hatte die Flüssigkeit auf ihrem Weg nach unten meinen Nasenrücken erreicht. Es kitzelte etwas durch die anhaltenden Schmerzen hindurch, dann erreichte das dünne Rinnsal auch meine Lippen. Erst biss ich sie fest zusammen, doch dann machte es mich neugierig. Ich streckte meine Zunge nur wenige Millimeter heraus, tippte mit ihrer Spitze an das Rinnsal und brachte die Zunge zurück in die Mundhöhle. Die Geschmacksnerven funktionierten – denn sofort spuckte ich aus. Die Flüssigkeit schmeckte fad und nach Eisen. Wie die Tabletten, die ich eine Zeit lang lutschen musste. Übelkeit überkam mich, doch mir war klar, ich durfte mich nicht übergeben.

Waren da nicht Geräusche? Da sprachen doch Menschen – nicht weit von mir entfernt! Ich war mir absolut sicher. Durch das unaufhörliche Klopfen im Kopf, versuchte ich, mich zu konzentrieren. Zwischen jedem Schlag bemüht, die nicht enden wollenden Geräusche zu lokalisieren. Da waren tatsächlich Personen. Man hatte uns gefunden! Sicher waren es Polizisten oder Feuerwehrleute, und ich war so froh. Mein Herz schlug noch schneller, dann wurde es mir vollkommen schwarz vor den Augen.

*

Ich erwachte aufgrund von übermäßigem Lärm. Er klang wie das Schlagen auf Metall und Kunststoff. Nicht gleichmäßig – sondern ohne jeglichen Takt. Der Lärm erinnerte mich wieder an die Schmerzen im Kopf. Dazu vernahm ich Sirenengeräusche. Ich war mir absolut sicher. Auch die Stimmen von eben waren lauter geworden. Sie erreichten mein Ohr und jetzt konnte ich ganze Wortfetzen, sogar Sätze verstehen.

„Wir müssen ... zieh fester ... kommen nicht ran ... die Toten ... alles zerstört ...!"

Ich wollte plötzlich nicht mehr zuhören. Es gefiel mir nicht, was sie sagten. Da tat sich Licht vor mir auf. So als liefe ich in einen dunklen Tunnel, in dem am Ende ein beleuchtetes Fahrzeug wartete. Das gleißende Licht bahnte sich seinen Weg durch Ritzen und Gänge. Es blendete mich.

„Hört auf zu reden! Hört auf zu blenden!", wollte ich rufen. Doch noch immer versagten meine Stimmbänder. Ich glaubte ein Krächzen aus meinem Mund zu hören, war mir aber nicht sicher. Das Tropfen über mir hatte nicht aufgehört, und neugierig geworden, versuchte ich den Ursprung dieser Flüssigkeit zu erkunden. Es gelang mir, den Kopf leicht zu drehen. Mein Hals schmerzte dabei, doch ich ignorierte es. Oben, durch einen hellen Spalt, schauten mich die starren Augen von Papa an.

Es kam Bewegung in den Ort, an dem ich mich befand. Ich wurde hin- und hergeschüttelt. Massiv machte man sich nun am Wagen zu schaffen. Ich hatte den Kopf wieder weggedreht. Dass Papa tot war, daran zweifelte ich nicht mehr. Wie viele Tote hatte ich in den letzten Monaten, seit Papa mich gelegentlich auf seinen Dienstfahrten mitnahm, gesehen? Ich konnte die Zahl nicht erfassen, so sehr ich mich auch anstrengte. Es handelte sich also um Blut, und mir wurde nun bewusst, dass es Papas Blut war, das auf mich herabtropfte. Irgendwie machte es mich ein wenig stolz. Stolz darüber, dass ich auserkoren war, dieses Blut abzufangen. Bevor es im Teppichboden des Renaults versickerte. Vor mir befand sich plötzlich noch mehr Blut. Ich konnte es durch die einfallenden Lichtstrahlen erkennen. Kleine Bäche rannen auf mich zu – rote Bäche. Sie hatten die Farbe von Mamas Lieblingswein und doch waren es Körperflüssigkeiten von ... Ich versuchte, den Gedanken zu fassen, aber es funktionierte nicht. Doch viele meiner Familienangehörigen blieben dafür nicht übrig. Und das verursachte in mir noch größere Schmerzen als die der letzten Minuten. Das Licht wurde nun etwas weniger und mir war inzwischen bewusst geworden, dass ich mich im Fußraum des ‚Espace' befand. Dort unter dem Armaturenbrett. Dort wo ich während der kurzen Fahrt meine Beine und Füße hingestreckt hatte. Würde hier jemand nach einem kleinen Jungen, nach dem 12-jährigen Julius Hassel aus St. Pauli suchen? Und wenn sie den Wagen in die Schrottpresse ...? Ich erschrak fürchterlich und versuchte mich wieder gegen den aufkommenden Brechreiz bemerkbar zu machen. Obwohl ich einen Fuß leicht bewegen und gegen einen Hohlraum treten konnte, schien es nicht als alarmierenden Lärm für die Retter draußen zu taugen.

*

Die beiden Blutbäche hatten unterschiedliche Färbungen. Zumindest fand ich das. Der aus Papas Blut unter mir glitzerte leicht golden. Und der kleine Strom, der zwischen einer geborstenen Sitzkonsole hindurch auf mich zulief, zeigte sich eher mattfarben. Noch heute denke ich oft darüber nach, ob es damals tatsächlich solche Farbnuancen zwischen dem Blut von Papa und der – wie sich später herausstellte – toten Caroline gegeben hat. Und trotz des Umgangs mit Hunderten von Leichen bin ich mir bis heute nur in einem sicher: Die Farbe des menschliches Blutes ist – unabhängig von Alter, Blutgruppe und Sauerstoffgehalt – rot.

Meine Nase juckte und ich musste unverhofft niesen. Danach hörte ich eine Stimme, die laut rief. „Still! Schaltet die Geräte ab! Hört auf, da war etwas!"

War es so weit? Würde man mir das Leben noch einmal schenken?

Jemand unweit der ersten Stimme meinte genervt: „Was ist? Die sind doch alle mausetot!"

„Nein, sei ruhig …!" Wieder die erste Stimme.

Dann war plötzlich diese tödliche Stille. Sie passte zum Moment und erneut musste ich niesen.

Ich bin felsenfest der Meinung, mein lautes Niesen hat mich – als Einzigen der Familie Hassel – diesen schlimmen Verkehrsunfall am 11. November 1984 auf der Autobahn A 1 in der Nähe von Bremen überleben lassen.

Danksagung

Der Autor möchte folgenden Personen Dank sagen:

Gerd Büker vom ‚Schiffshistorischen Archiv des Museumshafens e.V.'

Horst Röschen, Bergedorf

A. Scholz, Nautische Zentrale Hamburg

Hermann Borelli, Feuerwerker der Hansestadt Hamburg

Bestattungsunternehmer Rolf Paulsen, Bad Oldesloe

Dipl.-Ing. Robert N. Müller, www.nikolausbau.de

Unseren Kindern Suzanne und Jan sowie Enkel Joris – weil sie unser Leben bereichern, und der weltbesten Ehefrau Ingrid für ihre Liebe und ihre große Geduld.